항구

조정래 대하소설

5

제2부 유형시대

해냄

차례

한강

제2부 유형시대

5권

20

월남 가는 사람들

"나 월남 가기로 자원했다. 곧 떠나."

"뭐야? 너 미쳤냐?"

술잔을 기울이고 있던 유일표는 놀라 소리쳤다.

"뭐 그리 놀랄 것 없어. 개죽음당하지 않게 안전한 자리로 손써 놨으니까."

이상재는 술잔을 들며 희미하게 웃었다. 그 얼굴에 어떤 고민이 서려 있었다.

"병장 달고 월남엘 가다니, 너 무슨 일 있지? 사고 쳤냐?"

유일표는 술기운을 훑어내듯 얼굴을 훔치며 다잡고 들었다.

"글쎄, 그게 사곤지 뭔지 모르겠는데……. 하여튼 피신 삼아 도 망가는 것쯤으로 알아둬."

이상재는 우물쭈물 눙치며 담배에 성냥을 그어댔다.

"야, 그렇게 어물쩍 넘기려고 하지 말어. 너 내 성질 잘 알지? 무슨 일인지 속시원하게 털어놔 봐."

"새끼, 군대밥 2년 넘게 먹고도 그놈의 끝장 보는 성질은 안 변했냐? 발설하기 난처한 문제니까 그냥 그 정도로만 알아둬."

"얌마, 그게 말이 되냐? 특과 중에 특과인 법무관실에 잘 있던 친구놈이 갑자기 전쟁터로 도망간다는데 그 이유를 모르고 있어야 한다니. 차라리 말을 꺼내지 말았어야지, 너 같으면 그냥 넘어갈 수 있겠어? 잔말 말고 다 털어놔. 어떤 놈 돈 먹고 수사 서류 조작하다 들통났냐? 어떤 법무관 부인하고 내통하다 들켰냐? 그것도 아니면 허미경이한테 임신시켰냐? 아니지, 미경이한테 임신시켰으면 바로 결혼할 수 있으니까 더욱 잘된 일이네. 야, 뭐야 도대체?"

유일표는 이상재에게 술잔을 내밀며 윽박지르듯 했다.

"짜아식, 육군 쫄짜에 어울리게 많이 타락했네." 이상재는 피식 웃으며 막걸리를 한 모금 마시고는, "그게 말이야 알아서 별로 좋을 일이 아니야. 그냥 간단하게 말하자면, 그동안 내가 어떤 서클에 가입해 있었는데, 그게 수사 대상에 오른 거야. 너도 서클 활동 같은 거 별로 좋아하지 않는 눈치고, 느네 집안 환경을 생각해서 너한테는 굳이 가입을 권하지 않았었는데, 지금 생각하니 참 잘한 일이었어. 이 정도 알아두고, 더 알려고 하지 말어." 그의 목소리는 차츰 낮아지고 있었다.

"너 혹시 학사주점하고 연관되어 있는 일 아니야?"

유일표의 눈길이 이상재의 눈에 꽂혔다.

"허, 눈치 한번 귀신이네."

"귀신이 아니라 술 마실 일만 생기면 자꾸 학사주점으로 끌고 갈 때부터 좀 이상하다고 생각했어. 그 술집 분위기도 그렇고. 근데, 그게 무슨 사상적인 서클이었냐?"

얼굴이 붉게 물든 술기와는 달리 유일표의 얼굴은 긴장되어 있었다.

"뭐 그런 셈이지."

"……."

유일표는 곧 입 밖으로 나가려는 말을 억누르며 이상재를 물끄러미 쳐다보았다. 사회주의 사상이냐고 묻기가 끔찍하고 소름 끼쳤다.

"자아, 그 얘긴 그만 집어치우고 술이나 마시자."

이상재는 태연한 척 웃음지으며 술잔을 들었다.

"넌 뭐냐? 핵심이냐?"

"아니, 하부 말단."

"월남으로 튄다고 괜찮을까?"

"너무 걱정하지 말어. 상부가 어떻게 되더라도 나 같은 말단이야 별일 없지만 그래도 만전을 기하자고 하는 거니까."

"남산이냐?"

"그런 모양이야."

중앙정보부는 언제부터인지 모르게 '남산'으로 불리고 있었다.

"새끼, 너 아주 맹랑하구나."

유일표는 담배를 빼물며 어처구니없어했다.

"그래, 이제부터 이 형님을 존경해라."

이상재는 가슴을 펴 보이며 과장되게 거드름을 피웠다.

"모르겠다. 존경을 해야 할지, 야단을 쳐야 할지. 상황이 급한 것 같은데 떠나긴 언제 떠나는 거냐?"

"며칠 안 남았어. 그만 나가자. 나 어디 갈 데가 좀 있어."

이상재는 삐딱하게 젖혀진 모자를 바로 쓰며 몸을 일으켰다.

"그럼 떠나기 전에 더 만나기 어렵겠구나?"

유일표는 술집을 나서며 물었다.

"아마 그럴 거야. 1년 후에 제대하고나 만나게 되겠다."

"새끼, 참 알다가도 모를 일이네. 6개월 복무연장된 것도 억울해 죽겠는데 월남까지 가야 될 일을 저지르다니."

"신경 쓰지 말고 저쪽 버스정류장까지 좀 걷자."

이상재는 먼저 발길을 떼어놓았다.

가로등 불빛을 밟으며 사람들이 고단한 발길을 옮기고 있었다. 신문팔이 소년들의 지치고 쉰 목소리가 밤거리에 흩어지고 있었다. 경제발전이라는 것을 실감시키려는 듯 큰 건물의 뼈대가 어렴풋한 어둠 속에 흉물스럽게 드러나 있었다. 도심에서 벌어지고 있는 큰 건물의 공사는 한두 군데가 아니었다.

"그 서클 규모는 커?"

한동안 말없이 걷던 유일표가 입을 열었다.

"그건 나도 잘 몰라."

"아니, 그게 무슨 소리야?"

"그게 그러니까……, 비밀 당 조직이거든."

"뭐라구? 당?"

유일표는 가슴이 섬뜩해지며 자신도 모르게 우뚝 섰다.

"야, 그래서 남산까지 들리겠냐? 더 크게 소리질러라."

이상재는 씩 웃으며 유일표의 팔을 잡아끌었다.

"야, 그런 걸 만들어 도대체 뭘 하려고 했는데? 어디 가서 얘기
좀 하자."

"뭘 하긴. 이게 사람 사는 세상 아니잖냐? 나 지금 바쁘니까 담
에 차차 얘기하자."

"뭐라구? 그럼 혀, 혀……."

유일표는 당황스럽게 말을 더듬어 삼키고 있었다.

"그쯤 알았으면 됐어. 우리 제대하고 보자. 건강하게 잘 있어."

이상재는 재빨리 뛰어가더니 막 출발하려는 시내버스를 올라탔다.

유일표는 멀어져가는 버스를 바라보며 멍하니 서 있었다. 그의
어지러운 의식 속에서는 전과는 전혀 다른 이상재의 모습이 크게
확대되고 있었다.

사회주의 혁명을 꿈꾸며 비밀 당을 만들다니…….

유일표는 그 당혹감 앞에서, 내가 친구 이상재를 얼마나 알고 있는
가 하는 또다른 당혹감에 빠지고 있었다. 자신이 알고 있었던 이상
재는 겉모습의 이상재였고 속모습의 이상재는 따로 있었던 것이다.

유일표는 갑자기 무거워진 발길을 터벅터벅 옮기며, 비밀 당을

만든 사람들과 이상재의 행동이 용기인지 만용인지 구별할 수가 없었다. 미군들이 한국사람을 린치한 신문기사를 놓고 술자리에서 미군들을 욕하다가 중앙정보부에 끌려가 빨갱이로 무수하게 두들겨 맞고, 택시에서 한두 마디 박정희 비난을 했다가 그대로 남산으로 실려가 빨갱이 앞잡이라고 매타작을 당했다는 소문이 떠돌고 있는 세상이었다. 마누라와 정사를 하는 배 사이에도 중정의 촉수가 파고들어 있다고 하는 세상에서 그런 일을 도모했다는 것이 도무지 믿어지지 않았다.

이상재가 대학생활을 해나가면서 중·고등학교 동창이며 고향 친구인 장경식과 관계를 끊다시피 해버린 것도, 법대생들의 지상목표인 고등고시를 외면해 버린 것도 이제야 비로소 그 이유를 알 것 같았다. 자신의 집안 환경을 생각해서 그 서클 가입을 권하지 않았다는 이상재의 말을 곱씹으며 유일표는 화랑담배에 불을 붙였다.

만약 이상재가 그런 배려 없이 가입을 권했더라면 자신은 어찌했을 것인가……? 유일표는 괴로운 신음을 담배연기와 함께 흘렸다. 솔직하게 말해서 자신은 그런 용기를 낼 수 없었을 것 같았다. 어렸을 때부터 보아온 어머니와 형의 고초와 공포, 그리고 자신이 군대생활을 하면서 벌써 여섯 번째 근무 부서를 옮겨다니는 참담함……, 유일표는 완전히 반공주의의 포로가 되어 있는 자신을 새삼스럽게 발견하고 있었다.

그런데……, 자신은 단순한 포로가 아니었다. 끊임없는 채찍질을 당하며 상처투성이가 되는 노예처럼 의식에는 날이 갈수록 상처가 늘어가고 있었다. 어떤 전쟁이든 끝나지 않는 전쟁은 없고, 전쟁 포로는 전쟁이 끝나면 자유를 찾아 자기 나라로 돌아갈 수가 있다. 그러나 자신과 같은 분단의 포로라고 할까, 이데올로기의 포로는 그런 날이 언제 올 것인지 알 수가 없다. 반공주의는 세월을 따라 완화되기는커녕 오히려 강화되어 가고 있으니 통일은 자꾸만 아득해지고 있다. 한 치의 양보도 없이 서로 적대하고 증오하면서 분단의 벽을 쌓아올리기만 하면 통일이라는 것은 언제나 올 것인가. 이런 식으로 앞으로 30년쯤 흘러가 버리면 어찌 될 것인가. 나이 육십이 다 될 것이니 자신의 일생이 끝나게 되는 것이다. 서로가 통일에 대한 진정하고 솔직한 노력을 하지 않는 한 분단의 세월은 30년이 아니라 50년, 100년도 갈 수 있었다.

수사대에 불려가고, 똑같은 내용의 심문을 당하고, 똑같은 내용의 서약서를 쓰고, 또다른 부서로 옮겨져 잡일을 하게 될 때마다 의식의 상처는 자꾸 늘어났다. 상처받지 않으려고, 상처받지 말자고 마음을 강하고 단단하게 먹으려고 했지만 자신의 의지대로 되지 않았다. 그 일이 반복될 때마다 의식을 덮어오는 어둠은 점점 짙어져가고, 절망감도 자꾸만 깊어져갔다. 그뿐만 아니라 몸 어딘가도 허물어지거나 못 쓰게 되고 있는 것 같은 착각이 일어났다. 또한 스스로 엄청난 죄인인 것 같은가 하면, 아무 쓸모가 없는 인간인 것도 같은 비하감이 순간순간 스치기도 했다. 그런 이상한 감정들은 의식을 혼란스럽게 하고, 내가 누구인가 하는 어지러움 속으로 몰아넣기도 했다. 그럴 때마다 자신의 구원자는 어머니와 형이었다. 어머니와 형에게 의지하며 똑바로 서려고 애를 썼다. 그리고 어머니와 형이 받은 상처가 얼마나 극심한 것인지를 구체적으로 실감할 수가 있었다.

"그동안 아무 말썽 없이 근무를 잘했으니 이제부턴 주말 외출 허가야. 앞으로 근무 더욱 잘하도록!"

상병이 되자 수사대 중사가 외출증을 끊어주며 한 말이었다.

순간적으로 외출증을 받고 싶지 않았다. 그것은 마치도 자신이 굴종을 잘했다는 표창장 같았던 것이다. 그러나 자신에게는 그것을 받지 않을 자유도 없었다. 그것을 거부하는 것은 곧바로 반항으로 몰릴 판이었다.

"중사님, 제가 계산해 보니 제 아버지는 이제 예순다섯이 넘었습니다."

지난번으로 여섯 번째 부서를 옮기게 되었을 때 말했다.

"흥, 그렇게 늙었으니 이젠 남파될 리 없지 않느냐 그거지? 이봐, 시건방진 생각하지 말어. 그게 바로 함정이야. 저놈들은 필요하면 예순다섯 아니라 일흔다섯, 여든다섯에도 내려보내는 놈들이야. 그리고 말이 나온 김에 이걸 똑똑히 알아두라구. 느네 아버지가 직접 내려오는 것만이 문제가 아니야. 느네 아버지의 선을 이용해 엉뚱한 제3자가 너나 느네 식구들한테 접근해 올 수 있어. 그런 일은 전에도 비일비재했으니까. 이 점 똑똑하게 기억해 두라구. 알겠나!"

중사의 이 단호한 말에 더 대꾸할 말이 없었다.

중사의 거머리 같은 끈질김을 야속해하거나 원망할 수도 없었다.

계속 간첩사건이 신문에 보도되고 있는 상황에서 중사 같은 사람들은 줄기차게 근무 충실을 기할 수밖에 없기도 했다. 저쪽에서 침투시키는 간첩에 맞서서 이쪽에서도 특수부대원들을 저쪽에 잠입시키고 있다는 것은 사병들도 거의 다 눈치채고 있었다. 그건 다만 쉬쉬하는 속에서 소리 없이 전해지고 퍼지는 비밀이었다. 그 표나지 않는 전쟁은 언제까지 계속될 것인지 알 수가 없었다.

그런 험악한 상황 속에서 이상재는 어쩌자고 그렇게 이상스런 서클에 가입했던 것인가. 이제 월남으로 피해 간다면 무사할 수 있을까. 월남은 또 하나의 6·25와 같은 전쟁을 벌이고 있는 곳이었다. 공산주의와 자유민주주의라는 이데올로기가 맞부딪치고 있는 전쟁터, 그곳이 이상재의 안전한 피신처가 될 수 있을까. 나라에서는 혈맹 관계인 미국을 도와 공산주의를 무찌른다는 명분을 내세워 파병을 했고, 졸병들 대부분은 돈을 벌어오겠다는 말을 내놓고 하며 정글 무성한 전쟁터로 가고 있었다. 월남전에 가는 것을 피하려고 일부러 손을 썼던 이상재는 군대생활 막판에 이르러 월남을 피신처로 삼고 있었다. 이제 그가 무사하게 돌아오기만 바랄 수밖에 없었다.

유일표는 부대 쪽으로 가는 버스정류장을 향해 무거운 발걸음을 옮겨놓았다.

"아버지, 원 서방이 마침 월남 취재를 떠난다고 하는데 기왕이면 동행하게 출장을 한 사흘 앞당기면 어떨까요?"

박준서가 젓가락으로 불고기를 집으며 아버지와 매제가 된 원병균을 번갈아 보며 말했다.

"아니, 자네가 월남을 가?"

박부길 사장이 반주잔을 입으로 가져가다 말고 사위를 건너다 보았다. 그 퉁명스러운 어조만큼 눈길이 곱지 않은 데다 미간에 주름까지 잡혔다.

"예, 회사에서 이번에 취재팀을 구성했는데, 끼었습니다. 팔자에 없는 공짜 여행을 하게 된 건 좋은데, 집사람하고 동행하지 못하는 게 유감이지요."

원병균은 장인의 눈치 같은 것은 아랑곳하지 않고 대꾸했고, 옆에 앉은 박영자가 그의 발끝을 살짝 꼬집었다.

"에이 쯧쯧, 그 신문사 그거 순 엉터리로구만."

박부길 사장은 얼굴을 찌푸리며 술잔을 왈칵 비웠다.

"아니 장인어른, 왜 그러십니까? 그런 말씀 막 하시다가 명예훼손으로 고소당하십니다."

원병균은 여전히 능청스럽게 대응했고, 박영자는 또 남편의 발을 꼬집었다.

"자넨 박정희 대통령 각하를 싫어하고, 월남파병도 반대하는 사람이잖아. 자네 같은 기자가 월남에 백날 가면 무슨 소용 있어. 글이라고 써봐야 보나마나 삐딱하게 써서 사람들 생각 버려놓고, 국가발전에 손해만 입히지."

박부길 사장은 사위를 백년 손으로 대접하는 낌새는 털끝만치도 없이 내질렀다. 그의 가슴속에는 자신이 원했던 장군과 사돈을 맺지 못한 감정의 응어리가 아직까지도 남아 있었다. 그 장군은 이제 장관으로 앉아 있으니 그 아쉬움은 두고두고 풀리지 않았다. 딸년이 막무가내인 데다가, 사업을 하는데 기자 사위 둬서 나쁠 것 없다는 아들들의 역성에 마지못해 결혼을 시키기는 했는데, 시거든 떫지나 말아야지 정부 시책이든 세상 돌아가는 일이든 사사건건 시비고 비판이었던 것이다.

"아빠, 그런 걱정 안 하셔도 돼요. 월남에 대해서 이 사람이 아무리 삐딱하게 쓰고 싶어도 쓸 수 없게 돼 있어요."

"그건 또 무슨 소리냐?"

박부길 사장은 생선회를 집다가 얼른 딸을 쳐다보았다.

"이번에 월남에 가는 건 정부하고 협조해서 가는 거거든요. 그러니까 염려하실 것 없으세요."

"협조? 그 삐딱한 신문사 사람들이 나라 말 들을 때도 있나?"

박부길 사장은 믿을 수 없다는 표정이었다.

"그러믄요. 신문사가 대한민국 신문사 아니고 어디 김일성네 신문삽니까. 신문사도 애국할 때는 발벗고 애국해야지요. 장인어른, 푹 안심하시고 제 술이나 한잔 받으시지요."

원병균은 넉살 좋게 받아넘기며 매화 꽃무늬 그려진 사기주전자를 집어들었다.

"그래, 말이 나왔으니까 하는 말인데, 신문사고 뭐고 이번 기회에 일치단결해야 돼. 이번 기회가 딸라를 벌어들일 수 있는 절호의 찬스고, 나라의 경제를 발전시킬 수 있는 절호의 찬스라 그거야.
다 망해버린 일본이 어떻게 오늘날처럼 잘살게 됐어? 우리 6·25동
란 때 온갖 전쟁물자 팔아먹은 덕 아니냔 말야. 헌데 일본은 이번
월남전에서도 전쟁물자는 더 말할 것도 없고 가지가지 전기제품에
서부터 카메라·면도날·라이터까지 돈이 되는 것이면 무엇이든 내
다 팔아 딸라를 싹쓸이해 가고 있다 그거야. 우린 군대를 보내 피
를 흘리고 죽어가는 판에 일본놈들은 피 한 방울 흘리지 않고 떼
부자가 되고 있다 그런 말이야. 이게 말이 되는 소리야? 그러니까
우리도 수단 방법 가리지 말고 벌어서 잘살 수 있는 밑천을 이번에
장만해야 되는 거야. 군대는 진작 투입됐고, 전쟁은 갈수록 치열해
지고, 그럴수록 딸라는 많이 쏟아지고, 일본은 노른자위만 쏙쏙
빼먹고 있는 판에 뒷전에 앉아 월남전 놓고 왈가왈부하는 놈들은
다 베트콩 편드는 빨갱이들이야. 우린 정신 바짝 차리고 흰자위만
이라도 긁어와야 된다 그거야. 자네, 알아들어!"

말끝에다 연신 '그거야'를 붙여가며 제물에 열이 오른 박부길 사
장은 방바닥을 내려쳤다.

"아 예, 지당하신 말씀입니다."

원병균은 한입 가득 우물거리고 있던 고기를 꿀떡 삼키며 대답
했다. 장인의 말은 일반적이긴 했지만 이윤 추구를 미덕으로 삼는
사업가 입장에서는 충분히 내세울 수 있는 논리고 주장으로 별로
빈틈이 없기도 했다.

"자네, 속으로 또 딴생각하고 있는 거지?"

박부길 사장은 사위의 속을 꿰뚫듯 쏘아보았다.

"뭐, 그렇지 않습니다. 외화를 벌 수 있는 기회라는 측면에서 볼 때 장인어른의 말씀은 틀림이 없습니다."

"흠, 오랜만에 철든 소리를 하는군." 박부길 사장은 흡족한 웃음을 입가에 머금고는, "그럼 넌 언제 떠나겠다는 거냐?" 하며 아들을 쳐다보았다.

"예, 모레 갔으면 합니다."

박준서가 얼른 대답했다.

"그래, 여기 일도 바빠지고 있으니까 빨리 갔다 빨리 오는 건 좋은데, 가서 일 야무지게 처리하고 와야 해. 말썽부린 놈들은 가차없이 해고시켜 귀국시키란 말야. 비실비실 굶주리던 놈들한테 수입 좋은 일자리를 만들어줬으면 열성으로 일해서 돈을 모을 생각만 해야지, 돈푼 좀 만지게 됐다고 제까짓 것들 주제에 바람피우고 술 처마셔가며 말썽을 부리다니 그게 될 법이나 한 소리야! 그게 국내라면 또 몰라. 외국에 나가서 그따위 짓 해대서 걸려들면 그게 다 회사 망신시키는 거고 나라 망신시키는 거 아니냔 말야. 가난한 것들은 다 가난하게 살 수밖에 없는 이유가 있어. 그런 놈들을 허술하게 다뤘다간 딴 놈들이 또 물들게 되니까 가차없이 잘라야 해. 너, 빈틈없이 할 자신 있어?"

박부길 사장은 눈꼬리를 세워 아들을 노려보듯 했다.

"예, 걱정 마세요."

"그리고 말야, 접대비를 좀 많이 쓰더라도 수금 철저히 해라. 거

ㅎ회사보다 우리가 한발 늦어 미군과 직접 계약하지 못하고 하청 받은 것도 억울한데 수금까지 늦어지면 말이 되냐. 거래해 보니 양 코들도 신사라는 건 헛말이고 아주 여간내기들이 아니야. 돈 앞에 서는 흰둥이고 노란둥이고 다 똑같다는 걸 명심해야 돼. 너도 아다 시피 고속도로 공사 시작으로 자금 확보를 튼튼하게 해야 하니까 이번 수금에 차질이 없어야 한다. 알겠어?"

"예, 잘할게요."

"잘할게요가 아니야. 무슨 수를 써서라도 틀림없이 받아내야 해. 참, 너 영어회화 공부는 날마다 하고 있는 거냐 어쩌냐?"

"예, 하고 있어요."

"그래, 열성으로 해서 통역 필요 없이 미국사람들하고 말이 통할 수 있도록 돼야 한다. 앞으로 사업을 크게 하자면 미국사람들 상대 하는 일이 잦아질 거고, 영어 하나만 잘해도 아랫것들 기죽이고 휘 어잡는 데 아주 큰 효과가 날 거니까."

박부길 사장의 얼굴은 자못 진지했다.

"예, 열심히 하겠어요. 근데, 고속도로 공사는 꼭 지금 해야 하는 건가요?"

박준서는 아버지의 눈치를 살피며 조심스럽게 말했다.

"왜, 너도 야당 것들처럼 반대다 그거냐?"

박부길 사장이 대뜸 언성을 높였다.

"아니, 그게 아니구요, 막대한 돈이 들어가는 일인데 그 돈으로 생산 공장부터 짓는 게 더 낫지 않나 싶어서요."

"이잉, 모르는 소리." 박부길 사장은 고개를 내두르며 혀를 차고는, "자넨 어떻게 생각해?" 그는 느닷없이 사위를 겨누었다.

박영자는 또 재빨리 남편의 발을 꼬집었다.

"글쎄요, 저는 잘 모르겠습니다. 제가 그쪽 전문이 아니라서요."

원병균은 발끝이 전보다 훨씬 아픈 것을 느끼며 속생각을 덮었다.

"여러 잔소리들 할 것 없어. 대통령 각하가 하시는 일은 다 옳아!"

박부길 사장의 턱없이 큰소리였다.

박준서와 원병균의 눈길이 순간적으로 마주쳤다. 박준서는 재빨리 눈길을 돌려 숟가락질을 했다.

이 양반이 청와대 구경 몇 번 하더니 덩치값도 못하고 완전히 박정희 신봉자가 됐군. 돈 때문이냐, 권력 때문이냐…….

원병균은 떫은 입맛이 도는 입에다 국을 떠넣었다. 친구 박준서가 4·19며 통일운동에 앞장서곤 했던 학생 시절의 모습을 찾아볼 수 없게끔 급하게 사업가로 변해가는 것이 원병균은 당황스럽고도 딱했다. 그의 변모는 마치 4·19세대의 힘없는 와해와 뜻밖의 변질을 상징하는 것 같았다. 그러나 장인의 우격다짐 기질과 저돌적 사업 추진 방식이 박준서에게 영향을 끼치고 있다는 것을 생각하면 뭐라고 할말도 없었다.

"자아, 이거 출장 떠나는데 용돈일세."

거실 소파로 자리를 옮기고 나자 안방에서 나온 박부길이 사위에게 봉투를 내밀었다.

"아닙니다. 회사에서 출장비 다 나옵니다."

원병균은 엉거주춤 몸을 일으키며 인사치례를 했고, 그사이에 박영자는 봉투를 날름 받아 챙겼다.

"거 타국땅에 가서 술 한잔하면서 객고 푸는 건 좋지만 여잔 조심하라고. 특히 월남 계집들은 코 내려앉는 국제 매독에 걸린 것들이 드글드글하니까 말야."

"아이구, 사위 딸 앞에 두고 못하는 소리가 없수. 어찌 저리 부끄러운 걸 모르는지 몰라."

과일을 깎아가지고 나오던 박영자의 어머니가 질색을 했다.

"아니, 부끄럽기는. 사위도 자식인데 그게 어디 못할 훈곈가?"

박부길 사장은 큰 체구와 거칠거칠한 인상에 어울리게 태연스레 대꾸했고,

"아이고, 그런 훈계할 사람이 따로 있지……."

박영자의 어머니는 과일 접시를 놓고 돌아서며 남편을 향해 싸늘하게 눈을 흘겼다. 박부길 사장은 아내의 눈초리를 피해 담배를 빼들며 어흠, 흠 헛기침을 해대고 있었다.

거실의 분위기는 금방 어색해졌다. 그때 박영자가 눈치 빠르게 입을 열었다.

"아빠, 고속도로 공사를 하게 되면 돈이 많이 벌리나요?"

"응, 고속도로? 그게 말이다, 어떤 신문에서 말한 대로 단군 이래로 최대 최고의 토목공사가 돼놔서 공사비도 어마어마한데……."

딸 덕에 궁지에서 벗어나게 된 장인이 과장되게 큰소리를 내고 있는 것을 건성으로 들으며 원병균은 속으로 키들키들 웃고 있었

다. 장인 박부길은 원래 그런 쑥스러운 말도 거침없이 하는 성품이었고, 기골이 장대한 만큼 정력도 좋은 것인지 여자를 가리지 않아 장모와는 사이가 거북살스러웠다. 그런 양반이 사위에게 여자 조심하라고 충고를 하다가 아내에게 면박을 당했으니 그것이야말로 장인 체면 구겨진 부끄러움이 아닐 수 없었다.

원병균은 언뜻 속웃음을 멈추었다. 장모의 그늘지고 수심에 찬 얼굴이 떠올랐던 것이다. 장모는 풍족한 경제력과는 거리가 멀게 늘 불행해 보였다. 돈이 행복의 절대조건이 아니라는 것을 장모의 삶이 여실하게 보여주고 있었다. 장모는 우수 깊은 얼굴에 웃음만 잃은 것이 아니라 옷치장도 전혀 하지 않았다. 마치 여자의 삶을 포기해 버린 것 같은 모습이었다.

"여러 말 할 것 없고, 내 딱 한 가지만 부탁하겠네. 자네, 여자의 행복이 뭔지 아나? 남편이 딴 데 한눈팔지 않는 것이야. 알겠지? 무슨 말인지."

결혼을 결정했을 때 딸과 나란히 앉혀놓고 장모가 간곡하게 한 말이었다.

"애개개, 겨우 2만 원이야? 아유, 우리 아빠 짠 건 알아줘야 해. 그 많은 돈 다 어디다 쓰려구."

택시를 타자마자 봉투에서 돈을 꺼내본 박영자가 소리질렀다.

"만 원보다 많네. 다 딸을 위해서야. 더 많이 주면 사위놈이 바람 피울까 봐."

원병균은 쿡쿡 웃었다.

"당신 서운하지요?"

"아니, 기대하지도 않았는데 뭘. 난 됐으니까 그 돈 당신이나 써."

"어머, 인심 쓰는 척하지 말아요. 아예 줄 생각 없었으니까요. 박봉 받아와 살기 힘들어 죽겠는데 이런 돈 아니면 언제 여윳돈이 생기겠어요."

박영자가 혀를 낼름하며 돈봉투를 재빠르게 핸드백에 넣었다.

"하, 박봉 타령이 심심찮게 나오시네. 난 신문기자 박봉인 거 속인 적 없고, 인간 박자영도 좋다고 동의하고 결혼한 거니까 그런 듣기 싫은 소리는 삼가하시도록."

원병균은 농담조로 말하고 있었지만 그 말에는 가시가 돋혀 있었다.

"알았어요. 바가지 긁는 것 아니니까 신경 쓰지 말아요. 근데, 월남에서는 오빠하고 함께 행동하게 되나요?"

박영자는 남편을 편안하게 해주려고 얼른 말을 다른 데로 돌렸다. 남편에게 돈 부담을 주고 싶지 않은 것은 자신의 진심이었다. 남편이 좋은 기자 노릇을 하기 바랐다. 그건 자신이 대학시절에 품었던 정의감을 실현시키는 일이기도 해서였다.

"글쎄, 처남은 그걸 원해 날짜를 앞당기는지 모르지만, 우리 취재 대상은 기업이 아니라 군인들이고 전황이니까 그러기가 어려울걸."

원병균은 담배를 빼물었다.

"그런데 오빠가 그걸 원하면 어쩌죠? 일을 처리하는 데 은근히 기자 힘을 이용하고 싶은 속셈이 있는지도 모르잖아요."

"글쎄, 나도 그런 느낌을 약간 갖기는 했는데, 뭐 그럴 것까지는 없을 걸. 그 근로자들이 워낙 잘못했으니까."

"그렇지만 막가는 사람들이라 말썽을 부릴 수도 있잖아요. 사람들이 얼마나 못됐으면 그 위험한 전쟁터에 돈 벌러 가서 바람이나 피우고 술이나 마셔 파면을 당할 정도가 됐겠어요. 오빠 혼자서 처리하기 힘들지도 몰라요."

"이런, 누가 형제애 두텁지 않다고 할까 봐 별걱정 다 하네. 당신이 몰라서 그렇지 거기 진출해 있는 기업들은 다 군 수사기관과 연결되어 있고, 보호를 받고 있어. 그리고 처남은 혼자가 아니라 현장에 회사 간부들이 많아. 처남은 아버지의 특사로 가는 셈이니까 사고를 저지른 계약직 근로자들이 무슨 말썽을 부릴 도리가 없고. 또 만약 좋지 않은 상황이 생겨 내가 개입해야 된다면 그땐 나도 나설 테니까 아무 걱정 마."

원병균은 다정하게 웃으며 아내의 손등을 토닥거렸다.

"참 이상한 사람들 다 있어요. 위험한 전쟁터에 돈 벌러 갔으면 돈이나 열심히 벌 것이지 딴짓은 왜 하나 모르겠어요. 그 처자식들이 불쌍해요."

"사람이 많다 보면 별사람들이 다 있지 뭐. 그래도 그렇지 않은 사람들이 더 많으니까 속상해할 것 없어. 규율 엄한 군대에서도 말썽 부리는 사람은 있기 마련인데, 자유스러운 회사에서야 어쩔 수 없는 일이야."

"근데 그쪽 전세는 어떻게 되고 있는 거예요? 우리나라까지 참전한 지가 벌써 언젠데 아직까지 전쟁을 끝내지 못하고 있으니."

"글쎄, 우리나라하고는 기후가 판이하게 달라. 정글이 심한 데다, 고정된 전선이 없는 게릴라전이라 더욱 싸우기가 어려운 모양인데, 더 자세한 것은 가봐야 알지 뭐."

"기자들은 바로 전선을 취재하나요?"

박영자가 갑자기 남편 쪽으로 몸을 돌리며 물었다. 그 얼굴이 긴장되어 있었다.

"왜, 겁나? 그런 걱정 하지도 말어. 우리가 전선으로 가고 싶어해도 아마 들여보내지 않을 거야. 만약 무슨 사고라도 나봐. 그 책임을 어떻게 지려고."

"그럼 취재를 간다는 것도 이상하잖아요."

"그야 그렇지 않지. 여기서 사진 보고 상상하는 것하고 오랜 전쟁을 치르고 있는 사회의 현장을 보는 것하고는 천양지차지. 기후와 자연환경 같은 것들에서부터 민심이며 여론, 군인들의 동태 같은 것들까지 직접 살피게 되니까 느낌과 판단이 완전히 다르게 되지. 월남은 햇빛부터가 우리하고는 다른데 그 따가움을 직접 느껴보지 않고 무슨 기사가 되겠어."

"그렇지만 쓰고 싶은 대로 쓸 수 없을 것 아니겠어요."

"그렇더라도 가야지. 어차피 신문기자란 쓰고 싶은 것을 다 쓰는 건 아니니까."

"그래요, 기사 내용이 어떻게 되든 한번 갔다 오긴 갔다 와야지요."

박영자가 고개를 끄덕였다.

"다 왔습니다. 기자 양반이신 모양인데, 월남 구경 한 번은 할 만하죠, 예. 나도 월남 참전 용산데, 내가 보기로는 미군이 이길 가망이 없어요. 베트콩 걔네들이 얼마나 독종인데. 하여튼 두고 보슈."

돈을 받으며 운전수가 갑자기 한 말이었다. 그리고 차는 부르릉 떠나고 말았다.

그 느닷없는 말에 원병균과 박영자는 서로를 멍하니 쳐다보고 있었다.

21

떨어진 꽃잎

골목의 한옥들 담 너머로 봄이 만발해 있었다. 나무마다 꽃이 피거나 유록색 잎들이 봄햇살을 받아 곱고 싱그럽기 그지없었다. 김명숙은 그런 골목이 눈설어 자꾸 두리번거리며 걸음을 옮겨놓고 있었다. 몇 달 만에 찾아오는 길인 데다 골목도 집들도 어슷비슷해서 어릿어릿 헷갈리고 있었다.

저런 집에 사는 사람들은 무슨 근심 걱정이 있을까. 어떤 사람들이 저런 집에 사나. 우리 사장 같은 사람일까. 저런 집 자식들은 얼마나 좋을까. 고생 모르고 원하는 대로 학교 다니고, 멋도 내고, 배고픈 것도 모르고……. 참 세상은 고르지도 못해, 똑같은 사람인데…….

김명숙은 기와집들을 보면서 또 자신도 모르게 이런 생각에 빠져들고 있었다. 머리를 두 갈래로 묶고 허름한 비닐 손가방을 든 그녀의 입성은 추레했다. 낡은 원피스의 무늬가 하필 꽃무늬라서 색바랜 꽃송이마다 얽힌 가난이 유난히 도드라져 보였다.

"구두 다악소, 신 다악소."

검정 누더기에 구두닦이통을 든 소년이 기운 빠진 쉰 소리를 뽑으며 걸어오고 있었다. 김명숙은 집을 찾다 말고 그 소년을 쳐다보았다. 옷에 못지않게 땟국이 전 소년의 핏기 없는 얼굴에는 굶주림이 너무 선명하게 드러나 있었다.

세상에, 쟤는 엄마 아빠가 다 없나…….

김명숙은 그 소년의 모습에서 문득 막냇동생 선진이를 떠올렸다. 가슴이 찡 울리며 그 아이가 더 불쌍해졌다. 그녀는 자신의 구두를 내려다보았다. 그러나 자신의 구두는 약칠을 할 필요가 없는 싸구려 비닐구두였다.

경제발전이니 잘살게 되고 있느니 떠들어대는 것 다 헛소리야. 우리 사장 같은 돈 있는 사람들만 더 배불러지는 세상이지. 거 뭐라더라, 요새 유행하는 유식한 말로 부, 부…….

지나쳐가는 구두닦이 소년을 바라보며 김명숙은 생각날 듯 말 듯 맴도는 말을 잡아내려고 애썼다. 그러나 신경을 모을수록 그 말은 숨바꼭질하는 것처럼 자취가 감감해졌다. 그녀가 생각해 내려고 하는 말은 부익부 빈익빈이었다.

김명숙은 자신의 무식이 또 가슴 아팠다. 부자는 더욱 부자가 되고 가난한 사람은 더욱 가난해진다는 그런 유식한 말들을 제때제때 알아듣고 척척 쓰고 싶었다. 그래서 고등과 야학에 다니고 싶었지만 뜻대로 되지 않았다. 대학생들이 가르치는 야학은 공짜였지만 공장에서는 매일같이 야근을 시키기 때문에 발길을 할 수가 없었다.

김명숙은 네댓 집을 기웃거려 나복녀와 박보금이 합숙하고 있는 집을 겨우 찾아냈다. 그 집은 다른 집들과는 달리 대문 한쪽이 반쯤 열려 있었다. 도둑이 들어봐야 가져갈 게 없다는 뜻 같기도 했다.

김명숙은 쭈뼛거리며 대문 안으로 들어섰다. 예닐곱 명의 아가씨들이 마루에 나앉아 있었다. 김명숙은 멈칫했다. 그들은 여러 가지 잠옷바람인 데다 담배를 빨아대고 있었다.

"어머, 명숙아!"

김명숙을 먼저 알아본 것은 박보금이었다.

"이 지집애야, 얼굴 잊어먹겠다. 이게 얼마 만이냐, 그래."

박보금이 고무신을 끌며 달려나왔다. 김명숙은 그런 박보금을 멍하니 바라보고 있었다.

"얘, 왜 그러고 섰어? 어서 들어가자."

반가움이 넘친 박보금이 김명숙의 손을 잡아끌었다.

"너 이게 뭐야?"

김명숙의 눈길이 박보금의 왼손으로 옮겨졌다. 그녀의 두 손가락 사이에는 담배가 끼워져 있었다.

"응, 난 또 뭐라고. 이거 놀랄 것 없어. 한심한 술집 인생에 담배라도 안 피우면 어찌 살겠니. 다 그런 거야."

박보금은 보란 듯이 담배를 빨아 연기를 길게 내뿜었다.

너무 변해버린 박보금의 모습에 김명숙은 그만 말문이 막혔다.

"복녀도 그래?"

"복녀 걔 여기 없어."

"아니, 그게 무슨 소리야?"

김명숙은 눈이 휘둥그레졌다.

"그러니까 음……, 아니야, 나가서 얘기해. 나 금방 화장할 테니까 들어가서 조금만 기다려라."

"괜찮아, 빨리하고 나와. 나 밖에서 기다릴 테니까."

김명숙은 아가씨들 쪽을 눈짓하며 상을 찌푸렸다. 아가씨들은 모두 이쪽을 보며 뭐라고 수군수군하고 있었다. 김명숙은 나복녀가 여기 없다는 것에 불길한 생각이 든 데다가, 멋 부리는 술집 아가씨들 앞에 자신의 몰골을 내보이며 눈총받고 싶지 않았다.

"그래 그럼, 잠깐만 기다려. 나 금방 하고 나올 테니까."

박보금이 돌아서자 김명숙은 대문 밖으로 나왔다.

나복녀가 왜 여기를 떠났는지……, 어디로 갔는지……, 이상하게도 불안감이 자꾸 커지고 있었다.

왜 복녀 혼자만 떠났을까? 무슨 잘못을 저질렀나? 더 좋은 데를 찾아갔나? 아니야, 더 좋은 데가 있으면 보금이하고 함께 갔겠지. 생김도 보금이가 더 예쁘고, 활달하기도 보금이가 더 활달한데.

불안과 의문이 자꾸 커져 김명숙은 발끝으로 땅의 같은 자리를 쉴새없이 차고 있었다.

"오래 기다렸지? 화장이고 뭐고 제대로 하지도 못했다."

지루한 감을 느끼고 있던 김명숙은 대문을 나오는 박보금을 보고 속으로 놀랐다. 박보금의 모습은 지난번보다 훨씬 더 달라져 있었다. 옷이 한결 화사했고, 화장도 너무 야해져 있었다. 한눈에 술집 아가씨라는 표가 났다.

김명숙은 그렇게 변한 박보금이 신경에 거슬리고 마땅찮았지만 아무 내색도 하지 않았다. 그건 나복녀의 일에 비해 하찮았고, 무슨 말을 한다고 해도 이미 술집물이 들어버린 박보금이 고칠 것 같지도 않았다.

큰길로 나와 김명숙은 박보금이 앞서는 대로 다방으로 따라 들어갔다. 커피라는 쓴 물 한 잔 마시고 아까운 돈 버리느니 그 돈으로 빵을 먹는 게 훨씬 실속 있는 일이었지만 김명숙은 박보금에게 궁색스럽게 보일까 봐 그런 말을 꺼내지 않았다.

"글쎄 있잖아, 복녀가 글쎄 펫병쟁이였어, 글쎄."

박보금은 자리에 앉자마자 연달아 글쎄, 글쎄 해가며 놀란 기색으로 수다스럽게 말했다.

"펫병쟁이?"

김명숙은 모르는 척 꾸몄다. 그러나 속으로는 가슴이 쿵 울리며, 그게 들통나 무슨 일이 생겼구나, 하는 생각에 휘감겼다.

"그래, 너도 그거 몰랐지? 글쎄 걔가 하필 손님하고 자다가 피를 토했잖니. 그러니 어찌 됐겠어."

"손님하고 자다니? 남자하고?"

김명숙이 놀란 눈으로 박보금을 쏘아보았다.

"어머, 나 좀 봐."

박보금이 당황스럽게 손끝으로 입을 가렸다.

그때 다방 아가씨가 차를 주문받으러 왔다. 고개를 떨군 김명숙은 아랫입술을 물고 있었고, 박보금은 서둘러 커피 두 잔을 시켰다.

"명숙아, 넌 몰라서 그러는데, 술집이라는 데가 월급이 따로 없어. 손님들이 주는 팁이 수입인데, 손님들한테 제아무리 애교 떨고 알랑방구 뀌고 해서 기를 쓰고 팁을 모아봤자 그걸로 한 달 살기는 어림도 없어. 옷값들 빚진 것 갚아야지, 방세·식대 내야지. 미장원비·목욕값 날마다 나가지, 화장품 사야지. 유행 지나면 또 옷 해 입어야지, 그러다 보면 어쩔 수가 없어. 아니야, 아니야. 그것보다도, 더러워서 그 짓 안 하려고 했다간 맞아 죽어. 지배인은 장사 잘되게 하고 단골손님 끌려고 손님들이 눈짓만 하면 아가씨들을 붙이는 거야. 그 말을 안 들었다간 골로 가는 거야. 우린 속았어. 사기당한 거야. 복녀하고 나하고 수없이 후회했지만 여길 빠져나갈 수가 없었어. 감시가 심하고, 잡히면 죽어. 명숙아, 우릴 이해해 줘."

뒤로 갈수록 목소리가 떨리며 잦아들던 박보금은 마침내 눈물을 떨구었다.

"울지 말아. 괜히……." 김명숙은 나복녀와 박보금이 너무 가엾고 불쌍해서 가슴 아리며, "근데 복녀는 어찌 됐어?" 그녀는 더욱 불안해진 마음을 드러냈다.

"그거 있잖아, 그런 폣병쟁이 더 일 시킬 수 없다고 지배인이 어디로 보냈어."

"어디로?"

"그건 나도 잘 몰라."

"뭐야? 너 그게 말이 되니? 어디로 보냈는지 알아봐야 할 것 아냐."

김명숙의 얼굴이 굳어지며 다잡고 들었다.

"너 모르는 소리 말어. 그런 것 알려고 들었다간 지배인한테 맞아
죽어. 애들이 하는 말로는 여기보다 나쁜 곳으로 팔려갔을 거래."

"뭐라구? 사람을 팔아?"

"복녀가 빚진 것 있잖아. 그 돈 받고 넘긴 거지 뭐."

"세상에! 거기가 어딘데?"

"……."

"아, 어서 말해 봐. 거기가 어디야?"

김명숙이 다그치며 다가앉는 바람에 탁자 위의 커피잔이며 물컵
들이 흔들렸다.

"얘, 소리지르지 말어. 사람들이 쳐다봐. 잘은 모르는데 애들 말
로는 사창굴 같은 델 거래."

"어머, 세상에……."

한숨을 토하는 김명숙의 어깨가 처져내렸다. 박보금은 죄지은 것
처럼 김명숙의 눈치를 살피며 커피잔을 들었다.

"나 이 일 경찰서에 알릴 거야."

김명숙이 불현듯 말하며 입을 앙다물었다.

"흥, 경찰?" 박보금은 코웃음을 흘리고는, "경찰 좋아하시네. 웃

기지 마, 경찰이 우리 같은 것들 사람 취급하는 줄 아니? 너 여지껏 서울살이 말짱 헛했구나? 그따위 철없는 소리나 하고 앉았게. 어디 백번 찾아가 봐. 되는 게 뭐가 있나. 미안하지만 그것들은 다 있는 것들하고 한통속이야. 정신차려, 이 기집애야." 그녀는 눈물을 떨굴 때와는 달리 싸늘한 냉소를 머금은 채 암팡지게 말했다.

김명숙은 따귀를 호되게 얻어맞은 기분으로 아무 대꾸도 하지 못했다. 박보금의 말은 하나도 틀리지 않았다. 지난날 차장을 할 때도 여러 번 당해보았고, 공장으로 옮겨서도 겪는 것이지만 역시 경찰은 사장님네들 편이었다. 하도 암담하고 급한 마음에 경찰이라는 말이 불쑥 나온 것뿐이지 언제라고 그들을 믿어본 적은 없었다.

김명숙의 손등에 눈물이 뚝 떨어졌다. 그녀의 눈앞에는 병든 나복녀의 초췌한 모습이 어른거리고 있었다. 돈도 벌고 병도 고치겠다고 떠나더니 병은 더 도져가지고 어디로 팔려간 것인지……. 도시로 뜨자고 꼬드긴 것이 그렇게 후회스럽고 죄스러울 수가 없었고, 그때 끝까지 붙들지 못한 것도 그렇게 아쉽고 안타까울 수가 없었다.

"울지 마. 다 팔자 사나운 게 죄지 뭐."

박보금이 목멘 소리를 하며 김명숙에게 손수건을 내밀었다.

"떠난 지 얼마나 됐니?"

김명숙이 제 손가방에서 손수건을 꺼내며 물었다.

"그게 그러니까……, 한 서너 달 돼."

김명숙은 자신이 공장으로 자리를 옮기면서 나복녀를 찾아보지 않은 것을 후회했다. 그간에 복녀가 자신에게 편지를 했을지도 모를 일이었다.

"넌 그대로 뻐스 타고 있니?"

"아니. 옮겼어, 공장으로."

"무슨 공장?"

"가발공장."

"응, 가발공장? 그거 외국으로 엄청 잘 팔린다며? 월급 많이 받니?"

"아니. 차장이나 그게 그거야."

"그래, 여기나 저기나 사장이란 것들이 즈네들 배 채우기에 바쁘지 하바리 인생들 생각해 줄 리가 있니. 가자, 기분 잡치는데 영화나 한 편 보게."

"싫여. 너도 정신차리고 돈 모아."

냉정하게 자르는 김명숙의 얼굴에 슬프고 쓸쓸한 기색이 엇갈리고 있었다.

한편, 나복녀는 청량리 사창가로 팔려갔다가 거기서도 각혈을 해 병이 드러나자 다시 팔려 동두천 기지촌으로 흘러와 있었다.

"얘, 복녀야, 메리야, 뭐 하고 자빠졌어. 빨랑 병원에 가서 주사 맞고 오잖구. 이 미친년들아, 그렇게 샤꾸 끼워서 하라는데두 병 걸려가지고 누구 망쳐먹겠다 그거야!"

독하게 생긴 40대 여자가 고무신을 신으며 목청껏 소리치고 있었다.

"아줌마, 너무 그러지 말아요. 누군 뭐 병 걸리고 싶어서 걸린 줄 아세요? 샤꾸는 아줌마보다 우리가 더 끼우고 싶다구요. 샤꾸 안 끼우면 성병만 걸리나요? 더 재수 없으면 임신도 하지요. 주사 맞고 수술하고 해서 아픈 손해에다 치료비로 빚까지 늘어나 우린 이중삼중으로 손해만 보니까 꼭 샤꾸를 끼우려 한다구요. 근데 양코들이 그것 끼고는 안 하겠다고 빤스 줏어 입는 판엔 우리가 어쩌겠어요. 우리가 방에까지 들어온 손님 놓쳐봐요. 아줌마가 가만히 있겠어요? 우리 잡아먹으려고 펄펄 뛸 거 아니에요? 아줌마도 양심 좀 있어보세요."

쪽마루에서 담배를 빨고 있던 아가씨가 발딱 일어나 이렇게 대거리를 하고 들었다. 허리에 한쪽 팔을 올리고 버티고 선 그 아가씨는 피부가 검은 데다 얼굴 생김생김도 흑인인 혼혈아였다.

"메리 너 건방지게 어디다 대고 그따위 소리야. 너 삼춘한테 뜨거운 맛봐야 그 주둥이 얌전해지겠어?"

포주가 험한 얼굴로 표독스럽게 내쏘았다.

"네에, 죽이세요."

말은 이렇게 하면서도 메리의 기는 한풀 꺾여지고 말았다. 삼촌이란 그녀들을 손아귀에 넣고 감시하는 주먹패의 왕초였다.

펌프 옆에서 속옷을 빨고 있던 나복녀는 생기라고는 없는 지친 눈길로 메리를 물끄러미 바라보고 있었다. 메리가 그래도 그런 말이나마 하고 나설 수 있는 것은 찾는 손님이 많기 때문이었다. 그 생김 탓인지 메리를 좋아하는 것은 모두 흑인이었다. 메리도 백인보다는 흑인을 더 좋아했다. 나복녀는 그렇게 한 번이라도 기를 세워볼 수 있는 메리가 은근히 부럽기도 했다.

"복녀야, 너 빨리 일어나지 못해!"

포주가 빠락 소리질렀다.

나복녀는 빨래를 짜며 느리게 몸을 일으켰다. 몸에 기운도 없었고, 이제 포주 같은 것은 별로 무섭지 않았다. 아무 가망도 없는 생활 속에서 살고 싶은 생각이 마음을 떠난 지 오래였다.

"언니, 가자구. 딸라 버는 기계가 두 대씩이나 고장났으니 우리 아줌마 환장하게도 생겼잖아. 다른 다섯 대 가지고야 아줌마 직성이 풀리겠어?"

메리가 고무신을 찍찍 끌며 대문 쪽으로 나갔다.

"저년 저거 시건방지게 주둥아리 놀리는 거 보게. 알아서 해, 일 못하고 공치면 니년들 빚 늘어 니년들만 손해니까. 쌍년들, 평생 이 구덩이에서 썩어 죽을려면 어디 니덜 맘대로 해봐."

포주가 내뱉는 이 말에 몸서리치며 나복녀는 메리를 따라 대문을 나섰다.

"아이구, 쌍년은 누군데 우리보고 쌍년들이래. 우리 피 빨아 즈이 딸년은 서울에서 대학 보내는 걸 자랑하는 저게 사람이야? 저년은 베락맞어 죽을 거고, 딸년은 미군한테 강간이나 당해야 해. 틀림없이 그리 될 거야."

골목을 벗어나며 메리는 침을 내뱉었다.

"어머 얘, 누가 듣겠다."

말은 이렇게 하면서도 나복녀는 속이 후련해지는 것을 느끼고 있었다.

메리는 머리카락까지 곱슬곱슬 감겨드는 것이 영락없이 흑인이면서도 한국말을 그리 야무지게 해대는 것을 들으며 나복녀는 가끔 무슨 착각을 하고 있는 것처럼 이상스럽고 신기한 느낌이 들고는 했다. 그런데 중학교도 안 나왔다는 메리는 꼭 미국사람들처럼 혀를 부드럽게 굴리며 영어도 곧잘 했다. 사람들은 피는 못 속이는 거라고 했다. 젖이 유난히 크면서 허리가 가는 것과 함께, 그런 메리의 유일한 꿈은 어떻게 해서든 흑인 하나만 잘 물어 미국으로 가는 것이었다.

"난 고아원에서 국민학교에 다녔는데, 4학년 때 모래로 팔이고 장딴지고 피가 나도록 문질러댔어. 그래도 피부는 아이들과 같아지지 않고 검은색 그대로였어. 내가 어려서부터 지금까지 죽기보다 싫은 게 뭔지 알아? 튀기라고 사람들이 손가락질하고 놀리고 하는 거야. 난 미국에 가서 감자껍질이나 벗기는 신세로 천대받아도 좋고, 버림받아도 괜찮아. 어쨌든 미국에만 가면 돼. 그럼 많은 흑인들 틈에 섞여버리니까 여기서처럼 구경거리 되는 일은 없어지거든."

언젠가 술을 마신 메리가 한 말이었다. 열일곱 살인 그녀는 아버지도 어머니도 몰랐고, 메리라는 이름도 누가 지어준 것인지 몰랐다. 나복녀는 그때부터 그녀의 꿈이 꼭 이루어지기를 바라고 있었다.

"이놈의 주사는 왜 이리 아픈지 몰라."

먼저 주사를 맞고 나오는 메리가 잔뜩 얼굴을 찌푸린 채 엉덩이를 문지르고 있었다.

나복녀는 스산한 웃음을 흘리며 포장을 들치고 안으로 들어갔다.

"언니, 우리 어디 가서 맛있는 거 먹고 가자."

병원을 나오면서 메리가 나복녀의 팔짱을 끼었다.

나복녀는, 네가 무슨 돈이 있느냐는 눈길로 메리를 쳐다보았다.

"응, 거 잘 웃는 로버트 하사 있잖아. 걔가 따로 팁 준 거 있거든. 이건 비밀인데, 걘 꼭 팁을 준다니까. 흑인들치고 얌체가 별로 없지만 걘 특히 괜찮은 애야."

"그래? 널 좋아하니? 그랬음 좋겠는데."

표정 없이 핼쑥하던 나복녀의 얼굴이 달라졌다.

"모르겠어. 그냥 맘씨가 좋아 날 동정하는 건지 어쩐지. 사랑한다는 표시 같은 건 안 해. 하긴 걔네들도 남잔데 왜 하필 걸레 같은 양갈보 좋아하겠어. 즈이 나라에 가면 깨끗한 애들이 얼마든지 있는데. 아무나 하나 물려고 하는 내가 미친년이지."

메리가 폭 한숨을 쉬었다.

"아니야, 그래도 결혼해서 떠나는 여자들이 있잖아. 넌 나이도 어리니까 얼마든지 희망이 있어."

"그렇지도 않아, 언니. 요새 웃기는 일이 벌어지고 있는 것 알아? 글쎄 미국 이민바람이 불면서 대학생년들이 양코들한테 꼬리를 치고 나서는 판이래. 엉뚱하게 우리 경쟁자가 생겼는데, 우리 같은 것들이 어떻게 그 잘난 대학생년들한테 당하겠어? 세상 참 웃기지도 않는다구."

메리가 어처구니없어 하며 코웃음을 쳤고,

"흥, 미국 좋아하시네."

나복녀는 불쑥 솟은 역겨운 생각에 이렇게 내뱉었다. '좋아하시네', '웃기지 마' 하는 묘한 뜻의 말은 누구의 입에나 오르내리고 있는 유행어였다.

"그렇다니까. 미국이야 하면 너나 나나 환장들이야. 거 뭐야 김신존가 뭔가 내려온 다음부터 전쟁 피해 미국으로 도망가려고 야단들이잖아. 저기 쎄븐크럽 사장도, 뉴욕양복점 사장도 이민 수속하고 있대. 다 돈 싸짊어지고 즈네들만 살자고 내빼는 건데, 미국은 얼마나 좋겠어. 점점 더 부자가 되는데."

"참, 넌 모르는 게 없구나. 그래, 돈 없는 사람은 미국 이민도 못 간대더라."

나복녀는 긴 한숨을 쉬었다.

"언니, 저 시장통에 가서 우리 순대에 족발 먹고 가자."

"돈 있을 때 아껴."

"그런다고 빚 갚아지나? 맨날 김치 깍두기만 먹으니까 속 쓰려서 못살겠어. 가, 언니도 좀 잘 먹어야 해. 몸이 그리 약해가지고 어떻게 살아."

메리는 나복녀의 팔을 힘지게 끌었다. 나복녀는 가슴 뭉클해지며 메리를 따라 발길을 옮겼다.

"자아, 많이 먹어. 근데 왜 언니는 나 빼놓고 다른 언니들하고는 통 말도 안 하고 그래?"

"왜 누가 흉보던?"

"아니, 흉보는 건 아니구, 혼자 떨어져 있는 언니가 힘들어 보여서 그래."

"글쎄, 무슨 살 재미가 있어야지. 나 이 세상 살아갈 자신이 하나도 없어."

나복녀의 얼굴에 쓸쓸한 그림자가 스치고 지나갔다.

"언니, 그게 무슨 소리야. 나 같은 사람도 사는데. 언닌 고향에 부모 형제가 있을 거 아냐. 힘내라구, 힘. 이거 족발 먹어봐. 참 맛있네."

메리는 눈치 빠르게 말을 돌리며 족발쪽을 나복녀의 손에 들려 주었다.

"글쎄 언니, 내 말 좀 들어봐. 어떤 밤나비가 국제결혼에 꼴인해서 미국엘 갔더래. 근데 글쎄 말이 잘 안 통하고 남편이 무시하고 하는 것도 문젠데, 더 문제는 김치가 먹고 싶고 된장찌개가 먹고 싶어 미칠 지경이었대. 거기다가 매일 마시는 우유가 지겹고 지긋지긋해지다가 결국에는 막 토하기 시작했대. 그래 더는 살 수가 없어서 남편한테 한국에 보내달라고 사정사정했다는 거야. 그 여자는 소원대로 한국에 돌아왔는데, 근데 웃기는 것 좀 봐. 몇 달이 지나자 그 여잔 글쎄 김치 된장찌개가 싫어지고 미국에서 신물냈던 우유와 베이콘 같은 게 먹고 싶어 환장하기 시작했대. 호호호, 이게 얼마나 웃기는 일이야 그래."

나복녀는 메리를 따라 건성으로 웃으며 집안 식구들이며 김명숙을 생각하고 있었다. 그리움과 서러움이 주체할 수 없도록 사무쳤다. 이 지경이 되려고 집을 떠나온 게 아니었다. 그때 김명숙의 만류를 들었어야 했다. 그러나 이제 다 소용없는 후회였다. 병은 자꾸 깊어지고 자신은 또 어디로 밀려가야 하는 것인지……. 헌 걸레쪽 같이 되어버린 몸으로 이 어렵고 무서운 세상을 더 살아갈 자신이 없었다. 잠을 자다가 그냥 그대로 깨어나지 않기를 바랐지만 그것도 뜻대로 되지 않았다.

"언니, 빨리빨리 더 먹어."

"아니야, 많이 먹었어. 너 다 먹어."

"언닌 그러니까 몸이 약하지."

나복녀는 먹성 좋은 메리를 물끄러미 바라보며 어서 그녀가 미국으로 갈 수 있기를 바라고 있었다.

며칠이 지나 나복녀는 소변검사를 받았다. 성병이 치료되어 그날로 영업이 시작되었다. 그녀는 초저녁부터 연달아 미군 셋을 치러내야 했다. 너무 힘겨워 가슴이 답답해지며 기침이 솟고 머리가 어질거리는 현기증까지 일어났다.

"언니, 양코들이 왜 이렇게 밀려드는지 알아? 그동안 언니하고 나하고 며칠 일 못한 걸 아줌마가 본전 빼려는 것야. 글쎄, 아줌마 하고 삼춘하고 짜고 양아치새끼들 풀어서 싸구려로 양코들 끌어모 아 언니하고 나한테 마구 앵기는 거라니까. 아줌만 악질 중에 상악 질이야."

변소 앞에서 마주친 메리가 속삭인 말이었다.

'긴 밤'까지 여섯 사람에게 시달린 나복녀는 아침에 변소에서 나

오다가 기침을 하기 시작해 쪽마루를 붙들고 검붉은 피를 울컥울
컥 토해냈다.

"얘가 왜 이래, 얘가! 너, 너, 병자지? 그치? 너 폐병 환자지?"

놀란 포주 여자가 소리치고 있었다.

점심나절이 다 되어서야 나복녀는 가까스로 몸을 가누고 일어
났다.

"언니, 어떡해. 아까 아줌마하고 삼춘이 그러는데 언니를 딴 데
로 넘기겠대. 이 일을 어쩌면 좋아."

메리가 눈물이 그렁그렁해서 말했다.

"그래, 알아. 당연한 거야."

창백하다 못해 푸른빛이 도는 얼굴로 나복녀는 흐릿하게 웃으며
메리의 손을 잡았다.

"언니가 왜 그런 병을……."

두 줄기 눈물이 메리의 검은 볼을 타고 내렸다.

나복녀는 오후에 깊이 감추어둔 돈을 챙겨가지고 밖으로 나갔다.

"통 잠을 못 자요. 잠자는 약 좀 주세요."

약사는 수면제 네 알을 내밀었다.

"왔다 갔다 귀찮은데 네 개 더 주세요."

그렇게 서너 군데 약국을 돌아 나복녀는 스무 개가 넘는 수면제
를 수중에 넣었다.

그날 밤 포주는 나복녀의 방에 손님을 들이지 않았다. 밤이 깊
어 모두 잠자리에 들자 나복녀는 화장대 서랍 밑에 숨겨두었던 봉

지를 꺼냈다. 전부터 사모았던 수면제 스무 알이었다. 그녀는 마흔 개가 넘는 수면제를 세 차례로 나눠 다 삼켰다. 그리고 반듯하게 누웠다.

22

군번 없는 군인

군수품을 가득 실은 일본제 8톤 트럭들은 그 위압적인 생김만큼 맹렬한 속도로 어둠 속을 달리고 있었다. 언제나 그렇듯 어두워지면서 트럭들은 먹이를 쫓아 질주하는 맹수들처럼 변했다. 그러나 트럭들이 전속력을 내는 것은 맹수들과 정반대의 입장 때문이었다. 베트콩의 기습을 피하려는 것이니까 쫓는 것이 아니라 쫓기는 형국이었다.

문태복은 습관적으로 액셀러레이터를 밟아대며 속이 꼬이고 비비틀리는 울화를 씹고 있었다. 아무리 생각해도 그날의 판은 속임수가 끼어든 것이 분명했다. 그 여우 김가 놈하고 능구렁이 윤가 놈이 짜지 않고서야 막판에서 그렇게 장땡 광땡이 연달아 붙을 리 없었다. 두 놈이 노름판에 꼭 함께 끼는 것도 이상했고, 판돈 작은 판에서는 잃기도 하지만 판돈이 큰 판에서는 판판이 따는 것을 보면 무슨 수작을 부리는 것이 틀림없었다. 그러나 눈 부릅뜨고 살폈지만 무슨 꼬투리를 잡지 못했으니 판을 엎을 수도 없고, 고스란히 빈손을 털어야 했다.

문태복은 자신도 모르게 엉덩이를 불끈 들었다가 놓았다. 그와 동시에 가슴에서 솟아오른 열기가 뜨거운 한숨으로 터져나왔다. 그 피나는 돈을 날렸으니……, 빌어먹을, 꼼짝없이 이놈의 월남 기름밥을 1년 더 먹게 생겼으니…….

콰광, 쾅!

"어쿠, 이게 뭐야!"

문태복은 질겁을 하며 브레이크를 밟아댔다.

질주하던 차량들이 급브레이크 잡는 소리가 날카롭게 어둠 속에서 뒤엉키고 있었다.

쾅, 콰당!

문태복은 철모의 턱끈을 조이며 옆자리에 눕혀놓았던 M16을 재빨리 집어들었다. 베트콩들이 기습하며 쏘아대는 박격포탄이 분명한데, 그것이 앞뒤 어디서 터지는지 분간할 수가 없었다.

새끼들, 쥐방울만한 것들이 독종은 독종들이야. 미국을 상대로 끝도 없이 덤벼들다니, 하여튼 예삿것들이 아니야.

문태복은 기습을 당할 때마다 하는 생각을 또 하며 차 문의 손잡이를 잡았다. 무슨 명령이 떨어지면 행동을 취할 준비였다. 처음 몇 달 동안에는 정신없이 허둥거렸는데 1년이 넘다 보니 그 정도의 여유가 생겼다.

쾅! 쾅!

"콩이다, 콩! 하차, 하차!"

"허리 업, 허리 업! (빨리빨리!)"

숨 가쁜 호루라기 소리와 함께 한국 헌병과 미군 헌병의 외침이 뒤섞이고 있었다.

콰당, 쾅, 쾅!

"왼쪽이다, 왼쪽! 전원 사격 개시! 전원 사겨억!"

다급한 사격 명령이 떨어지기 바쁘게 여기저기서 기관총의 연발음이 다다다다……, 콩을 볶기 시작했다. 스무 대의 트럭 앞과 뒤, 그리고 다섯 대 간격으로 사이사이에 끼어 호위하던 헌병 지프들의 반격이었다.

차에서 뛰어내린 문태복은 길바닥에 납작 엎드려 오른쪽으로 기기 시작했다. 포탄 터지는 소리가 진동하고, 기관총들과 M16의 칼칼한 연발음들이 어둠을 갈가리 찢어대고 있었다. 문태복은 오른쪽 길 옆의 비탈로 굴러내렸다.

갑자기 어둠이 걷혔다. 조명탄들이 그 푸르스름한 몽환적인 빛을 발산하며 새의 느린 날갯짓처럼 천천히 흘러가고 있었다. 조명탄들은 쉴새없이 터지며 어둠과 싸우고 있었다. 그 밝은 불빛 아래 베트콩의 모습은 보이지 않은 채 박격포탄만 계속 날아오고 있었다.

그래, 잘들 싸워봐라. 내 임무야 운전하는 거니까. 순진하게 괜히 총질하고 나섰다가 개죽음당하면 누구 손해냐. 빌어먹을, 전방도 후방도 없는 웃기는 전쟁이야, 이건.

방아쇠에 손가락을 걸고 비탈에 엎드린 문태복은 느긋하게 이런 생각을 하고 있었다. 1년 넘긴 고참 근로자들치고 그렇게 몸을 사리지 않는 사람들은 거의 없었다. 신참들이나 허겁지겁 총질을 하고 나섰다. 자신도 신참 시절에는 겁에 질려 기를 쓰고 총질을 해댔었다.

"왓! 콩이다! 오른쪽에 콩이다!"

문태복은 갑자기 외치며 비탈을 기어올랐다. 그가 무심코 고개를 돌렸을 때 벼들이 무성한 논에 거뭇거뭇한 것들이 움직이고 있었다.

"콩이다, 콩! 오른쪽, 오른쪽!"

문태복은 길바닥에 엎어지며 기를 쓰고 소리질렀다. 그러나 요란하게 뒤엉킨 폭음과 총소리 속에서 그의 외침은 모깃소리에 지나지 않았다.

그때 중간쯤에서 트럭에 박격포탄이 명중하며 차가 불붙기 시작했다. 조명탄들이 오히려 적에게 도움을 준 셈이었다.

"오른쪽에 콩이다! 오른쪽, 오른쪽!"

문태복은 허둥지둥 길바닥을 기어 왼쪽으로 가며 외쳐댔다. 그러나 기관총들의 속사음은 왼쪽으로만 휩쓸려 있었다. 박격포탄들은 분명 그쪽에서 날아오고 있었다.

마침내 오른쪽에서 총알이 날아오기 시작했다.

"저기 오른쪽에 콩이다!"

"턴 라이트! 턴 라이트! (오른쪽으로 돌려!)"

"위생병, 위생병!"

이런 외침들이 뒤엉키는 속에서 또 하나의 트럭이 박격포탄에 박살나며 불타기 시작했다. 문태복은 이제 왼쪽 길가의 둔덕에 머리를 박고 엎드려 바들바들 떨고 있었다.

기관총들이 난사해 대는 총탄들은 오른쪽 논으로 소나기가 되어 쏟아지기 시작했다. 연달아 터지는 조명탄의 불빛 아래 드러난 무성한 벼들은 또다른 정글이었다. 베트콩들은 그 어디에 몸을 숨겼는지 흔적도 보이지 않았다.

박격포탄은 더 터지지 않고, 이쪽에서 갈겨대는 총소리들만 조명탄 불빛 저쪽의 어둠을 물어뜯고 있었다.

"출발 준비하라! 전원 출발 준비!"

문태복은 비틀어진 철모를 고쳐 쓰며 잽싸게 차로 올랐다. 운전대에 자리를 잡고 앉으며 그는 비로소 오른손에 들린 M16의 무게를 느꼈다. 빈자리에 총을 팽개치며 내뱉었다.

"에이 옘병, 돈 벌기 힘드네."

그들은 미군부대에 도착해서야 한국인 운전수 한 명이 죽고, 미군 헌병 하나가 다리에 총상을 입은 것을 알았다. 죽은 사람은 딸만 넷이라는 신참 이 씨였다. 문태복은, 그 사람이 너무 겁 질려 몸 사릴 줄을 모르고 총질을 하고 나선 것이라고 생각했다. 누구나 신참 때는 최선의 공격이 최대의 방어라는 말을 곧이곧대로 믿고 M16을 연발로 긁어대게 마련이었다. 복부를 맞으면 등뒤로 창자가 다 터져나가 버리고, 팔에 맞으면 팔이 그대로 떨어져나가 버린다는 M16의 위력을 믿었고, 베트콩들의 구식 소총에는 끄떡없다는 방탄조끼의 효력을 믿었다. 그러나 M16도 방탄조끼도 몸을 사리고 숨는 것을 당하지 못했다.

이 씨의 죽음은 합숙소 안을 침울하게 만들었다. 그러나 그 시간은 고작 한나절 정도에 지나지 않았다. 그들은 24시간 운전 근무에 시달리고, 24시간 휴식에는 잠을 자야 했던 것이다. 그리고 죽는 것이 예사가 되어 있는 전쟁에 휘말리며 어느덧 죽음에 둔감해져 있기도 했다. 그들이 표하는 구체적인 애도는 월급에서 일률적으로 떼는 몇 푼씩의 조의금이었다. 회사에서는 시신이 언제 실려 가는지 알려주지도 않았고, 근로자들은 일에 쫓기느라고 그런 것에 신경 쓸 여유도 없었다. 죽은 사람의 목숨은 보험회사가 내놓는 보상액과, 회사와 동료들의 조의금을 합쳐 보통 800달러에서 1천 달러까지로 계산되었다. 그 제반 비용이 싼 맛에 미군은 모든 군수품 수송을 한국 회사에 맡기고 있었다.

언제나 그렇듯 문태복은 오전 내내 잠을 자고 점심때가 다 되어 눈을 떴다. 같은 막사 22명에서 일을 나가지 않은 절반 정도도 잠에서 깨어나고 있는 참이었다.

"이거 원 기분 찜찜해서 살겠나. 오후엔 술이나 퍼야지 안 되겠어."

누군가 기지개를 켜며 말했다.

"이 씨가 눈치 없이 총 들고 설쳤었나? 그리 돈을 아끼고 하더니만"

"복 없고 운수 없는 사람이지. 딸년들 넷 키우려다 베트콩 밥이 됐으니."

"다 잊어버려. 인명은 재천이니까."

"좌우간 이놈의 군번 없는 군인생활 아슬아슬해서 못살겠어. 빨리 날라야지."

방탄조끼에 철모를 쓰고, 총까지 휴대하고 운전을 해야 하는 자신들을 그들은 '군번 없는 군인'이라고 불렀다.

"그래도 어디 이만한 벌이가 쉽나. 요령껏 눈치껏, 총알 피해 다니며 한밑천씩 끌어모아서 튀는 게 장땡이지."

그들의 월급은 15만 원 정도였다. 그 액수는 서울의 운전수들보다 여섯 배 이상 많았다.

"흥, 좋아하지 말어. 다 남 좋은 일 시키고 있는 거니까. 우린 앞으로 나서서 베트콩들 총알 앞에 가슴팍 내밀고 죽을 똥 싸고 있는데 뒤에 편안하게 앉아 배가 터지게 그 돈 다 챙기는 건 누구야? 그 뚱보 사장 나리 또 납셨다며?"

"당연히 오셨겠지. 빈 007가방 가지고 와서 100딸라짜리로만 가득 채워가는 그 기분이 얼마나 째지겠어? 탄손누트 공항에서 비행기를 탈 때까지 양키 MP들이 경호까지 해준다니 어디 대통령이 부럽겠어?"

"괜히 맥빠지고 김새는 소리들 작작하고 맛대가리 없는 점심이나 먹으러 가자구. 누가 말리지 않으니까 억울하면 출세하구, 배알꼴리면 사장 되라니까."

"그래, 떠들어봐야 입만 아프지. 우린 그저 우리 몫이나 잘 챙겨야지."

한바탕 말잔치로 잠기운을 씻어낸 그들은 옷을 챙겨입기 시작했다.

"문 형, 안 나가? 기분도 찜찜하고 지랄 같은데 랑한테 가서 점심 먹으면서 술 한잔하는 거 어때? 문 형 쌀국수 좋아하잖아."

"랑이 싫어하지 않을까?"

말은 이렇게 하면서도 황동일을 쳐다보는 문태복의 얼굴은 밝아졌다.

"싫어하기는. 랑은 나한테 꼼짝 못하는 것 잘 알잖아."

얼굴 매끈하게 생긴 황동일이 어깨를 으쓱해 보였다. 랑은 그와 동거하는 여자였다.

야, 좋아하지 말아라. 월남 여자들이 살기 급하니까 꼼짝 못하는 척하는 거지, 속맘도 그런 줄 아냐. 월남 여자들 작고 가늘가늘하다고 우습게 봤다간 큰코다친다. 베트콩에 여자들이 날로 늘어가고, 남자와 똑같이 전투를 한다는 걸 들어봐.

문태복은 구두끈을 매면서 이런 속말을 하고 있었다. 자신은 여자가 열흘에 한 번 정도밖에 필요하지 않은데, 황동일은 하루를 넘기면 견딜 수 없다고 했다. 그래서 그는 외박이 금지되어 있는데도 동거하는 여자를 만들었다. 창녀촌은 성병도 위험하고 목숨도 위험할 뿐 아니라, 이틀거리로 바쳐야 하는 돈이 그게 그거라는 것이었다. 계산치고는 정확해서 문태복은 뭐라고 할말이 없는 채 월남의 무성한 정글처럼 왕성한 황동일의 성욕이 부럽고도 신기할 뿐이었다. 그런데 그렇게 성욕 강한 사람은 황동일만이 아니었다. 합숙소 300여 명 중에서 열댓 명이 그런 생활을 하고 있었다.

문태복과 황동일은 합숙소를 벗어나자마자 월남의 명물인 시클로를 잡아탔다. 하얗게 내리꽂히는 칼날 같은 햇살을 어서 피해야 했다. 월남에서는 하얗게 타며 내쏘는 햇살에 눈이 시다 못해 아렸다. 손님 둘이 탈 수 있는 자리가 앞에 있고, 뒤에서 페달을 밟아 전진시키는 삼륜자전거인 시클로는 택시에 비해 요금이 아주 싼데다가, 걷는 것보다는 몇 배나 빨라 이모저모로 좋은 교통수단이었다.

"저치들 저거 또 한탕씩 하려고 나왔군. 저것들이 은근히 부럽다니까."

황동일이 길 건너를 턱짓했다.

"글쎄 말야. 우린 영어를 씨부릴 줄 알아야 말이지."

길 건너 시장 앞에서 어슬렁거리고 있는 서너 명의 남자들은 제각기 봉지 하나씩을 껴안고 있었다. 그들은 양담배나 양주를 암거래하려고 나온 미국 회사에 근무하는 한국사람들이었다. 그들은 그런 물건들을 내다팔아 월남 여자와의 동거비를 장만하고 있었다. 미국 회사의 근로자들은 거주가 자유로워 월남 여자들과 동거하는 일이 유독 많았다.

길이 번화해질수록 오토바이·자전거·시클로·자동차·마차까지 뒤죽박죽이 되어 오가고 있었다. 그 어수선하고 번잡한 거리에서는 전쟁을 느낄 수가 없었다. 그런데 가끔 먼 메아리처럼 포성이 둔중하게 울려오는가 하면, 월남전을 상징하는 헬리콥터들이 그 어설프고 불안한 프로펠러 소리를 길게 끌며 멀리 날아가고는 했다.

"따이한 넘버원, 양키 고홈."

시클로 운전수가 돈을 받으며 불쑥 한 말이었다. 검게 그을고 깡마른 그의 얼굴에 묘한 웃음이 담겨 있었다.

"오케이, 비에트남 넘버원."

황동일이 익숙하게 대꾸하며 손을 흔들었다.

"난 저 말을 들을 때마다 속이 메스껍고 기분 나빠. 미국사람들한테는 반대로 말할 거 아냐. 약아도 너무 유치하게 약아서 비위 상해."

문태복이 침을 뱉었다.

"아니, 꼭 그렇지두 않아. 저건 쟤네들 진심일 수도 있어. 베트남 사람들이 어쩔 수 없이 파병된 한국군의 입장을 이해해서 미군을 미워하는 것처럼 한국군을 미워하진 않는대잖아. 그러니 우리 민간인들을 나쁘게 볼 리는 없잖겠어. 베트콩들도 우리 근로자들은 해치지 말랬다는 소문이 있는데."

황동일이 쥘부채를 펼쳐 햇빛을 가리며 말했다.

"글쎄, 그럴지도 모르지만 너무 안심하진 말어. 난 이 월남사람들을 통 믿을 수가 없어. 공무원·선생·상인·여학생·창녀·거지·행상들 중에도 베트콩들이 섞여 있다니 말야. 저 시클로 운전수도 베트콩과 줄이 닿고 있는지도 몰라. 그 말하는 꼴이 수상해."

"이런 겁쟁이 같으니라구. 그런 걱정 말고 남십자성 별빛 아래서 청춘이나 맘껏 즐기셔. 요런 호시절 아니면 우리가 언제 또 이 요상스런 나라에서 폼잡아 보겠어. 꽁까이들 좀 좋아. 몸집 자그마하고 가늘어서 품에 착 안기겠다, 가무잡잡한 살결 야들야들하겠다, 서양식 배워 사아비스 좋겠다, 그것 좁장해서 우리 물건하고 궁합 잘 맞겠다. 거기다가 우리 한국 남자들 시간 길게 끌어 남성 넘버원으로 대접받겠다, 이런 별천지가 또 어디 있어. 지나놓고 나서 나중에 후회하지 말고 문 형도 태국산 보약 먹고 힘 좀 내라고."

여자 얘기만 나오면 신바람 나는 황동일이 흐흐거리며 웃었다.

"황 형이나 많이 해."

문태복은 심술이 이는 것을 느끼며 내쏘았다. 떠도는 말에 의하면, 대만과 일본 남자들은 그것을 하는 시간이 5분이고, 베트남 남자들은 3분이고, 한국 남자들은 30분이라고 했다. 그래서 한국 남자들은 돈이 더 많은 일본 남자들을 제치고 월남 여자들에게 인기 1위를 차지했다는 거였다. 문태복은, 그게 다 황동일 같은 위인들이 꾸며낸 허풍이라고 생각했다. 무슨 재주로 그 짓을 30분씩이나 끌 수 있는지 도무지 이해가 되지 않았다. 자신은 용을 써보았자 10분을 넘기기가 어려웠다. 그런데 창녀들을 상대해 보면 한국 남자들이 인기라는 것은 전혀 터무니없지도 않은 것 같았다.

"문 형, 어떡할 거야? 난 1년 더 연장할 작정인데."

황동일이 아오자이 차림의 젊은 여자한테 야한 눈짓을 하며 말했다.

"나도 그래야 되겠어. 너무 많이 털렸으니까."

문태복은 기운 빠진 소리로 대꾸했다.

"문 형, 그 노름에서 손떼라고. 한다하는 꾼들이 짜고 친다는 소문인데 괜히 잘못했다간 알거지 된다구. 차라리 나하고 손발 맞춰가며 꽁까이 재미를 보면 그리 큰돈 안 날리고 실속이 있잖아. 어때, 내가 랑한테 삼삼한 애 하나 소개하라고 할까?"

"아니야, 아니야. 골치 아파."

근로자들은 휴식하는 날이면 극장·술·여자·노름 같은 것으로 시간을 때웠다. 그런데 노름은 회사에서 금하는 것과는 반대로 갈수록 판이 커져가고 있었다.

"이러다가 임신하면 어쩔 셈이야?"

골목으로 접어들며 문태복이 물었다.

"그야 내가 알게 뭐야. 즈네들 신세 안 망치려면 즈네들이 알아서 해야지."

"그렇게 속 편한 소리 하지 말어. 미국 회사에 있던 어떤 친구 하나는 임신한 것을 알고 그 여자를 차버리고 딴 여자를 얻었다가 황천객이 됐다는 소문 듣지도 못했어?"

"문 형은 참 걱정도 팔자로군. 그거 어떤 새낀진 모르지만 그따위 얌체 짓 하면 죽어야 싸지. 그거 다 요령 없이 까불어서 당한 거야. 애네들이 미군 다음으로 싫어하는 게 뭔지 알아? 자기들을 무시하고, 자존심 상하게 하는 거야. 바람을 피우려면 미리 임신을 못하게 단속을 하고, 그래도 임신이 됐을 때는 수술비에다 한 달치 정도의 생활비는 주고 빠이빠이를 해야 진짜 바람둥이 아닌가? 그런 투자도 안 하면서 바람피우겠다고 까부니까 당연히 골로 가는 거지. 돈 얼마 안 들이고 청부살인을 할 수 있는 이 무법천지에서 왜 애네들 감정 건드리고 그래? 알고 보면 애네들 참 인정 많고 순진한 데가 있잖아. 그런 사람들을 왜 깔보고 무시해서 화나게 만들어? 그거 죽을라고 환장을 한 거지."

"아이구, 아주 도통을 했구만."

"그러니까 아무나 바람둥이 되는 줄 알아? 바람둥이 되기 전에 국제신사부터 돼야 한다구."

황동일이 키들키들 웃으며 랑의 집으로 앞서 들어갔다.

문태복은 황동일의 말이 제법 그럴듯하다고 생각했다. 그 사람이 황동일의 말처럼만 했더라면 죽지 않았을지도 모른다. 월남사람들은 한국사람과는 전혀 다른 두 가지 면이 있었다. 여자들에게 정조관념이라는 것이 전혀 없어서 육체 관계를 맺는 것도 헤어지는 것도 예사로 했다. 그리고 어떤 일이든 배신행위를 하면 반드시 복수를 한다고 했다. 그 남자는 이 두 가지를 한국식으로 거꾸로 생각했던 것이 아닌가 싶었다.

랑의 집 마당가에는 언제 보아도 싱싱한 열대의 꽃들이 진한 색깔로 화사하게 피어 있었다. 월남의 숲들이 끈적한 느낌이 들도록 농도 짙은 진초록색인 것처럼 꽃들도 그 색깔이 야성미를 듬뿍 담은 강렬한 원색들이었다. 그 색깔의 농도가 어찌나 강한지 아름답다 못해 야할 정도였고, 어떤 꽃들은 그 진한 색깔 속에 무당이 풍기는 그 야릇한 주술성이 어려 있는 것 같기도 했다. 마당가를 따라 피어난 꽃들을 가꾼 흔적은 없었다. 강렬한 태양과 많은 비가 내리는 자연 속에서 그 꽃들은 저절로 자라나고 저절로 꽃을 피우고 있는 모양이었다. 어디에서나 볼 수 있는 월남의 자연스러운 모습이었다.

문태복은 꽃들을 건성으로 보며 마당을 가로지르다가 한 곳에 눈길이 멈추었다. 그리고 어이없는 듯 픽 웃음을 흘렸다. 그가 보고 있는 것은 작은 텃밭의 고추였다. 그런데 고추들은 희한하게 달려 있었다. 한국 고추들과는 정반대의 모양을 하고 있었다. 한국 고추들은 땅을 향하고 있는데 월남 고추들은 하늘을 향하고 있었다. 그러니까 그건 '달려' 있는 것이 아니라 '솟아' 있다고 해야 옳을 지경이었다. 아직 익지 않은 푸른 고추들은 그나마 괜찮은데 빨갛게 익은 고추들이 하늘을 향해 곤두선 듯하고 있는 모양은 참으로 야릇하기 이를 데 없었다. 남자의 그것을 고추에 비유한 것은 한국 고유의 것이 아니라 월남에서 비롯된 것이 아닐까 하는 생각이 들 정도였다.

문태복은 어디서나 빨간 고추의 발딱 곤두선 모양을 볼 때마다 참 묘하게도 생겼다 하는 생각과 함께 웃음이 나오고는 했다. 저것을 한국에 가져다 심으면 어떻게 될까? 이런 실없는 생각이 들기도 했다. 그런데 그 고추는 맵기는 한데 매운맛이 한국 것에 비해 영 싱거웠다. 입에 들어가면 화끈하게 불붙듯이 맵다가는 이내 그 기운이 사라졌다. 입에서부터 맵기 시작해서 음식이 내려가는 길을 따라 목도 맵고 뱃속까지 화끈거리게 하는 한국 고추와는 딴판이었다.

문태복은 괜히 신경 쓰여 어슬렁거리며 집 가까이 갔다. 집이란 것이 이상하게 생겨서 밖에서도 안이 대충 들여다보였다. 월남의 집들은 사철 없이 더운 기후 속에서 살기 알맞도록 지붕과 벽만 있는 형태였다. 그 벽이라는 것도 벽돌이나 시멘트 같은 것으로 된 것이 아니라 야자수만큼 흔한 대나무로 발을 엮어서 둘러친 것이었다. 그 발도 얼금얼금 짜서 바람이 잘 통하게 했기 때문에 그 사이사이로 집 안의 동정을 얼추 살필 수 있었다.

"뭐 하고 있어. 빨리 올라오잖고."

안에서 황동일의 목소리가 들려왔다.

"난 한바탕 얼크러지는 줄 알았지. 그래도 예의 차릴 줄 아네."

문태복은 대여섯 개의 계단을 걸어 올라가며 흐흐거리고 웃었다. 비가 많아서 생기는 습기를 피하고, 뱀이나 독충 같은 것들을 막기 위해서 모든 집들은 땅에서 한 길 가까이 떠올라 2층 형태를 하고 있었다.

"이거 왜 이래. 나를 짐승으로 아나."

황동일이 마치 자기 집이라도 되는 것처럼 편하게 마룻바닥에 주저앉아 담배를 빼물고 있었다.

집 안은 방들이 따로 없이 대나무 발을 둘러친 넓은 공간 그대로였다. 그 공간의 가장자리를 따라 대나무로 짠 칸막이가 엉성하게 세워져 있었다. 그 칸막이 공간이 방이었다. 그런 방에서 사랑놀이를 하며 월남사람들은 아무 소리도 내지 않는 것인지, 아니면 야릇한 소리들이 들려도 아무렇지도 않게 생각하는 것인지 알 수가 없었다. 그리고 그 칸막이 공간들을 제외한 가운데가 손님도 접대하고, 식사도 하고, 차도 마시는 거실이었다.

이 집에도 거실의 정면 가운데에는 어김없이 불단이 차려져 있었다. 으레 그렇듯 불단은 붉은 비단으로 경건하게 장식되어 있었고, 쌀이 수북하게 담긴 하얀 사기그릇에는 길고 굵은 붉은 향이 꽂혀 있었다. 거의 모든 가정에서 불단을 차려놓고 아침저녁으로 향을 피울 정도로 월남사람들의 불심은 생활 속에 깊이 뿌리내려 있었다.

그 불단 아래서 한 영감이 곰방대를 빨고 있었고, 저쪽 문가에 매어진 해먹에서는 한 청년이 시에스타(낮잠)에 빠져 있었다. 그런데 그 영감이 빨고 있는 것은 담배가 아니라 아편이었다. 곰방대를 빠는 소리가 찌직찍찍 괴상하게 들렸고, 그럴 때마다 곰방대통에서는 발갛게 불꽃이 일며 아편 끓는 소리가 끄륵거렸다. 아편이 타는 냄새는 담배 냄새와는 달리 향기 있는 마른풀이 타는 것처럼 구수한 듯하면서도 무슨 털이 타는 듯한 약한 노린내가 섞여 있었다. 월남 노인네의 절반은 그렇게 아편을 피우며 늙은 세월을 보내고 있었다.

"저 친구는 뭐 하는데 저렇게 빈둥거려?"

문태복은 담배를 빼들며 해먹 위에서 세상 모르게 자고 있는 청년을 눈짓했다.

"모르겠어. 돈 주고 군대를 뺀 것인지 어쩐지. 저도 나도 서로 관심 없으니까. 애는 착해."

황동일이 푸우 소리 나게 담배연기를 내뿜었다.

양쪽 끝을 나무나 기둥에 잡아매 공중에 뜬 잠자리인 해먹과 시에스타는 월남사람들에게 쌀국수만큼 생활에 절대 필요한 것이었다. 점심 식사 후에 즐기는 낮잠인 시에스타는 어찌나 철저하게 지켜지는지 그 시간에는 나라 전체가 낮잠을 자는 셈이었다. 그건 무더위를 이겨내고 생활의 활력을 찾는 한 방법이었다. 그물망이나 천으로 된 해먹은 간단하면서도 편한 잠자리를 마련할 수 있는 최고의 발명품이었다. 차곡차곡 접으면 부피가 작아 간수하기 편하고, 자야 할 때는 나무가 지천으로 많은 월남에서 양쪽의 끈을 나무에 잡아매기만 하면 좌우로 흔들거리는 잠자리가 되었다. 그래서 해먹은 게릴라전을 해야 하는 베트콩들의 필수품 중의 하나이기도 했다.

"쌀국수는 안 주나?"

문태복은 배를 쓸면서 불평하듯 말했다.

"이런, 얻어먹는 주제에 급하기는. 조금만 더 기다려. 저쪽에서 지금 랑하고 어머니가 만들고 있으니까."

황동일이 부엌 쪽을 턱짓했다.

"난 월남 떠나면 한 가지 걱정이 있어. 쌀국수 먹고 싶으면 어떡하나 하고 말야."

"그렇기도 하겠지. 여기 쌀국수 맛 하나는 기똥차니까. 쌀밥 먹는 우리 입에 딱 맞잖아. 그렇지만 난 쌀국수가 아니라 여자야. 여기 여자들 자그마하고, 날씬하고, 예쁘고, 색 잘 쓰고, 남자 잘 받들고, 여자로 최고야 최고."

황동일이 엄지손가락을 세웠다.

"아이고, 또 신바람 난다. 그렇지만 그건 황 형이 잘못 생각하는 거야. 사이공에 가면 15딸라짜리에서부터 500딸라짜리까지 온 세계 여자들이 다 있는데, 월남 여자들은 하바리 취급밖에 못 받는 대잖아. 제일 고급으로 비싼 게 프랑스하고 이태리 것들이고."

"이런, 이런, 여자맛도 모르면서 들을 소문은 다 듣고 다니네. 그건 순전히 양키새끼들이 지껄여대는 개소리야. 진짜 썹맛이 뭔지 좆도 모르는 새끼들이 즈네 기준대로 사람을 색깔로 등급을 매겨 놓은 거라구. 흰둥이새끼들은 노란둥이들을 무조건 무시하고 천시하잖아. 그중에서도 특히 월남사람들을 개좆으로 취급해 버리고 말야. 흰둥이새끼들의 제일 못된 버르장머리가 색깔로 사람 차별하는 건데, 그따위 개소리 믿지 말라구. 문 형은 그 새끼들이 그러는 것에 열 받치지 않아?"

황동일의 얼굴은 점점 높아지는 목소리를 따라 벌겋게 열이 오르고 있었다.

"그야 나도 노란둥인데 기분 좋을 리 있어? 그건 흰둥이들 고질병이니까 어쩔 수 없지."

"씨팔, 그런 것 생각하면 이 전쟁에서 양키새끼들이 팍 져버려야해. 그 좆같이 큰 코들이 아주 납작해져 버리게 말야."

"이거 꼭 빨갱이 같은 소리만 하고 앉았네. 잘못하면 수사대에 신고하는 수가 있어."

"좋아, 그래, 신고해서 돈 많이 받아먹어."

그때 하얀 아오자이를 입은 랑이 쌀국수를 내왔다. 가무스름한 피부에 쌍꺼풀 진 눈우물이 깊고, 가녀릴 만큼 좁은 어깨와 가느다란 몸매에 꼭 끼는 아오자이가 아름답게 어울리는 랑은 전형적인 월남 여자였다.

"안녕하세요. 마, 마······."

랑이 수줍어하며 더듬거렸고,

"맛있게 드세요."

황동일이 말을 이어주었다.

"예, 맛있게 드세요."

랑이 입을 가리며 부끄럽게 웃었다.

"예, 감사합니다. 맛있게 먹겠습니다."

문태복은 고개까지 꾸벅했다.

시장하던 참이라 그들은 쌀국수를 마구 먹기 시작했다. 우동처럼 국물이 넉넉한 쌀국수에는 길쭉하게 자른 파와 함께 종잇장처럼 얇게 썬 고기가 섞여 있었다. 국숫발은 밀가루로 뺀 것과 다를 것이 없었다.

"이게 380가지나 된다니 믿어지지가 않아. 난 그동안 부지런히 먹는다고 먹었는데 몇 가지나 먹어봤는지 모르겠어. 근데 왜 우리나라에선 이렇게 맛있는 걸 만들어 먹을 줄 모르지?"

문태복이 국수를 우물거리며 말했다.

"그야 당연하지 뭐. 밥해 먹을 쌀도 모자라 야단인데 국수 만들어 먹을 생각을 어떻게 하겠어. 여기처럼 한 논에서 1년에 쌀이 세 번씩 나와 남아돌아야 이런 생각을 하지."

"그렇기도 하겠네. 하여튼 쌀국수 종류 많은 걸 보면 월남사람들 아주 상당하다니까. 다시 봐야 해."

"어디 이것만이야? 미국을 상대로 끈질기게 싸우는 걸 봐. 상당한 게 아니라 아주 대단해. 난 여기 오면서 전쟁이 곧 끝나버리면 어쩌나 걱정했는데 말야."

"그래, 그 덕에 우리가 사는 거지. 근데 결국 지긴 질 텐데, 언제까지나 버틸 수 있을까?"

"글쎄, 그걸 누가 알겠어. 지금까지 버텨온 식으로 가면 4~5년은 더 가지 않을까?"

"그리만 된다면 우리가 연장하는 데는 지장이 없겠군."

"그야 그렇지. 어쨌거나 베트콩들도 많이 죽겠지만 미군들도 좆 단단히 물린 거야. 여기 끝없는 밀림을 봐. 그 속에서 전쟁을 한다니 양키들이 미칠 일이지."

"양키들이야 즈네 좋아하는 전쟁이고 월급이나 많이들 받으니까 미칠 것 없지. 정작 미치는 건 한국군이라구. 하나밖에 없는 목숨 내걸고 싸우면서 한 달에 40딸라가 뭐야, 40딸라가. 박정희 그 사람도 정신 나갔어. 미국이 몸달아 매달리면 버티기 작전으로 나가서 400딸라는 못 되더라도 100딸라까지는 올렸어야지. 젊은 놈들 목숨이 개값인 줄 알어."

"그거 왜 그런지 알어? 박정희가 노름을 할 줄 몰라서 그래. 문 형이 가서 노름판 버티기가 뭔지 좀 가르쳐주라구."

황동일이 아주 심각한 표정을 꾸며내며 말했다.

"어쨌거나 군인들이 목숨 내걸고 죽어라고 벌어봐야 우리가 버는 것에 비하면 말짱 헛거지. 근데, 우리가 벌어들인 돈으로 고속도로 놓는다는 건 사실일까?"

"그거 사실 아니겠어? 여기 나와 있는 회사들이 벌어들이는 돈에다가, 그 회사 근로자들이 매달 보내는 기본급, 그리고 그 많은 군인들이 의무적으로 보내는 월급까지 다 합해 놓으면 그 딸라 어마어마하잖아. 마음만 먹으면 고속도로 충분히 놓겠지."

"아이고 모르겠다. 쌀국수 맛이 왔따다."

문태복은 국물까지 다 마시고 입을 훔치며 물러나 앉았다.

랑이 상을 내가는데 여자 노인이 아무 소리 없이 손짓으로만 남자 노인과 해먹의 청년에게 밖으로 나가라고 이르고 있었다. 해먹에서 자던 청년은 언제 일어났는지 게으른 하품을 하고 있었다. 살이라고는 없이 비쩍 마른 남자 노인은 무표정하게 일어나 계단을 내려가기 시작했다.

"나도 슬슬 자리를 비워드려야 되겠지?"

문태복이 자리를 뜨려는 기색을 보였다.

"이런, 천천히 담배나 한 대 피우고 가. 소화나 돼야 무슨 짓을 하지."

황동일이 담배를 권했다.

"이거 괜히 눈치 없이 굴다가 미움 사면 안 되잖아. 근데 그 해구신이라는 거 효과는 있는 거야?"

문태복은 켄트를 뽑으며 물었다. 월남 담배는 풀 냄새가 심해 맛이 없었고, 각종 미제 담배들이 길거리에 넘쳐나고 있으니까 그걸 피울 수밖에 없었다. 미군부대를 거쳐 아무런 관세 없이 들어온 온갖 미국 물건들은 월남의 시장을 뒤덮고 있으면서 월남에 뿌려진 막대한 달러를 미국으로 되빨아들이는 역할을 충실히 수행하고 있었다.

"물개 자지? 그거 안 먹어도 난 너무 잘 서서 탈이니 알 수가 있나. 옛날부터 그게 양기에 좋다고 했으니 무슨 효과가 있긴 있겠지. 그렇지만 월남에 나도는 것 태반은 태국이나 홍콩에서 들어온 소 자지 말린 가짜라니까 조심해야 돼. 괜히 아까운 돈 없애가며 소 자지 과먹어봐야 아무 효과 없으니까. 왜, 먹어보게?"

"아니, 그냥 해본 소리야. 우리 근로자들 중에 그것 사는 사람들이 하도 많아서."

"그거 다 미친 짓들이야. 웅담이라는 건 돼지 쓸개 말린 거고, 우황청심환이라는 것도 향내 나는 약초들을 찧어 만든 말짱 가짜라는 거야. 홍콩에서 들어오는 것들은 하나도 믿을 게 없어. 애써서 돈 벌어 그런 것들 허겁지겁 사는 놈들은 다 병신 쪼다들이야."

황동일은 자신 있게 말했다.

근로자들 숙소에는 미군 지프를 개조한 자동차를 몰고 떠돌이 약장사들이 심심찮게 나타났다. 그 한국사람들은 주로 정력제나 보약을 팔았고, 값이 비싼데도 근로자들은 아주 잘 샀다. 그들은 꼭 자기들이 먹으려고 그러는 것만이 아니었다. 고향 부모들한 테서, 누구누구는 월남에서 오며 무슨무슨 보약을 사왔다던데, 뭐 꼭 먹고 싶은 생각은 없다만……, 하는 식의 편지가 날아오는 것이 적지 않았다.

"자아, 난 그만 갈 테니까 재미 많이 봐."

문태복은 트림을 하며 일어섰다.

"문 형은 다 좋은데 색 약한 게 탈이란 말야. 이 좋은 계집들하 고 나와 함께 즐기면 좀 좋아."

"이거 이러지 마. 내가 약한 게 아니라 황 형이 비정상이라구. 날 마다 서는 게 그게 어디 사람 거야? 물개 자지지."

문태복은 계단을 내려가며 웃었고,

"하하하……, 그 말 멋진데, 멋져."

황동일은 아래를 내려다보고 서서 통쾌하게 웃고 있었다.

문태복은 햇볕 속으로 나서며 눈을 가늘게 뜨고 상을 찌푸렸다. 그늘에 있을 때는 별로 더운 것을 몰랐는데 햇볕 속으로 나서자 금세 눈이 부시고 폭염이 화끈하게 느껴졌다. 닭들까지 그늘을 찾 아들 수밖에 없는 기후였다.

큰길로 나선 문태복은 이마에 손차양을 하고 망연히 서 있었다. 문득 외국이라는 생각과 함께 외로움이 밀려들었다. 가로수로 줄지 어 선 야자수들이 외국이라는 것을 더 진하게 느끼게 했다. 가지 라고는 없이 외줄기로 드높게 뻗어 올라간 야자나무들. 줄기 끝에 부챗살의 잎들을 볼품없고 허술하게 달고 있는 그 나무들은 한국에서는 볼 수 없는, 한국에 소나무가 많은 것처럼 월남 어디에서나 볼 수 있는 월남을 대표하는 나무였다.

문태복은 저 앞에서 달려오는 군용 트럭에 눈길을 보냈다. 경적을 요란하게 울리며 달리는 트럭 앞에서 시클로며 오토바이들이 황급히 비켜서고 있었다. 세 대의 트럭은 거침없이 문태복 앞을 지나갔다. 트럭에 탄 것은 월남 군인들이었다. 월남 군인들은 언제 보아도 기죽고 맥빠져 보였다. 활달하고 떠들썩한 미군들과는 대조적이었다. 미군들이 이 땅의 주인 같고 월남군들이 오히려 외국군 같았다.

헬리콥터 편대가 저 높은 야자나무의 부챗살잎에 걸린 듯했다가 백광 눈부신 하늘로 날아가고 있었다. 그 방향은 밀림 쪽이었다. 문태복은, 또 어디다 퍼부어대려고 가는 모양이지, 생각하며 헬리콥터에서 눈길을 돌렸다.

나도 노름에서 손을 떼긴 떼야 할 텐데……, 그놈의 본전 생각이 나서…….

문태복은 무거운 마음으로 길을 건너가며 무료하게 앉아 있는 시클로 운전수에게 손을 흔들었다.

23

세상살이 물결

싱싱한 벼들은 진초록 바다를 이루고 있었다. 그 넓은 바다 위에 햇빛은 눈이 시도록 쏟아져내리고, 바람기 없는 들녘의 고요는 적막하기까지 했다. 한낮의 후끈거리는 더위를 피했음인지 농부들의 모습은 보이지 않았다. 그 푸른 고요의 바다에 곧 빠질 듯 빠질 듯 제비들이 낮고 빠르게 날고 있었다. 제비들의 그 경쾌하고 날쌘 비상에 비해 새하얀 해오라기들은 마치 날 줄 모르는 것처럼 한자리에 까딱 않고 서 있거나, 긴 다리로 느릿느릿 걸었다. 초록빛 속에서 해오라기들의 새하얀 모습은 더없이 곱고 우아했다.

언덕배기 소나무 그늘에 앉은 천두만은 담배를 피우며 아슴한 눈길로 들녘을 바라보고 있었다.

그려……, 내 논 열 마지기만 있었드라도 서울로 안 떴제. 서울살이, 그것이 워디 사람 사는 것이여. 니나 나나 목구녕에 풀칠허겄다고 서로가 물고 뜯고 생지옥이제. 지 땅 밥 안 굶을 맨치 지니고 철 따라 농사짓고 사는 것이 질인디……

천두만의 가슴에는 땅에 대한 그리움과 서울살이의 서러움이 함께 사무치고 있었다.

농사일도 힘겹고 고단한 것이지만 그래도 곡식이 자라고 알곡이 영그는 것들을 보는 즐거움과 여유가 있었다. 그러나 농사일밖에 할 줄 모르는 몸으로 서울살이를 한다는 것은 나날이 막일을 찾아 허덕여야 하는 곽곽한 모래밭 걷기였다.

"아저씨, 이제 그만 가시지요."

"아저씬 또 고향땅 생각하세요?"

천두만과 좀 떨어져 앉은 두 아가씨가 제각기 가방을 들고 일어났다.

"잉 그려, 또 가야제. 지 아무리 고향땅 생각허먼 멀혀. 요런 쪽박 신세로야 꿈에서도 갈뚱말뚱허제."

천두만은 끄응 힘을 쓰며 미군 야전용 큰 배낭을 들쳐멨다.

"아저씨, 그러지 말고 고향에 한번 가시지 그래요. 우리한테 구경시켜 주실 겸."

키가 조금 큰 아가씨가 말했고,

"맞아요. 고향에 가면 우리 일도 훨씬 더 편하게 잘될 것 아니겠어요?"

다른 아가씨도 얼른 거들고 나섰다.

"와따메, 그 무신 사람 잡을 숭헌 소리여? 나가 요런 천헌 꼬라지

빌라고 고향 떠나온 것이 아니랑께."

천두만은 펄쩍 뛰며 머리를 내둘렀다.

"어머, 이게 어째서요? 아저씬 자가용 타는 부자가 돼서 고향에 갈 작정이셨어요?"

키 좀 작은 아가씨가 쥘부채를 펼치며 웃었다.

"아이고, 넘 속 몰르는 소리 말소. 자가용이야 꿈도 못 꾸는 것이고, 사람 체면은 좀 서얄 것 아니여. 요런 꼬라지로야 원……."

천두만은 밀짚모자를 고쳐 쓰며 한숨을 푹 내쉬었다.

"돈을 얼마쯤 벌어야 아저씨 체면이 서시는데요?"

다른 아가씨가 파라솔과 가방을 바꿔들며 물었다.

"글씨, 돈이란 그 얄랑궂고도 요상시런 물건이 하도 요술 빠술을 잘 부려 잡을라고 발광을 혀도 미꾸라지맹키로 손을 쏙쏙 빠져나가 불고, 허천나서 몸살을 델수록 더 기운 빠지고, 세상 살맛 떨어지게 맨드는 물건인디. 나야 크게 바래지도 않고 논 열 마지기 살 수 있게만 바랬제. 논 열 마지기만 장만험사 고향에서 농사짓고 사는 것이 질인디 말여……."

"우리가 미장원 차리는 것처럼 그게 아저씨 꿈이로군요? 그건 얼마 안 되는 돈이니까 머잖아 그 꿈을 이룰 수 있으시겠는데요?"

쥘부채를 부치고 걸으며 아가씨가 말했다.

"허, 세상 몰르는 소리 허고 앉았네 그랴. 시악씨덜맹키로 혼자 몸이람사 그리 될 수도 있겠제. 근디 새끼덜 넷에다가, 여섯 입에 풀칠허기가 바쁜디 그것이야 영영 손에 잽히기 틀래분 꿈이시. 알아든겄어?"

"그럼 아저씨는 영영 고향에 못 가시게요?"

"하먼 워쩔 것이여, 팔자가 드러운디 살아 못 가면 죽어서나 가
는 것이제 머."

땡볕 속에서 천두만의 시름 깊은 한숨이 흩어졌다.

"근데, 아저씨는 이 일 하기 전에는 무슨 일 하셨어요?"

차양 큰 꽃무늬모자를 쓴 아가씨가 가방과 쥘부채를 바꿔들며
가슴 아픈 듯 혀를 찼다.

"말도 말어. 배운 것 없고, 똑별난 기술 없는 처지에 보나마나 아
니여? 질로 천허고 험허고 드러운 일은 다 혔제. 거죽만 사람이제
사람으로 산 것이 아닝께 그냥 그리 알아둬."

천두만은 지나온 세월을 입에 올리고 싶지 않았다. 큰딸보다 고
작 서너 살 더 먹었을 아가씨들에게 창피스럽기도 했고, 가지가지
겪어온 일들을 다시 생각하는 것조차 지긋지긋했다.

그동안 해왔던 여러 가지 막일 중에서 그래도 괜찮았던 것이 똥
푸는 것이었다. 누구나 피하려고 하는 천한 일이라서 수입은 괜찮
은 조건이었다. 그 일을 하고서야 돈을 모아 가족을 불러 올릴 수
있었다. 그리고 유일표라는 학생을 통해서 알게 된 서동철 부장이
극장 변소를 맡겨줘 꽤나 도움을 받기도 했다. 변소 뒷문으로 들어
가 마누라한테 영화를 보여줄 수 있게 눈감아주고는 했던 서 부장
은 더없이 고마운 사람이었다.

"달비 포씨요오, 머리크락 삽시다아. 달비 사요, 머리크락 짤라

폴아요오."

동네로 들어서며 천두만은 목청을 뽑기 시작했다. 그 뒤를 따르는 두 아가씨는 가방을 추스르며 동네를 살피고 있었다.

"어허, 달비 포씨요오, 머리크락 짤라 폴아요오. 머리크락 짤라 돈 벌고, 신식 빠마는 공짜로 해주요오. 얼렁얼렁 나오씨요오."

천두만의 목소리는 50여 호의 동네를 향해 헌걸차게 퍼져나가고 있었다.

이슬이 걷히기 전부터 논일을 나섰던 사람들은 낮잠이라도 한숨씩 자는 것인지 동네에 어른들의 모습은 보이지 않고 나무그늘에서 놀던 아이들이 호기심을 드러내며 그들 가까이 모여들기 시작했다.

"어이 봇씨요, 시악씨들! 그 머리채 귀밑꺼지 짤라 폴고, 공짜로 신식 빠마혀서 멋쟁이 안 될라요?"

바구니를 옆에 끼고 고샅에서 막 나오고 있는 두 아가씨에게 다가서며 천두만이 말을 걸었다.

"고것이 무신 소리다요?"

한 아가씨가 어리둥절했고,

"아이고메, 그 소문난 머리크락 장시가 우리 동네에도 왔네 그랴."

다른 아가씨가 반가운 기색으로 웃음을 머금었다.

"옳여, 옳여! 시악씨는 인물이 이쁘고 찰방지게 생긴 거맨치로 아조 똑똑허고 귀가 붉구만 잉. 그 존 소문 발써 딱 듣고 있는 것 본께로. 근디 말이여, 머리크락 장시라고 혀서 다 똑겉은 머리크락

장시가 아니란 말시. 워찌 근고 허니, 우리는 딴 머리크락 장시허고
는 달브게 신식 빠마꺼정 공짜배기로 싹 혀줘서 멋쟁이럴 맨글어
준당께로. 보소 시악씨, 요 인물에 하이칼라 빠마를 착 허면 얼매
나 더 기맥히겠능가. 짜아, 얼렁 그 귀찮은 머리채 짤라뿔드라고."

천두만은 꼭 떠돌이 약장수처럼 말 반죽을 달게 해대며 손바닥
에 침을 튕기고 나섰다. 그는 달비장수로 나선 몇 개월 동안에 입
심이 늘 대로 늘어 있었다.

"고것이 참말이다요?"

얼굴 둥글넓적한 두 번째 아가씨가 눈을 빛내며 물었다.

"그럼요, 정말이구말구요. 우리가 바로 파마해 드리는 미용사라
구요, 미용사."

파라솔 든 아가씨가 제때 박자를 맞추며 앞으로 나섰다.

"자아, 보세요, 이 파마 우리가 서로 해준 거예요. 어때요? 멋있
죠? 당장 이렇게 해드릴까요?"

쥘부채를 든 아가씨가 자신의 파마머리를 내보이며 맞장구를
쳤다.

"음마……, 미용사……."

얼굴 둥글넓적한 아가씨는 자신과 다른 모습의 두 여자를 눈부
신 듯 바라보며 중얼거렸고, 그 옆의 얼굴 갸름한 아가씨는 힐끔힐
끔 곁눈질을 하고 있었다.

"어이 시악씨, 얼렁 머리채 짤라불고 신식 멋쟁이가 되잔께."

천두만은 배낭을 벗으며 답치고 들었다.

"복실아, 우리 빠마허자. 돈도 벌고 공짜라고 안 혀?"

얼굴 둥글넓적한 아가씨가 친구를 향해 돌아섰다. 그런데 그녀의 땋아내린 머리채는 허리께까지 치렁치렁했다. 그야말로 삼단 같은 그 머리채를 보며 천두만은 침을 꿀떡 삼켰다. 젊은 처녀의 머리카락인 데다가 그 정도의 길이면 더 따지고 자시고 할 것 없이 최상품이었다.

"금메……, 미자 니 혼나면 워쩔라고 그냐. 나도 허고는 잡은디, 그려도 엄니헌테 물어봐야 혀. 아부지가 생야단 날지 몰릉께."

복실이란 아가씨가 울상을 지으며 고개를 저었다.

"그려? 글먼 나허고 시악씨덜 엄니헌테 가드라고. 요새 시상이 워떤 시상이라고 촌시럽고 우세시럽게 낭자머리 틀고, 머리채 땋아내리고 허능겨. 가드라고, 나가 나서서 다 해결볼 챔잉께."

천두만은 다시 배낭을 지며 자신 있게 나섰다. 이런 때 아가씨들만 붙들고 우물쭈물했다가는 판이 깨지기 십상이었다. 아가씨들의 어머니부터 낭자머리를 자르게 하면 그 다음부터는 줄줄이 고구마 캐기였다.

"짜아, 나 말 한분 들어봇씨요. 시방 서울이고 도회지란 도회지에서는 여자들이 모다 빠마를 허는 것이 대유행이오. 아니, 멀리 볼 것이 없이 읍내만 나가도 빠마허는 멋쟁이들이 날로 늘어가고 있지 않습디여? 빠마 안 허는 여자들은 꼬부랑 할망구들뿐이란 말이오. 요런 신식 시상에서 구식 낭자머리에, 머리채 질게 땋아내리고 댕김서 나 촌사람이오 허고 표식 내고, 촌티 난다고 놀림감

되고 허는 것이 쫄 것이 머시가 있소. 글고 말이오, 더 중헌 것이 있당께라. 낭자머리고 시악씨머리고 간에 그 질고 진 머리채를 감기도 심들고 빗기도 심들어 간수허기가 을매나 귀찮시럽소. 워디 그것뿐이간디? 여름에는 덥고 땀 많이 차서 땀내 시큼털털허게 나제, 겨울 삼동에는 자주 감기 에로와 이 드글드글 끓제. 요런 우환덩어리를 멀라고 달고 댕김서 고상이냐 그것이오. 속씨언허니 싹 짤라뿌러 돈도 벌고 공짜로 빠마혀서 신식 멋쟁이가 되면 이보담 더 기맥히게 존 일이 워디가 또 있겄소. 그러고 또 기맥힌 일이 있는디, 빠마혀서 딴사람맹키로 이뻐지면 냄편들이 확 달라진다 그 말이오. 으쩨요, 나 말이 맞으요 틀리요? 자아, 딴 머리크락 장시덜허고는 달브게 우리만 공짜로 빠마를 혀주는 것잉께 아짐씨덜, 싸게싸게 나스씨요."

낭자머리를 한 서너 명의 여자 앞에서 천두만은 몇 달 동안에 익숙해질 대로 익숙해진 변설을 떠돌이 약장수 뺨치게 늘어놓았다.

"엄니, 돈도 벌고 빠마도 공짜로 허는디 을매나 존가. 나 당장 머리 짤를라네."

얼굴 둥글넓적한 아가씨가 나섰다.

"엄니, 나도 헐라네."

얼굴 갸름한 아가씨도 제 어머니의 팔을 흔들었다.

"글씨, 저 양반 말이 다 공자님 말씸이기넌 헌디, 아부지가 머시라고 허실랑가 몰르겄다 와."

"와따, 머시라고 헐 것이 머 있간디라. 쌩돈 딜여서 딸네미 빠마시켜줘야 헐 판에 요런 꿩 묵고 알 묵고가 따로 없는 판잉께 보나 마나 얼씨구나 허겠제라."

천두만은 가슴이 뜨끔해져 이렇게 몰아붙였다. 남자들이 끼어들었다 하면 일이 비꾸러지고 탈이 생겼다. 이상하게도 남자들은 머리 자르는 것을 못마땅해하고 싫어했다.

"음마, 남정네들 맘보 몰르는 소리 마씨요. 딴 지집 멋나고 이쁜 것에는 춤(침) 질질 흘림스롱도 즈그 지집덜 멋낼라고 허는 것에는 질색팔색인 것이 남정네들 심뽀닝께로."

"그렇기야 헌다……, 근디, 돈 축내는 것도 아니고, 누가 속창아리 없이 멋낼라는 것이 아니라 우리도 인자 좀 편허고 단출허게 살자는 것인디 남정네들이 그리 엉뚱헌 맘묵고 억지 부리는 것을 받아줘서는 안 되제."

"얼랴, 글먼 동강댁은 혼자 맘대로 머리 짤르겄다 그것이여?"

"치이, 남촌댁은 뭘 그리 겁내고 그려? 촌구석에 처백혀 사는 것도 서러운디 떡 본 짐에 지사 못 지낼 것 머 있가디?"

"음마, 동강댁은 간도 크시."

"엄니, 엄니, 요렇게 허면 으쩌겄소? 우리만 허지 말고 온 동네사람들이 싹 다 항꾼에 혀불면!"

얼굴 둥글넓적한 미자가 말했고,

"잉, 그려! 그리 되면 아부지덜이 더 헐말이 읎제 잉!"

얼굴 갸름한 복실이가 깡충 뛰듯 하며 손뼉을 쳤다.

"하이고메, 맞소, 맞소. 고것 참 기가 맥힌 생각이고만!"

천두만도 기쁨의 소리를 치며 있는껏 손바닥을 맞때렸다.

"아이고, 이년 대그빡에서는 못쓸 생각만 나온당께."

동강댁이 헛웃음을 치며 딸에게 눈을 흘겼다.

"이, 고것이 쌈빡헌 생각이네 그랴. 워찌, 통문을 히볼랑가?"

남촌댁의 얼굴에 활짝 꽃이 피었다.

"얼랴, 그 꿍심 향단이년 꿍심 찜쪄묵네 그랴. 허기사 온 마실 여자들이 싹 다 머리 짤르고 나섰는디 동네 소박을 헐 것이냐, 동네 돌림을 헐 것이냐. 워디 우리도 이 판에 여자꼴 잠 되야 보드라고."

동강댁이 머릿수건을 획 벗으며 몸을 일으켰다.

"미쓰 김, 미쓰 최, 손 싸게싸게 놀려야 혀. 머리 먼첨 싹 짤라부르라 말이여. 빠마야 그 담에 허먼 된께."

마음이 들뜬 천두만은 숨 가쁜 듯한 소리로 낮게 속삭였다. 그는 새롭게 한 수 배운 이 방법에 감탄하고 있었다.

"아저씨, 걱정 마세요. 우리도 그 정도는 알아요."

"그럼요, 가위가 안 보이게 잘라델 테니까 두고 보시라구요."

두 미용사가 천두만을 보고 사르르 눈웃음쳤다.

쉬쉬해 가며 동네 여자들은 금세 한통속이 되어 돌아갔다. 남자 없는 어느 과부집으로 장소가 정해지자 두 미용사는 거침없이 여자들의 머리를 자르기 시작했다. 천두만은 그 옆에서 한 여자의 머리채를 검정 고무줄로 한 단씩 묶어 배낭에 넣기 바빴다. 그는 머리채를 챙겨넣은 다음에는 바로바로 여자들의 손에 돈을 쥐여주었다. 머리를 귀밑까지 쌍동 잘린 여자들은 당황스럽고 멋쩍은 기색이면서도 돈을 보고는 흡족한 웃음을 머금었다.

처녀들까지 60개가 넘는 머리채를 배낭 가득 챙겨넣은 천두만은 더없이 만족스럽고 배부른 기분으로 감나무 그늘에 다리를 뻗고 앉아 담배를 깊이 빨아들였다. 그의 느긋함과는 달리 두 미용사는 독한 약 냄새를 풍기며 여자들의 머리를 말아대느라고 정신없이 바쁘게 돌아가고 있었다.

날마동 오늘만 같음사 똥 푸는 것보담 백 배가 낫것다. 좌우간 똥 푸는 신세 면한 것만으로도 딸네미 덕 톡톡하니 본 것잉께…….

천두만은 혼곤한 담배맛에 젖어들며 가발공장에 다니는 큰딸을 생각하고 있었다. 큰딸은 봉제공장 시다보다 벌이가 더 좋다는 구로동의 가발공장으로 자리를 옮겼다. 그런데 가발은 없어 못 팔 지경이고, 그 원료인 머리카락이 달려 야단이니 그것 모으는 일을 하라는 것이었다.

처음에는 그저 건성으로 들어넘겼는데 하도 똥 푸는 고생보다 편하고 돈벌이도 나을 거니까 저의 사장님을 한번 만나보라고 졸라대는 바람에 그리 할 수밖에 없었다. 가발공장 사장이 뜻밖에도 환대를 한 것은 고향이 시골이기 때문이었다. 시골이 고향이라서 대접을 받은 것은 서울에 올라와서 처음이었다. 사장은, 다른 데는 갈 생각하지 말고 전라도 땅만, 그것도 도회지 피해 시골 구석구석 파고들어 가라고 했다. 도회지 여자들은 몇 년 사이에 거의가 파마머리로 변해버렸다는 거였다. 그리고 사장은 머리채 사들일 밑천까지 선뜻 내밀었다. 그건 큰딸의 월급을 담보로 한 선심이긴 했지만, 목돈이라고는 없는 처지에서 그나마 고맙지 않을 수 없었다. 머리채 한 단에 얼마씩 이문을 먹게 되는 그 장사는 큰딸의 말마따나 똥 푸는 것보다 편하고 돈벌이도 한결 더 나았다.

천두만은 슬슬 두 번째 일을 시작하려고 담배꽁초를 발끝으로 끄고 더딘 몸놀림으로 일어섰다.

"아이고, 싸게싸게 혀야제 워째 이리 굼벵이 걸음이댜? 요러다가 해 다 넘어가겄다."

"얼라, 해만 넘어가? 이 많은 사람 다 지지고 볶을라면 밤을 새야 되게 안 생겼다고?"

"글먼 워쩐디야? 볶지도 못허고 요런 깡뚱헌 머리로 저녁밥 허로 갔다가는 난리판굿이 벌어질 것인디."

"금메 말이시. 기계가 모질래면 순서대로 머리럴 짤를 일이제, 가난헌 놈 한 마지기 논 낫질허디끼 숨도 안 돌리고 싹 다 짤라불어 누구 집안쌈 시킬 심판인 것이여, 시방?"

한 입이 불평을 시작하자 그 기세는 금방 입에서 입으로 번져나가고 있었다.

"와따 아짐씨덜, 걱정도 팔자요. 해 넘어가기 전에 다 끝낼 것잉께 걱정들 마씨요. 글고, 몇 사람 늦어진다고 혀도 머시가 그리 걱정이오. 머릿수건 둘러써 불면 그만이제, 머릿수건 벗어 짤른 머리 서방 코앞에 내밀음서, 날 좀 보소, 날 좀 보소, 헐 챔입디여?"

그 사태를 수습해야 된다고 생각한 천두만은 여자들을 향해 어기찬 소리로 내질렀다.

여자들의 입놀림이 뚝 끝나는가 싶더니 여기저기서 쿡쿡거리는 웃음소리가 흘러나왔다. 천두만은 그런 여자들의 반응에 만족하며 처음 만났던 두 아가씨 쪽으로 걸음을 옮겼다. 두 아가씨는 첫 번째로 머리를 감아올리고 파마가 되기를 기다리며 처마 밑 그늘에 앉아 있었다.

"시악씨덜, 이찌방(첫 번째)으로 소원풀이 혀서 기분이 으띠여?"

천두만은 은근하게 말을 걸며 아가씨들 가까이 자리잡고 앉았다.

"기분이 좋고 좋제라 이. 다 아자씨 덕분이구만이라."

미자가 쾌활하게 말했고, 복실이는 수줍게 웃으며 고개를 끄덕였다.

"덕분은 무신 덕분. 근디, 둘 다 우리 큰딸하고 나이가 같은 또랜디, 이 촌에서 멋들 하고 사는감? 젊디나젊은 나이에 깝깝허덜 안혀?"

천두만은 더 은근하게 목소리를 낮추었다.

"음마, 아저씨넌 워찌 우리 맘얼 콕 찍어내신당게라? 요런 촌구석에서 맨날 농사일이나 거듬서 살잔께 깝깝허고 답답혀서 환장허겄구만요. 도회지는 날로 달로 살기 좋아진다는 소문인디 여그서넌 1년에 한 분도 영화 귀경허기가 에롭고, 지옥이 따로 있간디라."

미자가 기다렸다는 듯 불만을 털어놓았다.

"그려그려, 그럴 것이여. 근디, 지옥타령만 허고 앉었으면 멀 혀. 쩌그 저 미용사덜 안 부러바?"

천두만은 목소리를 더욱 은근하게 내며 담배쌈지를 꺼냈다.

"부럽제라, 부럽고 또 부럽제라. 저 처녀들도 나이는 우리허고 같아 뵈는디."

미자의 얼굴이 상기되고 목소리가 떨렸다. 복실이의 얼굴에도 부러워하는 기색이 완연했다.

"그럴 끼여. 저 시악씨들도 집이 촌인디 진작에 맘 달리 묵고 서울 올라가서 저리 존 기술 배운 것이랑게."

천두만은 익숙해진 솜씨로 투망을 던졌다.

"워메, 부러운 거. 촌에 살았어도 돈 있는 집 딸들이었는갑소 이. 저런 기술 배우자면 돈이 엄칭시리 들 것인디."

미자가 한숨을 내쉬었고, 복실이 얼굴도 시무룩해졌다.

"아니여. 다 똥구녕이 찢어지게 가난헌 집 딸이여. 근디 공장서 돈 벌어갖고 저 기술을 배운 것이제. 맘만 있음사 누구든지 그리 헐 수 있응께 부러와헐 것 없는 일이로구만."

천두만은 투망을 슬슬 끌어당기고 있었다.

"옳여, 그런 수가 있구만이라 이. 아자씨, 우리도 그리 허게 어디 공장에 취직 잠 시켜주시씨요."

"글씨, 취직시키는 것이야 에로울 것이 없는 일인디, 엄니 아부지가 서울 가게 헐랑가 몰르제?"

"보나마나 못 가게 헐 것인디, 취직헐 디만 있음사 기엉코 갈 것잉마요. 밤중에 싹 내빼뿌는디 워쩔 것이요."

미자가 다부지게 말하며 복실이를 쳐다봤고, 복실이도 고개를 끄덕였다.

"그려, 그리 맘 강단지게 묵고 나서서 야물딱지게 돈 모음사 안될 일이 없제. 취직은 나가 가발공장에 꼭 시켜줄 것잉께 한 열흘 있다가 서울 올라오도록 혀. 근디, 똑똑하고 솜씨 있는 친구가 있으면 두엇 더 딜고 와도 좋아. 타관살이 험서 고향사람 많은 것이 더 심이 되고, 여럿이 항꾼에 살면 방세고 머시고 돈이 훨썩 덜 든께로. 서울 기차 타기 이틀 전에 우체국에 가서 이 주소로 전보럴 쳐. 글먼 나가 마중을 나갈 것잉께로."

천두만은 저쪽의 눈치를 살피며 주소가 적힌 쪽지를 내밀었고, 미자는 그것을 잽싸게 받아 챙겼다.

천두만은 육자배기 가락을 흥얼거리며 변소를 찾아 헛간으로 발을 옮겼다. 일이 뜻대로 잘 풀려 시원하게 뻗치는 오줌발만큼 그는 기분이 상쾌했다.

가발공장에서는 계속 일손이 달려 아가씨들을 구해 들이고 있었다. 가발 수출이 잘되기도 했지만, 머리카락과 먼지를 뒤집어써야 하는 그 일이 싫어 딴 데로 뜨는 여공들도 많았던 것이다. 아가씨들을 구해가면 수고비를 따로 받을 수 있었다.

남편들 모르게 머리를 자른 것은 조용하게 넘어가지 않았다. 네댓 집에서는 남자들의 고함소리가 터져올랐다. 그러나 그들이 천두만을 찾아와 따지고 들거나 시비를 걸지는 않았다. 강제로 저지른 일이 아니었고, 돈까지 받은 사실이 그들의 감정을 억제시킨 것이 분명했다. 여자들의 파마는 밤이 깊어서야 끝났다.

천두만은 과부집 마당의 평상에 누워 잠을 청했다. 가발공장 사장은 역시 머리 잘 돌아가는 사람이었다. 미용사들과 함께 다니게 한 것은 사장이 생각해 낸 방법이었다. 파마를 공짜로 해주게 되니까 혼자 다닐 때보다 머리채 구하기가 몇 배나 쉬워졌다. 그러나 실은 파마는 공짜가 아니었다. 말은 그렇게 얼렁뚱땅 해치웠지만, 사실은 일반 파마요금의 4분의 1을 미용사들은 머리채값에서 챙기고 있었다. 그런데 머리채값이 얼마인지 모르는 시골사람들은 돈도 받고 파마도 공짜로 한다는 것을 그대로 믿었다.

그러나 사장은 그게 속임수나 사기가 아니라고 했다. 어차피 머리를 자른 여자들은 미장원에서 파마를 해야 하는데, 제값 다 내게 되면 머리채값 다 없어지니까 그만큼 이익을 준 것이고, 햇병아리 미용사들은 월급보다 더 많이 벌게 되고, 머리채 모으는 사람도 벌이가 쉬워지고, 회사에서는 재료 확보 많이 하게 되고, 손해 보는 사람 하나도 없이 두루두루 좋은 일 아니냐는 거였다. 참 신통한 생각이 아닐 수 없었다.

천두만 일행은 이튿날 점심나절에 다른 동네로 들어서 구멍가게에서 다리쉼을 했다.

"야아, 야아, 쓰팔 말이야, 나와! 다 나와! 다 죽일 거야. 월남 끌고 갈 때 언제고, 이 쓰팔놈들아아……!"

술 취한 젊은 사람이 목발을 휘두르며 술주정을 하고 있었다.

"저 사람 월남 갔다가 저리 됐는갑제라?"

천두만이 사이다병을 들며 가게 주인에게 물었다.

"금메 말이오, 저 집은 월남 땀새 폭싹 망해분졌소."

주인여자가 한숨을 쉬며 손을 저었다.

"으째서라? 넘덜언 다 돈 벌었다고 야단들인디."

"그 웬수놈에 돈이 본시 사람 잡는 것 아니겠소. 저 집이 아들 둘에 딸 둘인디, 금메 월남바람이 분께 저 집 영감이 돈 벌어 논 사겠다고 돈욕심을 내서 두 아들을 다 월남으로 안 보냈겠소. 근디 금메 큰아들은 죽고, 작은아들은 저 꼬라지가 되야부렀다요. 긍께 영감이 눈 뒤집어져 날이날마동 술 취해 지 정신 놓고 댕기다가 물에 빠져 죽어부렀단 말이오. 그리 된께 인자 마누래가 정신 나가 실성을 혀부렀소. 근디다가 저 사람은 맨날 저러고 댕기니 그 집구석이 워찌 되겠소. 다 망헌 집구석이제."

"참말로 숭허요 이."

천두만은 월남 못 가게 되었던 게 천만다행이었다고 생각하며 담배를 피워 물었다.

24

정글로 간 까닭

새로 도착한 신문을 펼쳐든 이상재는 소스라치게 놀랐다. 그야 말로 주먹만큼씩 한 활자로 1면을 뒤덮고 있는 기사 ─ 통일혁명당 간첩단 일망타진!

이상재는 눈을 질끈 감으며 어금니를 맞물었다. 머리가 핑 도는 현기증과 함께 눈앞이 캄캄해지면서 가슴이 막혀 숨을 쉴 수가 없었다. '간첩단'이란 세 글자가 가한 걷잡을 수 없는 충격이었다.

아니야! 절대 아니야!

이상재는 그 엄청난 충격을 떠밀어내려고 안간힘하며 부르짖었다. 정말이지 통혁당은 간첩단이 아니었다. 자신이 간첩행위를 한 일이라곤 없었다. 그런데 이게 어찌 된 일인가……?

군홧발 소리와 함께 말소리가 들려왔다. 이상재는 신문을 덮고 일어나며 트랜지스터에서 흘러나오는 노래에 맞추어 휘파람을 불기 시작했다.

"아니 선배님, 어쩐 일이십니까? 김추자 노래에 맞춰 흥을 다 내시다니. 애인한테서 편지라도 왔습니까?"

정보수사대 박 병장이 다른 두 사람과 PX로 들어서며 스스럼없이 농담을 던졌다.

"이 세상 남자치고 김추자 싫어하면 그게 어디 남잔가. 더군다나 난 월남에 와 있는 육군 쫄따구 아닌가."

이상재는 능란한 척 말대꾸를 하며 왜 하필 저 친구가 나타났나, 신경이 쓰이고 있었다.

"하긴 그래요, 김추자가 흔들어대는 것 보고 군침 안 흘리면 그건 남자가 아니죠. 여기 와 있는 쫄따구들 소원이 뭔지 아세요? 김추자 품고 하룻밤 자보는 거래요."

박 병장이 쿡쿡 웃었고,

"역시 김추자는 와따야. 그 젖통이고 방뎅이 흔들어대는 것하고, 끝내주는 가수야. 근데 서울에선 '담배는 청자, 노래는 추자'라는 말이 유행이라며?"

눈빛이 예사롭지 않은 중사가 말을 걸치고 들었다. 청자는 새로 나온 담배로 한창 인기를 끌고 있었다.

"예, 청자야 주머니에 있는 거지만 추자야 하늘에 있는 별이죠. 그건 그렇고……." 박 병장이 손을 맞비비며 이상재의 눈치를 살피고는, "저어 선배님, 김 중사님하고 저기 송 병장이 이번에 귀국하거든요. 우리 파견대에서 그동안 너무 고생들 많이 했어요. 국물

없는 위험지대에서……"하며 어색한 웃음을 지어냈다.

"아, 그러시군요. 저쪽으로 편히 앉으세요. 제가 힘닿는 데까지
할 테니까 우선 뭐 시원한 것 좀 드시지요. 뭘로 하시겠어요? 맥주,
콜라?"

이상재는 두 사람에게 자리를 권하며 선선하게 말했다. 전에도
그런 요청이 들어올 때면 싫은 기색 하지 않고 협조해 왔던 그로서
는 오늘은 더욱 친절하게 대했다.

"쫄짜들은 다 어디 가고 왕고참이 이러세요?"

이상재가 냉장고에서 꺼내는 캔맥주를 받으며 박 병장이 들뜬
소리로 크게 말했다. 그는 옹색한 일을 쉽게 해결 지은 기분 좋음
을 숨김없이 드러내고 있었는데, '왕고참'이란 김신조 덕에 제대가
6개월 연장되어 버린 병장들을 가리키는 것이었다.

"오늘 우리 장날이잖아. 지금쯤 보급창에서 물건들 싣느라고 좆
빠지고 있을 거야."

이상재 역시 그 말투가 일류대학 법대 졸업생이란 흔적은 찾을
수 없이 천상 육군 병장이었다.

"좆 빠져서 남 주나요. 즈이도 병장 달면 다 찾아 먹을 건데."

이상재의 대학 1년 후배인 박 병장이 탁자에 캔맥주를 놓으며
말했다.

"이 병장님, 아싸리하게 도와주셔서 너무 감사합니다."

중사는 일본말까지 써가며 이상재에게 악수를 청했다.

"아니, 별말씀 다 하십니다. 실은 제가 도와드리는 게 아니고, 우

린 어떻게 해서든 여기서 딸라를 많이 챙겨갈수록 좋은 일입니다. 여기서 딸라를 가져가는 건 월남을 손해 보이는 것도 아니고, 일제 물건들만 사가지 않는다면 그건 암암리에 많이 권장할 일이거든요."

"아니, 그게 무슨 말입니까?"

중사가 어리둥절해졌다.

"우리 선배님이 이런다니까요. 글쎄, 저보고도 물건 빼내다 암거래하는 군인들 심하게 단속하지 말고 적당히 눈감아주라는 겁니다. 사병들이 월남에 온 속셈이 돈벌이고, 어떻게 해서든 딸라를 챙겨가지고 가면 그게 다 외화 획득하는 애국이라 누이 좋고 매부 좋은 일이라구요."

박 병장이 훈수를 두고 나섰다.

"글쎄라……, 그 말도 일리가 있긴 한데 말씀이야……."

중사가 고개를 갸우뚱하며 미심쩍은 눈길로 이상재에게 더 자세한 말을 요구하고 있었다.

"예, 뭐 어려울 것 없습니다. 혹시 기억하실지 모르겠는데, 정확하게 10년 전에, 1959년에 우리나라 어느 신문에 미8군 PX에서 빠져나온 물건들이 끊임없이 암거래되면서 우리나라 경제를 망치고 있다고 했습니다. 왜냐하면 그 물건값들이 딸라로 지불되기 때문에 한국의 딸라가 없어지니까요. 그 딸라가 어디로 가겠습니까? 그야 미국으로 가지요. 그런데 그 딸라가 얼마나 되겠습니까? 놀라지 마십시오. 미국이 그 당시 우리나라에 원조한 것이 한 해 평균 3억 딸라였는데, PX물건값으로 되빠져나간 게 2억 딸라라는 것이었습니다. 그 기사가 나오자 세상이 시끌시끌해졌습니다. 그러자 미8군에서 대표를 신문사에 보내 해명에 나섰습니다. 미군 PX에서는 그렇게 많은 물건을 방출한 일이 없고, 언제나 주둔군에게 필요한 양만 보급하고 있다는 것이었습니다. 그리고 암시장에서 거래되고 있는 PX물건이란 거의가 다 가짜라며 그 사람들은 가짜 샘플을 내놓았고, 그 사진까지 신문에 났습니다. 그러고 나선 그 일은 흐지부지되고 말았습니다. 미8군의 해명이 사실일까요? 대한민국에서 첫손가락 꼽히는 신문이 사실무근한 허위보도를 했을까요? 그것도 다른 나라가 아닌 미국을 상대로. 어쨌든 좋습니다. 미8군의 해명을 믿어준다 하고, 그래도 PX물건이 조금씩 빠져나오고 있다는 건 그들이 시인했습니다. 그러면 담배 한 보루를 예로 듭시다. 모든 PX물건들은 관세 없이 들어옵니다. 그걸 미군이 1딸라에 샀다면 PX에서는 일단 얼마간의 이익을 챙깁니다. 그리고 미군이 그 담배를 암시장에 넘길 때는 또 이익을 챙깁니다. 그럼 관세를 한푼도 못 받은 우리나라는 이중삼중으로 손해를 보게 됩니다. 다시 말해서 PX에서 물건을 많이 풀어낼수록 미국은 자기 나라 기업들을 도와 좋고, PX에 이익이 많이 떨어져 비공식 군사비에 활용해서 좋고, 자기네 군인들 용돈 벌게 해서 좋고, 자기들이 풀어놓은 딸라 되걷어가서 좋고, 그 이익은 말로 다 할 수가 없어요. 그런데 말입니다. 이 월남의 미군 PX에 넘쳐나는 그 많은 물건들이 꼭 미군들한테 필요한 정량이라고 생각하십니까?"

이상재는 맥주로 목을 축이며 중사를 빤히 쳐다보았다.

"그야 말 하나마나 아니오. 무한정 쏟아져 들어오는 거야 어린애들도 다 아는 건데."

중사는 켄트를 꺼내 지포 라이터로 불을 붙이며 이상재를 맞쳐다보았다. 그가 가지고 있는 담배나 라이터는 월남전의 또 하나의 상징물이었다. 켄트는 미국이 이를 갈고 있는 월맹의 대통령 호지명(호치민)이 좋아한다고 해서 유명해진 담배였고, 지포 라이터는 미군은 말할 것도 없고, 한국군들까지 하나씩 가지고 있을 정도로 유행이었다.

"예, 그 물건들이 왜 그렇게 무한정 들어오는지 아시겠지요? 그런데 말입니다, 미국이 어마어마하게 쏟아부은 딸라를 미국만 되걷어가는 게 아닙니다. 다 아시다시피 이 월남땅에서 돈벌이에 혈안이 되어 있는 건 일본·대만·필리핀 그리고 우리나라 아닙니까? 이중에서 제일 실속 있게 돈을 챙기는 나라가 어딥니까? 일본 아닙니까. 월남에 굴러다니는 딸라는 먼저 먹는 게 임자라고 하는데, 피를 흘리고, 죽어가고 하는 것으로 보면 우린 필리핀보다 실속 없게 손해를 보고 있는 겁니다. 간단하게 말해서 우리가 피 흘린 만큼 요령껏 재주껏 딸라를 챙겨가야 된다 그겁니다."

"허어, 이거 생판 딴세상 얘기네. 그런 내막도 모르고 그동안 우리 애들 단속만 해댔으니 난 결국 애국한 게 아니라……, 거 뭐라고 해? 애국 반대를……."

중사는 담배연기를 훅 내뿜으며 자기 옆의 부하를 쳐다보았다.

"저어, 반역은 아니고……, 비애국이라고 하면 되겠군요."

병장이 심드렁하게 대꾸했다.

"그럼 말이오 이 병장, 맥주 하나를 예로 들어 말할 것 같으면, 우리 국산맥주야 하면 월남사람들이 사족을 못 쓰고 좋아하는데, 그걸 많이 빼다 팔수록 군인 좋고, 회사 좋고, 나라 좋아진다 그런 것 아니오?"

"예에, 바로 그럽니다. 그렇게 딸라 버는 것이 군인이나 근로자들이 피 흘리고 땀 흘려가며 버는 것보다 훨씬 쉽게 버는 거지요."

"이런 빌어먹을, 난 결국 남들 못할 일만 시켜가면서 말짱 헛살았네."

혀를 차는 중사의 얼굴이 일그러졌다.

"뭐 서운해하지 마세요. 제가 애국적 차원에서 귀국 준비 잘해드릴 테니까요."

이상재는 담배를 입꼬리에 물며 싱긋 웃었다.

"그럼 이 병장은 이런 꿀단지 속에 들어앉아 한밑천 톡톡히 챙기고 있겠군."

중사는 몸에 밴 수사관 냄새를 풍기듯 이상재에게 눈길을 모았다.

"글쎄요, 안 믿어도 상관없습니다만, 저는 바람피우는 정도 이상의 돈은 욕심내지 않습니다. 제가 모셔야 할 분들이 많은 데다가, 중사님 같은 분들도 계속 생기니까요. 그리고 저의 집이 그런대로 먹고살 만합니다."

이상재의 얼굴에 냉기가 스쳤고,

"중사님, 그건 정말 오햅니다. 제가 옆에서 쭉 봐서 아는데 우리 선배님은 이상할 정도로 그 점이 깨끗합니다."

난색이 된 박 병장은 당황스럽게 말했다.

"아니, 아니, 그냥 농담이오, 농담."

빗나간 자기 말을 지우듯 중사가 다급하게 손을 내저었다. 그 옆에서 상체를 젖히고 앉은 병장이 중사의 뒤꼭지에다 눈을 째지게 흘겨댔다.

"예, 박 병장하고 의논해서 할 테니까 중사님은 푹 좀 쉬십시오."

이상재는 의자에서 일어나며 중사에게 손을 내밀었다.

"예, 잘 좀 부탁합니다. 오늘 좋은 것 배웠소. 이 병장 같은 사람이 주월사령관을 했어야 되는데 말씀이야. 허허허……."

중사는 이상재의 팔을 턱없이 세게 흔들어대며 헛웃음을 쳤다.

"저하고 입대 동기 같은데요."

여태껏 말없이 앉아 있던 병장이 악수를 나누며 이상재와 눈길을 맞추었다. 그 세련된 태도에 이상재도 세련되게 응답했다.

"예, 고생 많이 했는데 기분 좋게 월남을 떠나야지요."

"선배님, 그럼 수고하세요. 이따가 점심때 다시 올게요."

박 병장이 두 사람을 앞세워 PX를 나가자 이상재는 어깻숨을 내쉬었다.

연대 연병장에 헬리콥터가 내려앉는 폭음이 들려오고 있었다. 그 요란한 진동은 함석으로 조립한 반달형 퀀셋을 잘게 흔들었다.

빌어먹을 놈의 전쟁…….

이상재는 부르르 진저리를 쳤다. 수없이 들어온 헬리콥터 폭음은 전혀 익숙해지지 않았다. 6·25 때 밤낮으로 들었던 제트기의 폭음이 전쟁이 끝나고 나서도 계속 끔찍스럽고 소름 끼쳤던 것처럼.

그게 정말일까? 간첩단이라니……, 간첩활동을 했다면 북쪽과 연결되었다는 것 아닌가. 정말 그랬을까? 아닌데……, 전혀 그렇지 않았는데. 내가 무슨 간첩활동을 했는가. 위의 선배들한테서도 그런 이상한 낌새는 전혀 느낄 수가 없었고, 미심쩍은 일을 시킨 적도 없었다. 그런데 왜 간첩단일까? 그런 끔찍한 명칭을 붙이려면 무슨 근거가 있어야 할 텐데……, 수사기관에서는 근거를 잡았다는 것인가? 그럼 또 어찌 된 일일까? 상부에서는……, 하부가 모르게 상부에서는 북쪽과 접촉하고 있었던 것인가? 그렇다면……, 그렇다면…….

이상재는 전신이 욱죄어오는 두려움으로 다시 신문을 펼칠 수가 없었다. 조직적인 통일운동을 꾀하고, 불평등한 사회를 개혁하기 위하여 비밀리에 지하당을 만들고, 조직이 정치력을 확보할 만큼 강성해지면 지상으로 노출하는 것으로 알고 있었다. 사회의 모순을 직시하고, 행동의 좌표를 명확히 하기 위해서 사회주의 서적들을 접하기는 했지만, 북쪽과의 연관이란 그 누구도 한마디 한 적이 없었다.

이상재는 마음을 가라앉히려고 몇 번이나 심호흡을 했다. 중앙정보부의 발표는 사건 수사의 종결을 의미했고, 이미 신문에 보도된 사실을 냉정하게 판독해야 한다고 스스로를 일깨웠다. 다행인지 어쩐지 사건이 일단 자신을 피해갔으니까 그저 평범한 독자처럼 표나지 않게 신문을 읽어야 한다고 생각했다.

다시 신문을 펼친 이상재는 구속 송치된 사람들이 자그마치 73명이나 되는 것에 놀라고 있었다. 기사를 읽어나가면서 그는 완전히 혼란에 빠지고 있었다. 상층 수뇌부 몇 사람은 간첩선을 타고 북쪽에 가서 밀봉교육을 받고, 노동당에 입당했을 뿐만 아니라 공작금을 받아가지고 내려와 간첩활동을 한 것으로 되어 있었다. 만약 그게 사실이라면……, 이상재는 심한 절망과 함께 배신감을 느꼈다. 고등고시까지 경멸하고 외면했던 자신의 순수와 열정이 여지없이 더럽혀지고 악용당한 거였다.

그런데 북쪽에 갔다 왔다는 사람들은 전혀 모르는 사람들이었다. 73명 중에서 아는 사람은 단 하나, 신무영 선배였다. 신무영 선배를 생각하면 북쪽과 연결되었다는 것이 도무지 믿어지지 않았다. 신 선배도 속았던 것인가? 아니면 신 선배가 우리를 속였던 것인가? 이상재는 새로운 혼란에 휘말리며 신문을 박박 찢기 시작했다.

"이 병장님, 물품 수령해 왔습니다."

군복이 땀에 젖은 사병 서너 명이 PX로 들어서며 거수경례를 붙였다.

"수고들 했어. 빨리 창고문 열어."

이상재는 무표정하게 열쇠 꾸러미를 그들에게 던졌다.

그는 이제 PX생활에도 신물이 나 있었다. 날마다 젊은 사람들이 픽픽 죽어가고 있는 정글이 지옥이라면 PX는 천당이었다. 그러나 팔자에 없는 장사를 하며 나날을 소모하고 있는 것에 지치고 염증이 나 있었다. 월남에서는 끗발 최고로 치는 PX에 자리잡은 것은 작은아버지의 덕이었다. 연대장이 작은아버지의 가까운 후배였다.

여기서 근무하며 유일하게 의미를 찾고 있는 것이 장교와 하사 관들의 '귀국 준비'를 후하게 도와주는 것이었다. 어차피 미군이 이 기게 되어 있는 이 전쟁에서 한국군이 얻을 것은 돈벌이뿐이라는 생각이 들었다. 그래서 손이 닿는 대로 직업군인인 그들이 만족스 럽게 귀국하도록 도와주고 싶었다.

그 중사와 병장을 위해 빼내준 물건을 처분하고 돌아온 박 병장 이 저녁을 먹으러 나가자고 부득부득 졸랐다. 그들이 인사치레로 저녁값을 준 모양이었다. 이상재는 사복으로 갈아입고 박 병장이 모는 지프를 탔다. 박 병장은 사복 차림일 때가 많았고, 그 속에는 언제나 권총을 차고 있었다.

차가 해변 쪽으로 달리는데 소대 병력의 보병들이 멀찌감치 행 군해 가고 있었다. 하얀 햇살이 이글거리는 속에서 그들이 발을 옮 길 때마다 불그스름한 먼지가 군화목까지 뽀얗게 일어나고 있었 다. 이상재는 언제나처럼 또 죄스러움을 느꼈다. 그리고, 이 전쟁은 뭐냐……, 하는 생각이 되풀이되었다.

야자수 무성한 나트랑 해변의 긴 백사장은 평화스러웠다. 남지 나해의 열풍은 검푸른 바다에 묵직한 파도를 일으키며 화사하게 흰 물꽃들을 피워내고, 백사장에는 많은 수영객들이 경쾌한 외침 으로 왁자했다. 그 수영객들의 대부분은 휴양을 즐기고 있는 미군 들이었다.

"어이, 저것 좀 마실까."

"아이구, 또 저겁니까?"

박 병장이 지프를 급히 세웠다.

이상재는 여자 행상에게로 다가가며 손가락 두 개를 세웠다.

여자가 순간적으로 반가운 기색을 드러내고는 잽싸게 손을 놀리기 시작했다. 여자의 오른손은 맞물려 있는 톱니롤러의 손잡이를 돌리고, 왼손으로는 잎들을 다 벗겨버린 사탕수수대를 맞물려 돌아가는 톱니롤러에 밀어넣었다. 사탕수수대가 톱니롤러 사이에서 으깨지며 아래로 진한 즙이 흘러내리기 시작했다. 여자는 한 자 길이의 사탕수수대 대여섯 개를 연달아 밀어넣었다. 톱니롤러를 빠져나온 사탕수수대는 물기가 다 빠져버려 버슬버슬했다.

여자는 큰 유리컵에 얼음덩이를 두어 개 넣고 사탕수수즙을 따랐다. 사탕수수즙은 진한 우윳빛이었다. 강렬한 햇볕에 얼굴이 그을릴 대로 그을린 여자가 방싯 웃으며 이상재에게 컵을 내밀었다.

"이거 알고 보면 더럽다구요. 얘네들이 이 기구며 그릇 같은 걸 깨끗이 청소해야 말이지요."

박 병장이 여자에게 돈을 내밀며 불만스러운 투로 말했다.

"괜히 깨끗한 척하지 마. 이거야말로 전혀 가공이 되지 않은 순수한 자연식품이야. 난 이걸 한꺼번에 다섯 잔을 마셔도 배탈 난 적 없어. 월남에 왔으면 월남식대로 사는 게 좋아. 사람 몸이란 다 적응하게 돼 있으니까." 이상재는 사탕수수즙을 차게 하느라고 컵을 열심히 흔들어대다가 한 모금 마시고는, "카아아 이 맛! 참 기가 막힌다니까. 양키들 콜라를 어찌 이 맛에 대겠어." 그는 눈을 사르르 내리감은 채 탄복을 했다.

"허 참, 맨날 마시면서 그게 그렇게도 맛있어요?"

박 병장이 컵을 입으로 가져가며 어이없어했다.

"이봐, 콜라처럼 그냥 꿀꺽꿀꺽 마시지 말고 입 속에 담고 음미해 가면서 마셔야지 이 진가를 알지. 사탕수수 속살이 사근사근 씹히는 것 같으면서 이 깊고 그윽하고 아련한 단맛, 이게 얼마나 기가 막혀. 이건 월남 아니면 맛볼 수 없는 가장 순수한 월남의 맛이야."

이상재는 다시 눈을 사르르 내리감고 컵을 기울이고 있었다.

"아주 시를 쓰시는군요. 저는 그저 달고 시원하다는 것밖에 모르겠어요."

"이런 멋대가리 없는 사람 같으니라구. 그렇다고 내 느낌을 다 표현한 건 아니야. 말로는 더 뭐라고 할 수가 없는 거지. 어쨌거나 식수까지 공수해다 먹고, 월남사람들 음식이란 입에도 대지 않는 양키들로서는 이 기막힌 맛을 모르고 월남을 떠나는 거지."

"예, 여기 와서 다시금 느낀 건데 미국은 참 거대해요. 정글에다 그렇게 끝없이 포탄을 퍼부어대고, 그 많은 군수물자들로 월남을 다 덮다시피 하면서도 끄떡도 없으니 말이죠."

"끄떡할 리가 있나. 그럴수록 미국 경제는 호황을 누리는 거지. 소비 촉진은 생산력 배가를 낳고, 생산력 배가는 경제신장을 추동하고, 자본주의 시장원리가 잘 맞아 돌아가고 있는데. 여기 한 잔 더."

이상재는 여자에게 컵을 건네며 검지손가락을 세워 보였다.

"근데 미국 정부도 점점 골치 아프게 생겼어요. 국내에서 자꾸 반전 여론이 높아가고, 젊은이들은 내놓고 병역기피 시위까지 벌이고 있으니까요."

"글쎄, 그런다고 정부가 제 할 일 못하겠어? 자기네 손해보다 이익이 더 많으면 일부의 불평불만은 묵살해 버리는 거지." 이상재는 여자에게 컵을 받아들고는, "근데, 한 가지 의문이 있는데 말야, 북한에서도 저쪽에 참전하고 있다는 소문이 있는데, 그거 사실인가?" 그는 컵을 입에 대며 박 병장을 빤히 쳐다보았다.

"글쎄요, 그걸 전선에서 확인하려고 하는데 잘 안 되는 것 같아요. 지금까지 결론으로는, 같은 공산권으로서 충분히 참전할 가능성이 있다, 그러나 그건 대규모가 아니라 소규모로 베트콩의 군사훈련이나 게릴라전술을 가르치는 것이 아닌가, 하는 정도로 생각하는 것 같아요. 왜요?"

"왜긴. 생각해 봐, 무슨 이데오르기니 이념이니 해대지만 엄밀히 따지자면 이건 남의 나라 전쟁이고, 남의 전쟁에 뛰어들어 우리 민족끼리 이 정글 속에서 서로에게 총을 쏘아 죽어간다면 그보다 어이없고 비참한 비극이 어디 또 있겠어. 그건 6·25 때보다 더 기막힌 비극인 거야."

"예, 생각해 보니 그렇기도 하군요. 참 이 전쟁 복잡해요."

박 병장이 쓰게 입맛을 다셨다.

"아, 잘 마셨다. 난 귀국해서도 이 맛을 잊지 못할 거야."

"단것을 무척 좋아하시는 모양이죠?"

"뭐, 그렇지도 않은데……. 나도 잘 모르겠는데, 이 사탕수수 쥬스하고, 논이 펼쳐진 들녘을 보면 이게 월남의 특색이 아닐까 하는 생각이 들면서 무조건 좋아지는 거야. 나락 무성한 들녘을 봐. 드문드문 선 파초만 없다면 우리나라 농촌하고 너무나 똑같잖아. 나는 우리나라가 아닌가 하고 가끔 착각을 일으킬 때가 있어."

"저기 저건 어떠세요? 저게 제일가는 월남 특색 아니겠어요?"

박 병장이 운전대로 오르며 길 건너편을 턱짓했다.

흰 아오자이를 입은 아가씨 대여섯이 명랑한 몸짓들을 하며 걸어가고 있었다. 가느다랗고 아담한 몸매가 드러날 만큼 꼭 끼는 아오자이 자락이 가볍게 살랑거리고, 원뿔형의 모자 농라 아래로 길게 드리워진 검은 머리카락도 잘게 흔들리며 반짝이고, 서너 아가씨의 농라는 끈이 목에 걸려 주인의 등에 업히듯 하고 있는데, 그 자태들이 하얀 꽃에 검은 술이 달린 것처럼 곱고 아름다웠다.

"허, 박 형도 남자라고 제대로 찍었네."

이상재가 차에 오르며 고개를 끄덕였다.

"그럼요. 월남 여자들한테 눈독 안 들이면 그건 남자도 아니죠. 선배님도 쟤네들 매력적인 거 잘 아시죠?"

박 병장은 시동을 걸며 무슨 맛있는 먹이라도 대하는 것처럼 군침을 삼켰다.

"알 만큼 알지. 몸매들 입체적으로 날씬하지, 서양식으로 개방적이지, 특히 크고 깊은 눈들이 매혹적이잖아. 헌데 여자들을 보면 어쩐지 가엾고 슬픈 생각이 들어. 오랜 전쟁에 여자들이 너무 시달리고 고생하며 사니까."

"선배님도 참. 복잡하게 그런 생각 하지 말고 기분 나는 대로 즐기세요. 우리가 즐기는 것도 불쌍한 여자들 돕는 거라구요. 우리가 언제 다시 월남에 와서 꽁까이들 또 품어보겠어요?"

박 병장이 급발진을 하며 목청 크게 말했다.

"그도 그렇지. 근데 저 아가씨들은 학생인가?"

"예, 그런 것 같아요. 왜, 맘에 있으세요? 차 돌려요? 저중에서 두 셋은 당장 꼬실 수 있어요. 파란 돈이면 에브리씽 오케이니까요."

박 병장이 곧 차를 돌릴 기세로 말했다.

"아니야, 아니야, 학생을 그러면 되나. 여자는 얼마든지 많은데."

"하, 선배님 참 순진하셔. 쟤네들 전부 처녀 아닐 수도 있다구요. 열 살 넘으면 성한 게 하나도 없다는 말 못 들었어요?"

"그거 괜히 과장된 말이야. 나도 열두 살짜리 창녀를 보긴 했는데, 그건 극소수에 불과한 특별한 경우잖아. 전쟁이란 참 잔인한 거야."

"예, 선배님은 언제나 그렇게 반듯하셔서서 좋아요. 아까 그 중사가 몇 번씩이나 선배님한테 고마워하더라구요. 미국에 대해서 새로 알게 된 것도 꽤나 충격이 큰 것 같고요."

"고맙긴 뭐. 늦게라도 알았으면 됐어."

"저기서 수영 좀 하고 가실래요?"

박 병장이 해수욕장 중간 지점에 차를 세웠다. 위장된 토치카 안에서 군인 하나가 뛰어나왔다. 한국군 일등병은 박 병장을 알아보고 경례를 붙였다.

"아니야, 나 수영에 별 취미 없어. 적당히 저녁 먹고 들어가지 뭐."

이상재는 속마음을 감추며 심드렁하게 대꾸했다. 미군들이 북적거리고 있는 해변에서 수영하고 싶은 마음이 없었다. 미군들이 계집애들을 끼고 맘껏 마시며 노닥거리고 있는 해변을 한국군들이 지키고 있다는 것도 비위 상했다. 야자나무숲 저쪽에는 토치카가 또 하나 있었다. 야자나무 잎들은 엉성하기 이를 데 없는데도 이 해변의 큰길가 모래밭에는 야자수들이 빽빽하게 들어차 있어서 그 잎들이 어우러져 그럴듯한 숲을 이루고 있었다. 4킬로미터에 이르는 백사장과 암청색의 남지나해가 묵직하게 밀어오는 파도와 하얗게 작열하며 쏟아져내리는 햇살과 진초록빛의 야자나무숲과, 해변의 풍광은 더없이 일품이었다.

"혹시 미군들 싫어서 그러는 것 아니세요?"

박 병장이 이상재의 마음을 짚어내려는 듯한 눈길로 물었다.

"아니야, 난 원래 수영을 좋아하지 않아. 이렇게 바다 구경만 해도 수영한 것이나 마찬가지야."

미군들은 월남사람들을 '국'이라고 부르며 노골적으로 멸시하고 차별했다. 그러나 '국'이라는 비칭은 월남인에 국한된 것이 아니었다. '국'은 원래 미국에 사는 중국인들을 천시해 생겨난 것이었고, 그 비하의 지칭에는 아시아 황색인종 전체를 업신여기는 의미가 포괄되어 있었다. 그런데 미군들은 한국군은 연합군으로 자기네와 같다고 애써 구분하면서 월남인들만 '국'이라고 손가락질하고 사람 취급을 하지 않았다. 이상재는 그 얍삽한 수작이 오히려 역겹고 기분 상했다. 그건 단순히 기분의 문제가 아니라 백인들은 아시아인들에게는 영혼이 없다고 간주한다는 글을 일찍이 읽었기 때문이다. 황인종들에게는 영혼이 없다고 취급해 버리는 백인들의 그 대책 없는 오만과 우월감, 그에 대한 반감이 이상재는 월남에 와서 점점 커져가고 있었다. 미군들이 더럽고 냄새난다고 해서 월남사람들을 사람 취급하지 않는 것은 그들이 6·25 때 한국사람들을 그렇게 취급했던 것과 전혀 다를 것이 없었다.

"그럼 식사하러 가시지요. 어디로 가시겠어요?"

"아무데로나."

박 병장이 차를 세운 곳은 뒷길에 있는 서울바 앞이었다.

"선배님, 오늘 저녁에 술 한잔하시고 기분 좀 내세요. 꽁까이 품을 자본까지 두둑하니까요."

박 병장이 차에서 내리며 바지 뒷주머니를 두들겼다.

"아니야, 그냥 저녁 간단히 해. 실은 내일모레 우리 내부 검열이 있거든. 내가 지금 이러고 다녀서도 안 된다구."

이상재는 얼른 둘러댔다. 아침에 본 통혁당 사건이 머리에서 떠나지 않아 전혀 술 마실 기분이 아니었다. 더구나 수사대에 있는 사람과 너무 가깝게 얽혀서 좋을 일이 없었다. 그리고 허미경에게 편지 쓸 일도 급했다.

"그래요? 이거 섭섭한데요. 그럼 지금은 제가 잘 보관하고 있을 테니까 며칠 있다가 한판 하지요."

"그럴 것 없이 박 형이 부담 없이 써. 그런 자금 생길 일이야 앞으로 또 얼마든지 있는데 뭘."

이상재는 친근한 척 박 병장의 어깨를 쳤다.

"참 선배님은 대단하세요. 어찌 그리 돈에 무관심할 수 있는지. 선배님을 대하면 제가 여자와 돈을 너무 밝히는 것 같아 창피하고 부끄럽고 그래요."

박 병장은 멋쩍게 웃으며 뒷머리를 긁었다.

"아니야, 아니야, 내가 무슨 별난 인간인가. 나도 다 여자 좋아하고 돈 좋아하고 그래. 우리 국산맥주부터 한잔할까."

"예에, 맥주는 역시 국산이 최고지요."

이상재는 밤늦도록 허미경에게 보낼 편지를 끝맺지 못하고 파지만 내고 있었다. 통혁당 사건이 자꾸 편지 쓰기를 방해했다. 아니, 편지 쓰기로 그 일을 잊어버리려고 했는데 뜻대로 되지 않았다.

상층부 몇 명이 북쪽에 가고, 노동당에 입당을 하고, 거액의 돈을 받아가지고 내려왔다는 것은 아무리 생각해도 이해할 수도, 용납할 수도 없었다. 그것은 악명 높은 중정의 고문수사에 의한 조작일 수도 있었다. 그러나 공개된 재판을 하게 되면 조작이 폭로되고 말 텐데 그럴 수가 있을까. 더구나 한두 명이 연루된 사건도 아니고 70명이 넘게 구속된 대사건을 가지고. 만약 그게 사실이라면 그보다 더 어리석고 어리석은 일은 없었다. 그런 행위가 온몸에 휘발유 뒤집어쓰고 불구덩이로 뛰어드는 위험이기 때문이 아니었다. 그 이전에 자신들이 추구했던 운동이 김일성 정권을 편드는 것이었던가? 결코 그렇지 않았다. 남쪽 사회의 모순과 문제점을 혁신한다는 것이지 북쪽 사회체제를 도입하는 것이 아니었다. 남쪽 사회에 모순과 문제점이 있다면 북쪽 사회에도 모순과 문제점이 있을 것이고, 그것을 동시에 직시하고 해결해 나아가는 것이 사회혁신이며, 진정한 통일운동의 길이라고 인식되어 있었다. 그런데 어찌하여 상층부에서는 그런 일을 저지른 것인가? 자금이 필요해서? 그건 전혀 말이 안 된다. 돈이 없으면 운동을 중단해야지 돈 때문에 운동의 순수한 목적을 왜곡해서는 안 된다. 그게 아니면 상층부에서는 처음부터 그런 의식과 목적을 가지고 조직원들을 속였는지도 모른다. 그렇다면 그건 악질적인 흉계고, 속은 자들의 순수만 무참하게 짓밟혔을 뿐이다.

그러나 일은 그것으로 끝나는 것이 아니었다. 73명이나 연루된 대간첩단 사건……, 그것이 불러올 사회적 파장이 문제였다. 그건 또 하나의 김신조 사건으로 사회를 뒤흔들며 반공 강화의 무기가 될 수 있었다. 통일운동을 하자는 것이었는데 오히려 분단의 벽만 더 높고 견고하게 한 셈이었다. 미국 비판=반미=용공=빨갱이가 되는 나라에서 순수하게 통일운동을 해도 반공주의자들은 빨갱이로 몰려고 혈안이 되어 있었다. 4·19 이후에 일어난 통일운동에 앞장선 대학생들을 무더기로 잡아들인 것이 그 좋은 예였다. 그런데 북쪽에 가고, 노동당에 입당하고, 돈을 받아왔다면 그건 더 말할 것 없는 간첩이었다. 그런 어리석은 짓을 할 수 있는 사람들의 정신상태가 어이없고도 딱할 뿐이었다.

이상재는 변화 없는 또 하루를 맞이하면서 그 일을 어서 의식에서 지우자고 작정했다. 더 생각해 보았자 수만 리 타국에서 그 내막을 한 치도 알 수 없는 채 정신만 혼란해질 뿐이었다. 그러자면 허미경에게 부지런히 편지를 쓰는 길밖에 없었다. 허미경은 이 지루하고 답답한 월남의 생활을 견디게 하고 이겨내게 하는 유일한 위안이고 힘이었다. 아니, 하루의 폭염을 씻어내며 퍼붓는 월남의 소나기 스콜이었다. 허미경 없이 월남에 왔더라면 어떻게 되었을까 하는 생각이 문득문득 들고는 했다. 지글거리는 백광과 풍성하게 내리는 비의 조화 속에서 싱싱하게 자라나는 월남의 나무들처럼 허미경에 대한 자신의 사랑도 월남에 와서 걷잡을 수 없이 커지고 있었다. '사랑은 외로움을 먹고 크는 나무'라고 허미경에게 써보냈던 것도 그런 생각의 정리였다.

"어이 종씨 병장 나리, 그동안 잘 있었어?"

얼굴이 새카맣게 탄 중사 하나가 정글복 차림으로 PX에 들어서며 컬컬하게 인사했다.

"아이고 이 중사님, 어서 오세요. 그동안 무사하셨군요."

장부를 들여다보고 있던 이상재는 그 사람을 반갑게 맞이했다. 그 중사는 서로 성이 같다고 해서 넉살 좋게 '종씨, 종씨' 했는데, 그래서 그를 반갑게 맞이하는 것이 아니라 그가 정글을 누비는 전투소대에 있기 때문이었다. 안전지대에서 구경꾼처럼 빈둥거리고 있는 입장에서 목숨을 내걸고 있는 전투병들에게 늘 면목없고 미안했고, 특히 처자식을 거느린 직업군인들에게는 딱한 연민이 커졌다.

"암, 무사하다마다. 베트콩 총알이 나를 보면 질겁을 해서 피해
가니까."

이 중사는 언제나처럼 배포 유하게 주먹으로 정글복의 가슴을
툭툭 쳤다.

"요샌 좀 어때요?"

이상재는 캔맥주를 내밀며 자리를 권했다.

"이거 참 고약한데. 날이 가도 기세가 꺾일 줄을 몰라. 근데 요새
이상한 게 한 가지 있어. 여자들이 부쩍 많아진 거야."

"그건 남자들의 손실이 그만큼 크다는 것 아니겠어요?"

"역시 우리 종씨 머리가 척척 도네. 아마 남녀가 반반씩은 되지
않을까 싶은데, 나 또 여자들하고 총질하는 건 여기서 생전 첨이라
니까."

이 중사가 맥주를 한 모금 마시고는 어이없다는 듯 헛웃음을 쳤다.

"그럼 전력이 많이 약화됐겠군요?"

"아니야, 아니야. 우리도 첨엔 그럴 줄 알았는데 그게 아니니까
골때리는 거야. 글쎄 그것들이 남자들하고 하나도 다를 게 없어. 뛰
는 거고 총질이고, 거기다가 포탄 나르는 것도 다 똑같다니까. 박격
포 공격이 변함없는 걸 보면 여자들도 남자하고 똑같이 포탄을 나
른다는 걸 알 수 있잖아. 거 뭐, 여자들이 약하다는 말 있잖아? 그
거 다 말짱 헛소리야. 좌우간 남자고 여자고 그 작은 체구들로 어
찌 그리 독하게 버티는지 모르겠어."

"그럼 전쟁 쉽게 끝나지 않는 것 아닌가요?"

"아마 그럴 것 같애. 밀림은 끝도 없이 울울창창하지, 여자들까지 악착스럽게 덤비지, 땅굴은 수도 없이 파대지, 아무리 생각해도 미국 이거 단단히 좆 물린 거야. 『삼국지』에 이런 말 있대며? 아무리 적장이라도 용맹스러운 장수를 죽일 때는 눈물을 흘린다고. 어쨌거나 물불 가리지 않는 베트콩들의 애국심, 그것 하나는 알아줘야 해. 정글 벙커에서도 에어컨을 틀어야 하는 미군들이 상대하기는 아주 힘든 적이야. 우리야 기한 채우고 뜨면 그만이지만 말야. 안 그래?"

"당연하지요. 우리까지 좆 물릴 것 뭐 있나요."

이상재는 일부러 중사의 말을 흉내내며 분위기를 맞추었다. 그 상소리는 또한 숨김없는 진심이기도 했다. 중사가 어깨를 들썩이며 키들키들 웃었고, 이상재도 큭큭거리며 중사에게 손을 내밀었다. 중사가 기다렸다는 듯 속주머니에서 무엇을 얼른 꺼내 이상재의 손에 쥐여주었다.

"우리 종씨는 복 받을 게야."

돌아서는 이상재의 뒤에다 대고 중사가 좀 잠긴 듯한 목소리로 말했고, 이상재는 중사한테 받은 것을 들여다보고 걸으며 한 손을 들어 보였다.

이상재가 받은 것은 레이션카드(구매카드)였다. 그건 연합군(미군과 한국군)에게는 전부 지급되는 것이었다. 그런데 멋모르는 전투병들에게는 그것이 제대로 돌아가지 않았다. 그것을 상급자들이 슬

쩍해서 그 수량만큼 물건을 사내 암시장에서 처분했다. 이상재는 그 불법행위를 편한 마음으로 도와주고 있었다. 한 달에 40달러를 받는 것 중에서 30달러가 의무적으로 본국 은행에 송금 조치되고 나면 어차피 나머지 돈으로 구매카드에서 허용하고 있는 물건을 다 살 수가 없었다. 일단 전쟁터에 투입된 물건이 소모 안 되는 것도 문제였다. 그리고 전투병들의 경우 전투에서 제외시켜 주는 귀국 3개월 전까지는 전투에서 살아남기 바빠 구매카드의 물건들이 필요하지도 않았다.

그런 상황에서 직업군인들이 모처럼 좀 살아보겠다고 구매카드를 모아오는 것을 까탈스럽게 할 수가 없었다. 처자식이 있는 몸으로 이 폭염의 땅에 온 것이 무엇 때문인가. 더구나 편한 보직도 아니고 정글 속에서 목숨을 걸고 있는 경우 그 처절함은 가슴 아리고 눈물겹지 않을 수가 없었다. 이상재는 장교도 아닌 직업군인들의 그 가슴 아픔을 조금이라도 덜어주고 싶었다.

이 중사가 싱글벙글하며 떠나고 조금 있다가 선임하사가 들어서며 다급하게 말했다.

"이 병장, 빨리 테레비 촬영 준비해."

"또요? 얼마 전에 했잖아요."

이상재의 얼굴이 찌푸려졌다.

"방송국이 어디 한둘이야? 이거 다 애국하는 거니까 짜증내지 말어. 총 들고 배우 노릇 하는 애들에 비하면 우리 수고는 아무것도 아니잖아."

"예, 알았어요."

"그리고 방송국 사람들도 애쓰는 월급쟁이들이니까 푸짐하게 서비스 잘해주라구."

"예, 걱정 마세요."

"그래, 이 병장만 믿어. 2대대 1중대로 빨리 출발해. 거기서 촬영장을 안내할 거야. 애들은 둘만 데려가면 되겠지?"

"예, 그럼 됩니다."

이상재는 일등병 둘에게 각종 음료수와 먹을 것들을 챙기게 해서 대기 중인 스리쿼터를 탔다. 월남의 정글에서 용감무쌍하게 싸우는 국군 장병들의 눈부신 활약상을 찍으려고 또 어떤 방송국에서 온 것이다. 정글 전투와는 아무 상관이 없는 그런 촬영이 싫어서 이상재는 계속 짜증이 나고 있었다.

이상재는 달리는 차창 밖으로 거리를 하염없이 바라보고 있었다. 하얗게 햇빛 쏟아지는 속에 시클로들이 느릿느릿 굴러가고 있었고, 쪽그늘을 만들어놓은 여자 행상 앞에서 구지레한 남자 서넛이 쪼그리고 앉아 쌀국수를 사먹고 있었고, 작은 거울을 벽에 걸어놓고 거리의 이발사가 손님을 기다리고 있었고…….

이상재는 갑자기 등을 떼며 곧추앉았다. 열 살쯤 되었을까, 바짝 마른 사내아이가 두 다리가 몽땅 잘려버린 계집애를 업고 서서 구걸을 하고 있었다. 이상재는 급히 창밖으로 고개를 내밀었다. 그 아이의 모습은 저 뒤로 멀어지고 있었고, 행인들은 그 아이를 거들떠보지도 않고 오가고 있었고, 내밀고 있는 아이의 손에는 불화살

같은 백광만 담기고 있었다.

"이거 스콜 쏟아질 것 같은데요."

운전병이 말했다.

"그래, 그거라도 쏟아져야지."

이상재는 몸을 바로잡으며 자신도 모르게 한숨을 쉬었다.

어디로 날아가는지 모를 헬리콥터 편대가 백광이 지글지글 끓고 있는 하늘 속에서 허우적거리고 있었다.

25

고향 그리워

라인강에 새해의 눈이 내리고 있었다. 자욱한 눈발에 강변을 따라 이어지고 있는 나지막한 산들이며, 산의 품에 안기듯 자리잡고 있는 집들의 모습은 아슴푸레했다. 그러나 강줄기는 더 진한 물빛을 드러내며 긴 흐름을 짓고 있었다. 강과 산, 그리고 이름 모를 고성(古城)과 가지가지 예쁜 모양의 집들이 하늘 가득 흩날리는 눈발과 어우러진 풍광은 환상적으로 아름다웠다.

"세상에! 꼭 꿈속에 있는 것 같애."

두 팔을 벌리며 정남희가 감탄했다. 옆에서 걷고 있는 김광자는 정남희를 보며 그저 웃음지었다.

"지금 서울에도 눈이 올까? 새해가 돼서 그런지 어쩐지 집생각이 나서 못살겠다. 잘 익은 김치도 실컷 먹고 싶고. 지금 김치가 얼마나 맛있을 때야, 글쎄."

정남희는 입맛 동하게 신침 들이켜는 소리를 냈다.

정남희의 말에 김광자는 서울이 아닌 강진이 불현듯 다가드는 것을 느꼈다. 정남희는 서울 태생이었다. 김광자는 줄줄이 떠오르는 어머니와 동생들의 모습에 금방 목이 메었다.

"알겄지야? 아부지가 생전에 농사짓대끼 그렇게만 혀, 잉?"

어머니가 공항까지 나와서 다짐했던 말이 또 쟁쟁히 울리고 있었다. 아버지가 농사짓듯이! 그 말은 가슴벽에 깊게깊게 아로새겨져 있었다. 살껍질을 도려내지 않고서는 없앨 수 없는 문신처럼.

"이젠 독일놈하고 놀아날 참이냐!"

오빠의 외침이었다. 오빠는 끝내 반대를 꺾지 않았다. 그 불신과 모독 때문에 어머니의 다짐을 가슴벽에 더 깊이 팠던 것이다.

"집생각을 하면 뭘 해. 자꾸 눈물만 나오지." 정남희는 소리 나게 콧숨을 들이켜고는, "독일어 교육도 며칠 안 남았는데, 정말 넌 어쩌면 그렇게 독어를 잘하니 글쎄. 꼭 대학 나온 것처럼. 넌 머리가 좋은 거니, 무슨 비결이 있는 거니?" 그녀는 가끔 해온 소리를 또 했다.

"비결은 무슨 비결, 그냥 죽어라 하고 하는 거지 뭐."

김광자는 축축한 감정을 걷어내며 대꾸했다. 그러나 그녀의 목소리는 잠겨 있었다.

"아니야, 난 머리가 나쁜가 봐. 나도 니 죽고 나 죽자 하고 앙심먹고 덤비는데도 영 잘되지를 않아. 그런 말 있지 왜. 독어는 울고 들어갔다 웃고 나오고, 영어는 웃고 들어갔다 울고 나온다고. 난 아무래도 울다가 끝날 것 같애."

정남희는 정말 울상을 지었다.

"그렇지 않아. 우리가 영어는 중학교 때부터 배웠고, 독어는 처음 대하는 것이라서 그래. 그러고 너하고 나하고 좀 차이가 나는 건 나는 서울에서 학원에 다녔고 넌 안 다녀서 그런 거야. 지금이 고비니까 어려워하지 말고 이를 악물어. 우리보다 1~2년씩 먼저 와서도 독일말 잘 못하는 나이 많은 간호원들 봐. 얼마나 구박받고 궂은일만 하고 그러니. 사람끼리는 말이 통해야 하는 게 첫쩬데, 우리 직업은 특히 그렇잖아. 그러니까 밤낮으로, 꿈에서도 독일말만 생각해. 백 번 외워서 머리에 안 들어갈 단어는 없으니까."

김광자는 진심으로 말하고 있었다. 그동안 겪어보니까 정남희의 머리가 과히 좋은 것 같지 않았고, 독일어를 포기해 버리면 그녀가 어찌 될 것인지 무척 걱정스러웠다.

"어머, 넌 한 단어를 100번씩도 외우니?"

"그럼 어떡해. 안 되면 200번도 해야지. 난 단어 외우는 것보다 발음이 제대로 안 돼서 속 썩이는데, 발음이 독일사람들처럼 될 때까지 한 단어를 하루 종일 속으로 연습한 적도 있어. 한국에서 배운 발음은 거의가 엉터리니까."

"하루 종일? 그럼 그게 몇 번이야?"

정남희가 눈을 휘둥그레 떴다.

"몰라, 아마 수백 번은 넘을 거야. 혀가 제대로 소리를 낼 때까지 계속하는 거니까. 앞으로도 계속 그럴 거구."

"어머 얘, 너 보기하고는 다르게 독하구나. 나도 그러면 될까?"

정남희가 머리를 설레설레 저었다.

"안 될 게 뭐가 있어. 가난해서 타국생활 하는 것도 서러운데 말 잘 못해서 천대받아 봐. 그것처럼 서러운 게 어디 있겠어. 결심 단단히 해."

김광자는 정색을 하고 정남희를 똑바로 쳐다보았다.

"알았어. 나도 그렇게 해볼게. 근데 말야, 여기서 배겨내지 못하고 돌아가는 여자들도 있다는데, 그게 말을 못 익혀서 그러는 걸까?"

"글쎄, 꼭 말 때문이라기보다는 여러 가지 복잡한 이유가 있을 텐데, 말이 잘 안 통해서 당하는 불편이나 고통 같은 게 하나의 이유는 될 수가 있겠지."

"그래, 그럴 거야. 정신병에 걸려 쫓겨갔다는 말을 들으면 으스스 떨려. 이것저것 얼마나 힘들었으면 정신병이 다 걸렸겠어 글쎄. 신세 좋아지려고 왔다가 신세 더 망쳤으니 그 집안이 어찌 됐겠어. 보나마나 빚지고 왔을 텐데. 나 정신 바짝 차려야지."

정남희는 어깨를 움츠리며 부르르 떨었다.

간호원들은 비행기를 타고 오는 동안에도, 독일에 도착해서도 돈을 얼마나 쓰고 왔느냐고 서로서로 눈치 보아가며 묻고는 했다. 광부가 그렇듯 간호원들도 뒷돈질을 하지 않고서는 비행기를 탈 수가 없었고, 가난한 살림에 그 돈은 다 빚을 내야 했다.

김광자는 그런 일을 당하지 않아 강기수 의원에게 더욱 감사하고 있었다. 국회의원 빽은 남녀를 서로 뒤바꾸는 것만 빼고는 못할 일이 없다고 하더니 과연 그 위력은 대단했다. 강 의원이 직접 나선 것도 아니고 비서가 몇 군데 전화를 하는 것으로 거침없이 비행기를 타게 되었던 것이다. 그러나 한편으로는, 돈 없고 빽 없는 놈들은 시체라는, 세상을 떠도는 말이 가슴 한쪽을 서늘하게 하기도 했다.

"괜히 그런 우울한 생각하지 말고 힘내. 며칠 안 있으면 본격적으로 일 시작하게 될 건데."

김광자는 묵직하게 늘어진 가방을 왼쪽 어깨로 바꿔 멨다. 어깨에 쌓였던 눈송이들이 떨어져 날리며 눈발에 섞였다.

"차암, 우린 언제 저런 멋진 집에서 사람답게 살아보니. 독일사람들이 너무나 부러워."

길게 한숨을 쉬는 정남희의 눈길은 무수한 눈송이들이 어지럽도록 현란하게 춤추고 있는 저 멀리로 가 있었다.

"그래, 사람답게 산다는 게 뭔지 독일에 와서 알았어. 솔직하게 말하자면, 서너 달 동안 살아본 것만으로도 독일은 천국이라는 생각이 들어. 우리나라에 비해서."

"너도 그런 생각했니? 틀림없이 천국이지. 세상에, 공부시켜 주면서 돈까지 주는 나라가 어딨니? 우리나라 같았어 봐. 꿈도 못 꿀 일이지. 얘기가 나온 김에 나 창피스러운 얘기 하나 할까?"

정남희가 김광자를 쳐다보며 쑥스럽게 웃었고, 김광자는 무슨 얘기냐고 눈으로 묻고 있었다.

"흉보지 말어?"

"흉은, 우리 사이에."

"글쎄 있잖아, 첫 달 공부를 끝내고 생각지도 못한 월급을 받고 얼마나 놀라고 좋았는지 몰라. 너무 좋아서 잠이 안 오는 거야. 그래서 한국돈으로 얼마나 되는지 계산을 해봤지. 근데 글쎄 통닭 600마리 값이더라니까, 600마리. 그러니까 말야, 이 삼은 육, 하루에 통닭 스무 마리 값을 쳐준 거라구. 그 계산을 하고 나니까 얼마나 통닭이 먹고 싶던지. 그래서 다음날부터 여기저기 통닭을 찾아 나섰지. 근데 독일엔 한국에서 유행하기 시작한 그런 통닭이 없는 거야, 글쎄. 난 서울에 있을 때 그렇게 통닭이 먹고 싶었거든. 그래서 그 돈을 몽땅 집으로 보내면서 온 식구가 배가 터지도록 통닭을 사먹으라고 편지를 썼어, 내 몫까지 다 말야."

목소리가 잠겨든 정남희는 손등으로 두 눈을 번갈아가며 훔쳤다.

"그랬었구나. 참 잘했다. 나도 서울에서 통닭이 먹고 싶었지만 결국 못 먹었어."

김광자는 정남희의 팔을 꼭 잡았다. 자신은 통닭 대신 쌀 몇 가마가 되는지를 계산했었다.

그러나 그녀들은 아무 일도 하지 않고 독일어 학원만 다니면서 돈까지 받은 것이 아니었다. 그녀들은 공부가 끝나고 병원에 돌아오면 환자복 세탁이나 청소 같은 허드렛일을 꼬박꼬박 했다. 그 노동의 대가로 병원 측에서는 월급을 지급하는 것이고, 독일어 교육은 하루빨리 실용가치를 높이기 위해서 시키는 것이었다. 그런데 그녀들로서는 그 정도의 일을 하고 월급을 받는다는 것은 전혀 상상할 수 없는 일이었다. 열네댓 살의 계집애가 식모살이를 하면 겨우 입이나 얻어먹고, 성인이 식모살이를 해도 월급이 쥐꼬리만한 한국 현실에 그녀들은 너무 익숙해져 있었던 것이다.

"그래, 통닭 먹어본 사람들보다 못 먹은 사람들이 훨씬 더 많을 거야. 세상엔 가난한 사람들이 더 많으니까. 근데 얘기 나온 김에 창피스런 얘기 하나 더 해도 될까?"

김광자는 정남희에게 다정한 웃음을 보내며 고개를 끄덕였다.

"난 말야, 독일에 와서 신기한 게 한둘이 아니지만, 제일 놀라고 신기했던 게 뜨거운 물, 찬물이 조정하는 대로 섞여 나오는 샤워였어. 그 샤워를 아침저녁으로 틀어놓고 맘껏 몸을 씻는 게 꼭 꿈만 같애. 우리가 어디 자주 목욕을 하고 살았니?"

"그래, 나도 샤워기가 신기했는데, 더 신기했던 건 빵 굽는 토스터였어."

"맞아, 맞아. 빵이 다 구워져 자동으로 톡 솟아오르는 것이라니! 그러고 보면 냉장고, 세탁기, 그릇 씻는 기계, 신기하고 부러운 게 너무 많지 뭐. 독일사람들에 비해 우리나라 사람들 사는 건 사람 사는 게 아니야. 독일사람들은 어떻게 해서 이렇게 잘살지?"

"그러게 '라인강의 기적'을 이룩했다고 하잖아."

"그래. 근데 그 '라인강의 기적'이라는 게 무슨 뜻이지? 그 말을 귀아프게 들으면서 독일에 왔는데, 한강보다 좁고 별것 아닌 저 라인강이 무슨 기적을 일으켰다는 것인지 난 그 뜻을 모르겠어. 석탄이나 짐 실은 배들이 왔다 갔다 하는 것뿐인데 말야. 우리나라에서 막 써먹는 '한강의 기적'도 그 말에서 따온 거라며?"

정남희는 의문 담긴 눈길로 김광자를 쳐다보았다. 스카프에 싸인 그녀의 볼이 추위에 발갛게 얼어 있었다.

"응, 그건 라인강이 독일을 상징할 만큼 길고 큰 강이니까 그냥 '독일의 기적'이라고 하는 것보다는 멋지고 근사하게 표현하느라고 그렇게 말한 거지 뭐. 그게 그러니까, 정확하게 말하자면, 2차대전에서 패한 독일이 잿더미 위에서 다시 오늘날처럼 잘살게 경제부흥을 일으킨 건 기적이라는 뜻인데, 그건 바로 독일인들이 일으킨 기적이라는 말 아니겠어."

"그래 글쎄, '독일인의 기적'이라고 쉽게 말하면 될 것이지 괜히 빙빙 돌려서 말하니까 나같이 무식한 것들은 어리빵빵하고 헷갈리고 그러잖아. 근데, 독일처럼 우리나라에서도 '한강의 기적'이 일어날까?"

"글쎄……, 누구나 잘살아 보려고 애들을 쓰고 있고……, 우리 같은 여자들도 이렇게 외국에 나와 돈을 벌어 보내고 하는데……, 잘살게 돼야 할 텐데 어찌 될지 알 수가 있겠니."

"우리 잘살긴 틀린 것 같애. 동백림 간첩단 사건으로 서독 몰래 사람들 마구 잡아가 서독하고 우리나라하고 사이가 나빠졌다면서? 광부고 간호원이고 더 못 오게 될지 모른다고 언니들이 걱정하고 있잖아. 서독이 우릴 도와주고 있는데 왜 서독 비위를 건드리고 그러는 거니?"

"글쎄, 왜 그러는지 모르겠어. 난 어떤 광부가 했다는 말을 들으면 잠이 안 와."

"잠이? 왜, 무슨 말인데?"

정남희의 눈이 커졌다.

"응, 서독에서는 잡아간 사람들을 무조건 석방해서 서독으로 돌려보내라 하고, 우리나라에선 그 말을 안 듣고 하는데, 그렇게 계속 사이가 나빠지다간 서독에서 광부고 간호원이고 다 한국으로 보내버릴지도 모른다는 거야."

"아니, 뭐, 뭐라구?"

정남희는 걸음을 뚝 멈추며 소리쳤다. 그 바람에 스카프 위에 내려앉았던 눈송이들이 흩어져 날렸다.

"어머, 왜 그리 놀라고 그러니? 당장 내쫓기는 것도 아닌데."

"안 돼, 안 돼, 그리 되면 우리 집은 쫄딱 망해. 나, 20만 원이나 들이고 비행기 탄 건데, 그게 다 빚이라구, 빚!"

정남희는 겁에 질린 얼굴로 자신도 모르게 뒷돈 쓴 것을 실토하고 있었다. 20만 원이면 쌀 40가마가 넘는 거액이었다. 그리 큰돈들을 써야 했는가……, 생각하며 김광자는 안쓰러운 마음으로 정남희를 바라보았다. 정남희의 눈에는 눈물마저 그렁그렁했다.

"너무 걱정하지 마. 아마 그렇게까지는 안 될 거야. 왜냐면 서독이 우리나라 광부나 간호원들을 불러들인 건 이 사람들이 뭐 특별히 마음이 좋아서 우리한테 인심쓰는 게 아니니까. 자기네 일손이 부족해서 당장 우리가 필요한 형편이니까 그런 일을 저지르진 못할 거야. 사이가 정 나빠지면 더 받아들이지 않을지는 몰라도. 절대 그런 일은 없을 거라고 난 믿어."

김광자는 그동안 생각해 왔던 것을 힘주어 말했다. 그건 정남희만을 위로하는 말이 아니었다.

"그게 정말 그럴까?"

"그럼 당연하지. 우리나라 광부와 간호원들이 일 잘한다고 독일 사람들 사이에 벌써 소문이 나 있잖아. 근데 우릴 내쫓아봐. 손해 보는 건 자기네 독일이거든."

"그래, 네 말이 맞는 것 같다. 어쨌거나 제발 그런 일은 벌어지지 말아야 해. 우리들 신세가 어찌 되겠어."

"너무 걱정 말고 일이나 열심히 할 생각하자. 우리가 살길은 그것밖에 없잖아."

"그래, 나도 독일어 열심히 할 거야."

그들은 서로 눈길을 나누며 병원 쪽으로 발길을 돌렸다. 얼크러지고 설크러지고 휘돌고 맴돌며 황홀한 군무(群舞)를 추고 있는 무수한 눈송이들 저편으로 병원 모습이 어렴풋이 드러나고 있었다.

며칠이 지나 3개월 동안의 독일어 교육이 끝나면서 김광자와 정남희의 병원 근무가 정식으로 시작되었다. 근무는 아침 6시부터 여덟 시간씩 3교대였다. 김광자는 오전근무에, 정남희는 오후근무에 배치되었다.

"난 왜 이렇게 재수가 없는지 몰라. 뜻대로 되는 게 하나도 없으니."

식당에서 점심을 먹으며 정남희는 침울한 기색으로 말했다.

"뭐가? 근무시간 땜에?"

김광자는 얼른 정남희의 마음을 짚었다.

"차암, 눈치 빠르기는. 오전근무가 되기를 바랐는데 글쎄……."

정남희는 무거운 손놀림으로 감자를 찍으며 전혀 식욕 없는 얼굴이었다.

"왜, 따로 또 돈벌이하려고? 그럼 나하고 바꾸면 되지 뭐."

김광자는 한시라도 빨리 정남희의 근심을 덜어주려고 이렇게 말했다.

"아니, 넌 아르바이트 안 해?"

문득 정남희의 얼굴이 밝아졌다.

"응, 난 동생들도 많지 않고, 너처럼 정식으로 간호학교를 나오지 않아서 병원 일만 잘하기에도 벅차거든."

김광자는 자신의 속마음을 감추고, 정남희가 부담을 느끼지 않도록 얼른 둘러댔다.

"근데, 의사들이 말을 들어줄까?"

"그럼, 독일사람들은 논리적이고 납득할 수 있는 말이면 다 들어준대잖아."

"그렇지만 아르바이트 때문이라고 할 순 없잖아. 그건 눈치껏 하는 일인데."

"그야 그렇지. 어쨌든 나한테 맡겨."

3교대 근무에서 한국 간호원들에게 가장 인기 있는 것은 야간근무였다. 야간근무는 고된 만큼 야근수당이 따로 나오는 데다가,

3주를 근무하면 2주간의 휴가까지 주었다. 그 기간에 딴 병원에 가서 일하면 또 돈을 벌 수 있었다. 그래서 야간근무는 독일에 먼저 온 고참들의 차지였고, 병원 쪽에서도 경험자들을 우선 배치했다. 그 다음의 인기가 오전근무였다. 오후 2시에 근무가 끝나면 곧바로 꽃집 같은 데서 아르바이트를 할 수 있었다. 그런 아르바이트는 시간당 5마르크였고, 한국 간호원들은 다투어 일자리를 찾아나섰다.

김광자는 정남희와 함께 의사를 찾아갔다. 자신은 아침잠이 많아 오전근무가 곤란하니 오후로 바꿔달라고 했다. 양쪽 의사는 그들에게 근무시간을 서로 바꿀 마음이 있는지를 확인하고는 이내 그렇게 하라고 허락했다.

"광자야, 너무나 고마워. 나 이 은혜 꼭 갚을게."

정남희는 김광자의 손을 싸잡으며 눈물을 글썽거렸다.

"얘는, 은혜는 무슨. 하여튼 돈벌이도 좋지만 몸 상하지 않게 해야 해."

자신도 돈욕심이 안 나는 게 아니었다. 그러나 김광자는 속으로 딴 욕심을 다지고 있었다. 다른 사람들이 돈벌이하는 시간에 자신은 공부에 전념하기로 한 것이다. 의사가 되기 위해서였다.

앞서 독일에 온 간호원들 중에서 3년 계약기간을 끝내고 의대에 진학한 사람이 서넛이라고 했다. 그 말을 듣는 순간 김광자는 눈앞이 확 밝아지는 것을 느꼈다. 그래, 나도 의사가 되자! 그 욕구는 좌절되어 버린 선생의 꿈이 되살아난 것이었다. 그리고 그 새로운 꿈은 오직 돈벌이를 위해 모국을 떠나왔다는, 조금은 서글프고 무언가 암울한 감정을 일거에 뒤집는 빛이고 희망이었다. 오빠에게 꼭 복수하고 말리라! 의사가 되려는 또 하나의 목적이었다.

이제 그 꿈은 어떤 일이 있어도 변하거나 흔들리지 않게 가슴 깊이 박힌 새 삶의 기둥이었다. 공부할 수 있는 능력만 갖추면 학비가 거의 무료나 마찬가지인 서독의 교육제도를 알고 나서부터 그 꿈은 더욱 바윗덩이로 단단해졌다. 3년 동안 매달 월급에서 최소한의 숙식비를 떼내 저금해 나가면 집안을 돕고, 의대 공부도 할 수 있는 두 가지 목적을 모두 이루어나갈 기막힌 기회였다.

정남희는 병원 식당의 독일 음식에 질려 진작부터 밥을 따로 해먹자고 성화였다. 먼저 와 있던 여섯 명이 둘씩 짝지어 김치를 담가 밥을 해먹고 있었다. 물론 자신도 밥에 김치며 된장찌개를 먹고 싶은 생각이야 간절했다.

그러나 그건 식당에서 먹는 것에 비해 너무 큰 돈 낭비고, 시간 낭비였다. 그리고 남들보나 더 오래 독일살이를 하려면 어차피 독일 음식을 입에 익혀야 했다. 한 고비를 넘기면 될 그런 고역쯤 얼마든지 달게 치를 자신이 서 있었다.

김광자와 정남희가 배치된 곳은 노인네들의 치매병동이었다.

"각오 단단히들 하라구. 거긴 지옥이니까. 신참들은 거길 거쳐야 간호원 인생이 뭔지 안다구"

서울 어느 종합병원에서 수간호원을 했다는 이정옥이 자신의 경력을 과시하듯 말했다. 마흔이 넘은 그 여자는 자신의 경력을 인정해 주지 않는 것에 늘 불평을 털어놓았고, 서로 평간호원이면서도 한국 간호원들에게 군림하려고 해서 모두에게 미운털이 박혀 있었다. 그 여자는 남자들이 흔히 쓰는 어투인 '내가 왕년에……' 하는 말을 곧잘 해서 별명이 '왕년'이었다. 독일 병원에서는 한국에서의 경력을 전혀 인정하지 않고 모두 평간호원으로 출발시켜 그 능력을 평가하고 있었다.

정남희는 첫 근무를 시작하기 30분 전에 간호원 휴게실로 갔다.

"아, 정 간호원, 어서 와요. 기다리고 있었어요."

수간호원인 독일 여자가 상냥하게 웃으며 정남희를 맞이했다.

"안녕하세요."

정남희는 간단하게 인사하고 빈 의자에 앉았다. 그녀는 긴장을 하지 않으려고 애쓰고 있는데도 가슴이 두근거리고 있었다. 첫 근무인 데다가 독일사람과 말을 나누어야 하는 것이 여간 신경 쓰이지 않았다.

먼저 와 있던 독일 간호원 둘은 마치 무슨 맛있는 음식을 먹는 것처럼 입맛까지 다시며 담배를 피우고 있었다. 정남희는 그들을 곁눈질하며 참 이상한 일이라고 생각했다. 그간에 보아온 것으로는 담배를 안 피우는 간호원보다 피우는 간호원이 더 많은 것 같았다. 그리고 또 이상한 것은 그들 대부분이 나이가 많고, 노처녀라는 점이었다.

"딴 좋은 직업들이 많아 젊은 여자들은 간호원 생활을 안 하려고 한대잖아. 그 덕에 우리가 여기 온 거지 뭐."

김광자의 말이었다.

그런데 왜 노처녀로 늙어가는 것일까? 남자들이 간호원을 싫어하는 것인가? 또 담배들은 왜 저리 피워댈까? 노처녀 신세가 속상해 그러는 걸까? 그런 것 같기도 하고, 아닌 것 같기도 하고 알쏭달쏭했다.

간호원 두 명이 더 오자 수간호원이 끓이고 있던 커피를 잔마다 손수 따라나갔다. 그리고 간호원들에게 잔을 돌리기 시작했다. 정남희는 너무 놀랍고도 당황스러우면서도 어찌해야 옳은 것인지 몰라 이쪽저쪽 눈치만 살피고 있었다. 수간호원이 아래 간호원들에게 손수 커피를 끓여주다니……, 한국에서는 상상도 할 수 없는 일이었다. 그런데 더 놀라운 것은 아래 간호원들이 미안한 기색 같은 것 전혀 없이 태연하게 커피잔을 받는 것이었다. 물론 커피잔을 받으면서 그들은 '당케 쉔(고맙습니다)' 하기는 했지만, 그건 그저 서양사람들이 일상생활에서 늘 입에 달고 사는 몇 마디 중의 하나처럼 느껴질 뿐이었다.

"정 간호원, 오늘부터 우리하고 함께 일하게 돼서 반가워요. 앞으로 일하면서 모르는 것은 그때그때 묻도록 하세요. 물론 새 일을 시작할 때는 미리 가르쳐줄 테니까 걱정할 것 없고요."

수간호원이 웃음 넘치는 얼굴로 정남희를 바라보며 천천히 또박또박 말했다. 정남희는 잔뜩 긴장한 채 고개만 끄덕거렸다. 수간호원의 말을 거의 알아듣지 못한 채 무슨 인사말이겠거니 짐작했다.

"여러분도 그동안 겪어봐서 알겠지만 한국 간호원들은 열심이고 성실하고 영리해서 일에 아주 빨리 숙달돼요. 그들이 가진 약점이라면 우리 독일어를 잘하지 못한다는 것뿐이에요. 그럴수록 여러분은 일을 친절하게 가르쳐줘야 합니다. 그건 그들을 위하기 이전에 우리 독일과 독일 환자를 위해섭니다. 이 정 간호원도 특별히 뽑혀온 사람이니까 전 사람들처럼 일을 잘하리라고 믿습니다. 그녀를 친절하게 도와주기 바랍니다."

수간호원이 아까 정남희에게 말할 때와는 달리 네 간호원을 둘러보며 진지하고 엄한 얼굴로 말했다.

근무교대 시간에 정확하게 맞추어 그들은 병실로 들어갔다. 수간호원의 손짓에 따라 정남희는 그 뒤를 따라갔다.

"앞서 여기서 일한 한국 간호원들에게 대강 이야기 들었겠지만, 여기서 할 일을 지금부터 설명하겠어요. 이쪽으로 와요. 여기에 침대 시트가 있어요. 자아, 여긴 환자복이 있어요. 그리고 그 옆에, 자아, 여기가 화장실과 샤워장이에요."

수간호원은 말에 따라 손짓을 하고 문을 열고 해서 일일이 확인시켰다. 정남희는 미리 치매병동에 대해서 이야기를 들었기 때문에 그게 무슨 뜻인지 쉽게 이해했다.

"치매환자들은 손수 밥을 먹을 수가 없어요. 그러니까 간호원이 밥을 먹여야 해요."

수간호원은 환자에게 밥 먹이는 시늉을 해보였다. 정남희는 연달아 고개를 끄덕였다.

"또 대소변을 스스로 가릴 수가 없어요. 그 일도 간호원이 미리 미리 시간 맞추어 화장실로 데려가야 해요."

수간호원은 환자를 부축해 침대에서 내리는 시늉을 하고, 그 다음에 정남희의 한쪽 팔을 어깨에 걸치고 화장실로 갔다. 그리고 하의를 끌어내리는 손짓을 하고는 정남희를 변기에 앉히며 알겠느냐는 표정을 지었다. 정남희는 또 고개를 끄덕였다.

"그 다음에 가장 어려운 일이 있어요. 아무리 미리미리 살핀다고 해도 환자가 많고, 딴 일도 생기고 해서 환자들이 대소변을 그냥 옷에 싸버리는 일이 빈번하게 일어나요. 그때는 환자를 화장실로 옮겨 옷을 다 벗기고 샤워를 시켜야 하고, 침대 시트를 갈고, 다시 새 옷을 입혀 침대에 눕혀야 해요."

수간호원은 말이 바뀔 때마다 정확한 동작으로 말뜻을 표현했다. 정남희는 그 동작만으로도 상대방이 무슨 말을 하고 있는지 충분히 알아듣고 있었다.

"자아, 그럼 일 열심히 하고, 무슨 일이 있으면 나를 찾아요."

가벼운 손인사를 하며 돌아서는 수간호원에게 정남희는 고개를 꾸벅했다.

정남희는 가슴 가득 숨을 들이켜며 자기자신에게 환기시켰다. 절대로 옷에 똥오줌을 싸게 해서는 안 된다고. 그건 일이 몇 배로 힘들어지는 고역일 것이 뻔했다.

옷에 싼 똥을 치우고, 똥 묻은 몸을 씻겨야 하고……, 생각만으로도 끔찍해 정남희는 진저리를 쳤다.

그녀는 미리미리 똥오줌을 뉘어야 한다는 단 하나뿐인 방법을 어서 실천에 옮기려고 첫 번째 침대로 다가갔다. 머리가 하얗고 살이 많이 찐 남자 노인은 눈을 번히 뜨고 누워 있었다. 그런데 그 큰 눈이 초점 없이 멍하고 텅 빈 것처럼 공허해 보였다. 자기 이름도 기억하지 못하고, 자식들마저 알아보지 못하는 치매환자의 전형적인 모습이었다.

"할아버지, 할아버지, 저하고 소변보러 가세요."

독일말을 할 수 없는 정남희는 한국말로 하며 노인의 팔을 흔들었다.

노인은 눈을 껌벅거리며 정남희를 이윽히 쳐다보더니 거부의 몸짓을 지었다.

"자아, 내려오세요. 부축해 드릴 테니까. 옷에 싸면 안 되잖아요."

정남희는 다정하게 웃으며 아까 수간호원이 시범을 보인 것처럼 노인의 팔을 자신의 어깨에 걸었다. 그러자 노인은 거센 힘으로 팔을 뿌리쳤다. 그녀는 예상치 못한 힘에 밀려 약간 비틀거렸다.

독일말이 아니라서 그런가? 얼굴이 낯설어서 그런가? 대소변이 안 마려워서 그런가?

이런 생각들이 빠르게 스쳐가며 정남희는 난감해졌다. 싫어하는 사람을 억지로 끌어내릴 수는 없었다.

그녀는 그 옆 침대로 옮겨갔다. 얼굴만 다를 뿐 그 환자도 눈동자가 풀리고 몸이 뚱뚱한 것은 마찬가지였다. 실없는 웃음을 흘리고 있는 그 노인은 정남희에게 의지해 순순히 침대에서 내려왔다.

"어머!"

정남희는 자신도 모르게 소리쳤다. 그 노인의 몸무게에 눌려 무릎이 휘청하며 하마터면 넘어질 뻔했다. 그녀의 몸에 비해 노인의 몸은 두 배는 더 커 보였다. 그녀는 온 힘을 다해 노인의 몸을 떠받치며 화장실로 걸음을 옮겨놓기 시작했다.

그런데 노인은 화장실 앞에서 더는 걸음을 옮겨놓지 않았다.

"왜 그러세요. 옷에 싸면 안 되잖아요. 들어가세요, 네?"

정남희는 다정하게 웃으며 노인을 끌어당겼다. 그러나 노인은 완강하게 버티고 있었다. 그 힘을 당할 수가 없었다. 그때 그녀는, 근무교대를 하면서 전 간호원이 대소변 처리를 한 것이 아닐까 하는 생각을 언뜻 했다.

"네에, 돌아가세요. 억지로 할 수는 없는 일이니까요."

정남희는 다시 노인을 부축하며 가자는 손짓을 했다.

노인의 큰 몸집은 불안정한 걸음걸이와 함께 축 처져 있었다. 그 몸을 떠받치며 한 걸음, 한 걸음 옮겨놓기가 힘에 벅찼다. 그런데 노인은 침대 앞에 이르러 올라갈 생각을 하지 않고 멍하니 서 있었다. 정남희는 노인을 침대에 걸터앉히고 낑낑거리며 두 다리를 받쳐 올렸다. 가까스로 노인을 침대에 눕히고 나자 숨이 가쁘고 진땀이 났다. 정남희는 이마를 훔치고 긴 숨을 내쉬며 암담한 기분에 빠져들었다. 한국에서는 전혀 하지 않은 일이었다. 그런 일은 보호자나 간병인의 몫이었다.

그러나 여기는 독일이었다. 정남희는 가난한 집안과 큰 빚을 생각하며 다시금 마음을 다잡았다. 그 어떤 고생을 하더라도 참고 견

디며 큰돈을 벌어 돌아오겠다고 결심하면서 비행기를 탔던 것을
다시 떠올렸다.

정남희는 아르바이트는 우선 제쳐두고 병실에서 필요한 독일어
를 어서 빨리 익혀야 되겠다고 생각했다. 최소한의 말이 안 통해서
는 환자 간호가 훨씬 어려울 거라는 실감이 났다. 그런 생각과 함
께 어떻게 해야 미리 대소변을 가릴 수 있게 하는 것인지 답답해
조바심이 났다.

그런데 한 노인이 침대에서 내려서며 비틀거렸다. 아, 변소에 가
고 싶은가 부다! 정남희는 그쪽으로 내달았다.

그 노인 앞으로 급히 다가서던 그녀는 주춤했다. 쿠린내가 나는
것 같았다. 설마하며 그녀는 코를 가까이 댔다. 역한 냄새가 확 풍
겨왔다.

"엄마, 어떡해. 난 몰라."

그녀는 울상이 되며 발을 굴렀다.

그런데 노인은 어기적어기적 걸음을 옮겨놓고 있었다. 정남희는
질끈 감았던 눈을 뜨며 노인을 부축했다. 그녀의 얼굴은 굳어져 있
었고, 안으로 접혀 들어간 위아랫입술이 안 보일 정도로 꼭 물려
있었다.

정남희는 노인을 화장실로 데리고 들어갔다. 그 다음을 어찌해
야 좋을지 몰라 또 눈을 질끈 감았다. 옷을 벗기고, 씻기고, 옷을
갈아입히고……, 그 순서를 모르는 것이 아니었다.

그 난감한 일을 피할 도리는 없었다. 그녀는 다시 마음을 다잡으

며 눈을 떴다. 악취는 계속 풍기는데 노인은 희멀겋게 웃고 있었다. 이걸 못 해내면 맨주먹으로 쫓겨가야 해. 그 많은 비행기 요금까지 빚이 되면……. 그녀는 입술을 물며 노인의 바지를 끌어내렸다.

으악!

그녀는 질겁을 해서 눈을 질끈 감았다. 더 심한 악취와 함께 눈앞에 불쑥 드러난 것. 성인 남자의 그것을 본 것은 처음이었다. 그것도 바로 눈앞에서, 정면으로. 기껏 보았어야 젖먹이들의 꼬치였고, 의학서적에 그려진 그림이었다. 그러나 실물의 흉물스러움과 당혹감에 그녀는 혼비백산했다. 그것도 외국 남자의 그것이었다.

엄마, 엄마, 나 어떡해…….

"각오 단단히들 하라구. 거긴 지옥이니까. 신참들은 거길 거쳐야 간호원 인생이 뭔지 안다구."

선배 간호원 이정옥의 말이 떠올랐다.

그래, 나도 해낼 수 있어. 얼마든지 해낼 수 있어.

정남희는 이를 맞물며 눈을 부릅떴다. 노인의 아랫도리를 다시 살펴본 그녀는 진저리를 쳤다. 침대에 누워서 싼 똥은 엉덩이는 말할 것도 없고 그것의 아래까지 맥질이 되어 있었다. 그녀는 진동하는 악취로 속이 메스꺼운 것을 참아내며 바지를 노인의 발목에서 완전히 벗겨냈다. 그리고 노인을 샤워기 앞으로 끌어당겼다.

그녀는 샤워를 가장 세게 틀어 물줄기를 노인의 하체에 들이댔다. 거센 물줄기의 힘으로 똥이 씻겨져 나가고 있었다. 그러나 그건 겉에 붙은 것일 뿐이고 살갗에 짓뭉개져 있는 것은 그대로 남아 있었다. 물줄기를 오래 들이대도 소용이 없었다. 똥을 완전히 씻어내려면 천상 손으로 문지르지 않을 수 없었다.

엄마, 나 죽을 것 같애. 이 일을 어쩌면 좋아.

정남희는 또다시 진저리를 쳤다. 속이 더 심하게 메슥거리며 눈물이 솟았다. 그러나 어머니는 수만 리 밖에 있었고 여기는 자기 혼자뿐이었다.

나만 당하는 일이 아니다!

정남희는 다시 마음을 다잡으며 이를 맞물었다. 그리고 손에 마구 비누칠을 했다. 물줄기가 쏟아지는 샤워기를 한 손에 들고 다른 손을 노인의 엉덩이로 가져가며 그녀는 또 눈을 질끈 감았다. 그리고 손을 마구 문질러대기 시작했다.

난 악착같이 이겨낼 거야. 난 꼭 해내고 말 거야. 누구처럼 미쳐서 갈 수는 없어. 난 꼭 성공해서 돌아갈 거야. 난……, 난…….

이렇게 울부짖고 있는 그녀의 꼭 감긴 두 눈에서는 눈물이 비어져 나오고 있었다.

노인의 살찐 엉덩이 사이로 디밀어진 그녀의 손은 항문까지 닦아내고 앞으로 옮겨졌다. 여전히 눈을 꼭 감고 있는 그녀의 손이 노인의 그것 아래를 문지르기 시작했다. 그러다가 그녀는 웩 소리를 토하며 주저앉았다.

"우웩! 웩! 우웩!"

그녀는 가슴을 끌어안고 구역질을 하기 시작했다. 바닥에 떨어진 샤워기가 내뿜는 물줄기가 마음대로 그녀의 가운을 적시고 있었다.

"우웩! 우웨엑!"

그녀는 소리를 토할 때마다 상체를 들썩이며 눈물을 삐질삐질 흘리고 있었다.

"아니 왜 그래요, 정 간호원?"

수간호원이 급히 화장실로 들어왔다.

정남희는 숨을 헐떡거리며 몸을 일으켰다.

"아, 비누칠까진 다 했군요. 어려운 일을 참 잘해냈어요. 괜찮아요, 괜찮아요. 첨엔 다 그래요. 특히 순결한 한국 처녀들의 마음 잘 이해해요."

수간호원이 정남희의 눈물을 닦아주고 등을 토닥거렸다.

정남희는 수간호원의 말을 알아들을 수 없었지만 위로라는 것을 알았다. 그 마음이 고마워 울컥 눈물이 나려고 했다.

수간호원은 시범이라도 보이듯 환자를 씻기고, 큰 수건으로 몸을 닦고, 옷을 갈아입히고, 바지를 뒤집어 똥을 변기에 털어냈다. 그리고 가운을 꺼내 정남희에게 주며 환하게 웃었다.

"당케 쉔, 당케 쉔. (대단히 고맙습니다, 고맙습니다.)"

정남희는 자신도 모르게 독일말을 하며 두 번, 세 번 허리를 굽혔다.

점심시간이 되자마자 정남희는 김광자를 찾아갔다.

"아니, 눈이 왜 그래? 많이 운 것 같은데?"

책을 보고 있던 김광자가 먼저 물었다.

"말도 마. 부끄러워서 말도 못해. 왜 하필 남자 환자들 방이 걸렸는지 몰라."

정남희는 입을 씰룩이며 눈을 훔쳤다. 아까와 다른 서러움이 일며 눈물이 솟으려고 했다.

"옷에 변을 본 환자가 있었어?"

김광자는 무슨 일인지 금세 알아챘다.

"아니, 그걸 어떻게 알아? 어찌 그리 귀신이야?"

정남희는 그만 눈이 휘둥그레졌다.

"귀신이기는. 먼저 일한 선배 간호원들 말 다 들었잖아. 특히 이정옥씨 말 듣고 나도 남자 환자들을 어떻게 대할지 걱정되고, 마음 단단히 먹으려고 애쓰고 있으니까."

"글쎄, 그게 애쓴다고 되는 게 아니더라구. 글쎄, 나도 각오를 단단히 했는데 글쎄, 막상 딱 당하니까 글쎄, 눈앞이 캄캄해지고 죽을 것 같은 게 글쎄, 막 눈물이 쏟아지고 구역질이 나는데 글쎄, 말로 할 수가 없는 게 글쎄……."

정남희는 연달아 나오는 '글쎄'에 맞추어 두 손을 맞비비다가, 가운에 문지르다가, 냄새를 맡다가 하며 눈물이 글썽글썽해지고 있었다.

"왜 안 그렇겠어. 그렇지만 결국 그 일을 해냈잖아?"

"으응……."

정남희는 고개를 끄덕이며 눈물을 훔쳤다.

"그럼 됐어. 큰 고비를 넘긴 거야. 왜 우리나라 속담에 이런 게 있지. 매도 먼저 맞는 게 낫다고. 너는 이제 해방됐으니 얼마나 좋아. 난 앞으로 당해야 하는데. 네가 부럽다. 가, 밥 먹으러."

"아니야, 아니야, 나 밥 못 먹어. 지금도 구역질 나."

정남희는 입을 막고 돌아서며 웩웩 구역질을 해댔다.

"이것도 이겨내야 해. 밥을 굶고 어떻게 힘든 일을 하겠어. 여기까지 와서 그까짓 것 못 이겨내면 안 되잖아."

김광자는 정남희의 등을 다근다근 두들기며 좀 싸늘하다 싶게 말했다.

"너는 밥 먹을 자신 있어?"

정남희는 눈물 어린 눈으로 김광자를 쳐다보았다.

"우리한테 자신이 있고 없고가 어딨어. 죽느냐 사느냐 하는 낭떠러지에 서 있는데."

"그래……, 그렇지, 낭떠러지지. 누구나 그렇지. 알았어, 가."

정남희는 외롭고 슬픈 얼굴로 고개를 끄덕이며 눈물을 훔쳤다.

김광자는 식당으로 가며 어쩔 수 없이 이동원을 생각하고 있었다. 자신을 속여 남자를 경험하게 하고, 잊기 어려운 깊은 상처를 남기고, 자신을 여기까지 오게 한 남자. 그의 덕으로 자신은 정남희처럼 고통스럽지는 않을 거라고 생각하며 속웃음을 쓰게 웃고 있었다.

김광자는 이정옥의 말마따나 각오를 단단히 하고 간호원 인생을 시작했지만 치매병동은 역시 지옥이었다. 자기 이름도 기억하지 못하고, 사람을 알아보지도 못하는 노인네들은 대소변도 가릴 줄 몰

랐다. 노인네들은 그저 먹는 것만 밝히면서도 스스로 식사할 능력
도 없었다. 그러니 일일이 음식을 먹여야 하고, 옷을 입혀야 하고,
돌아가면서 대소변 수발을 해야 하고, 아무리 재빠르게 부지런히
움직여도 옷에다 똥오줌을 싸버리는 노인네가 생기고, 그럼 목욕
을 시키고 옷을 다시 갈아입혀야 하고……, 궂은일은 끝없이 되풀
이되었다.

"독일은 한국하고는 너무 달라. 한국에서는 가족들이 하는 더러
운 일들을 여기선 간호원들이 다 떠맡아하니 말야. 가족들은 코빼
기도 안 비치고, 내가 간호원인지 똥 치다꺼리 하는 몸종인지 모르
겠어."

정남희의 탄식이었다.

"힘내, 그래도 정신병동보다 낫대잖아. 언제까지고 여기 근무하
는 것도 아니니까."

김광자는 이 말을 분명 자신에게 하고 있었다. 자신의 내부에서
도 정남희가 느끼는 것과 다름없는 회의와 실망이 엇갈리고 있었다.

"넌 어쩌면 그렇게 맨날 어른 같니? 기분 나쁘게."

정남희는 입이 뾰로통해져 눈을 흘겼다.

"그럼 어쩌겠니. 여긴 독일이니까 독일식을 따라야지. 어쩌면 한
국식이 잘못됐는지도 몰라. 언제 나을지도 모를 환자한테 가족들
이 매달려 할 일도 못하면서 고생하는 것보다는 할 일 제대로 하
면서 세금 많이 내고, 모든 걸 병원이 맡아서 하는 게 말야. 독일
간호원들도 다 하는 일이니까 참고 견디자. 괜히 돈 많이 주는 것

아니잖아."

김광자는 정남희에게 다정한 웃음을 보냈다.

"그래, 돈 앞에서 할말 없지 뭐."

정남희의 풀죽은 대꾸였다.

"남희야, 너 교회 안 나갈래?"

"교회……?"

갑자기 무슨 소리냐는 듯 정남희는 뜨악한 반응을 보였다.

"응, 닥터 한스가 하는 말이, 일을 쉽고 즐겁게 하려면 신앙을 가져보라는 거야. 간호원을 왜 '백의의 천사'라고 하느냐 하면, 간호원은 환자들을 대하는 데 마음속에다 천사와 같은 사랑을 간직해야한다는 거야. 그냥 의무와 책임으로만 일을 하면 일이 힘들고 괴롭지만, 천사 같은 사랑의 마음으로 하면 쉽고 즐거워진다는 거지. 예수를 믿으며 그 사랑을 배우라는 것인데, 가만히 생각해 보니 일리가 있는 말이야. 그래서 그런지 닥터 한스는 환자들을 대하면서 얼굴을 찡그리는 일이 한 번도 없이 언제나 웃고 다정해. 꼭 친부모 대하는 것같이."

"어머, 얘, 너 그런 어려운 말을 다 알아들었단 말야?"

정남희의 관심은 엉뚱한 데로 튀고 있었다.

"다 알아듣기는. 대충대충 그런 뜻으로 짐작을 한 거지."

김광자는 꿀밤 먹이는 시늉을 했다.

"그런 말을 대충 짐작이라도 하는 네가 부럽다." 정남희는 가는 한숨을 쉬고는, "그래, 힘든 일이 쉬워진다면 나가보지 뭐." 그녀는 지친 얼굴만큼 무겁게 고개를 끄덕였다.

김광자는 똥을 치우며 비위가 상하고, 한 사람의 옷을 두 번씩 갈아입히면서 짜증이 날 때마다, 내 부모라고 생각하자, 내 부모라고 생각하자, 하며 스스로를 다스리려고 애썼다. 그런데 닥터 한스의 말을 듣고는 언젠가 보았던 나환자촌의 수녀를 생각하게 되었다. 그 외국인 수녀는 한국의 나환자들을 치료하고 돌보면서 더없이 정겹고 포근한 모습이었다. 그 수녀는 아무 보수도 없이 그저 봉사하는 것이었고, 자신은 한국에 있는 간호원들보다 열 배가 넘는 엄청난 돈을 받고 있었다. 그 수녀가 간직하고 있을 천사의 마음을 배우려고 교회에 나가고 싶었다.

김광자로서는 옷에 싼 똥을 치우는 것 못지않게 고역스러운 것이 살찐 노인네들을 다루는 것이었다. 살찐 노인네들은 노망기로 몸까지 늘어져 있어서 무겁기가 이만저만이 아니었다. 그들을 침대에서 굴리듯 하며 옷을 갈아입히고, 샤워장으로 부축해 가고 하면서 김광자는 힘이 달려 끙끙대야 했다.

"엄살들 떨지 마, 아직 멀었으니까. 허리 디스크에 걸리고, 손가락 인대가 늘어나고 해봐야 제맛을 아는 거니까. 괜히 고참 되는 것 아니라구."

이정옥의 밉살맞은 말이었다.

"아이구 얄미워. 고참 좋아하고 있네. 저건 여군이나 되지 왜 간호원이 됐나 몰라. 저 여잘 보면 소화가 안 돼."

정남희가 성깔을 부렸다.

일요일 아침에 한국 간호원들은 기숙사의 휴게실에 모여앉아 모처럼 한가하게 커피를 마시고 있었다.

찌르릉, 찌르릉, 초인종이 울렸다.

"또 피아노 쳐대네."

이정옥의 말에 그녀들은 쿡쿡거리며 창가로 몰려갔다. '피아노 친다'는 것은 간호원들을 찾아다니며 기숙사의 초인종을 누른다는 광부들을 말하는 것이었다.

꽃을 찾아온 벌 셋이 문 앞에 서 있었다.

26

폐품 처리

또 강판이 쫙 펴지지 않고 한쪽이 휘는 느낌이었다. 그대로 두면 불량품이 나오고, 불량품이 나오면……, 순간적으로 머리를 스치는 생각에 나복남은 오른손을 넣어 그 부분을 쾅 치고 재빨리 뺐다. 그 순간 손끝이 섬뜩하며 눈에서 불이 번쩍했다.

"아야야야!"

나복남은 목 찢어지는 비명을 지르며 오른손을 싸잡고 공장 바닥에 나뒹굴어졌다.

"어, 5호기 사고다!"

"나복남이잖아, 나복남!"

"아야야, 아이고 나 죽네!"

"어떻게 된 거야. 비켜, 비켜!"

기계들 돌아가는 소리와 강판 자르는 소리와 스테인리스 제품들

부딪치는 소리들로 귀가 먹먹하게 시끄럽던 공장 안이 일시에 조용해졌다.

"왜 그래 왜. 모두 비켜!"

공장장이 뛰어오며 나복남 쪽으로 모여드는 공원들에게 고함을 질렀다.

"아이고 나 죽네, 아으 나 죽네!"

나복남은 계속 비명을 지르며 몸부림치고 있었다. 왼손으로 움켜잡고 있는 그의 오른손에서는 시뻘건 피가 무슨 펌프질이라도 하는 것처럼 심하게 쏟아지고 있었다.

"누구 손수건 꺼내, 손수건."

공장장이 나복남의 손목을 잡으며 소리쳤다. 누군가가 얼른 손수건을 내밀었다.

"아유, 아유, 나 죽어, 나 죽어."

나복남은 이빨을 뿌득뿌득 갈며 몸부림쳤다. 그의 옷에는 공장 바닥의 흙이 묻어나고 피가 얼룩지고 있었다.

"이봐, 이 팔 빨리 붙들어. 그리고 빨리 나가서 택시 붙들어!"

얼굴이 창백한 공장장이 신속하게 지시했다.

"아이고 엄니, 나 죽어, 나 죽어."

"조금만 참아, 조금만."

공장장이 손수건으로 나복남의 오른쪽 팔목을 힘껏 묶었다. 그의 오른손 엄지손가락 매듭 하나가 없었다. 마치 공장장이란 관록을 보여주는 것처럼.

"누가 빨리 업고, 두 사람이 뒤를 받쳐."

한두 번 당한 일이 아니라는 듯 공장장은 재빠르고 침착하게 수습을 하고 있었다.

공원 하나가 나복남을 업고 두 사람이 뒤를 받치며 공장을 뛰어나갔다. 공장장이 앞서 뛰고 있었다.

"잘린 손가락들 어디 있어요?"

온통 피투성이인 나복남의 손을 들여다보며 의사가 물었다.

"……."

얼굴이 굳어진 공장장이 말을 못하고 고개만 저었다. 그는, 기계 속에서 다 으깨졌다는 말을 차마 할 수가 없었다. 프레스는 으레 잘린 손가락들을 삼키고 마는 귀신이었다.

"쯧쯧쯧……. 저쪽 수술실로 옮겨요."

의사가 통명스럽게 말했다.

수술을 마친 나복남의 손은 축구공보다는 좀 작고, 송구공만한 크기가 되어 있었다.

"내 손이 어떻게 됐어요? 손가락이 몇 개나 잘렸어요?"

통증으로 신음하며 나복남이 공장장에게 물었다.

"그거 뭐……, 지금은 그런 데 신경 쓰지 마. 빨리 낫는 게 우선 이니까. 수술 잘됐다니까 편히 쉬고 있어. 나 회사에 가서 사장님 모시고 올 테니까."

공장장이 어물거리다가 무엇에 쫓기듯 병실을 나갔다.

나복남은 전신이 비비꼬이도록 심한 통증을 참아내며 거꾸로 매달린 병에서 링거액이 한 방울씩 떨어지는 것을 시름 깊은 마음으로 올려다보았다. 결국 당하고 말았구나……, 그는 자신의 앞날이 암담하게 닫힌 것을 느끼고 있었다.

"좀 어떠세요?"

간호원이 침대로 다가섰다.

"아이고, 나 꼭 죽을 것처럼 아파요. 안 아픈 주사 좀 놔주세요."

다급하게 말하는 나복남의 얼굴이 더 일그러졌다.

"아까 진통제 놨으니까 좀더 기다리세요. 또 놔도 지금 느끼는 통증이 없어지지도 않고 회복만 늦어지니까요. 숨이 가빠지거나 가슴이 뛰진 않으세요?"

간호원은 링거병을 조정하며 물었다.

"아뇨. 근데 저어, 손가락은 얼마나 다쳤지요?"

"글쎄요……, 저는 잘 모르겠어요. 이따가 의사선생님께 여쭤보세요."

간호원이 난처한 기색을 보이며 돌아섰다.

나복남은 아주 심하게 다쳤다는 것을 느끼고 있었다. 그렇지 않고서야 공장장도 간호원도 말을 피할 까닭이 없었다.

도대체 몇 개나 잘린 거지? 다 잘려버렸나? 어쩌면 그럴지도 몰라. 진통제를 놨는데도 이렇게 아픈 걸 보면. 그럼 난 어떻게 되지?

나복남은 캄캄한 어둠이 앞을 가로막는 것을 느꼈다. 이 꼴이 되기 전에 스텐공장에서 벗어나고 싶었다. 그러나 그건 마음뿐 먹고 살아야 하는 일 앞에서는 헛꿈이었다. 다른 안전한 기술을 익히기에는 모아둔 돈이 없었고, 당장 돈벌이를 하지 않으면 식구들이 먹고살 수가 없었다. 공원들은 누구나 언제 닥칠지 모를 위험을 아슬아슬하게 피해가며 하루하루를 넘기다 보면 한 해가 가고, 두 해가 가고 했다. 그러다가 재수가 좋아 손가락 한 매듭쯤이 잘리면 그대로 일을 했고, 재수 더러워 두세 개가 잘려버리면 그나마 일자리를 잃었다. 그러니까 스텐공장에서 일을 한다는 것은 날마다 석탄가루를 마시면 결국 폐가 새카맣게 되는 진폐증으로 죽게 된다는 것을 알면서도 석탄을 캐러 들어가는 광부들과 다를 것이 없었다. 중부시장 쪽 을지로에는 온갖 스텐그릇을 파는 도소매상들이 유난히 많았다. 그리고 보통으로 사는 집 주부들은 그 반짝거리는 신식 그릇 일습을 장만하기 위해 '스텐계'를 드는 게 한창 유행이었다. 그들은 스텐그릇이 보기 좋고, 쓰기 좋은 것에만 눈이 팔려 있을 뿐 그 그릇들에 공원들의 수많은 손가락들이 으깨져 묻어 있다는 것은 전혀 모르고 있었다. 자신은 스텐그릇 파는 상점들이 눈에 띄기만 하면 외면을 했다. 그리고 어머니가 '스텐계'를 들 형편도 못 되었지만 스텐그릇은 단 하나라도 사 쓰지 말라고 해두었다.

아무리 기다려도 의사는 오지 않았다. 나복남은 의사를 기다리며 잠을 쫓느라고 애를 썼다. 아픔은 여전한데도 이상하게 자꾸 잠이 왔다. 그는 견디다 못해 시름시름 잠에 잠겨들었다. 진통제 때문이었다.

날이 어둑어둑해져 갈포댁이 헐레벌떡 병원으로 뛰어들었다.

"나가 나복남이 에민디, 우리 아들 워딨소?"

갈포댁이 간호원을 붙들고 무슨 뜨거운 것을 토해내듯 말했다. 그녀의 가쁜 숨결이나 잔뜩 긴장되어 울음 담긴 얼굴은 이상한 열기에 차 있었다.

"아 예, 마침 잘 오셨어요. 그렇잖아도 기다리고 있었어요. 저쪽으로 좀 앉으세요."

간호원이 갈포댁을 환자 대기 의자로 데리고 갔다.

"의사선상님 워디 기시오? 우리 아들이 얼매나 다쳤는게라?"

갈포댁이 의자에 주저앉으며 물었다.

"원장님은 퇴근하셨구요, 아주머니는 얼마나 아픈지 모르고 오신 거예요, 지금? 회사에서 말 안 해요?"

간호원이 의아한 얼굴이 되었다.

"잉, 공장장이란 사람이, 치료비는 회사에서 다 낸께 아무 걱정 말라고 험서, 자기도 잘 몰릉께 병원에 가서 물어보라고 헙디다."

"어머, 참 기가 막혀." 간호원은 어이없어하고는, "아주머니, 맘 단단히 먹고 내 말 잘 들으세요. 아주머니가 잘못하면 아들이 죽을 수도 있어요." 그녀는 냉정한 얼굴로 갈포댁을 응시했다.

"고것이 무신 소리다요?"

갈포댁이 소스라쳤다.

"그러니까 아들이 무사하기를 바라면 아주머니는 내가 시키는 대로 해야 한다구요. 약속할 수 있죠?"

"야아, 우리 아들이 무사허다는디……."

갈포댁은 의문과 불안에 찬 얼굴로 마른 입술을 축였다. 그러나 혀도 말라 흰 침버캐만 끼어 있었다.

"무슨 말이냐 하면 말이죠, 이런 사고가 났을 때 얼마나 다쳤는지를 보호자들이 환자한테 곧이곧대로 말해 버려 환자가 충격을 받고 자살하는 경우가 있다구요. 아주머니는 그런 일 생기기를 바라지 않잖아요."

"그야 두말허먼 잔소리제."

갈포댁은 몸을 들썩하며 아랫입술을 물었다.

"됐어요. 그럼 제 말 들으세요. 아드님은요……, 손가락 네 개가 잘렸어요."

간호원은 빠른 말에 맞추어 자기의 왼손으로 오른손 네 개의 손가락 중간 부분에 선을 그었다.

"워메 으쩌끄나!"

갈포댁이 의자가 울리도록 엉덩방아를 찧었다.

"아주머니, 정신차리세요."

힘없이 허물어지는 갈포댁의 어깨를 잡고 간호원이 흔들었다.

"요 일얼 으쩌끄나, 우리 아들 신세 망쳐부렀네. 아직 장개도 안 갔는디. 워메 으쩌끄나, 우리 집안 다 망해분졌네."

갈포댁의 입에서는 통곡이 터지고 있었다.

"아주머니, 아주머니, 왜 이러세요. 약속했잖아요. 아주머니가 이러면 아들이 다 들어요. 아들 죽이고 싶으세요?"

간호원이 황급히 갈포댁의 어깨를 흔들어댔다.

"잉, 알어, 알어. 안단 말이시, 알어……."

갈포댁은 입술을 맞물며 몸을 추슬러 똑바로 앉았다. 억누른 통
곡은 무슨 신음처럼 코로 흘러나오고 있었고, 두 눈에서는 눈물이
걷잡을 수 없이 흘러내리고 있었다.

두 손으로 의자를 틀어잡은 갈포댁은 남편을 생각하고 있었다.
그때 생사람을 저세상으로 보내고도 참아냈었다. 그에 비하면 아
들이 목숨에 지장 없이 살아 있다는 것이 얼마나 큰 다행인가. 갈
포댁은 사무쳐오는 서러움을 가슴으로 되밀어넣고 있었다.

"우리 아들 으쩌고 있소?"

갈포댁은 눈물을 훔치고 또 훔쳤다.

"두 번째 진통제, 안 아픈 주사 맞고 잠들어 있어요."

"워디 있소?"

갈포댁이 휴우 한숨을 토하며 몸을 일으켰다.

"아주머니, 좀더 진정했다가 들어가세요. 괜히……."

간호원이 떨고 있는 듯한 갈포댁을 붙들었다.

"괜찮허요. 요보담 더 숭헌 일도 당허고 살었는디. 나가 그리 실
없는 여자 아닝게 걱정 마씨요."

나복남은 입을 반쯤 벌린 채 지치고 찌든 모습으로 잠들어 있었
다. 붕대로 감기고 또 감긴 아들의 커다란 손을 보며 갈포댁은 입
을 막았다. 그리고 억눌린 울음소리를 내며 눈물을 흘리기 시작했
다. 그녀의 몸은 점점 굽어지고, 어깨가 떨리고, 다리가 접히면서
병실 바닥에 쪼그리고 앉았다. 잔뜩 웅크려 작아진 몸 전부가 억

누른 울음소리와 함께 부들부들 떨리고 있었다.

언제나처럼 밤늦게 집에 돌아온 나윤자는 오빠의 사고 소식을 듣고 방바닥에 주저앉았다. 설마설마했던 일이 결국 닥치고 만 거였다.

"어, 얼마나 다쳤다고 그러데?"

나윤자는 말을 더듬었다.

"모르겠어. 공장에서 심부름하는 애가 왔었는데, 걔는 얼마나 다쳤는지 병원이 어딘지 아무것도 몰라. 엄마가 시장에서 돌아와서 바로 공장으로 가셨는데 왜 여태 안 오시는지 모르겠어."

여동생이 울먹이면서 말하고는 부엌으로 나갔다.

나윤자는 큰 사고일 거라는 생각을 떨치지 못했다. 그렇지 않고서야 여태껏 어머니가 안 돌아올 리가 없었다. 오빠가 더 일을 할 수 없도록 몸을 다쳤으면……. 그녀는 두 손에 얼굴을 묻으며 몸서리를 쳤다.

"언니 밥 먹어."

나윤자는 쏟아지려는 눈물을 참아내며 고개를 저었다.

"언니, 그러면 어떡해. 언니 몸 약하다고 엄마가 맨날 걱정인데, 언니가 저녁을 굶으면 엄마가 얼마나 화내시겠어. 오빠가 아픈데 언니까지 엄마 속상하게 하면 되겠어?"

여동생의 철든 말에 나윤자는 고개를 들었다. 어머니가 늘 걱정을 해야 될 정도로 자신의 건강이 나쁜 것이 야속했다. 그러나 그건 어찌할 수가 없는 일이었다. 그 먼지구덩이 속에서 가까스로 미싱사까지 올라오는 동안에 얻게 된 병들이었다. 자신만이 아니라 미싱사들 거의가 두세 가지 병들을 달고 살았다.

나윤자는 억지로 밥을 먹으려고 애썼다. 그러나 배는 고프면서도 밥이 넘어가지 않았다. 참으려고 해도 자꾸 솟는 눈물이 반찬이 되고 있었다. 오빠의 앞날이 어찌 될 것인지……, 집안은 또 어찌 될 것인지……, 걱정에 걱정이 먹구름처럼 가슴을 가득 채워 밥을 반도 못 먹고 숟가락을 놓았다.

통행금지 시간이 되어도 어머니는 돌아오지 않았다. 나윤자는 옷도 갈아입지 않고 벽에 기대앉아 있었다. 오빠는 앞으로 5년만 더 무사히 일을 하고 공장을 그만둘 작정을 해왔다. 남동생 복수를 고등학교까지 마쳐 군대에 보냈으니까 이젠 돈을 모아 딴 일을 할 꿈을 꾸고 있었다.

"공원들은 누구나 어서 공장을 때려치우고 싶어해. 언제 사고당해 병신이 될지 모르니까. 그게 기술 중에 젤 드러운 기술일 거야. 다들 죽지 못해 붙어 있는 거지."

오빠가 가끔 어머니 모르게 한숨 쉬며 하는 말이었다. 그럴 때는 공장에서 누가 사고를 당한 날이고는 했다.

그러나 오빠의 일만 위험한 것이 아니었다. 자신이 하는 일도 몸을 서서히 병들어 가게 하고 있었다. 매일매일 열네 시간이 넘도록 먼지구덩이에서 10년 세월을 일을 하다 보니 자신도 다른 미싱사들처럼 안질·기관지염·신경통·위장병을 앓고 있었다.

햇빛 한 줄기 들어오지 않는 공장에서 박음질이 똑바로 되게 하려고 백열등을 바로 재봉틀 위에 밝혀놓고 있었다. 눈부시게 밝은 그 불빛을 오래 쐬면 눈이 시어지는 데다, 바느질을 흠 없이 매끈하게 해내려고 신경을 곤두세우며 시선을 바늘 끝에 고정시키다 보면 눈은 시다 못해 아리고, 점점 쏨벅거리고, 따끔거리고, 침침해지고, 눈물이 번지게 되었다. 거기다가 먼지까지 극성을 부리니 눈곱이 자주 끼고, 눈알에 핏기가 성성하고, 눈 가장자리가 짓무르는 안질에 늘 시달리지 않을 수 없었다.

그리고 한시라도 숨을 안 쉴 수 없는데 먼지가 빠져나갈 데 없이 계속 일어나기만 하니 오전에 간질거리던 목이 오후를 지나면서부터는 칼칼해지고, 콧속도 간질거림이 심해지면서 콧물이 흐르고 재채기가 터지고, 잔기침이 일어나게 되었다. 그런 나날이 해를 거듭해 가면서 날마다 뱉어내는 가래가 심해질 뿐만 아니라 목 깊은 곳까지 붙어 떨어지지 않는 것 같은 증상이 생기고, 목이 붓거나 잠기는 일이 잦아지고, 환절기에는 으레 감기까지 불러들이는 기관지염도 늘 달고 살지 않을 수 없었다.

또한 미싱사의 일이란 시다가 볼 때는 한없이 부러울지 모르지만, 미싱사에게는 재봉틀과 의자가 곧 형틀이었다. 아침 8시에 재봉틀 앞에 앉으면 오후 1시 점심시간이 되어서야 겨우 허리를 펴게 되고, 그대로 앉은 자리에서 허둥지둥 먼지밥을 먹고 가까스로 화장실에 다녀와 다시 허리를 꾸부리고 일을 시작해서 밤 10시나 되어서야 겨우 의자에서 벗어날 수가 있었다. 그 형틀에서 미싱사들은 불량품이 생기지 않도록 박음질을 해내야 하기 때문에 열 손가락의 매듭매듭에 빳빳하게 뻗치는 힘을 주어 옷감을 누르고 당기고 펴면서 발로는 쉴새없이 재봉틀을 밟아댔다. 두꺼운 것을 박을 때나 박음질이 까다로운 천을 다룰 때는 손가락에만 힘이 들어가는 것이 아니라 팔이며 어깨는 말할 것도 없고 전신 마디마디에 힘이 뻗치고 얽히고, 바늘을 따라 입술이 씰룩거리고, 그러다가 입매까지 굳어졌다. 그렇게 오전 일을 하고 나면 아무리 숙련된 미싱사라도 어깨고 허리고 등이고 결리지 않는 데가 없어 앓는 소리를 내지 않을 수가 없었다. 그리고 손목이 시어서 눈물이 날 지경이었고, 손가락들이 저리고 떨려 젓가락질을 할 수 없을 때가 한두 번이 아니었다. 미싱사들은 누구나 손가락 끝의 살갗이 닳고 닳아서 지문이라고는 없었다. 그것이 창피고 망신이 되는 것을 주민등록증을 만들면서 알게 되었다. 주민등록증 서류에 아무리 손가락을 눌러도 '지문'이라는 것이 나오지 않아 죄인 취급 받으며 직업을 밝혀야 했고, '식모도 지문이 나오는데 그 일이 식모보다 힘드나?' 하는 말을 들어야 했다. 살갗의 실금무늬가 지문이라는 것도 그때 알았다. 그러나 형틀의 고통은 그것으로 끝나는 것이 아니었다. 밤늦게 하루의 일을 끝내고 의자에서 일어나면 눈앞이 아뜩해지고 머리가 핑 돌면서 어지럼증이 일어나고, 장딴지가 땡땡 부어 열 배쯤 부풀어오른 것 같은 착각이 일어나고, 온몸의 구석구석 마디마디가 결리고 쑤시고 아리고 뻑뻑해 한동안 몸을 움직이기가 어려웠다. 그렇게 해가 바뀌면서 나이에 어울리지 않게 늘 신경통으로 앓는 소리를 내지 않을 수 없었다.

그리고 밥을 먹고 소화가 되도록 편안하게 쉴 짬이라고는 없었다. 거기다가 불량품을 내서 변상해야 하는 덤터기를 안 쓰려고 신경을 곤두세우며 일을 하다 보면 속이 그들먹하고, 무엇이 얹힌 것처럼 속이 묵지그리한 증상이 자꾸 심해지면서 소화가 되지 않았다. 끅끅 트림이 올라오고, 목으로 신물이 넘어오기도 하는 그 속 아픔은 이름도 알아듣기 어렵게 '신경성 위장병'이라고 했다. 미싱사들은 그 병으로 늘 오목가슴께를 쓸어내리며 끅끅거리지 않을 수 없었다.

"언니, 이러지 말고 누워서 자. 내일 또 일찍 일 나가야 되면서."

여동생이 걱정스럽게 나윤자의 팔을 흔들었다. 나윤자는 세운 무릎에 묻고 있던 고개를 들었다.

"그래, 내 걱정 하지 말고 너나 어서 자."

나윤자는 눈물 젖은 눈을 훔치며 말했다.

"벌써 1시야. 이젠 엄마 오시긴 틀렸잖아. 낼 아침 일찍 오실 모양인데."

여동생이 하품을 깨물며 말했다.

"그래, 졸리운데 성자 너부터 자. 나도 곧 잘 테니까. 그만 불 끄자."

여동생은 곧 잠이 들었다. 나윤자는 어둠 속에 앉아서 점점 잠이 멀어지고 있었다.

오빠가 일을 할 수 없도록 심하게 다쳤다면……. 이 생각을 지우려 하고, 떼쳐내려고 했지만 오히려 시간이 갈수록 점점 더 커지고 있었다. 병신이 된 몸으로 오빠는 평생을 어떻게 살아갈 것이며, 집

안은 어떻게 될 것인가……. 아버지가 갑자기 돌아가셨을 때와 다름없이 앞이 캄캄하고 막막했다.

"아이고 윤자야, 니 이러고 앉아서 꼴딱 밤을 샌 것이여? 워찌 그리 미런방퉁이냐. 지 몸도 골골험스로 편히 눠서 잤어야제. 니가 근다고 나사지는 것이 뭐시여, 금메."

새벽 어둠을 밟고 집에 돌아온 갈포댁이 큰딸에게 헛주먹질을 해대며 타박했다.

"어찌 됐어요, 오빠."

나윤자의 목소리가 떨리고 있었다.

"잉, 다행히 괜찮여. 쬐깐 다친 것잉께. 다 삼신님이 도운 것이여."

갈포댁의 태연한 대꾸였다. 얼굴에는 웃음기마저 피어나고 있었다.

"정말이에요?"

나윤자는 의아스러워하며 어머니를 찬찬히 쳐다보았다.

"하먼, 참말이제."

"근데 왜 병원에 입원은 하고, 엄니는 병원에서 밤을 새우고 그래요."

"아니, 쪼깐이라도 손꾸락이 짤려나갔응께 병원서 수술받는 것이야 당연지사고, 집안 장자가 병원에 입원헌 첫날 병원서 지내는 것도 당연지사 아니여? 글먼 나가 집구석에서 자빠져 자야 쓰겠냐?"

"그러면, 오빠는 일하는 데는 지장이 없어요?"

"이, 의사선상님 말씸이 암시랑토 안타는 것이여."

"병원비는요?"

"그야 두말헐 것 없이 회사서 내제."

"아이고 하느님……"

나윤자가 몸을 부리며 방바닥에 피그르 쓰러졌다.

"그려, 인자 안심허고 한숨 푹 자. 밥 묵을 때꺼정은 안직 한숨 자기 넉넉헝께로."

갈포댁은 이불을 끌어다가 큰딸을 덮었다.

"이따가 붕대를 풀고 치료를 하게 되면 알게 될 테니까 미리 알려주겠소. 사고를 당한 당사자로서 느낌도 있을 테고, 하룻밤 지내면서 감정도 좀 가라앉고 이런저런 생각 많이 했을 테니까 냉정하게 들으시오. 미리 말해 두지만, 환자는 손가락이 절단되었어도 어지간한 일은 다 할 수 있는 상태요. 이건 참 불행 중 다행한 일인데, 내가 그동안 치료했던 환자들 중에는 손가락이 전부 잘려나간 사람도 있었고, 손등까지 잘려나간 사람도 있었고, 손목까지 잘려나간 사람도 있었소. 그런 사람들에 비하면 환자의 상태는 아주 양호한 편이오. 환자는 엄지손가락을 제외한 나머지 손가락 네 개가 절반쯤 절단되었소."

다음날 오전 회진 때 나복남의 병실에 들어온 원장이 무게 실린 목소리로 말했다.

침대에 앉은 나복남의 고개가 푹 떨구어졌다. 그리고 아무 반응이 없었다. 그의 왼쪽 손등에 눈물이 뚝뚝 떨어져내리고 있었다. 두 손을 가슴에 모아잡은 갈포댁은 그런 아들을 겁난 얼굴로 바라보며 잘게 떨고 있었다.

원장이 나가도 나복남의 고개는 들리지 않았다.

"복남아, 의사선상님 말씸 들었지야? 니넌 그래도 딴사람덜보담 낫⋯⋯."

조심조심 입을 열던 갈포댁은 말을 뚝 끊었다.

"엄니, 나한테 아무 말도 하지 말아요. 그런 말 하려면 여기 있지 말고 집으로 가요. 나 미치겠으니까!"

나복남이 고개를 숙인 채 울부짖었다.

"알어, 알어. 암 소리 안 헐겨."

갈포댁이 황급히 대꾸했다.

그날 회사에서는 아무도 오지 않았다. 다음날도 아무도 오지 않았다. 그 다음날도 아무도 오지 않았다.

사흘이 그냥 지나버리자 나복남의 눈빛이 이상해졌다. 그러나 그 다음날도 아무도 오지 않았다. 나복남의 눈빛이 더 사나워지며 어금니를 맞가는 소리를 냈다. 닷새가 그냥 지나며 이빨 가는 소리는 더 자주, 더 크게 울렸다.

"내일 실 뽑고 퇴원이에요. 그 다음부턴 통원치료를 받으면 돼요."

엿새째 오후에 간호원이 말했다.

"요런 씨팔놈들이 사람을 뭘로 보고⋯⋯."

혼자가 된 나복남은 살기 어린 눈을 부릅뜨며 마침내 이런 말을 내뱉었다.

이튿날 아침 나복남은 실을 뽑고 입원실로 돌아왔다. 처음보다는 붕대 크기가 훨씬 줄었지만 오른손에는 여전히 붕대가 감겨 있었다.

"응, 실 다 뽑았어? 그동안 고생 많았지?"

나복남을 맞이한 건 공장장이었다.

나복남은 싸늘한 기색을 내쏘며 아무 말없이 침대에 걸터앉았다.

"저어 말이야, 치료비는 회사에서 다 물었고, 이건 열이틀 일했지만 한 달치 월급 다 넣은 거야."

공장장이 주머니에서 봉투를 꺼내 침대 끝에 놓았다.

"씨팔, 이젠 쓸모없는 폐품 됐으니까 이거나 먹고 떨어지라 그거요?"

나복남이 차갑게 내쏘며 공장장을 노려보았다.

"아니, 그게 무슨 소리야?"

공장장이 당황한 기색을 보였다.

"무슨 소리? 몰라서 그따위 소리 해요? 내가 기계가 이상하다고 서너 번이나 얘기했잖아요. 근데 기계를 안 고치고 결국 사고 나게 해서 날 이 꼴로 만들었어요. 이 책임 누가 질 거요? 회사가 망가진 내 인생 물어내얄 것 아니냔 말이오!"

나복남이 살기 어린 눈으로 몸을 벌떡 일으켰다.

"아니, 그 무슨 엉뚱한 소리야? 그 기계는 아무 이상이 없이 지금 잘 돌아가고 있어."

"뭐야, 이새끼야! 내가 너부터 죽이고 말 거야!"

나복남이 살기를 내뿜으며 공장장에게 달려들었다. 그때까지 한쪽에 비켜서 있던 갈포댁이 아들을 붙들었고, 공장장은 잽싸게 병실을 뛰쳐나갔다.

"왜 이려, 왜 이려. 참아야 써, 참아야 써."

갈포댁이 아들을 붙들고 울먹였다.

"이새끼들, 어디 두고 봐라. 누가 이기나 해보자."

나복남은 뿌드득뿌드득 이를 갈았다.

"안 돼야, 안 돼야, 앙심묵덜 말어. 우리만 더 진빠지고 손해 보는디. 이 시상에 우리 편이 워디가 있다냐."

갈포댁이 눈물을 훔쳤고, 나복남의 이빨 가는 소리는 점점 더 커지고 있었다.

퇴원을 한 나복남은 이튿날 공장으로 나갔다. 그러나 안으로는 한 발짝도 들여놓을 수가 없었다. 낯익은 수위는 싸늘하게 앞을 가로막았다. 사장을 만나려는 의도는 무참하게 깨지고 말았다. 다음날 또 나갔다. 그러나 역시 사장을 만날 수 없었다. 그 다음날 또 나갔다. 점심때가 다 되도록 공장 앞을 지키고 앉아 있는데 제품 끝손질을 하는 시야게 아주머니 하나가 지나가며 따라오라는 눈짓을 했다.

"그래 가지고 어느 세월에 사장 만내겠수. 앞을 가로막는 사람들이 수두룩한 판에. 따질 게 있으면 집으로 찾아가슈. 내, 아들 같아서 마음 쓰는 거니까 이 비밀은 잘 지키시구랴."

그 아주머니는 사람 없는 골목으로 들어가 이렇게 말하며 나복남의 손에 종이쪽지를 쥐여주었다.

혼자가 된 나복남이 펴든 종이에는 사장집 주소와 함께 약도가 그려져 있었다. 그는 눈물겹게 고마움을 느끼며, 9년째 직공생활을 해왔으면서도 사장이 어디 사는지 몰랐다는 것에 스스로 놀라고 있었다. 그는 곧장 사장집을 찾아나섰다.

나복남은 주소를 다시 확인하고서도 눈앞의 집이 사장집이라는 것을 믿을 수가 없었다. 사장이 잘살 거라고 생각했지만 눈앞의 신식 2층 양옥은 너무 으리으리했다. 대문의 돌기둥에는 문패는 없고 주소만 붙어 있었다. 스테인리스 제품은 놋그릇이나 사기그릇들은 말할 것도 없고 나무 제기(祭器)들까지 밀어내면서 지난 10년 동안 줄기차게 팔려왔으니 사장은 돈을 많이 벌 수밖에 없었다. 그러나 담 높은 사장의 2층 양옥은 이렇게도 부자인가 싶게 크고 호사스러웠다. 그 집에 비해 자신의 판잣집은 천상 개집이거나 돼지우리에 지나지 않았다.

이렇게 잘살면서도……

나복남은 발길을 돌리며 다시금 이뿌리가 아프도록 어금니를 사려물었다.

이튿날 새벽같이 나복남은 집을 나섰다. 사장네 집 앞에 도착했을 때는 햇살이 퍼지기 시작하고 두부장수가 종을 울리며 지나가고 있었다. 너무 일찍인 것 같아 나복남은 담배를 천천히 피우며 마음을 가다듬었다. 어제 밤늦도록 몇 번이고 정리했던 말들을 다시 차근차근 되짚어 나갔다.

담배꽁초를 버린 나복남은 숨을 가슴 가득 들이켜며 쪽문에 붙은 초인종을 눌렀다. 손을 떼고 보니 너무 짧게 누른 것 같아 다시 한번 더 길게 눌렀다.

"거기 누구세요?"

잠시 후 먼 목소리가 들려왔다. 어딘가 사투리가 섞인 듯한 목소리였다.

"저어, 회사에서 왔습니다."

나복남은 연습한 대로 침착하게 말했다.

"회사요? 누구신데요?"

목소리가 가까워졌다.

"예, 저는 나복남이라고 합니다, 나복남. 사장님을 뵈러 왔어요."

"나복남? 기다리세요. 가서 말씀드릴게요. 누가 찾아올 거라는 말씀이 없으셨는데."

여자의 혼잣말이 멀어지고 있었다.

한참이 지나도 대문을 열려는 인기척이 없었다. 사장이 아직 안 일어났나……, 나복남은 초조하게 담배에 불을 붙였다. 어젯밤에 술을 마셨으면 아직 안 일어날 수 있었다. 담배를 다 피웠는데도 사람이 나오는 기척이 없었다. 초인종을 다시 누를까……, 세수를 하고 옷을 갈아입을지도 모른다고 생각하며 나복남은 조급한 자신을 타일렀다. 학생들이 등굣길에 나서고, 행인들도 꽤나 늘어나 있었다. 나복남은 다시 담배를 피워 물었다. 담배를 반쯤 피웠을 때였다. 느닷없이 나타난 경찰 두 명이 나복남 앞으로 불쑥 다가들었다.

"너 나복남이지?"

그들이 나복남의 양쪽 팔을 붙들었다.

"그, 그런데요. 왜 이러세요?"

당황한 나복남은 그들의 손을 뿌리치려고 했다. 그런데 경찰 하나가 순식간에 나복남의 혁대를 풀어 잡아뺐다. 나복남은 반사적으로 흘러내리는 바지를 잡아야 했다.

"빨리 파출소로 가!"

한 경찰이 나복남의 등을 쳤다.

"왜 이래요. 난 잘못한 것 아무것도 없어요."

"잔소리 말고 할말 있으면 파출소에 가서 해."

"놔요, 놔요!"

나복남은 몸부림을 치다 말고 금방 숨 자지러지는 비명을 지르며 주저앉고 있었다. 그의 붕대 감긴 오른손이 경찰에게 부딪친 것이다.

파출소로 붙들려온 나복남은 붕대 감긴 손을 내보이며 사정 이야기를 다 털어놓았다.

"네 사정 알겠는데, 그래도 회사에서 일어난 일은 회사에서 해결해야지 왜 집으로 찾아오고 그래. 오늘 네가 한 짓이 어떤 죄에 걸리는지 알아? 안면 방해에, 사생활 침해야. 이거 영창 갈 수 있는 죄니까 똑똑히 알아둬. 오늘은 처음이라 봐주지만 또 나타나면 그땐 국물도 없어. 알겠어!"

파출소 주임의 말이었다.

"그럼 내 인생 이렇게 조져놓고 몰라라 하는 사장은 아무 죄도 없어요? 이건 반살인이라구요."

나복남이 부르르 떨었다.

"잔소리 말고, 그건 나도 모르니까 억울하면 변호사 찾아가서 법으로 해."

나복남은 10시가 넘어서 풀려났다. 그는 두 가지 엇갈린 감정으로 정신이 혼란스러웠다. 당장 사장을 죽이고 싶은 분이 끓는가 하면, 자신의 행동이 정말 그런 법에 걸리는 것인지 의기소침해지기도 했다. 자신의 행동이 법에 걸린다면 사장이 한 짓은 법에 안 걸리는 것일까? 경찰의 말대로 변호사라도 찾아가 보고 싶은데 어디로 누구를 찾아가야 할지 막막하기만 했다.

나복남은 밤이 깊도록 잠들지 못하고 사장에게 복수하는 온갖 생각들에 빠져 있었다. 계획을 치밀하게 짜서 쥐도 새도 모르게 사장을 죽여 없앨까, 공장이고 집이고 불을 질러버릴까, 딸 하나를 유괴할까……, 그런 생각들은 거침없이 착착 진행되어 나가기도 했다. 그러나 새벽에 눈을 뜨니 그 생각들은 해가 뜨면서 안개가 사라지듯 자취를 감추고, 자신이 쇠고랑 차는 모습만 다가왔다.

나복남은 다시 사장집으로 갔다. 그러나 어제보다 더 빨리 파출소로 붙들려 갔다.

"이새끼 이거 아주 악질이네. 안 되겠어, 본서로 보내. 쓴맛을 봐야 될 놈이야."

파출소장의 말대로 나복남은 본서로 넘겨졌다.

"네가 한 짓이 뭔지 알아? 공갈협박죄야. 공갈협박죄는 당장 쇠고랑이야. 알아듣겠어!"

형사가 살벌한 기세로 말했다.

"난 사장한테 공갈협박 친 일 없어요."

"허, 이새끼 오리발 까는 거 보게. 너 병원에서 공장장한테 덤벼들며 뭐랬어? 너부터 죽이고 말겠다고 했잖아. 그럼 공장장 담에는 누구지? 사장이잖아. 넌 그런 마음을 품고 날마다 사장 집엘 찾아갔어. 그보다 더 큰 공갈협박이 어딨냐? 어디, 쇠고랑 맛 좀 톡톡히 보여줘?"

경찰에서 공장장한테 한 말까지 알고 있는 것에 나복남은 곧 쇠고랑이 채워질 것 같은 두려움을 느꼈다. 그는 다시는 사장 집에 찾아가지 않겠다는 서약서에 왼손 손도장을 누르고 점심나절이 다 되어 경찰서에서 풀려났다.

"앙심묵덜 말어. 우리만 더 진빠지고 손해 보는디. 이 시상에 우리 편이 워디가 있다냐?"

나복남은 병원에서 어머니가 했던 말이 쟁쟁하게 울리는 것을 들으며 무거운 다리를 터벅터벅 옮겨놓고 있었다.

통행금지가 다 되어 나복남은 몸을 가눌 수 없도록 술이 취해 집에 돌아왔다.

"요것이 워쩐 일이여. 의사선상님이 술 묵으면 안 된다고 안 했어. 아픈 디 덧난다고 말이여."

아들을 부축하는 갈포댁의 애타는 얼굴은 그대로 울음이었다.

"아무 쓸데없이 된 손 염증이 생기나 썩어드나 무슨 상관이에요. 나한테 아무 말도 말아요. 사장놈 죽이고 나도 죽고 말 테니까."

나복남은 고래고래 소리질렀다.

"고것이 에미 앞에서 헐 소리냐. 니 죽으면 우리는 워쩔 것이냐."

"다 죽어요, 다 죽어. 이렇게 개같이 더럽게 사느니 다 죽는 게 더 나아요."

나복남은 곧 잠이 들었고, 갈포댁도 나윤자도 그녀의 여동생도 울고 있었다.

다음날 갈포댁의 연락을 받고 천두만이 찾아왔다.

"복남아, 나가 니헌테 죄인이다. 그런 디 말고 딴 공장에 취직얼 시켰어야 허는디. 근디 워쩔 것이냐. 젊디나젊은 나이에 니가 얼매나 각다분허고 앞이 캄캄헐지 잘 안다. 그려도 니가 이 집안 장남잉께 맘 야물딱지게 묵어야 써. 이 없으면 잇몸으로 산다고 안 허디냐. 한 손 상혔어도 묵고살 일은 얼매든지 있다. 니 손 다 나스면 날 따라 나스그라. 머리크락 모트는 일이 벨라 심도 안 들고 벌이가 짭짤허다. 몇 년 잘 허면 구멍가게 하나 낼 밑천은 장만허 될 것잉께, 그리 되면 니허고 엄니허고 해나가면 얼매나 좋겄냐. 나가 지닌 꿈이 머신지 아냐? 쩌 아래 통장맨키로 그런 가게 하나 허는 것이여. 긍께 니도 맘 고쳐묵고 나럴 따라나서라 잉!"

"……."

"워째 답이 웂냐. 따라나서것제?"

"……."

"어허, 웬 쇠고집이여? 알겄제?"

"……."

나복남은 끝내 대답을 하지 않았다.

27

인간 사슬

호텔 복도에는 갈색 꽃무늬의 고급스러운 양탄자가 깔려 있었다. 허미경은 발끝으로 조심조심 걸으며 방 호수를 짚어나가고 있었다. 자신이 찾아가는 방이 가까워질수록 그녀는 가슴이 심하게 뛰는 것을 느끼고 있었다. 그건 현관에서부터 호화롭게 치장한 이런 고급 호텔에 처음 들어온 긴장 때문만이 아니었다. 알 수 없는 불안과 두려움이 자꾸 커지며 전신을 조여오고 있었다.

허미경은 방 호수를 확인하며 걸음을 멈추었다. 숨을 쉬기가 거북할 정도로 가슴은 걷잡을 수 없이 뛰고, 얼굴이 뜨거워지는 열기를 느꼈다. 허미경은 숨을 몰아쉬며 서류봉투로 왼쪽 가슴을 눌렀다.

중요한 손님은 호텔 같은 데서 만난대잖아.

허미경은 서류봉투를 내려다보며 다시 깊은 숨을 쉬었다. 그리고 방문으로 다가서 손기척을 냈다.

"거 누구요?"

굵고 컬컬한 사장의 목소리였다.

"네에, 저 미스 헙니다."

허미경은 소름이 끼치는 것을 느끼며 대답했다. 그 목소리가 잠긴 듯 멘 듯 이상했다.

"어서 와, 이거 생각보다 늦었구먼."

방문이 열리며 사장의 얼굴이 나타났다.

방으로 들어선 허미경은 주춤했다. 넥타이를 풀어버린 와이셔츠 바람인 사장한테서 술 냄새가 풍기는 것 같았고, 소파가 놓인 방 안에는 아무 손님도 없었다.

"말씀하신 서류 여기 있습니다. 전 그럼 물러가겠습니다."

허미경은 서류봉투를 소파 앞의 탁자에 놓고 재빨리 몸을 돌렸다.

"미스 허, 뭐 그리 급할 것 있나. 저기 좀 앉아."

사장의 큰 체구가 허미경을 가로막고 섰다.

"사장님, 저 급한 약속이 있습니다."

"허허, 거짓말인 거 다 알아. 얌전하게 저기 가서 앉아. 내가 아무나 여자 대접 하는 사람 아니니까."

사장이 허미경의 팔을 잡아끌었다.

"사장님, 이러지 마세요!"

허미경은 싸늘하게 내쏘며 팔을 뿌리쳤다. 그녀의 가녀린 얼굴은 하얗게 굳어져 있었다.

"암, 암, 그래야지. 뻗대는 꽃일수록 더 매력 있고, 꺾을 맘이 더 동하는 법이니까. 허허허허……."

사장은 헛웃음을 치는가 싶더니 순식간에 허미경을 불끈 안아 올렸다.

"이러지 마세요, 이러지 마세요! 소리지를 거예요."

발버둥 치는 허미경의 목소리는 이미 크게 울리고 있었다.

"그래, 그래, 맘껏 소리질러라. 여기에 네 편 들어줄 사람 아무도 없으니까."

사장은 흐흐거리며 기운 좋게 옆방으로 걸어가고 있었다.

이 함정에서 벗어날 수 없다는 절망감이 밀려들며 허미경은 전신에서 힘이 빠지는 걸 느꼈다.

"아주 오래 기다렸다. 오늘은 특별한 날이니까 이젠 열매를 따야지. 내 생일 축하로 아주 근사한 잔치를 하자."

박부길 사장은 허미경을 침대에 던지듯 부려놓으며 더없이 만족스럽게 웃고 있었다. 술기운 서린 그의 큼직한 얼굴에는 색정이 는적거리고 있었다.

"사장님, 살려주세요, 살려주세요."

몸을 바짝 오그리고 옆으로 누운 허미경은 가는 소리로 울먹이고 있었다. 그 작게 오므라든 몸은 저항의 힘을 잃어버린 채 바들바들 떨리고 있었다.

"암 암, 살려주고말고. 팔자를 완전히 고쳐주지. 그럼, 오늘을 축하하는 의미로 아들을 하나만 낳아. 그러면 여왕님 안 부럽게 팔자를 싹 고쳐줄 테니까."

박부길 사장은 연신 흐흐거리며 허미경의 옷을 벗기려 들었다.

그러나 옷은 쉽사리 벗겨지지 않았다.

나 차라리 죽을 거야······. 죽을 거야······.

허미경은 이를 앙다물며 웅크린 몸을 펴지 않으려고 기를 쓰고

있었다.

"어허, 옷 찢어지면 집에 어찌 가려고 이러누. 그만 됐어, 됐어. 내

품에 안기고 싶어하는 여자가 어디 한둘인가. 넌 이제 여왕 팔자

된 거야, 여왕."

비리치근한 색정이 묻어나고 있는 박부길 사장의 목소리는 나긋

하게 부드러웠다. 그러나 허미경의 몸을 감고 있는 다리나 옷을 벗

기고 있는 팔에서는 억센 힘이 뻗치고 있었다. 허미경은 그 힘에 맞

서 팔을 펴지 않으려고 속입술을 깨물며 떨고 있었다. 그때 블라

우스가 북 찢어졌다. 그리고 느닷없이 박 사장의 손이 스커트 밑으

로 들어와 팬티를 와락 끌어내렸다. 블라우스 찢어지는 것에 정신

이 쏠려 있던 허미경은 그 뜻밖의 역습에 본능적으로 다리를 꼬았

다. 그러나 박 사장의 손은 이미 그 계곡을 점령한 다음이었다. 박

사장이 사냥에 능란하고 노련한 매라면 허미경은 노란 햇병아리에

지나지 않았다.

"어허, 이 조갑지 예쁘군. 얼굴처럼 예뻐. 허, 이 불두덩 톡 솟은

것 보게. 내 눈이 보배라니까. 흐흐흐······."

박 사장은 입으로는 끈적끈적한 소리를 술 냄새와 함께 흘리면서,

손가락들은 허미경의 그 부끄러운 부분을 빠르게 더듬고 있었다.

완전히 절망에 사로잡힌 허미경은 온몸이 굳어지는 징그러움에 떨며 정신이 혼미해지고 있었다. 이제 그녀의 몸은 힘을 잃고 풀어져 있었다. 그녀는 급소를 물리고 쓰러진 한 마리 병아리였다.

"흐흐흐……, 아들 하나만 낳으라고, 아들. 세월이 좋다. 이리 잘 익었으니. 흐흐흐……."

박 사장은 비리척척하고 불그덕디그리한 색정을 느끼하게 흘려 대며 여유만만하게 옷을 벗겨가고 있었다.

길고 가는 목을 옆으로 돌린 채 허미경은 눈을 꼭 감고 있었다. 콧등을 넘어 흘러내린 눈물이 아래 눈물과 합쳐지며 흘러 헝클어진 머리카락과 하얀 시트를 적시고 있었다.

브래지어가 떠나가면서 허미경은 발가숭이가 되었다. 허미경의 한 손은 뽀얗게 드러난 알몸의 젖가슴을 가리고 있었고, 다른 손은 저 아래를 가리고 있었다. 그러나 두 손은 어느 것을 가리기에도 모자랐다. 팔까지 젖가슴을 감추려고 애쓰고 있었지만 한쪽 젖가슴은 반나마 얼굴을 드러내고 있었고, 두 다리를 꼬아 거기를 가렸지만 작은 손 양쪽으로는 검은 거웃이 부끄럼을 타고 있었다.

"크크크……, 살결이 이리 고울 수가 있나. 거 참 몸매도 좋다. 오래 기다린 보람이 있어. 역시 내가 여자 보는 눈 하나는 와따란 말씀이야. 크크크……."

알몸뚱이가 된 박 사장은 색정이 질질 흐르는 만족스러운 얼굴로 침대에 주저앉으며 허미경의 두 팔을 걷어냈다. 뽀얀 살결로 빚어진 날씬한 몸매가 드러났다. 젖꽃판 선명하게 도드라진 두 개의 젖무덤과, 예쁜 다복솔처럼 다보록이 돋음한 거웃이 삼각형을 이루며 성숙한 여체의 신비를 발산하고 있었다.

"크아⋯⋯, 기맥히게 좋구나! 보물이 따로 없어. 이만하면 내 생일 턱으로 그만이다. 좋았어, 좋았어, 아주 좋았어. 암, 내가 팔자 고쳐주고말고. 크크크⋯⋯."

박 사장은 한 손으로 젖가슴을 더듬고, 다른 손으로 거웃을 쓰다듬으며 만족이 넘치는 소웃음을 웃어대고 있었다. 그의 거무튀튀한 큰 알몸뚱이와 허미경의 뽀얗게 날씬한 몸매는 너무나 대조적이었다.

"하! 젖도 어찌 이리 예쁘냐. 크도 작도 않은 게 사람 환장하게 하는구나. 그래, 어디 보자. 쿠쿠쿠⋯⋯."

박 사장은, 포획한 먹이를 앞에 놓고 느긋해하는 맹수처럼 어깨를 들썩이고 웃으며 허미경의 몸을 끌어안았다. 허미경의 온몸이 경련을 일으키듯 부르르 떨렸다. 그 소리 없이 파문을 일으키는 떨림은 그녀의 슬픈 흐느낌 같기도 했고, 구원을 외치고 있는 외로운 메아리 같기도 했다.

곧 꽃을 피워낼 꽃망울 같은 젖꼭지가, 젖무덤을 아름답게 꾸미는 화환 같은 젖꽃판이 갑자기 사라졌다. 박 사장이 입을 커다랗게 벌려 젖가슴을 핥기 시작한 것이다. 그의 혀는 양쪽 젖가슴을 거쳐 배꼽을 향해 내려가고 있었다. 그럴수록 허미경의 몸은 오그라들고 있었다. 배꼽에서 혀가 멈추는가 싶더니 그는 그녀의 몸을 덮쳤다.

"어, 어엄……, 마아……, 아으……, 으……."

속살 찢어지는 아픔이 전신으로 뻗치는 끔찍스러움에서 벗어나려고 허미경은 몸부림쳤다. 그러나 짐승의 요동은 더 거칠어지며 아픔은 한층 깊어지고 있었다. 월남에서 온 편지들이 갈가리 찢겨져 날아가고 있었다. 정성을 바쳐 빚어오고 있던 인생의 꽃항아리가 산산조각으로 깨지고 있었다. 소중하게 가꾸어왔던 삶의 꽃밭이 난장판으로 뭉개지고 있었다. 할머니가 통곡하고……, 오빠가 분노로 떨고……, 무수한 비웃음 소리들이 빗발치고…….

짐승의 요동을 끝낸 박 사장이 허망하다 싶게 침대로 허물어져 내렸다. 그는 비로소 인간의 모습으로 돌아와 가쁜 숨을 고르고 있었다.

허미경은 서둘러 몸을 일으켰다.

"급할 것 없어. 옷 사오라고 할 테니까 기다려."

박 사장의 퉁명스러운 말이었다.

허미경은 양탄자 위에 아무렇게나 널려 있는 옷들을 집기 시작했다.

"저쪽 방에 가서 술병 가져와."

옷을 주섬주섬 입은 허미경은 옆방으로 갔다. 포도주 병과 목이 긴 유리잔은 방구석의 작은 탁자 위에 놓여 있었다.

"따라라."

허미경은 사장의 흉측스러운 알몸을 외면한 채 술을 따랐다. 블라우스만 찢어지지 않았더라면 곧바로 방을 뛰쳐나갔지 이따위 시중은 들지 않았을 거라고 그녀는 생각했다. 그때 문득 머리를 치는 생각이 있었다. 블라우스를 찢은 건 실수가 아니라 고의였는지도 모른다! 이렇게 붙들어두려고.

"어허, 그 술맛 참 쪼오타, 내일부터 회사에 나오지 말도록 해."

"……."

"일신상 사정으로 회사를 그만두게 되었다고 사표를 써서 우송하고, 며칠 집에서 쉬고 있어. 내가 곧 집을 하나 장만할 테니까."

박 사장은 침대 옆의 탁자에 놓인 전화로 팔을 뻗쳤다.

"아 여보세요, 나 광일건설 박 사장인데, 여자 블라우스 하나 사와. 보통 크긴데, 최고급 미제로 말야. 좋아, 좋아, 제까짓 게 비싸면 얼마나 비싸."

전화를 끊은 박 사장은 옷을 입을 생각도 않고 침대에 벌렁 드러누웠다.

허미경은 쫓기듯 옆방으로 내달았다. 미처 5분도 지나지 않아 박 사장이 드렁드렁 코고는 소리가 울려왔다. 허미경은 소파 구석에 쪼그리고 앉아 아랫입술을 꼭 물고 있었다. 토요일인데도 중요한 일이 있으니 대기하라고 했던 것부터가 함정이었다. 그때 눈치를 못 챘으면 서류를 가지고 호텔로 오라고 할 때 눈치를 채야 했다. 그러나……, 허미경은 두 손바닥에 얼굴을 묻으며 흑 울음을 터뜨렸다. 오빠는 군대에 나가 있고, 회사를 그만둘 형편이 못 되었다. 그러면 결국 피할 도리가 없는 함정이고 덫이었다. 사장이 여자를 탐하는 것이야 모르는 사원이 없었지만 자신에게까지 흑심을 품고 있을 줄은 상상도 하지 못했다. 그동안 사장이 베풀어준 여러 가지 배려에 늘 고마워하며 일찍 돌아가신 아버지 대하듯 모시고 받들어왔었다.

……이 살벌한 월남땅에서 나를 지탱시키고 있는 것은 미경 씨의 편지요. 미경 씨, 옛날 연애편지의 한 문구인 '그대는 사막의 오아시스며, 밤바다의 등대'라고 하는 것이 너무 유치하다고 생각했었소. 그러나 지금 나에게 그 말은 너무 실감나고 절실합니다. 현미의 〈밤안개〉가 가슴에 사무치는 것처럼. 월남의 강렬한 태양의 열도로 당신을 사랑합니다…….

사흘거리로 날아드는 오빠 친구 이상재의 편지였다. 더는 그 편지의 답장을 쓸 수 없게 되었다.

허미경은 울음을 삼키며 창가로 다가갔다. 창밖 저 멀리로 봄기운 넘치는 강이 흘러가고 있었다. 저기 빠져 죽어버리면! 불현듯 떠오른 생각이었다. 그러나 뒤따라 할머니와 동생들의 얼굴이 밀려들었다. 눈여겨본 한강은 넓고도 길었다. 허미경은 갈가리 찢어진 편지들을 강물에 띄워 보내고 있었다.

박부길 사장은 허미경을 방에서 내보내며 떫은 입맛을 다셨다.

내가 벌써 늙은 것인가? 아직 환갑도 안 됐는데. 거 이상하단 말야, 마음은 환한데. 정력이 곧 사업 추진력인데 말씀이야. 하긴 뭐

나이 쉰아홉에 나만한 놈들도 없긴 하지. 그래도 마음은 동하는데 연달아 두 번을 못 해치운다는 건 기분 상한단 말야. 나이라는 게 무섭긴 무서운 모양이야. 쉰다섯까지는 거뜬했었는데. 뭘 좀 먹어볼까? 웅담? 해구신? 사향? 술기운 화끈하게 오르는 이 양주 같은 게 뭐 없나.

그는 이런 생각을 하며 양주 한 잔을 들이켰다. 허미경을 두 번째 입맛 다시려고 다시 옷을 벗겼다가 몸이 말을 듣지 않은 것이 영 찜찜했다. 그것처럼 남자의 위신과 체면이 상하는 일도 없었다. 허미경의 옷을 다시 벗기고 보니 팬티에 피가 흡사 빨간 꽃잎처럼 찍혀 있었다. 이게 진짜배기 처녀였구나! 마음은 처음보다 더 동하는데 그것이 말을 듣지 않았다.

박부길은 바지를 꿰입고 나서 담배에 불을 붙였다. 그리고 전화기 번호판을 돌려댔다.

"응, 영자냐?"

"어머 아빠, 어쩐 일이세요?"

"너 그 일 어떻게 됐어?"

"네에, 그앨 낼 만나기로 했어요."

"그래, 급한 일이니까 그애보고 서두르라고 하고, 그애가 빨리 움직이도록 네가 만들어야 해. 우정은 우정이고 일은 일이니까."

"알았어요, 아빠. 제가 눈치껏 잘할 테니까 아빠 걱정 마세요."

"그래, 널 믿겠다. 네가 이 애비한테 효도할 때도 다 있구나. 허허허……."

"아빠, 그렇게 말씀하시면 서운해요. 제가 맨날 불효만 한 것 같잖아요."

"아니다, 아니다. 그런 뜻이 아니야. 넌 언제나 효녀였지. 허허허허……, 자아, 그럼 전화 끊자."

전화를 끊은 박부길은 담배를 빨며 뻐근한 삭을 훔쳤다.

남자는 좌우간 남보다 기운이 세고, 물건이 커야 한다!

박부길은 이렇게 소리 없이 외쳤다. 그건 평생 변함이 없는 생각이었다. 또한 그것은 자신만의 생각이 아니라 이 세상 남자들은 다 똑같은 생각을 한다는 사실에 그는 스스로에게 더없는 만족을 느끼고 있었다. 자신은 그 두 가지 조건을 다 갖추었기 때문이었다. 자신은 어렸을 때부터 같은 또래들보다 키가 반 뼘 이상 크고 몸이 실해서 주먹다짐으로 아이들을 때려서 늘 말썽이었지 얻어맞은 적이 없었다. 그리고 미역을 감으면서 자지 크기를 대보아도 자신의 것이 커서 다른 아이들을 기죽게 만들었다.

그런데 완력이 센 것은 어린 시절로 끝나는 것이 아니었다. 어른이 되어서도 그것은 변함없이 통했다. 애들처럼 주먹다짐을 하는 것이 아닌데도 몸집이 크고 기운 세게 보이는 것은 상대방을 제압하고 기를 꺾는 더없이 좋은 무기였다. 특히 건설업이라는 노가다 판에서 그 효과는 컸다. 그리고 사업이 계속 번창해 가면서 정치인들을 비롯해서 여러 분야의 사람들을 대하게 되면서도 그 이득은 변함이 없었다. 그것이 남자들의 세계였다. 그 다음에 돈이고 권력이고가 따라붙으면 그 힘은 더 강력해졌다.

또한 서로 자지를 대보는 것도 어린 시절에만 하는 짓이 아니었다. 나이가 들어갈수록 내놓고 그런 짓을 하지 않는 대신 속으로 은근히 자기 것이 남들 것보다 작지 않은가 하는 우려를 떼치지 못했다. 그래서 남자들은 유식하고 무식하고를 가리지 않고, 늙고 젊고를 가리지 않고 대중탕에 들어가면 누구나 남의 것을 힐끔힐끔 살피지 않는 사람이 없었다. 대중탕에서 그것을 버젓이 내놓고 활보하는 자는 그것이 큰 사람이었고, 구석에 쪼그리고 앉아 기를 펴지 못하는 자는 보나마나 그것이 작은 사람이었다.

그러나 남자들의 그 타고난 경쟁심은 크기로 끝나는 것이 아니었다. 술들이 거나해지면 술자리에서 빠질 수 없는 음담이 나오게 마련인데, 그때 또 빠지지 않는 것이, 한 번 하는 데 얼마나 길게 하느냐였고, 하룻밤에 몇 번이나 할 수 있느냐였다. 그 경쟁에서도 남자들은 사회적 지위나 직업을 가리지 않고 누구나 자기의 정력이 세다는 것을 과시하고 싶어서 과장하고 허풍을 떨게 마련이었다. 조루증이 있거나 하룻밤에 겨우 한 번밖에 못하는 사람들은 그런 때 풀이 죽거나 기가 꺾이는 것은 더 말할 것이 없었다. 그리고 동업자들 중에서 갑자기 성욕이 떨어지면서 사업 의욕도 잃는 경우가 더러 있었다. 그러고 보면 새벽좆 서지 않는 놈한테는 돈도 빌려주지 말라고 한 옛말이 꽤나 일리가 있기도 했다.

그런데 그런 묘한 경쟁심이 우리나라 남자들한테만 있는 줄 알았더니 그게 아니었다. 어느 주간지를 보니 문명국이라고 하는 서양 남자들도 그러기는 마찬가지였다. 더구나 그들은 자기네들끼리만 경쟁심을 갖는 게 아니라 자기들은 황인종들보다 평균 5센티미터 이상 큰 18센티미터짜리 콘돔을 사용한다며 거기에서까지도 백인 우월감을 과시하고 있었다. 그자들의 그것을 직접 재보지 않았으니까 모를 일이지만 그 말만 듣고도 심히 기분이 상하지 않을 수 없었다.

어쨌거나 왕성한 성욕은 사업의 번창과 직결되어 있었다. 그리고 성욕을 왕성하게 유지하기 위해서는 새롭고 젊은 여자의 음기를 받아야만 하는 것이다. 인생은 육십부터라는데, 칠십 아니라 팔십까지도 씽씽하게 예쁘고 젊은것들을 상대할 수 있어야지! 박부길은 차지게 입맛을 다시며 다시 양주 한 잔을 따라 마셨다. 허미경 같은 것들만 상대한다면 80에도 너끈히 기운 쓸 자신이 있었다.

"그게 아직 풋것이니까 살살 훈련시키면 다른 계집들처럼 내 기운을 잘 살려내게 되겠지. 계집들이란 다 길들이게 마련이고, 연장이란 쓰면 쓸수록 빛이 나는 법이니까. 호미고 낫이고 안 쓰고 벽에 걸어놔 봐. 녹만 탱탱 슬지. 그것 참 옳은 말씀이야."

박부길은 흐흐거리며 옷을 주섬주섬 입기 시작했다.

다음날 박영자는 점심시간에 맞추어 강숙자를 만나러 나갔다. 음악이 잔잔히 흐르고 있는 그릴에는 강숙자가 나와 있지 않았다. 박영자는 창가에 앉으며 아련한 슬픔에 젖어 흐르는 선율이 가슴에 스며드는 것을 느끼고 있었다. 그윽하면서도 아득한 느낌의 그 선율에는 슬픔만이 아니라 외로움도 깃들어 있는 것 같았다. 그 음을 따라 낙엽 지는 길이 스쳐가는가 하면, 코스모스 나부끼는 인적 없는 들이 아슴하게 떠오르기도 했다. 이미 지나가 다시는 돌아올 수 없는 대학생 시절의 기억들이었다. 그 귀에 설지 않은 음악이 무슨 곡인지 알 듯 말 듯 하면서도 떠오르지 않았다. 박영자는 곡목 생각해 내는 것을 포기하고 눈을 사르르 내리감으며 음악에 젖어들었다.

"어머 얘, 미안 미안. 내가 10분이나 늦었구나. 글쎄 딸애가 막 울면서 떨어질려고 해야 말이지. 결혼이라는 게 이렇게 사람 야만인 만들고 이런다니까. 오래 기다렸니?"

강숙자가 숨을 몰아쉬며 쏟아놓았다.

"아니, 괜찮아. 나 저 음악이 좋아서 시간 가는 줄 몰랐어. 가끔 들은 곡인데 저게 뭐지?"

"응, 〈솔베이지의 노래〉."

의자에 앉으며 강숙자가 지체 없이 대답했다.

"그래, 맞다. 저 음악 참 좋다. 슬프고 외롭고 한 게."

"아직 감정은 살아 있네. 난 저걸 들을 때마다 자살하고 싶어져. 사람의 혼을 흔들고 빼앗는 게 노르웨이가 낳은 천재 그리그다워."

"넌 여전히 척척박사로구나."

박영자가 곱게 눈을 흘겼다.

"피이, 쓸데없는 것만. 사학과 다니면서 연대 외우는 것은 순 엉터리로 하면서."

강숙자가 히히 웃었다.

"학문할 것도 아닌데 연대만 촬촬 외워대면 뭘 해. 주부로 평범하게 살려면 그게 더 낫지."

"모르겠어. 학점 좀더 잘 따려고 점심도 굶어가며 안달하던 애들은 지금 뭐 하고 사는지 모르겠어."

"뭐 하긴. 거의가 다 애기 엄마 돼서 집 안에 파묻혔지. 느네 남편은 판사 노릇 잘해?"

박영자는 종업원을 손짓으로 부르며 말머리를 돌렸다.

"아이고, 말 마. 판사 노릇은 그럭저럭 하는 모양인데, 그놈의 월급 땜에 나 굶어죽게 생겼어."

"엄살은. 너 뭘 먹을래?"

"준재벌 따님께서 사시겠다 그거야? 그럼 가난한 판사 마누라는 오랜만에 칼질 한번 해봐야지."

"그래. 비프스테이크 둘."

박영자가 종업원에게 일렀다.

"느네 남편은 어떠냐? 기자님 생활에 만족이야?"

"아이고, 나야말로 말 마라. 자기는 만족인지 모르지만 난 죽을 지경이야. 맨날 늦게 들어오지, 월급은 쥐꼬리만하지, 결혼생활이라는 게 뭔지 모르겠어."

"너야말로 엄살떨지 마라. 아무려면 판사 월급에 대할라고."

"아니야. 나도 기자 월급이 그렇게 적은지는 몰랐어. 글쎄 기자들이 점심으로 설렁탕은 그만두고 짜장면 먹기도 어렵대. 난 친정 아니었으면 고생깨나 할 뻔했지 뭐야."

"정말 그러니? 넌 친정 덕 안 봐도 되는 줄 알았더니."

"친정 덕도 너처럼 내놓고 볼 수나 있니? 아빠는 아빠대로 사위 마땅찮아하고, 남편은 남편대로 처가 덕 보는 것 질색이고 해서 난 그저 쉬쉬 해가면서 엄마한테 매달리고 있는 처지니 원."

"그래도 넌 시집까지 도와야 할 형편은 아니잖아. 장인이 사위를 탐탁잖아하는데 그 시집을 도와야 하는 내 입장이 얼마나 옹색하고 난처할지 한번 생각해 봐."

"아니, 지난번 선거 때 간호원들 서독 보내는 아이디어 내서 인정받았다면서?"

"그게 글쎄, 좀 나아진 것뿐이지 대학이 한 급 떨어진다는 불만은 완전히 없어지지 않는 눈치라니까. 우리 아빠도 참 뻔뻔하지. 자기는 그만한 학벌도 없으면서."

강숙자의 거침없는 말에 박영자는 입을 가리며 쿡쿡 웃었다.

"얘, 자숙아, 근데 있잖아. 우리 아버지가 느네 아버지를 좀 만났으면 하신다."

박영자는 고기를 썰며 망설여온 말을 꺼냈다.

"박부길 사장님께서 강기수 의원을?"

강숙자는 뜻밖이라는 눈길을 보냈다.

"얘, 그렇게 딱딱하게 말하지 말고 친구 아버지끼리 만난다고 생각하고 네가 말씀 좀 드려. 그럼 서로 훨씬 부드러워지잖아. 우리가 사귄 지 10년인데 지금쯤 두 분이 만나 술이라도 한잔 나누는 건 자연스러운 일이잖아. 서로 이름을 모르는 사이도 아니고."

"글쎄, 말을 전하는 건 하나도 어려울 것 없는데, 우리 아버지가 무슨 용건인지 알고 싶어하면 어쩌지? 우리 아버지의 제일 나쁜 습관이 뭔지 아니? 하도 오랜 세월 동안 만나자는 사람들이 많으니까 입에 붙어버린 말이 있어. 용건이 뭔데?"

"응, 그래서 나도 아버지한테 대충 무슨 일인지는 전해야 되지 않겠느냐고 말씀드렸어. 그랬더니 그냥 뵙자고 말씀 전하면 다 아실 거라고 했어. 아마 무슨 일이 그렇게 알아차리도록 되어 있나 봐."

"설마 나 입장 곤란해지는 일은 아니겠지? 난 시집 땜에 눈치 보여 계속 점수를 따야지 깎여선 큰일나거든."

"그런 걱정은 할 것도 없어. 아마 네 점수가 쑥 올라가게 될 거다."

"너 어떻게 그리 자신만만하게 장담할 수 있어? 난 심각한 문제라니까."

"생각해 봐. 기업인이 정치인의 힘을 필요로 하는데 기분 상하게, 시원찮게 응대하겠어?"

박영자는 그동안 에둘러 하던 말과는 달리 직선을 긋고 있었다.

"알았어. 우리 아버지도 느네 아버지 같은 분하고 교분을 갖는 걸 좋아하실 수도 있으니까."

강숙자는 웃으며 고개를 끄덕였다. 그러나 속으로는 '기집애, 참 많이 변해가네' 하는 생각을 하고 있었다.

"시간 끌면 안 돼. 급하신가 봐."

"아이구, 염려 마셔. 내가 그만한 눈치 없을까 봐. 그리고 흐리터분한 것 싫어하는 내 성질 잘 알잖아. 오늘 당장 아버지 만나고 내일 오전 중으로 연락할게."

"그럼 좋지. 근데 왜 이런 일을 맡겨 진땀 나게 하는지 모르겠어."

박영자가 긴 숨을 내쉬며 손등으로 이마를 훔쳤다.

"어머, 얘 이젠 아줌마 다 됐네. 땀은 비치지도 않았는데 진땀 난다고 허풍 떠는 것 좀 봐."

그들은 쿡쿡거리고 웃으며 포크로 고기를 찍었다.

28

우리는 기계가 아니다

난생처음 현관으로 들어선 전태일은 자신의 몰골이 더 초라해지고 주눅이 드는 것을 느꼈다. 시청 현관은 뜻밖에도 넓은 데다가, 바닥에 깔린 대리석들은 그 특유의 윤기를 내며 반들거렸고, 천장은 으리으리하게 높았다. 열서너 살 때부터 신문팔이, 구두닦이, 껌팔이 같은 것을 하면서 수없이 보아온 시청의 칙칙한 겉모습에 비해 속모습은 전혀 딴판이었다.

전태일은 숨을 한껏 들이켜 어깨를 펴며 서류봉투 든 손아귀에 힘을 주었다. 그리고 근로감독관실로 걸음을 떼어놓기 시작했다.

"근로감독관이십니까? 안녕하십니까. 저는 평화시장에서 재단사로 일하는 전태일이라고 합니다."

전태일은 근로감독관 책상 앞에서 공손하게 인사를 했다.

"무슨 일인데?"

근로감독관은 궁기 흐르는 전태일의 모습을 힐끗 쳐다보며 반말을 던졌다. 거만하고 불친절한 공무원의 전형적인 말투를 쓰는 그의 얼굴에는 귀찮다는 기색이 숨김없이 드러나 있었다.

"예, 다름이 아니라 우리 평화시장에 있는 봉제공장들이 근로기준법을 위반하고 있는 사실들이 너무 많아 공원들의 실태조사 자료를 가지고 시정해 주십사 하고 찾아뵈었습니다."

전태일은 다시 고개를 숙여 보이며 봉투에서 서류를 꺼냈다. 그러나 근로감독관은 이야기를 들을 자세를 전혀 갖추지 않은 채 담배에 불을 붙여 연기를 훅 내뿜으며 책상 옆구리에 붙여둔 빈 의자가 있는데도 자리를 권하지 않았다.

"저어, 저희들이 일하는 봉제공장들은 작업환경부터 사람으로서 견딜 수 없도록 형편없이 나쁩니다. 먼저, 천장 높이가 1.5미터밖에 안 되어 모두 허리를 구부리고 일을 해야 합니다. 원래는 3미터 높이였는데 사장들이 임대료를 줄이고 돈을 많이 벌려고 절반을 막아 2층으로 쓰기 때문입니다. 그런 공장들은 대개 8평 정도고, 평균 32명씩 일하고 있습니다. 그런데 문제는 그 비좁은 공장이 복도로 통하는 문 외에는 세 벽이 모두 막혀 있어 통풍이 전혀 안될 뿐만 아니라 환기장치도 일절 없다는 사실입니다. 감독관님, 봉제공장은 모두 옷감으로 옷을 만들어내는 곳입니다. 통풍도 안 되고 환기장치도 전혀 없으니 원단에서 풍기는 코를 찌르는 포르말린 냄새며, 옷감을 재단하고 옷들을 만들면서 끝없이 일어나는 실밥먼지는 다 어디로 가겠습니까? 그대로 공장 안에 갇혀 있어서 공장 안은 언제나 안개가 낀 것처럼 뿌옇게 침침합니다. 공원들은 그 먼지를 다 마시면서 일을 하고 있습니다. 그리고 먼지가 많이 나는 옷감일 때는 서너 시간만 일해도 먼지가 앉아 머리가 허옇게 되고, 도시락을 펴놓고 첫숟가락을 넘기기도 전에 밥에 먼지가 허옇게 내려앉아 먼지밥을 먹는 실정입니다. 그뿐만 아니라 그런 먼지구덩이에서 날마다 14시간씩 일을 하다 보니 기관지염·진폐증·폐결핵·각종 눈병들이……."

"이봐, 이봐, 그런 시시콜콜한 얘기 다 듣고 있을 시간이 없으니 간단하게 요점만 말해, 요점만."

근로감독관이 잔뜩 얼굴을 찡그리며 짜증스럽게 내쏘았다.

"예, 지금 요점만 말씀드리고 있습니다."

전태일은 말을 중단당한 불쾌감을 감춘 채 아까 사무실에 들어오며 보았던 벽시계로 재빨리 눈길을 돌렸다. 겨우 3분 정도가 지났을 뿐인데 감독관은 지루해하고 있었다. 전태일은 마음을 다잡으며 다시 말을 시작했다.

"간단히 말씀드리자면 저희 공원들은 근로기준법에 나와 있는 근로조건에는 단 한 가지도 맞지 않는 악조건 속에서 인간 이하의 취급을 당하며 매일같이 혹사당하고 있습니다. 첫째로 근로시간 문제인데, 저희들은 아침 8시부터 밤 10시나 11시까지 하루 평균 14시간씩, 1주일에 98시간 이상을 중노동에 시달리고 있습니다. 그리고 둘째는, 근로기준법에는 1주일에 평균 1회 이상의 유급휴일을 주어야 한다고 되어 있는데 저희들은 한 달에 겨우 두 번, 그것도 유급이 아니라……."

"이봐, 요점만 말하라니까!"

근로감독관이 사나운 눈초리로 언성을 높였다.

"……더 이상 어떻게 요점을……."

전태일은 근로감독관이 자신들의 편이 아닌 것을 재차 느끼며 당혹감에 빠지고 있었다. 근로감독관은 각 공장에서 나라가 정한 근로기준법을 잘 지키고 있는가 감독하고, 위반 사실이 있을 때는 고발조치를 하여 그것을 시정하도록 하기 위해 국민들이 낸 세금으로 나라에서 월급을 주는 사람이므로 당연히 자신들의 편이라고 믿어왔었다.

"요점 뜻도 몰라? 간단하게 말해, 간단하게."

근로감독관은 신경질적으로 담배연기를 내뿜으며 윽박질렀다.

"예에, 최대한 줄여서 말씀드리고 있습니다."

전태일은 기분이 상한 걸 감추면서 또 공손하게 머리를 조아렸다.

"이 친구 이거 통 말귀를 못 알아듣는구만. 요는 그런 걸 시정해달라 그것 아닌가."

"예, 그렇습니다."

"알았으니 그 서류 두고 가."

근로감독관은 냉정하게 고개를 돌리며 딴 서류를 펼쳐들었다. 그 싸늘한 태도 앞에서 전태일은 더 말을 꺼낼 엄두를 내지 못했다.

"1만 명 공원들이 당하고 있는 문제입니다. 잘 부탁드리겠습니다."

전태일은 근로감독관 앞에 서류봉투를 놓으며 간곡한 어조로 말했다. 근로감독관은 냉랭한 얼굴로 아무 반응도 없었다.

전태일은 찬바람 휘도는 가슴으로 시청을 나섰다. 시청 앞 광장에는 각종 차량들이 붐비고, 광장 중앙에 세워진 높은 선전탑에는 '눈부신 경제발전, 찬란한 민족중흥'이라는 문구가 그야말로 찬란한 색깔들로 치장되어 있었다. 전태일은 그 문구를 멍하니 바라본 채 속 쓰린 허기를 느끼고 있었다. 오늘도 점심을 굶어 배가 고픈 데다가 긴장해서 말을 한 탓으로 몹시 목이 탔다. 그러나 이 시내 한복판에서 물을 얻어먹을 데는 없었다. 그에게 서울은 언제나 그랬다. 물 한모금 얻어 마실 수 없는 곳, 냉혹하고 추운 음지가 서울이었다.

시청 광장 주변에도 '눈부신 경제발전'을 입증하듯이 고층 건물들이 우람하게 들어서 있었다. 전태일은 쓸쓸한 얼굴로 그 건물들을 외면하며 무거운 발길을 옮겨놓기 시작했다. 밤낮으로 떠들어대는 그 경제발전이란 평화시장의 먼지구덩이에 파묻혀 사는 자신들과는 아무 상관도 없었다. 아니, 달라진 것이 있기는 있었다. 작년부터 보세가공품이란 일거리가 부쩍 늘어났다. 그러나 월급은 조금도 나아지지 않았다.

전태일은 아무리 생각해도 근로감독관의 태도가 이해되지 않았다. 그는 생지옥이나 마찬가지인 공장 얘기를 듣고도 놀라거나 동정하는 빛은 전혀 없이 무작정 간단하게 말하라고 몰아댔다. 일거리가 너무 많아 그런 것일까? 몸에 밴 공무원 행투 때문일까? 근로기준법은 분명히 나라가 만들었고, 근로감독관은 그 법이 잘 지켜지도록 감독하는 사람 아닌가? 그러면 틀림없이 우리 공원들 편이어야 하는데…….

전태일은 그것을 따져보지 못한 것이 뒤늦게 후회스러웠다. 아니, 그보다는 반드시 해야 할 말을 다 하지 못하고 밀려나온 것이 너무 아쉽고 안타까웠다. 근로감독관에게 자신이 해야 할 말 중에서 10분의 1도 하지 못했다.

실밥먼지가 안개 낀 것처럼 자욱한 속에서 천장이 낮아 허리를 펴지 못하고 구부린 채 하루에 14시간이 넘도록 일을 하고 나면 누구나 창백한 얼굴로 비칠거리고, 기침을 해대며 가래를 토했다. 가래를 토하고 코를 풀면 그건 시커먼 먼지덩어리였다. 그러나 그 누구도 환풍기 하나 달아달라는 말을 하지 못했다. 전기요금이 나오는데 사장이 달아줄 리 없었고, 그런 말을 했다간 그날로 잘리고 말았다. 800개가 넘는 공장들이 약속이나 한 것처럼 다 그 모양이니 꼼짝없이 당하는 수밖에 없었다. 그러면서도 사장들은 언제나 밑진다는 소리를 입에 달고 살았다. 그 뻔한 거짓말을 귀에 담는 공원은 아무도 없었다.

각 공장만 그 지경이 아니라 1만 명 이상의 일터인 평화시장 건물 자체에 아예 환기시설이 없었다. 그런데다 건물 구조마저 통풍과 채광이 제대로 이루어지지 않도록 되어 있었다. 그리고 또 한 가지 심각한 문제는 공장 안의 형편없는 조명이었다. 먼지가 가득 찬 데다가 햇빛도 거의 들지 않고 조명시설마저 나빠 공장 안은 대낮에도 언제나 어두컴컴했다. 그런데 공원들의 눈앞에는 백열등이

켜져 있었다. 바로 눈을 찌르는 백열등 불빛을 받으며 일을 하다 보면 눈이 부시다 못해 시어져 모든 공원들의 눈은 언제나 토끼눈처럼 빨갛게 충혈되어 있었다. 그리고 그 불빛은 먼지와 함께 온갖 눈병을 일으켜 밝은 햇빛 아래 나오면 눈을 제대로 뜰 수 없을 지경이었다.

그런 속에서 잠시 쉴 틈도 없이 매일 14시간씩 일을 하다 보니 미싱사고 미싱 보조고 시다들이고 만성적인 질병들에 시달리고 있었다. 그러나 그것으로 끝나지 않았다. 갑자기 일거리가 밀려들면 사장들은 밤을 꼬박꼬박 새우며 사나흘씩 밤낮으로 일을 시켰다. 그럴 때면 으레 어린 시다들에게 잠 안 오는 약을 먹이거나, 그것으로 안 되면 주사까지 놓아가며 일을 몰아댔다. 그러다 보면 얼굴이 누렇게 뜨고, 눈알이 멀겋게 돌아가면서 비틀비틀 쓰러지기도 했고, 심한 기침을 하며 핏덩이를 토하기도 했다.

그렇게 부려먹으면서 월급이나 많이 준다면 또 모른다. 대개 열네다섯 살의 소녀인 시다들은 한 달에 1,800원에서 많아야 3천 원을 받는 것이 고작이었다. 그 돈에서 공장에 오가는 차비를 빼면 제 한 입에 풀칠하기도 어려운 처지가 되고 말았다. 그래서 시다들은 거의가 점심을 굶는 형편이었고, 조금 나은 애들이라고 해야 1원짜리 풀빵 두세 개로 한 끼를 때웠다. 미싱 보조나 재단 보조도 별다를 것이 없었고, 미싱사와 재단사나 돈을 좀 만질 수 있었다. 그러나 그들은 공장생활을 오래 했기 때문에 더 많은 병을 얻어 골병이 들어 있었다.

전태일은 물 한 모금을 마시고 싶은 간절함 속에서 걸어가며, '우리는 기계가 아니다!'라고 또 부르짖고 있었다. 냉차 한 잔을 사먹고 싶었지만 수중에는 1원짜리 동전 하나 없었다. 그런 악조건들을 근로기준법에 맞도록 뜯어고쳐야 한다고 뜻을 세우고, 행동하기 시작하면서부터 버는 돈이 모자라는 것은 말할 것도 없고 자꾸 빚이 불어나고 있었다. 그 목적을 달성하기 위해 재단사들로 꾸린 '바보회'의 경비를 혼자 부담해 온 탓이었다. 시청에 가지고 간 공원들의 실태조사 설문지 만드는 비용도 혼자 해결했다.

"오빠, 태일이 오빠!"

전태일은 고개를 들며 걸음을 멈추었다.

"오빠, 오랜만에 어쩐 일이야."

두 아가씨가 반가움이 넘쳐 뛰어왔다. 그때서야 전태일은 평화시장에 이르러 있는 것을 알았다.

"응, 너희들 일 안 하고 어쩐 일이냐?"

"지금 여름이잖아. 겨우 시다 면하고 미싱 보조 됐는데 파리 날리는 때야."

그나마 일거리 없어진 여름이었다. 전태일은 힘없이 고개를 끄덕였다.

"오빠, 왜 그리 기운 없어 보여? 점심 굶었지?"

"오빠, 저리 가. 우리가 풀빵 살게."

두 아가씨가 전태일을 끌었다.

"느네들이 무슨 돈이 있다고……."

"짜장면은 못 사도 오빠한테 풀빵 한 번 살 돈은 있어. 오빠 우리 시다 시절에 맨날 풀빵 사줬잖아."

"근데 오빠, 요새는 어디서 일해?"

"여기저기, 아무데나 닥치는 대로."

"오빠 따돌리는 평화시장 사장들, 다 인간도 아니야. 오빠가 무슨 죄가 있다구."

"오빠, 어서 빵 먹어. 물 마시구."

한 아가씨가 전태일의 손에 풀빵을 들려주었다. 전태일은 두 아가씨를 물끄러미 바라보았다. 혈연 같은 그 정에 목이 메었다. 그래, 내가 반드시 너희들 곁으로 돌아오마! 전태일은 풀빵을 입에 무는 것과 함께 눈물을 삼켰다.

"오빠, 광명에 있던 재단사 이병진이 알지?"

한 아가씨가 중요한 이야깃거리가 있다는 듯 표정을 야무지게 바꾸며 침을 삼켰다.

"알지. 왼쪽 볼에 점 있는 사람."

전태일은 그들의 마음을 음미하는 기분으로 풀빵을 꼭꼭 씹으며 고개를 끄덕였다.

"그 사람이 글쎄 공장을 차렸어. 재단사들이 모두 얼마나 부러워하는지 몰라."

"어디 재단사들만 부러워하니? 공원이라고 생긴 것들은 다 부러워하지. 너나 나까지. 안 그래?"

다른 아가씨가 아픈 데를 콕 찌르듯이 말했다.

"그렇지 뭐. 그거 안 부러울 사람이 어딨어. 그 사람 이젠 우리 같은 것들하고는 생판 다르게 딴세상 사람으로 팔자가 바뀐 건데. 어떻게 그리 될 수가 있는지 모르겠어."

"아직 너무 그리 부러워하지 말어. 겨우 중고 재봉틀 세 대 가지고 시작한 거니까. 잘될지 어쩔지는 더 두고 봐야 되는 거지 뭐."

"일속 환히 다 알고, 짠돌이로 소문났는데 잘 안 될 리가 있겠어? 공원 생활 10년 만에 서른도 안 돼 어찌 그렇게 독립할 수 있는지 모르겠어."

"그게 뭐가 그리 대단해. 남자들이야 독한 맘 먹고 덤비면 누구나 다 그렇게 될 수 있지. 스무 살 되기 전에 재단 보조로 시작해 3~4년 보내고, 재단사로 6~7년 독하게 모으면 그리 되는 거지. 그 사람은 10년 동안 버스 한 번 안 타고, 속옷 한 벌 안 사 입었대잖아. 술 담배도 입에 안 대고. 하여튼 독하고 소름 끼치는 사람이야."

"오빠, 우리가 왜 이런 말 하는지 알지?"

한 아가씨가 전태일을 빤히 쳐다보았다.

"……."

전태일은 쓸쓸하고 스산한 얼굴로 아가씨를 물끄러미 바라보기만 했다.

"왜 그렇게 보기만 해? 알아, 몰라?"

"알아."

전태일은 먼 데로 눈길을 돌렸다. 그 얼굴이 한층 더 쓸쓸하고 외로워 보였다.

"오빠도 어서 그 사람처럼 실속 차리라는 거야. 괜히 안 될 일 하고 다니면서 고생하고 따돌림당하고 하지 말고. 오빠 재단기술 좋으니까 지금부터라도 일만 열심히 하면 그 사람처럼 서른 전에 독립해서 사장님 될 수 있어."

"그래, 오빠도 이젠 그 일 그만해. 난 오빠를 보면 정신이 막 헷갈려. 자기 혼자 손해 보는 것 뻔히 알면서 모든 공원들을 위해 나서는 게 한없이 장해 보이기도 하고, 왜 되지도 않을 일 하고 다니면서 따돌림당하고 저러나 싶으면 딱하기도 하고."

"그래, 너희들 말 다 옳아. 근데, 독립한 이병진이 어떤 사장이 될 것 같으냐? 공원들한테 잘해줄 것 같으냐, 지금 사장들하고 똑같을 것 같으냐?"

전태일은 그녀들에게로 눈길을 돌렸다.

"그야 보나마나 뻔하지 뭐. 그렇게 짠돌이로 산 사람이 잘해줄 리가 있어? 미싱 세 대에서 다섯 대로, 다섯 대에서 열 대로 늘릴 욕심으로 공원들한테도 짠돌이 노릇 지독하게 하겠지 뭐."

"그럼 나보고도 그런 사장 되란 말이냐? 내가 그런 사장 되면 좋겠어?"

"아닌데……, 오빠가 그런 사장 되는 건 싫은데."

한 아가씨가 어리둥절한 얼굴로 다른 아가씨를 쳐다보았다.

"이것아, 어리벙벙해할 것 없어. 오빤 우리가 무슨 소리를 해도 그런 식으로 짠돌이 노릇 해서 독립할 사람이 아니야. 그런 사람이었으면 재단사 자리에 있으면서 우리 편들어 주고, 풀빵 사주고, 감기약 사주고 그랬겠니. 오빠 마음속에 부처님이 들었는지 예수님이 들었는지 알 수가 없는 사람이라고 우리들이 모여앉으면 말하곤 했잖아. 다른 재단사들은 백에 백 사람이 다 사장 편에 찰싹 붙는데. 오빠 못 말리는 사람이야."

"오빠, 글쎄 이런 일이 있었어. 내가 전번에 있었던 공장은 꽤 커서 재단사 위에 공장장이 따로 있었거든. 근데 공장장이 보세가공 들어온 옷을 몇 벌 빼돌려 해먹다가 들통나서 잘렸지 뭐야. 그리고 재단사가 공장장으로 올라갔는데 글쎄, 어떻게 변하는지 알아? 하루아침에 인상 싹 바꾸고 사장 편에 붙어 전 공장장보다 더 심하게 공원들을 감시하고 못살게 볶아대는 거야. 자기가 재단사였을 때는 사장이나 공장장이 너무한다고 투덜거리고 우리하고 함께 기분도 맞추고 하던 사람. 사람 속이란 알다가도 모르겠어. 세상사람들이 다 그렇게 약아빠졌는데 오빠 혼자만 안 그러니 오빠 평생 고생할 거야. 장가도 못 가고."

"얘, 그럼 네가 시집가면 되잖아."

"어머 얘, 그냥 이렇게 오빠라면 좋지만 남편으로는 싫여. 평생 찔찔이 고생만 시킬 텐데. 네가 시집가거라."

"얘 좀 봐. 나도 그런 남편 싫여."

두 아가씨는 까르르 웃었다. 전태일도 싱그레 웃음지었다.

"오빠, 앞으론 어떻게 할 거야? 사람들 말로는 괜한 짓 하는 거래."

한 아가씨가 정색을 하고 물었고,

"오빠, 그 일 그만했으면 좋겠어. 아무도 알아주는 사람 없는데 오빠 혼자서만 죽을 고생이잖아. 오빠보고 미쳤다고 하는 사람들도 있으니 얼마나 억울한 일이야."

다른 아가씨가 울상을 지었다.

"자아, 한 가지 물어보자. 너희들은 왜 나한테 풀빵을 사주냐?"

전태일은 두 아가씨를 번갈아 보았다.

"그야 우리가 전에 많이 얻어먹기만 했으니까 그 고마움을 조금이라도 갚으려고."

한 아가씨가 머뭇거리며 대답했다.

"너도 그러냐?"

전태일이 다른 아가씨에게 물었다.

"그렇지 그럼."

다른 아가씨가 폭넓게 고개를 끄덕였다.

"그럼 다른 애들은 어떨까?"

"오빠한테 풀빵 얻어먹은 애들 맘이야 다 똑같지 뭐."

"그럼. 그 고마움 잊어버리면 사람도 아니지."

"그래, 아까 너희들이 아무도 알아주는 사람이 없다고 했지? 그런데 너희들부터 시작해서 수십 명이 또 있잖아. 그리고 나하고 함께 뜻을 모은 재단사들이 또 있어. 거기다가 그 재단사들이 모으고 있는 사람들이 또 있고. 그럼 기왕 말이 나왔으니 한 가지 더물어보자. 내가 하는 일이 누구를 위한 일이냐?"

"우리 공원들."

두 아가씨의 대답이 겹쳐졌다.

"그래, 그럼 또 한 가지. 우리 공원들은 사람이냐, 기계냐?"

"그야 사람이지."

"사람이지."

"그래, 우리는 틀림없이 사람이지 기계가 아니야. 그런데 너희들은 지금 사람답게 일을 하고 있냐, 기계처럼 일을 하고 있냐?"

"기계하고 똑같지 뭐."

"기계도 우리처럼 부리면 고장나."

"그렇지? 그럼 너희들이 가장 바라는 게 뭐지?"

"우리도 한번 사람답게 살아보는 거."

"그래, 나도 그게 평생 소원이야."

"좋아. 지금 너희들이 한 대답은 하나도 틀리지 않고 다 정확한 거야. 마지막으로 하나만 더 물어보자. 내가 왜 여기서 따돌림당해 일자리를 구할 수가 없는 거지?"

"그야 뻔하잖아. 사장들이 한통속으로 똘똘 뭉쳤으니까 그런 거지."

"그래, 순 나쁜 새끼들이야."

"자아, 그럼 내 말 똑똑히 들어라. 우리는 기계가 아니라 분명히 사람이야. 그리고 이 세상 사람은 그 누구나 다 똑같이 평등해. 사람이면 모두가 다 공평하게 한 번 태어나고 한 번 죽는 것처럼 말이야. 사람은 모두 평등하니까 이 세상 사람은 누구나 사람답게 살 권리를 가지고 있어. 이게 무슨 말인고 하면 말야, 우리 공원들도 일반 직장인들처럼 하루 여덟 시간 일하고 제대로 봉급받고, 야근을 하게 되면 야근수당을 따로 받고 해서 사람답게 살 수 있도록 하는 법이 만들어져 있어. 그건 나라가 만든 법인데, 그 법 이름이 바로 근로기준법이야. 그런데 그 법이 정확하게 지켜지지 않기 때문에 우리 공원들은 사람대접을 받지 못하고 기계처럼 뼛골 빠지게 혹사당하면서도 거지꼴을 못 면하고 살고 있는 거야. 그런데 왜 그 법이 안 지켜질까? 사장들이 돈 많이 벌 욕심으로 안 지키기 때문이라고? 그거 맞는 말이야. 그러나 그건 정확한 답이 아니야. 사장들의 잘못은 3분의 1밖에 없어. 그 법이 제대로 확실하게 지켜지게 하려면 사장들 말고 또 책임져야 할 데가 두 군데가 더 있다 그런 말이야. 자아, 이 대목에서 내 말 똑똑히 들어. 그 두 군데 중에 한 군데가 나라에서 만든 법을 제대로 잘 지키나, 안 지키나 감독해야 하는 공무원들이야. 그럼 나머지 한 군데는 어디지?"

전태일은 두 공원 아가씨를 응시했다.

"글쎄……, 그게 어디지?"

"나도 잘 모르겠는데……."

두 아가씨가 서로를 쳐다보며 어물거렸다.

"몰라도 괜찮아. 지금부터 알면 되니까. 그 나머지 한 군데가 바로 우리 공원들, 이 평화시장에서 일하고 있는 전체 공원들에게 책임이 있어. 왜 그런지 알겠어?"

전태일은 두 아가씨에게 다시 눈길을 모았다. 그녀들은 멀뚱하게 전태일을 쳐다보기만 했다.

"좋아, 내 말 잘 들어. 너희들은 아까, 내가 하는 일이 나 개인만을 위한 일이 아니라 우리 공원들 모두를 위한 일이라고 대답했지?

그런데 왜 내가 모든 공원들을 위해 나섰을까? 내가 잘나서 그런가? 아니면 공원들이 나를 대표로 뽑아서 그런가? 아니야. 내가 잘나서도 아니고, 공원들이 대표로 뽑은 일도 없잖아. 그런데 왜 내가 나섰냐 하면, 너희들이 그 법이 제대로 지켜지는 데 공원들에게 3분의 1의 책임이 있는 것을 모르는 것처럼 다른 공원들도 거의 다 그것을 모르고 있기 때문이야. 아주 쉽게 말하자면, 우리 공원들은 제 밥을 제 손으로 찾아먹을 줄을 모르고 있기 때문이야. 자아, 생각해 봐라. 이 세상에서 돈욕심 안 내는 사람은 하나도 없다. 그 중에서도 사업하는 사람들은 무슨 수를 써서든 돈을 벌려고 눈에 불을 켠 사람들이다. 그런 사람들 중에 우리 봉제공장 사장들도 들어가는데, 공원들이 제 밥을 제 손으로 찾아먹으려고 덤비지 않는데 그 사장들이 너희들 밥 여기 있으니 더 먹어라 하겠냐? 하늘이 무너져도 그런 일이 생기지 않는다는 건 너희들도 잘 알지? 그들이 그런 식으로 자기들의 이익만을 위해 법을 어겨가며 공원들을 짐승처럼 부려먹으면 당연히 감독관청에서 공무원들이 나서야 되겠지. 그런데 공무원들은 법이 어떻게 돌아가고 있는지 아무 관심도 없어. 왜 그럴까? 그것도 우리 공원들이 법이 제대로 지켜지지 않는다고 들고일어나지 않기 때문이야. 그런데 우리 공원들은 어쩌고 있지? 남자들은 모두 이병진처럼 재봉틀 서너 대 장만해 독립할 생각이나 하고, 여자들은 미싱사 노릇 몇 년 하다가 시집갈 생각이나 하고, 모두가 자기 일만 생각하면서 뿔뿔이 흩어져 있잖아. 그런데 사장들은 어떻게 하고 있지? 아까 너희들이 말한 것처럼 나를 따돌려 여기서 발을 못 붙이게 할 정도로 똘똘 뭉쳐 있어. 내가 당한 것을 보고 공원들이 더 겁먹고 기죽어 움츠러들어 있다는 걸 잘 알아. 그러나 그래 가지고선 사람답게 살기는 영영 글러 버리는 거야. 우리가 사람답게 사는 길은 단 하나, 우리도 사장들처럼 똘똘 뭉쳐야 해! 뿔뿔이 흩어져 자기 혼자만 살 궁리를 하면서 짐승처럼 짓밟히고, 종처럼 천대받을 것이 아니라 다같이 일치단결해서 들고일어나 우리의 권리를 찾아야 해. 우리는 사장들보다 30배, 40배가 더 많아. 우리가 한 덩어리로 뭉쳐 일어나면 사장들은 꼼짝 못하고 우리 말을 듣게 돼 있어. 그리고 관청에서도 나서서 사장들의 잘못을 고칠 수밖에 없어. 물론, 사람은 많고 자리는 모자라는데 잘리고 말면 당장 어떻게 사느냐고 하겠지. 모두가 하루하루 먹고살기 급한 것 잘 알아. 형편이 그렇게 급하니까 더욱 강철처럼 단단하게 뭉쳐야 해. 며칠을 죽만 먹고, 더하면 굶을 각오를 하고 뭉쳐야 해. 우리가 전부 뭉쳐 일어났는데도 딴사람들을 구해올 수 있겠냐? 그건 어림없는 일이야. 그 많은 기술자들을 어디서 무슨 재주로 구해와. 사장들은 사흘이 못 가 우리 요구를 들을 수밖에 없게 돼 있어. 그렇게 하고도 사장들은 돈벌이가 되니까. 그런데 우리는 서로가 당장 자기 이익만 생각하면서 산산이 흩어져 있으니까 사장들한테 계속 당하기만 하는 거야. 끝으로 말하자면 말야, 자기네 일을 자기들 스스로 나서서 해결하지 않으면 이 세상 사람들은 아무도 도와주지 않아. 너희들 똑똑히 기억해. 너희들은 기계가 아니라 사람이야. 사람은 누구나 사람답게 살 권리가 있어.

이 사실을 절대로 잊지 말어. 그리고 혼자만 알고 있지 말고 마음이 통하는 가까운 사람들한테 전해. 그 사람은 또 다른 사람한테 전하게 하고. 그래서 같은 생각을 갖는 사람들이 많아지면 많아질수록 우리의 힘은 커지는 거야. 그 힘은 결국 사장들을 이길 수 있는 거야. 무슨 말인지 알겠지? 절대로 잊지 말어. 우리는 기계가 아니라 사람이야!"

전태일이 긴 숨을 몰아쉬며 물컵을 집어들었다. 그의 얼굴은 상기되어 있었고, 양끝 입꼬리에는 침버캐가 끼어 있었다.

"어떡해. 앞으로도 오빠는 고생 엄청 하게 생겼는데."

한 아가씨가 울상을 지었고,

"글쎄 말이야. 오빠, 그 일을 언제까지 할 거야?"

다른 아가씨가 근심스럽게 전태일을 쳐다보았다.

"근로기준법에 있는 대로 될 때까지. 자아, 오늘 참 반가웠다. 풀빵 잘 먹었고. 잘들 가거라. 또 만나자."

"오빠, 잘 가."

"오빠, 몸조심해. 전보다 더 말랐는데."

전태일은 손을 흔들고 돌아섰다.

뜨거운 햇볕 속으로 멀어져가는 전태일을 두 아가씨는 오래도록 지켜보고 있었다.

29

기묘한 탁구시합

"잠깐 들어와 맥주로 목 좀 축이고 가세요. 아직도 날이 이리 더운데."

"아니 괜찮습니다. 바빠서……."

유일민은 엉거주춤한 자세로 어물거렸다. 그는 허름한 잠바 차림이었지만 전보다 살이 오르고 안색에도 핏기가 돌아 보였다.

"피이, 바쁘긴 뭐가 바빠요. 안 바쁜 것 다 아는데. 유 사장님은 동철이 오빠하고 친구라면서 어쩜 그리 정반대세요? 동철이 오빠 명령대로 잘 모셔야 하니까 어서 들어오세요. 안 그러면 돈 안 드릴래요."

최미미는 예쁜 얼굴에 꽃웃음을 피우며 유일민의 팔을 잡아끌었다.

"아니, 이거……."

유일민은 당황스러운 몸짓을 했고,

"뭘 좀 여쭤볼 것도 있다구요. 어서 들어오세요."

최미미는 손님을 맞는 세련된 몸놀림으로 그를 이끌었다.

유일민은 어쩔 수 없이 멈칫거리며 현관으로 따라 들어갔다. 그동안 임의로워지기도 했고, 서동철을 앞세운 호의이기도 했다. 전에도 몇 번이나 그런 인사를 받았지만 적당히 피하고는 했었다.

실내는 외관처럼 호사스럽게 꾸며져 있었다. 집을 가리려는 듯 넓은 마당에 나무가 무성한 고급 2층 양옥이 요정인 것도 별났고, 이런 비싼 술집이 철을 가리지 않고 잘되는 것도 묘한 일이라고 유일민은 생각했다.

"이 방에서 잠깐만 기다리세요. 금방 맥주 내올게요."

최미미가 안내한 방으로 들어서던 유일민은 정면 벽에 걸린 사진을 보고 멈칫했다. 최미미의 모습이 분명한 그 사진은 사진관 쇼윈도에 진열된 것보다 더 커 보였다. 그건 그냥 인물사진이 아니라 어떤 영화의 한 장면인 것을 유일민은 알아보았다.

"갸 퇴물 여배운디, 인물 반닥헌 지집치고 맘씨도 괜찮허고 인정도 있고 그려. 연기가 파이라서 그렇제."

유일민은 서동철의 말을 떠올리며, '인기스타'를 향한 최미미의 미련과 그리움이 그 큰 사진에 어려 있음을 느꼈다.

"앉으시지도 않고 그 못난 꼴 뭘 그리 보고 그러세요. 어서 앉으세요."

최미미는 맥주 두 병이 놓인 작은 술상을 들고 들어왔다.

"야, 예에……."

무슨 인사치레를 한마디 해야 된다고 생각하면서도 마땅한 말이 떠오르지 않아 유일민은 어물어물 자리잡았다.

"이 방엔 손님 안 들여요." 최미미는 맥주병을 들며 유일민에게 술 받으라는 눈짓을 하고는, "남정임이나 문희처럼 잘생기지도 못했고, 연기도 못하니까 요런 신세로 미끄러졌죠 뭐" 하며 가늘게 한숨을 쉬었다.

유일민은 또 대꾸할 말이 궁해서 맥주잔을 얼른 입으로 가져갔다.

"저어, 동철이 오빠하곤 속말 다 털어놓고 할 정도로 친하세요?"

"예, 그런 셈이죠."

"그럼 혹시……, 오빠한테 애인 있나 없나 아세요?"

"글쎄요, 그게……, 서로 그런 말을 한 일은 없는데, 아마 없는 것 같던데요."

"두 분은 결혼 얘기 같은 것도 안 하세요? 다 결혼하실 때가 되셨는데."

"글쎄요, 나이들을 먹긴 했지만 동철이나 저나 집안 사정도 그렇고, 돈벌이도 그렇고……, 결혼 같은 걸 생각할 여유가 없었지요."

"오빠가 맘만 먹으면 쉽게 돈 모을 수 있고, 유 사장님도 그간에 짭짤하셨잖아요."

유일민은 계면쩍게 웃음지었다. '유 사장님'이라는 말을 들을 때마다 양복 입고 갓 쓴 것처럼 자신에게 어울리지 않는 기분이었고, 익숙해지지 않았다. 유일민은 연달아 술잔을 비우고 나서 말했다.

"예, 동철이도 결혼을 해야 되겠지요. 한번 얘기를 꺼내봐야겠군요. 그럼 이만 실례해야 되겠습니다."

"한 병 마저 들고 가세요."

"아닙니다. 저는 낮술 안 하는데……."

"유 사장님도 이 사업 치사하다고 생각지 마시고 돈 악착같이 버세요. 돈이 힘이고, 돈이 왕인 세상이잖아요. 아시죠?"

최미미는 큰 눈으로 생긋 웃으며 돈봉투를 내밀었다.

유일민은 큰길로 나오면서 머릿속이 좀 복잡해졌다. 얼떨결에 중매쟁이 입장이 된 셈인데, 최미미에 비해 서동철의 마음이 어떨지 전혀 짐작이 가지 않았다. 서동철의 신분을 다 알면서도 결혼을 원할 만큼 최미미가 사랑하는 것이 이상했고, 그리 사랑하면서도 최미미같이 개방적이고 활달한 여자가 그런 뜻을 서동철에게 직접 표하지 못하는 것도 이상했다.

유일민은 곧 임채옥을 떠올렸다. 아무때나 수사기관에 끌려다녀야 하고, 지지리 가난하고, 전혀 장래성도 없는 자신을 임채옥은 그리도 사랑했었다. 자신에 비하면 서동철은 훨씬 나은 편이었다. 수사기관의 그물망이 없었고, 몸을 상할지도 모를 주먹세계의 불안이 있긴 했지만 한편 완력이 센 것은 남자다운 매력일 수 있었고, 눈치껏 머리 굴려가며 세력구축을 잘해나가면 큰돈 주무르는 사업가 행세도 할 수 있었다. 어쩌면 활달한 성격과 사랑의 표현과는 다른 문제인지도 모른다 싶었다.

최미미가 시시한 여배우가 아니라 술집 마담 노릇을 하고 있는 게 마음에 걸렸다. 처녀를 열이든 백이든 버려놓았더라도 제가 장가갈 때는 제 마누라 될 여자는 반드시 처녀여야 한다는 것이 한국 남자들의 심보였다. 눈길 끌리는 미모인 최미미에게 서동철이 관심을 보이지 않았던 것도 그런 까닭이 아니었을까 하는 우려가 생겼다. 그러나 일단 중매쟁이 노릇을 하지 않을 수 없다고 유일민은 마음먹었다.

"야, 느네 학교는 데모 안 해?"

유일민의 옆에 앉은 대학생이 낮은 소리로 친구에게 물었다.

"더 하면 뭘 해. 공화당에서 3선개헌을 하기로 결의해 버렸는데."

"하긴 그래. 야당이야 자릿수 모자라 있으나마나니까. 근데 박 그 사람 어쩔려고 그러지? 이승만이 당하는 걸 뻔히 봤으면서도."

"권력의 맛이 좋은 걸 어쩌겠어. 자긴 안 당할 자신이 있다 그런 배짱인 거지. 그런 착각과 오만이 인간의 한계고 어리석음 아니겠어."

"글쎄 말야, 우리들도 다 아는 걸 어째서 그 사람들은 모르지? 권력을 잡으면 다 그렇게 바보가 되나?"

"그게 권력의 속성이고 마성이래잖아. 왜 조지 워싱턴을 위대하다고 하겠어. 국민 여론이, 나라를 위해 당신은 대통령을 세 번 해도 된다고 했을 때 워싱턴은 단호하게 말했어. 나는 대통령을 세 번 할 수도 있다. 그러나 차후에 나보다 못한 자가 나를 빙자하여 세 번 하려고 할 수 있기 때문에 나는 헌법을 준수하고자 한다. 그래서 미국의 민주주의는 이룩된 거야."

"참 부러워. 우리도 그런 인물들이 있어야 하는데. 어쨌거나 박은 제 무덤 파고 있어."

"당연하지. 경제 건설 팔아대며, 내가 아니면 안 된다고 하고 있지만, 그거 얼마나 웃기는 일이야. 이승만도 건국대통령 내세우며 자기 아니면 안 된다고 했거든. 하여튼 정치가들이란 염치없이 뻔뻔스럽고, 양심 없이 거짓말해 대는 못된 인간들의 표본이야. 어쨌든 정치란 아더메치야."

'아더메치'란 귀를 덮는 장발과 함께 젊은이들 사이에서 유행하고 있는 말로, '아니꼽고 더럽고 메스껍고 치사하다'는 줄임말이었다.

대학생의 목소리는 가만가만했지만 그 내용은 신랄했다. 유일민은 대학시절의 자신을 생각했다. 자신은 그런 용기 있는 말 한마디 하지 못한 채 식물처럼 살았던 것이다.

유일민의 의식 속에서는 또 신무영 선배가 떠올랐다. 그가 통혁당 사건의 주모자 중의 한 사람으로 검거된 것이 이해가 되지 않았다. 아니, 사회성 강한 서클 활동에 열성이었던 그가 어떤 조직체를 만들었다는 것은 얼마든지 있을 수 있는 일이었다. 또한 상대생으로서 경제적 측면의 사회 모순에 접근하다 보면 당연히 마르크스를 만나고, 자연스럽게 사회주의에 빠져들 수도 있었다. 그러나 그가 북쪽과 연결되어 간첩단을 이끌었다는 것, 그것은 도무지 이해할 수가 없었다.

우선 그게 사실인지 아닌지가 의문이고 수수께끼였다. 만약에……, 만약에 사실이라면 그런 무모한 용기가 어디서 나오는지도 수수께끼였다. 감시와 수사망이 거미줄처럼 이중삼중으로 쳐진 세상이었다.

그리고 그뿐이 아니었다. 현실적인 위험을 떠나서 생각하더라도 북쪽과 연결을 갖는다는 것이 과연 옳은 것인가 하는 회의는 갈수록 커져가고 있었다. 그 회의는 북에서 자꾸 일으키고 있는 군사행위에서 비롯되고 있었다.

작년 1월에 벌어진 청와대 기습사건은 남과 북의 대결 상황을 새롭게 인식하는 계기가 되었다. 일반 간첩사건과 달리 그 사건은 일시에 세상을 얼어붙게 만든 충격이었다. 그 충격의 강도를 입증하듯 남쪽에서는 엄청난 군사적 대응에 나섰다.

그건 흡사 칠수록 격렬해지는 탁구시합 같은 행태였다. 그런 상황을 보면서 회의가 일기 시작했다. 북쪽에서는 31명을 침투시켜 정말 대통령을 죽일 수 있다고 생각했던 것일까? 만약 그것을 성공시켰다면 그것으로 자기네들이 원하는 통일이 될 거라고 믿었던 것일까? 남쪽에는 엄청난 군대가 있고, 화력 강한 미군까지 있는데 제2의 6·25를 치러 이길 자신이 있었던 것인가? 그것이 남긴 결과는 남쪽의 끝 모를 반공주의 강화였다. 그리고 민심은 북쪽 정권을 더한층 불신하게 되었다. 북쪽에서는 이런 반작용을 예상하지 못했을까? 소위 정치를 한다는 사람들이 그 정도도 예상하지 못했을 리가 없었다. 그렇다면 그 저의는 무엇인가? 남쪽의 반공주의가 더 강화되기를 바랐다는 것인가……? 그리고 북쪽에서는 남쪽의 군사력 강화를 그저 모른 척하고만 있을까? 그 사실을 대대적으로 선전해 미군과 한국군이 북침을 도모하고 있다는 위기를 조성해가며 북쪽 사람들을 단결시키는 정치적 효과를 거두고 있는 것은 아닐까?

여기에 이르면 유일민의 의식은 간추릴 수 없는 혼란에 빠지고는 했다. 자기 돈 들여 향토예비군복을 사입고 여기저기로 훈련인지 시간 낭비인지 모를 짓을 하고 다니며 그 회의는 자꾸 깊어지고 있었다. 그런데 청와대를 방어하기 위한 북악스카이웨이라는 것이 9월에 개통되더니만, 11월에는 또 북쪽의 '무장공비' 100여 명이 울진·삼척 지구에 출현했다. 그러자 문교부에서는 남자 고등학생과 남자 대학생들에게 군사교련을 실시하겠다고 결정하고 나섰다. 참 이상스러운 탁구시합의 연속이었다.

유일민은 그 어떤 수학문제보다도 풀기 어려운 그 난해함 앞에서 의문과 회의만 자꾸 더해가고 있었다. 더구나 주변에는 그런 문제를 놓고 대화를 나눌 만한 사람이 아무도 없었다.

그런데 박정희의 3선개헌 명분에는 경제발전만 들어 있는 것이 아니었다. 북의 줄기찬 도발에 맞서 안보를 튼튼히 하면서 경제발전을 동시에 추진해 나갈 수 있는 강력한 영도자, 그가 바로 박정희라고 내세우고 있었다. 독재의 명분을 북쪽에서 제공해 주고 있는 형국이니 이 또한 괴이쩍은 일이 아닐 수 없었다.

……제 무덤 파고 있어.

유일민은 대학생들의 말을 되짚으며 시내버스에서 내렸다.

서동철을 만나야 할까 어쩔까 잠시 망설였다. 최미미를 자주 만나야 하는 처지에 괜히 시일을 끌 필요가 없지 않을까 싶었다. 최미미에게는 그게 심각한 일일 것이고, 그런 만큼 빨리 알고 싶어할 것 같았다. 또한 그녀는 자신의 술장사를 유지시켜 주고 있는 유일한 고객이었다. 유일민은 내친김에 서동철을 찾아가기로 했다.

서동철은 왼쪽 이마에 커다란 거즈를 붙이고 있었다. 드물지 않게 보는 일이라 유일민은 놀라지 않았지만 미간을 찌푸렸다.

"워째 똥 집어먹은 상호가 되냐? 요런 것이 다 군인덜 훈장받는 것이나 마찬가진께 얼굴 피고 웃어라, 웃어."

서동철이 헤벌쭉 웃으며 먼저 말을 하고 나섰다.

"하필 이마를 많이 다쳤냐?"

혀를 차는 유일민의 얼굴이 더 찡그려졌다.

"아니여, 쪼깐. 시상이 좆겉이 변해간께 긍가 어쩐가 우리 판도 아조 드럽게 되야간다. 서로 맨몸으로 붙다가 지면 물팍 착 꿇는 것이 이 바닥 신사돈디 인자 칼이고 각구목이고 되나캐나 휘둘러 댄단 마다. 각구목에 맞어 다섯 바늘 땜질했다."

"아이고, 다섯 바늘이 쪼깐이냐. 그러다가 머리 깨져 즉사하겠다."

유일민이 눈을 질끈 감으며 진저리를 쳤다.

"하이고, 쩌 간 콩알만헌 자석. 멀라고 여그 와서 그리 놀래고 그냐? 자다가 경기 나고 오짐 싸고 헐라고. 워째, 최미미가 술값 밀쳐놓고 안 주다냐?"

서동철이 느물느물 웃었다.

"나가서 차나 한잔할 시간 있냐?"

"하면이라, 성님이 시간 내라면 내야제라."

서동철이 몸을 벌떡 일으키며 유일민의 어깨를 쳤다.

"동철이 너 몇 살인지나 알고 사냐?"

커피잔을 들며 유일민은 서동철과 눈길을 맞추었다.

"뜬금없이 무신 소리여?"

"왜 통 장가갈 생각은 안 하고 그래."

"어허, 넘 말허고 앉었네. 나야 주먹 쓰니라고 그렇다 치고, 니넌 워째 세월아 네월아 허고 앉었냐? 인자 돈벌이도 자리잽혔응께 니 보톰 얼렁 가그라."

"왜, 이 생활 하면 결혼하기가 어려우냐?"

유일민이 정색을 하고 물었다.

"야가 쥐약을 묵은 것도 아니고, 워째 우리 엄니허고 똑겉은 말얼 하고 이려." 서동철은 어이없어하는 웃음을 흘리며 담배에 불을 붙이고는, "야 일민아, 나가 겉보기로는 그냥 웃고 살아도 속은 시끌복잡헌 사람이여. 여그 생활이라는 것이 말이여 그냥 주먹만 휘둘러대는 것이 아니여. 부하들을 의리 있게 쫙 잘 거느려야 허는디 말이여, 그것이 주먹 심만으로 되는 것이 아니랑께. 부하들이 찍소리 안 허고 의리 지키고 충성 바치게 헐라면 골고로 잘 걷어믹여야 헌단 마다. 근디 장개들면 누구나 돈욕심이 동해서 지 주머니 두둑허니 채울라고 드는 것이여. 그리 되면 이 바닥서 끝장나는 것이제. 그라고 말이여, 나가 인자 포도시 고향 식구덜 믹여살리게 되았다. 이래저래 영 골치 아픈 몸이여."

"응, 그런 사정이 있구나. 그럼 이 생활 하는 동안에는 장가는 못

가는 거야?"

"아니제. 나도 사내자석으로 이 시상에 태어났응께 씨를 뿌리기넌 뿌려야겄제. 긍께 무신 바람이 불어도 꿈쩍 안 허고 터를 더 꽝꽝허니 다지고, 식구덜 서울로 이사 시키고, 그 담에나 어찌 생각혀 봐야겄제. 그러자면 5년 뒤에나 어찌 될랑가 몰르겄다. 위째, 어디서 존 여자 봐논 것이여?"

눈치가 이상하다는 듯 서동철이 유일민을 빤히 쳐다보았다.

"아니야. 너하고 나하고 신세를 가만히 생각하다 보니까 아직까지 장가도 못 가고 있는 게 한심하기도 하고 비참하기도 하고 해서 말을 꺼내본 거야. 네 말 듣고 보니 결혼을 늦게 할 수밖에 없겠구나. 나도 한참 더 있어야 되고."

5년 뒤라는 바람에 유일민은 최미미의 말을 아예 꺼내지 않기로 했다.

"야, 한심허고 비참허게 생각허덜 말어. 시상에넌 우리보담도 더 못헌 사람들이 쌔고 쌨응께. 맨주먹으로 서울바닥에 굴러들어 이만치 된 것은 출세헌 것 아니여? 아이고메, 아니시. 나야 무식헌 놈잉께 출센지 몰라도 일민이 니넌 아니다 이. 그런 일만 아니었음사 니넌 시방 나 겉은 것허고 요리 앉어 있지 않고 굉장허니 출세해 있을 것인디 이. 니넌 국민학교 때보톰 공부럴 얼매나 잘혔냐. 참 요상시런 시상서 신세럴 조져도 아조 징허고 야물딱지게 조져부렀다. 위쩔 것이냐. 그래도 살기넌 살아야제, 니미럴."

서동철은 반나마 남은 커피를 한입에 왈칵 비워버렸다.

"자아, 축하하네. 대사를 치러내느라고 너무 수고 많았네. 모든 게 다 뜻대로 잘됐으니까 오늘 밤엔 맘놓고 실컷 마시게."

정동진은 양주잔을 기세 좋게 들며 더없이 환하게 웃었다.

"내가 뭐 한 일이 있나. 다 각하의 위대한 영도력이 이룩해 낸 당연한 결과지. 각하의 탁월한 영도력을 필요로 한 국민들은 역시 현명해."

남재구는 술잔을 맞들며 마치 무슨 선언을 하는 것처럼 말했다. 그런 그의 얼굴은 목소리에 어울리게 숙연하고도 엄숙했다. 5·16이 일어나고 한인곤과 함께 박정희를 비판했던 그의 모습은 찾을 길이 없었다. 그의 외모도 그때와는 딴판이었다. 두툼하게 살이 올라 기름기 도는 얼굴에는 거만기가 서려 있었고, 넥타이며 양복도 멋쟁이 냄새를 풍겼다.

"그럼, 그럼. 지금 이 세상에 각하만한 분이 어디 계신가. 민심이 천심이라고 하늘이 내리신 인물을 국민들이 제때에 알아본 것 아니겠나."

정동진은 남재구와 술잔을 부딪치며 재빠르게 말하고 있었다. 그의 얼굴에는 말에 못지않는 아부의 빛이 역력했는데, 그는 상대방 비위 맞추기에 급급해 말이 되지 않게 속담을 끌어다 붙이고 있었다. 그런 그에게도 5·16 직후에 예편당했을 때의 분노와 실의에 찬 모습은 자취를 감추고 없었다. 그도 살이 오른 몸집에 신관 편해 보였고, 금빛 유난한 손목시계와 넥타이핀이 돈 냄새를 풀풀 풍기고 있었다.

그들은 개헌안국민투표가 가결된 것을 그렇게 축하하고 있었다. 개헌안과 국민투표법안은 야당을 따돌리고 새벽 2시에 변칙통과되었던 것이다. 잠자다 뒤통수를 얻어맞은 야당은 불법·폭거·무효라고 외쳐댔지만 군사작전에 숙달되어 있는 군사정권에서는 사흘 뒤에 국민투표를 실시해, 가결로 3선개헌의 막을 내리고 말았다.

"자넨 월남 경기가 여전히 좋겠지?"

남재구는 양주잔을 입에서 느리게 떼면서 넌지시 말머리를 돌렸다.

"응, 괜찮네. 그게 다 자네가 도와준 덕 아닌가."

정동진은 허리를 굽실하며 얼른 술잔을 권했다.

"미국이 미군 철수 의사를 밝히기 시작했으니 월남전도 그리 오래 가지 않을 눈치야. 재미보는 김에 한밑천 단단히 챙기라구."

"글쎄 말이야, 좀 재미를 보는가 했더니 미국이 왜 그러는지 모르겠어. 베트콩 씨를 말려 끝장을 봐야 되는 것 아니겠어? 미국 체면이 있지."

"그야 미국이 알아서 할 일이고, 자넨 전쟁이 끝날 때까지 눈치껏 실속이나 잘 차리라구."

남재구는 계속 아랫사람에게 가르치는 말투를 하며 술잔을 건넸다.

"알겠네. 잘해야지." 정동진은 양담배 켄트를 꺼내 뽑으려다 말고 남재구에게 먼저 권하며, "자네……, 다음 국회의원에 출마하는 것 사실인가?" 그의 얼굴에는 아첨이 넘쳤다.

"누가 그래?"

시인도 부인도 하지 않고 이렇게 되묻는 남재구의 얼굴에서는 거만기가 끈적하게 묻어나고 있었다.

"나도 그만한 건 다 알고 있네. 자네가 브리핑을 잘해 각하께서 아주 만족해하시고, 그 뒤로 계속 자네 브리핑만 받으시며 신임이 돈독하시다는 것쯤 알고 있어야 예의 아니겠어?"

정동진이 피워내는 아첨의 웃음이 비굴하기 그지없었다.

"이 사람아, 이런 땐 이렇게만 해."

남재구가 엄지손가락을 세워 연달아 하늘을 가리키는 손짓을 했다. 사적 관계의 얘기를 하는데 '각하'라는 말을 쓰지 말고 입 조심하라는 뜻이었다.

"아, 알겠네. 습관이 돼서……." 정동진은 당황스럽게 앉음새를 고치고는, "이 집은 위아래층에 방이 두 개씩밖에 없고, 그 방마다 출입구가 다르고, 서로 마주보는 방이 없이 두꺼운 벽으로 차단되어 있어서 아는 얼굴 마주칠 염려도 없고, 맘껏 노래를 불러도 들리지 않네." 그는 변명하는 듯 안심시키는 듯 말했다.

"좀 색다르다는 느낌은 받았네만, 하여튼 어디서나……, 조심해야 한다구."

남재구는 '어디서나' 다음에 또 엄지손가락을 세워 하늘을 가리켰다. 그 괴상한 손짓은 말을 대신하기에 충분했고, 정보정치가 횡행하는 사회 속에서 그는 간단하고 효과적인 대비책 하나를 갖추고 있는 셈이었다.

"그럼, 그럼. 항상 조심해야지. 그런데, 아까 말한 그건 사실이겠지?"

정동진은 비위 맞추는 웃음을 흘리며 말을 되돌렸다. 계속 눈치 보는 아부와 거드름피우는 거만이 엇갈리고 있는 그들의 모습은 전혀 친구 사이 같지가 않았다.

"글쎄……, 그게 뭐……, 바람이 어디로 불지……, 그게 그렇지."

그 막연하고 두루뭉실한 말투만으로도 남재구는 정치인이 다 되어 있었다.

"자네하고 나 사이에 길게 얘기 끌고 어쩌고 할 것 없이 간단하게 용건 끝내고 맘 편하게 술 마시세. 이 집 애들이 아주 쌈빡하고 술맛 나게 하네."

정동진의 말에 남재구는 묵직하게 고개를 끄덕이며 어서 말해 보라는 눈길을 보내고 있었다.

"아까 말 잠깐 나온 대로 월남 경기도 세세만년 갈 것도 아니고, 사업을 군납만 차고 있을 것이 아니라 좀 새롭게 키웠으면 하는데, 가만히 세상 돌아가는 걸 보니 앞으로 건축업이 전망이 괜찮을 것 같거든. 그래서 건축회살 하나 차렸으면 하거든. 자네, 어떻게 생각하나?"

"허! 자네 앞을 훤히 내다보는 사업가가 다 됐군. 요새 공대 건축과가 인기 최고 아닌가. 제대로 짚긴 짚은 것 같은데……, 그게 한두 푼 가지고 될 사업이 아니잖아?"

정동진을 빤히 쳐다보고 있는 남재구의 눈에는, 그 정도로 돈을 많이 벌었어? 하는 말이 담겨 있었다.

"응, 다 자네 덕에 모은 건데 말야, 간단하게 말해서 그 사업 좀 적극적으로 밀어주게. 그럼 난 자네 뒤 책임질 테니까. 그 일 돈 힘 약해서는 안 되잖아."

"흐음……, 그거 나쁠 것 없기는 한데……." 남재구는 천천히 담배에 불을 붙이고는 "그 사업도 임 사장 그 사람하고 동업인가?" 무표정하게 물었다.

"왜 맘에 안 드나?"

"아니 뭐, 단독으로 하는 것만 못하니까……."

"그렇기야 한데, 혼자 하기로는 돈이 모자라고……, 지금까지 잘 해왔으니까 별 걱정 말게. 자네 뒤는 내가 빈틈없이 챙길 테니까."

"업종은 잘 잡은 것 같으니까 실수 없도록 해나가게."

"자네만 믿네."

정동진은 양복 속주머니에서 봉투를 꺼내 보는 사람도 없는데 남재구 앞의 방바닥에다 밀어놓았다.

"이 집 애들은 뭐가 좀 다른가?"

남재구는 딴청을 부리며 봉투를 챙겨 넣었다.

"보면 알 거네. 이젠 불러볼까?"

정동진은 얼른 일어나 벽에 달린 초인종을 눌렀다.

"부르시었습니까아?"

이내 애교 어린 목소리의 여자가 방문을 열고 들어섰다.

"최 매담, 술상 다시 좀 손보고, 특별히 쪽 빠진 애들로 들여보내. 빨리!"

정동진이 빠르게 눈짓하자 최미미는 무슨 말을 하려다가 말고 황급히 돌아섰다.

"최 매담? 생김 삼삼하군."

남재구가 비릿하게 웃으며 입맛을 다셨다.

"역시 눈 빠르군. 최미미라구 배우 했던 여잔데, 생김에 비해 인기스타가 못 돼 한이 많은 여잘세."

"흥, 그게 인생이지 뭐."

남재구는 기지개를 켰다.

최미미는 두 아가씨를 데리고 들어왔다. 그들은 한눈에 보아도 미모가 두드러졌다.

"기억 못하시겠지만 얘네들 둘 다 배우예요. 아직은 표 안 나는 햇병아리지만 언젠가는 톱스타가 될지 모르니까 귀하게 사랑해 주세요."

최미미가 나가고 두 아가씨가 인사하며 자리잡았다.

"자네 이런 집 어떻게 알았어?"

남재구가 아가씨를 끌어당기며 물었다.

"한인곤 따라 왔었네."

"한인곤? 이 술집 꽤나 비쌀 것 같은데. 자네가 돈 냈나?"

"응. 그쪽 사람들 많이 드나들어. 자네가 알아둬 나쁠 것 없잖은가."

"그래 그렇군. 인곤이 그 사람 고집불통하고는, 평생 야당 팔자야. 내가 미안한 마음도 있고 해서 그간에 수차 접촉을 하고 기회를 만들었지만 영 벽창호야."

"타고난 기질이야. 자, 술이나 마시세."

두 아가씨는 상글거리며 그들의 술잔에 술을 따랐다.

한 해가 저물어가면서 문교부에서는 고교 이상 각급 학교 남학생들에게 새해부터 군사훈련을 실시하기로 확정했다. 그 화답이기라도 한 듯 북쪽에서는 강릉에서 서울로 비행 중인 KAL 여객기를 끌어가는 새로운 사건을 저질렀다.

30

그 이름 산업전사들

헌 목장갑 낀 두 손을 입에 대고 불며 천두만은 발이 덜 시럽게 하려고 연신 제자리걸음을 하고 있었다. 바람막이라고는 없는 노천의 출찰구 앞에는 마중 나온 많은 사람들이 추위에 떨고 있었다. 이제 막 퍼지기 시작한 햇살은 밤새도록 얼어붙은 서울역 광장의 추위를 녹이기에는 아직 힘이 부쳤다.

천두만은 어깨를 펴며 등을 서너 번 쿵쿵 두들기고는 담뱃갑을 꺼냈다.

허! 나가 궐련을 다 사 피울 때가 오고 말이여. 쥐구녕에도 볕들 날 있드라고 살다봉께 요런 날이 오기넌 온당께로. 잘살게 된 것이 맞기넌 맞고, 수출이란 것이 좋기넌 존 것이여.

담뱃갑을 꺼낼 때마다 떠오르는 생각이었다. 천두만은 느긋한 마음으로 담배 한 개비를 빼들며 달고 맛있게 그 생각을 즐기고 있었다. 필터가 달린 고급 담배는 아니더라도 자신이 담배를 사서 피울 수 있게 여유가 생겼다는 것이 그렇게 즐거울 수가 없었다. 자신도 이제 꽁초를 버릴 수 있게 되었다는 것, 그것이야말로 세상을 향해 떳떳하게 어깨를 펼 수 있는 일이었다. 남들이 쳐다보는 창피를 무릅써가며 꽁초를 줍던 시절에 이런 날이 오리라고는 생각도 못했었다. 그런데 가발공장에 발을 걸게 되면서 뜻밖에도 숨통이 트여갔다.

천두만은 담배를 맛있게 빨며 서울역 근방을 둘러보았다. 머리카락 모으는 일을 하면서부터 서울역에 자주 나오게 되었다. 서울이 날로 달로 변해가듯 서울역 주변도 쉴새없이 달라져가고 있었다. 길이 엄청나게 넓어지고, 오래되고 낮은 건물들을 헐어내고 그보다 몇 배 높은 건물들을 지어대고 있는 것은 좋았다. 그런데 그 등쌀에 좌판을 펼쳐놓고 먹을 것을 팔던 장사들이 흔적도 없이 사라져버린 것이 천두만은 아쉽고 서운했다. 그 장사들이 없어지고 나니 자신이 서울에 첫발을 디뎠을 때의 서울역 기분은 전혀 맛볼 수가 없었다.

"나온다, 사람들 나온다."

"허, 세상 좋아졌네. 이젠 완행열차도 연착 안 하고."

사람들이 세 출구를 따라 부산스럽게 줄을 서 나갔다. 천두만은 세 군데를 살피기 좋도록 가운데 줄로 비집고 들었다. 100평이 훨씬 넘는 터에는 마중 나온 사람들이 넘쳐나 만원버스 속이나 다를 것이 없었다. 이른 아침인데도 마중 나온 사람들이 그리도 많은 것은 기차에서 내리는 승객들 중에 서울이 초행길인 사람들이 그만큼 많기 때문이었다.

"어이 달막아, 여기야, 여기."

"영철아, 영철아, 여기다아."

승객들이 쏟아져 나오기 시작하자 여기저기서 이름을 불러대는 소리들이 요란해지며 북새통을 이루었다. 그 번잡하고 소란스러움 속에서 사람들은 그 누구도 만원버스에서처럼 짜증을 부리거나 화를 내지 않고 웃음 담긴 얼굴로 생기에 차 있었다.

천두만은 발끝으로 서서 키를 있는껏 키우며 세 출구를 살피기에 정신이 없었다. 출구마다 연달아 나오고 있는 사람들은 대부분 젊은 남녀였다. 싼 일거리가 수없이 많아진 서울의 힘이 시골 젊은이들을 마구 빨아들이고 있었다. 천두만은 그 젊은 사람들을 보면서 불안이 점점 커지고 있었다. 네 아가씨가 올라온다고 했는데 그들의 얼굴이 확실하게 떠오르지 않기 때문이었다. 머리카락을 모으려고 많은 마을을 떠돌며 아가씨들을 대하다 보니 막상 마중을 나와달라고 연락을 받아도 누가 누군지 구별하기가 어려웠다. 그저 아가씨들이 자신의 얼굴을 알아보기를 기다릴 수밖에 없었다. 그러나 그동안 수없이 많은 아가씨들을 마중 나와서 일이 잘못된 적이 없으니까 천두만은 그것만 믿고 키를 한사코 키우고 목까지 늘여 빼기에 열중하고 있었다.

"아저씨, 아저씨, 천두만 아저씨."

시끌시끌한 소란 속에서 울려온 여자의 목소리였다.

"잉, 워디여? 워디?"

천두만은 가슴이 환해지는 것을 느끼며 두리번거렸다.

"아저씨, 여그요, 여그."

천두만은 왼쪽으로 고개를 돌렸다. 한 아가씨가 손을 흔들고 있었다. 그 아가씨의 이름은 생각나지 않았고 얼굴은 본 기억이 났다. 천두만은 사람들하고 부딪치거나 말거나 아랑곳하지 않고 그쪽으로 마구 무질러갔다.

"와따메, 눈치 싸게 내 얼굴 얼렁 알아묵었네 잉."

천두만이 넘쳐나는 반가움으로 컬컬하게 목청을 높였다.

"하먼이라. 아저씨 못 찾으면 우리 신세 다 망쪼 드는디라."

아가씨도 반가움 가득한 얼굴로 화답했다.

"싸게싸게 저짝으로 나가드라고. 무신 사람이 요리도 몰켜드는지 몰르겄네. 서울이 타이야라면 폴새 빵꾸 나부렀을 것이여. 하여튼지 용혀."

천두만은 신바람 나게 사람들을 헤치며 앞장섰다. 아가씨들 네댓 명이 우르르 그 뒤를 따랐다.

"어이 아가씨들, 아가씨들, 취직하려고 왔소? 월급 많고 아주 좋은 자리가 있어요."

뒤에서 들리는 이 소리에 천두만은 획 돌아섰다. 어떤 사내 하나가 아가씨들 뒤에 따라붙고 있었다.

"야, 재수 없이 찐다리 붙덜 말어. 이 시악씨들은 다 내 고향 시악씨들잉께."

천두만은 사나운 기세로 내쏘며 사내를 노려보았다. 보퉁이를 하나씩 든 아가씨들은 위험을 피해 어미닭 뒤로 모여드는 병아리들처럼 재빠르게 천두만 뒤로 몸을 숨기듯 했다.

"거 다섯씩이나 어디다 쓰려고 그러슈. 남는 게 있으면 한둘쯤 넘기쇼. 내가 월급 많이 받는 좋은 자리에 박아줄 테니까."

스물한둘 되어 보이는 사내가 건달기를 풍기며 말했다.

"나 이래뵈도 서울물 묵은 지 10년 넘었어. 개잡소리 치덜 말고 썩 꺼져. 대갈통 박살나기 전에."

천두만은 더욱 험상궂은 인상으로 사내에게 다가서며 두 주먹을 들어올렸다. 불끈 쥐어진 주먹은 곧 사내를 후려칠 것 같은 기세였다.

"이거 재수 옴붙네. 촌년들 데리고 잘해보슈."

사내가 이빨 사이로 침을 찍 내갈기고는 돌아섰다.

"못된 자석, 누구 신세 망쳐놀라고."

천두만은 두 손바닥을 털며 몸을 돌렸다.

"아저씨, 근디 워째야 쓸께라. 넷이라고 혔는디 하나가 더 붙었시니. 점순이가 늦게사 따라나서는디 띠놓고 올 수가 없었구만요."

아까 손을 흔들었던 아가씨가 무슨 잘못이라도 저지른 것처럼 천두만의 눈치를 살폈다.

"하면, 한 동네 삶스로 그리 몰인정허게 허면 되가니. 나가 일이 잘되게 힘쓸 것잉께 걱정 안 혀도 돼야."

천두만은 담배를 빼들며 점잖게 대꾸했다.

"고맙구만이라, 고맙구만이라."

아가씨가 고개를 꾸벅거렸다.

천두만은, 수가 줄면 몰라도 늘면 늘수록 좋제, 하는 말을 감추고 담배연기를 길게 내뿜었다. 크고 작은 가발공장들은 벌써 몇 년에 걸쳐 아가씨들이 모자라 애쓰고 있었다. 가발이 미국이나 일본으로 어찌나 많이 팔려나가는지 공장은 커지고 일손은 딸렸다. 거기다가 나이 든 여공들이 시집을 가게 되어 빈자리는 자꾸 생겨났다.

"아까 다들 봤제? 고것이 서울 깡패란 것이여. 그런 놈들이 사방에 쫙 깔려 촌에서 올라오는 시악씨덜얼 낚아채는디, 그런 놈들 손에 잽혔다 허면 그 질로 신세 쫄딱 망치는 것이여. 앞으로도 시악씨덜언 정신 똑바라지게 채려야 혀. 귀 얇아갖고 월급 많고 편헌 디 취직시켜 준다는 말 믿었다가는 큰탈 나는 것잉께. 내 수중에 돈 없으면 쪼로록 굶어죽어도 누구 하나 눈 깜짝허지 않는 이 몰인정헌 시상에서 일 편험서 월급 많이 주는 디는 눈을 씻고 찾아도 없응께 나 말 꿈에라도 잊어뿔덜 말어. 다 에린 나이에 타관생활 시작허로 나섰응께 돈덜 잘 모타 시집 잘 가서 한시상 봐얄 것 아니겄어? 다덜 나 말 알아묵겄제?"

천두만은 서울역 광장 한구석에서 아가씨들에게 일장 연설을 하듯 했다. 겁먹고 주눅든 아가씨들은 연신 고개를 끄덕여댔다. 사내 때문에 더욱 겁 질려 보퉁이들을 가슴에 껴안고 있는 아가씨들의 모습은 한층 더 촌스러워 보였다.

"짜아, 인자 공장으로 가보드라고. 아칙은 그 근방에서 묵기로 허고."

천두만은 불똥이 달린 담배꽁초를 손가락 끝으로 튕기며 걸음을 떼어놓기 시작했다.

"공장이 일 시작헐라먼 안직 멀었응께 빈 배보톰 채우드라고. 다덜 시장허제?"

시내버스에서 내린 천두만은 아가씨들을 둘러보았다.

"공장은 워딘게라? 공장 먼첨 귀경했으면 좋겄는디."

아가씨가 천두만의 눈치를 살피며 조심스럽게 말했다.

"잉, 궁금헌갑제? 그려, 궁금허기도 허겄제. 공장 안은 이따가 문 열면 봐야헝께 우선에 거죽이라도 귀경허드라고. 여그서 쪼깐만 더 가면 된께."

천두만은 기세 좋게 아가씨들의 앞장을 섰다. 검정 고무신을 신은 아가씨들은 발 빠른 천두만을 따라가느라고 종종걸음을 치고 있었다.

"짜아, 바로 요것잉께 맘놓고 귀경덜 허드라고."

천두만은 마치 자기 공장이라도 되는 것처럼 공장 앞에 버티고 서며 두 팔을 허리에 걸쳤다.

"워메! 정미소보담 더 크시."

"음마, 정미소가 머시여. 국민학교만허구마."

"그려, 정미소는 댈 것이 아니여. 국민학교만헌 것이 맞어. 굉장 허시."

아가씨들이 공장을 바라보며 감탄하고 있었다.

"머, 그리 놀랠 것 없는 일이여. 저것도 모지래서 금년 안으로 2층 올릴 것잉께로."

천두만은 정말 자기 공장인 것처럼 말하고 있었다. 사실 그는 날로 번창하고 있는 공장에 남모르는 애정을 가지고 있었다. 정식 직원은 아니었지만 자신이 일을 한 이후로 공장이 잘되어가는 것이 늘 마음 흐뭇하고 자랑스러웠다. 자신이 일을 시작할 때 200여 명이었던 여공이 이제 1천여 명으로 불어나 있었다.

"직공들이 엄청시리 많은갑제라?"

식당에서 장국밥을 뜨며 아가씨가 물었다.

"항, 여공으로만 1천 명이여."

"워메, 1천 명이나 되야라?"

아가씨가 숟가락을 입으로 가져가다 말고 눈이 휘둥그레졌고, 다른 아가씨들도 모두 천두만을 쳐다보았다.

"머시럴 그리 놀래고 그려? 저 공장은 그래 봤자 중짜밖에 안 되는 것이여. 더 큰 공장들은 2천, 4천, 5천 명이 되는 디도 대여섯인디."

"워메! 글먼 그 많은 직공들이 다 우리맹키로 촌에서 올라왔을 께라?"

"그렇제. 열에 아홉이 그런 심이제. 근디 그까짐 것 갖고 놀랠 것 없는 일이여. 이 가발공장 아니고도 시악씨들이 일허는 디가 방직공장, 봉제공장, 염색공장, 과자공장, 쌔고 쌨응께 그 수를 다 합치면 굉장헐 것이구만. 촌마동 시악씨덜 씨가 말르게 생겼다는 말이 나오게도 되얐제."

"근디, 성냥공장이고 방직공장이고 말 들어보면 일이 여러 대목이고, 그 대목에 따라 일이 고약시럽기도 허고, 잠 낫기도 허고 그런다든디요……"

아가씨가 초롱초롱한 눈으로 천두만을 빤히 쳐다보았다.

"옳여, 워디서 귀동냥 지대로 혔네 그려. 가발공장에도 반이 여럿이 있제. 나 곁은 사람덜이 모아딜인 머리크락을 가발 모양새에 따라 길고 짧게 짤르는 재단반, 그 머리크락을 쪼르륵 박음질허는 미싱반, 박음질헌 것을 통겁기가 여러 가지인 쇠대롱에 말아 약품칠해 말리는 건조반, 건조반에서 빠마헌 것맨치로 되어 나온 것을 가발 맨드는 바탕이 되는 캡이라는 그물에다 박음질허는 포스터반, 그 머리모양의 캡에다가 손으로 머리크락을 일일이 엮어나가는 수제반, 다 된 가발을 빠마헌 것맨치로 요리조리 모양을 내는 미용반, 그라고 염색반에다 포장반꺼정 일허는 디가 여러 대목이제. 근디, 그중에서 질로 치는 것이 머시냐! 수제반이여, 수제반. 수제반이 없음사 가발이 안 맨글어진께. 수제반에 사람이 질로 많고, 돈벌이도 질이제. 딴사람들은 몰라도 나가 소개허는 사람은 싹 다 수제반으로 넣어준께 아무 걱정들 허지 말어. 우리 딸도 수제반서 돈벌이 질로 잘허는 축에 드는 최고 기술자로구만. 기술 익힘서 반년만 고상허면 그 담보톰은 돈벌이가 아조 톡톡혀."

천두만은 가발공장에 몇 년 드나드는 동안 전문가가 다 되어 있었다.

일이 시작되는 8시에 맞추어 천두만은 아가씨들을 데리고 공장으로 갔다.

"야들 싹 다 수제반으로 넣어줘야 허요 이."

천두만은 공장장에게 다짐을 놓았다.

"예, 걱정 말고 원료나 좀 많이 모아 와요. 주문은 많은데 원료가 딸려서 보통 문제가 아니라구요."

공장장이 천두만에게 담배를 권하며 걱정스럽게 말했다.

"그야 나가 더 애가 타는 일이제라. 동무장사는 많고, 낭자머리는 자꼬 없어져가고, 낭자머리 찾아 숭악헌 촌으로만 더트고 댕기는디, 요리 가면 3~4년도 못 가 머리크락 동나부는 것 아닐랑가 몰르겄소."

천두만은 한숨을 쉬었다.

"그렇기는 해요. 파마머리를 다시 낭자머리로 바꾸라고 할 수 없는 일이니까."

공장장이 느리게 고개를 끄덕였다.

"근디, 머리크락이 싹 동나불면 이 가발공장들은 워찌 되제라?"

"그럼 인조 머리카락만 쓸 수밖에 없지요. 벌써 인조 머리카락으로 만드는 게 절반을 넘어서고 있으니까요."

"발써 그리 되고 있구만이라. 근디, 쟈덜 잠자리는 으쩌제라?"

"내가 빈자리 난 자취방들 알아봐서 배치해 줄께요."

"쟈덜 내 딸이나 다 마찬가진께 잘 챙겨주씨요 이."

천두만은 다시 다짐하고 공장장과 헤어졌다.

길로 나서던 천두만은 공장을 되돌아보았다. 몇 년 사이에 공장이 그렇게 커진 것이 믿어지지 않았다. 하찮게 보이는 가발이라는 것이 그렇게 떼돈을 벌 수 있다는 것이 신기하기만 했다. 돈이라는 것이 무엇인지 이젠 사장을 전혀 만날 수가 없었다. 처음에는 쉽게 만날 수 있었는데 공장이 커져갈수록 사장은 보기가 어려워졌다. 그런데 사장이 그렇게 떼돈을 벌어 '가발 재벌' 소리를 듣는 것은 그가 특별히 잘나서가 아니라고 했다. 국산가발이 없어서 못 팔 정도로 잘 팔리는 것은 머리카락 질이 좋은 데다가, 가발을 엮어내는 솜씨가 특히 좋기 때문이라고 했다. 여공들의 손재주가 좋아 국산 가발은 가발 같지 않고 자기 머리처럼 자연스럽다는 거였다.

"아부지, 조금만 더 고생을 참으세요. 하청공장 하나 차릴 수 있게 돈을 모으면 그때부턴 우리도 곧 부자가 될 수 있어요."

천두만은 딸 말분이의 말을 생각하며 또 가슴이 울렁거렸다. 하청공장을 차리려고 하는 딸의 꿈은 구름 잡는 헛꿈이 아니었다. 공장으로 쓸 수 있는 집을 세 얻을 돈만 있다면 당장이라도 차릴 수 있었다. 일거리는 이 공장에서 얼마든지 나왔고, 1급 기술자인 딸은 수제반으로만 꾸며지는 하청공장의 공장장 노릇을 너끈히 해낼 수 있었다. 그리고 자신은 일거리를 운반하고, 다 된 가발을 납품하는 등 뒷바라지를 해주면 썩 잘 어울리게 되어 있었다.

딸은 그 꿈을 이루기 위해 억척스레 일을 해오고 있었다. 게으름을 피우지 않고 일을 열심히 해 제품을 많이 만들어내게 하기 위해서 수제반에서는 유독 도급제를 실시하고 있었다. 일을 하는 만큼 돈을 벌 수 있는 도급제를 좋아하며 딸은 날마다 밤늦게까지 일에 매달렸고, 한 달에 두 번 쉬는 일요일도 아까워할 지경이었다. 딸은 멋을 내는 일도 없이 그렇게 번 돈을 차곡차곡 모아 회사에 맡기고는 했다. 공장을 자꾸 키워가는 회사에서는 은행돈을 쓰기 어려우니 모자라는 것은 공원들의 돈을 빌려 쓰고 있었다. 은행에 예금하는 것보다 이자를 두 배로 쳐주니 공원들은 알뜰하게 돈을 모아 회사에 빌려주고 있었다.

그려, 앞으로 2~3년만 더 고상허면 어찌 돼도 되겠제. 그리만 됨 사 이 천두만이도 한시상 보게 되는디 이.

천두만은 입을 야무지게 훔치며 걸음을 서둘렀다. 또 머리카락을 찾아 먼길을 떠나야 할 일이 바빴다.

점심시간을 알리는 벨이 울리자 여공들이 일제히 일손을 멈추고 작업장을 벗어났다. 천말분은 누구보다 앞서 뛰어 공장 밖의 식당으로 갔다.

"아줌마, 나 왔어요."

식당으로 들어서며 외치고는 그녀는 화장실로 내닫고 있었다. 회사에서 화장실을 거쳐 나오면 한발 늦어져 자리잡기도 어렵고 밥도 한참을 기다려야 했기 때문이었다.

"아이고, 저 또순이."

식당 아주머니가 천말분의 뒤에다 곱게 눈을 흘겼다.

주로 여공들을 상대하는 싸구려 백반집에는 금방 여공들로 붐볐다. 천말분은 다급하게 밥을 먹기 시작했다. 다른 여공들도 훈련병들 밥 먹듯이 말 한마디 없이 허둥거리며 밥을 먹고 있었다.

10분이 걸렸을까 말까, 천말분은 밥을 다 먹고 식당을 나섰다. 그녀는 빠른 걸음으로 곧장 공장으로 들어갔다.

"언니, 언니, 말분이 언니."

뒤에서 부르는 소리에 천말분은 고개를 돌렸다. 두 아가씨가 뛰어오고 있었다.

"아까 언니 아버지 왔다 가신 것 아세요?"

"응, 오늘 오실 거라는 말은 들었어."

천말분은 계속 걸어가며 대꾸했다.

"글쎄, 창밖으로 언뜻 뵈길래 쫓아 나갔잖아요. 근데 벌써 가시고 안 계시는 거예요. 우리가 이제 견습공 딱지 떼고 정식으로 도급 기술자 된 것 알려드리고 싶었거든요. 우리가 이렇게 된 건 다 아저씨 덕이고, 우리가 이렇게 된 걸 아시면 아저씨도 반가워하셨을 거거든요."

다른 아가씨가 말했다. 그들은 천두만의 말을 듣고 고향을 떠나온 미자와 복실이였다.

"그래, 우리 아버지도 반가워하시겠지. 고생해서 견습공 벗어났으니까 더 열심히 일해. 일을 더 해보면 알겠지만 기술이라는 건 끝이 없는 거니까. 자아, 그럼 또 봐."

천말분은 냉정하다 싶게 그들에게 손을 들어 보이며 고개를 돌렸다.

"참 지독하다 애. 돈독이 단단히 들었구나."

얼굴 둥글넓적한 미자가 천말분의 등뒤에다 대고 입을 삐죽했고,

"당연하지 애, 시간이 돈인데. 할말 다 했는데 더 수다떨면 뭘해. 우리도 저런 걸 배워야 해."

복실이가 미자에게 눈을 흘겼다.

"저 언니 독하기로 소문났잖아. 나도 그리 되고 싶긴 한데 왜 또 재미나는 영화도 보고 싶고, 멋진 옷도 해 입고 싶고, 예쁜 구두도 사 신고 싶고, 하고 싶은 게 왜 그리 많은지 몰라."

"실답잖은 소리 허덜 말어. 니 집 떠나옴서 묵은 맘 폴새 잊어뿌렀냐? 싸게 가자, 일허로."

복실이는 일부러 고향말을 쓰며 미자의 손을 잡아끌었다.

"아이고메 이 징헌 가시네야, 밥알이 안직도 목에 그대로 걸렸는디 일은 무신 놈에 일이여. 한숨 돌려야 소화가 되제."

미자는 입놀림과는 달리 복실이의 빠른 발걸음에 뒤지지 않고 공장 안으로 들어가고 있었다.

천말분은 자기 작업대에 앉으며 버릇처럼 벽에 걸린 시계를 보았다. 12시 17분이었다. 미자와 복실이를 만나 2분이 더 지나 있었다. 언제나 점심을 먹고 자리로 되돌아오는 것은 15분 이내로 하고 있었다. 점심시간은 한 시간이었지만 그 시간을 놀며 보낼 수는 없었다.

그녀는 의자를 작업대 앞으로 바짝 끌어당기고 캡이 씌워진 마네킹의 자리를 작업하기 알맞게 조정했다. 마네킹이라고 부르는 것은 사람 머리모양으로 깎은 나무통이었고, 캡은 말뜻 그대로 마네킹에 씌우는 '모자' 형태를 하고 있는 발이 가는 나이롱 그물이었다. 그 잘디잔 그물코마다 머리카락을 엮어나가면 가발이 이루어졌다. 그 캡은 태평양을 건너온 미제였다.

천말분은 왼손 엄지와 검지로 머리카락을, 오른손에 코바늘을 집어들었다. 건조실을 거쳐 나온 머리카락들은 파마를 한 것과 똑같이 웨이브가 잡혀 있었다. 파마약을 바른 머리카락은 건조실의 알루미늄 막대에 감기는데, 그 굵기에 따라 웨이브 모양이 달라졌다. 곱슬거리는 정도가 여러 가지인 웨이브가 가발의 머리결을 결정했다. 코바늘은 보통 뜨개질에 쓰는 것보다 훨씬 가늘고 예리했다.

그녀는 눈을 서너번 꿈벅거리며 그물을 주시했다. 자신도 의식하지 못하는 그 행위는 체의 그물처럼 촘촘하고 작은 그물 구멍과 눈과의 거리를 조정하는 것이었다. 몇 년에 걸쳐 잘디잔 그물코 하나하나에 머리카락을 엮어내는 일을 하다 보니 눈이 자꾸 나빠지고 있었다.

천말분은 숨을 들이켜며 머리카락과 코바늘을 동시에 그물코 하나에 대는가 싶었다. 그런데 순식간에 코바늘 끝이 머리카락을 그물과 함께 거는 것 같더니 코바늘의 재빠른 움직임으로 머리카락이 그물코에 묶였다. 그 코바늘 끝의 움직임이 어찌나 빠른지 눈에 띄지 않을 지경이었다. 오른손이 코바늘을 조작하는 사이에 왼손은 벌써 새 머리카락을 집어 그 다음 그물코에 대고 있었다. 잠시도 쉴새없이 이루어지고 있는 그 연속동작은 어찌나 민첩하고도 정확한지 신기가 따로 없을 정도였다.

그런데 천말분의 오른손 검지손가락 첫 마디와 왼손 검지손가락 첫 마디가 이상하게 휘어진 듯 비틀린 듯 돌아가고 있었다. 머리카락과 코바늘을 그물코에 대는 순간 두 손가락의 첫 마디는 마치 뼈가 없이 고무로 만든 무슨 물건처럼 휘어지고 뒤집혀 돌아갔다. 그건 작고 작은 그물코에 머리카락을 정확하게 엮기 위해 순간적으로 신경을 집중시키며 손가락에 힘을 쓰다 보니 엄지손가락의 힘에 검지손가락의 첫 마디가 밀리는 것이었다. 하루에도 몇만 번씩, 몇 년에 걸쳐서 순간순간 힘을 쓰는 반복동작을 하다 보니 두 손의 검지손가락 첫 마디는 불구나 다름없이 비틀려 돌아가고 있었다. 그건 그녀만 그러는 것이 아니라 도급제로 일하고 있는 수제반 여공들은 다 마찬가지였다. 제과공장에서 사탕 껍질을 하루에 1만 5천 개에서 2만 개를 싸야 하는 여공들이 3~4년 일하고 나면 두 손의 검지손가락 두 마디가 완전히 어긋난 듯이 비틀려버리는 것이나 다를 것이 없었다.

그러나 천말분은 언제나 평화시장의 봉제공장 시다 노릇을 그만두고 가발공장으로 옮기기 잘했다고 생각하고 있었다. 그 봉제공장에 비해 가발공장은 천장 높고 바람이 잘 통해 먼지가 없는 것만으로도 천국이었다. 그리고 봉제공장에서 미싱사가 되려면 10년이 걸리지만 가발공장에서는 자기 손재주만 좋으면 견습공 생활 6개월로 도급 맡는 기술자가 될 수 있었다.

점심시간이 아직 30분이나 남았는데도 작업실의 자리는 절반 이상 차 있었다. 여공들은 자기 마네킹에 다붙어 일에 열중하고 있었다. 말소리 없는 실내에서는 서너 가지의 노래가 흐르고 있었다. 여공들이 틀어놓은 트랜지스터에서 흘러나오는 유행가들이었다.

일의 무료함을 달래고 졸음을 쫓기 위해 어느 작업실에나 노래를 틀어놓고 있었다. 어떤 여공들은 콧노래로 따라 부르기도 하고, 신명나는 노래가 나올 때는 합창이 되기도 했다. 그러나 공장장이나 감독 같은 사람들이 그런 것을 제지하지는 않았다. 각자가 일한 만큼만 돈을 주는 도급제니까 제지하고 말고 할 것이 없었다. 돈욕심에 물불 가리지 않고 일을 하다가 죽을까 봐 겁난다는 것이 도급제였다. 그리고 노동력이란 짜면 짤수록 나온다는 것은 바로 도급제를 두고 하는 말이기도 했다.

천말분은 울컥 솟으려는 트림을 억눌러 소리 나지 않게 숨을 내쉬었다. 언제부터인지 모르게 밥을 먹고 나면 으레 속이 그득한 것 같기도 하고 더부룩한 것 같기도 하면서 소화가 잘되지 않았다. 밥을 급히 먹는 데다가 쉴틈없이 일을 하기 때문이었다. 그렇다고 점심시간 내내 놀 수는 없었다. 변소 가는 시간도 아까워 소변을 참아가며 점심때 한 번, 저녁때 한 번 보는 형편이었다. 한시라도 빨리 하청공장을 차릴 생각을 하면 잠자는 시간도 아까울 지경이었다. 머리카락을 모아오느라고 시골을 떠돌며 고생하는 아버지를 생각하면 어서 빨리 하청공장을 차려야 했다. 하청공장만 차리면 아버지의 고생을 끝나게 할 수 있었다. 아버지가 하청공장 사장님이 되게 해서 그동안 온갖 고생을 다해온 서러움과 고통을 풀게 해드리고 싶었다. 하청공장만 차리면 돈을 벌 자신이 있었다.

미자와 복실이도 다른 작업실에서 노랫소리에 맞추기라도 하듯 일손을 재게 놀리고 있었다. 그들의 손놀림도 빠르기는 했지만 천말분의 솜씨에는 댈 것이 못 되었다. 그들의 양쪽 검지손가락은 길들지 않은 무슨 신품 기계처럼 멀쩡했다. 그런데 그들의 기술만 차이 나는 것이 아니었다. 마네킹에 씌워진 캡도 달랐다. 천말분의 마네킹에 씌워진 캡은 그물 전체에 머리카락을 엮어나가도록 민짜였는데, 미자와 복실이의 마네킹에 씌워진 캡은 머리의 윗부분을 빼고는 머리카락이 다 붙어 있는 상태였다. 그러니까 미자와 복실이가 하는 일은 그 비어 있는 정수리 부분에 머리카락을 엮어 채우는 것이었다.

미자와 복실이의 마네킹에 씌워진 캡의 아랫부분에 붙어 있는 머리카락들은 모두 인공으로 만들어진 것으로, 이 수제반으로 넘겨지기 전에 포스터반에서 기계로 박음질한 것이었다. 그런데 기계 박음질은 손 엮음을 당해낼 수가 없기 때문에 가발이 어색하지 않고 자연스럽게 보이게 하기 위해서 윗부분만은 손으로 작업을 했다. 그런 가발은 값이 싼 일반 대중용이었다.

그런데 캡 전체를 손으로, 그것도 진짜 머리카락으로 엮어내는 가발은 대중용에 비해 열 배 이상, 스무 배까지 비싼 것도 있었다. 그런 가발은 자연모발과 거의 구분이 안 될 정도로 자연스럽고 세련되어 보였다. 그리도 비싼 고급품들은 주로 연예인들이 사용했다. 머리모양과 색깔에 따라 한 연예인이 수십 개씩 갖추고 있는 것은 보통이라고 했다. 그런 고급품들은 당연히 1급 기술자들 손에 맡겨질 수밖에 없었다. 그리고 도급액이 높은 것은 더 말할 것이 없었다.

수제반의 일과는 다른 반들보다 늦게 밤 10시가 되어서야 끝났다. 그건 돈을 많이 벌 욕심 때문만이 아니었다. 일일이 손으로 해야 하는 일이라 그렇게 늦게까지 하지 않고는 필요한 물량을 만들어낼 수가 없었다.

"아이고오 허리야⋯⋯."

"아이고 목 아퍼."

"아이고 어깨 빠지네."

여공들은 제각기 신음소리를 내며 등을 두들기고, 목을 주무르고, 기지개를 켰다. 몇 시간씩 똑같은 자세로 앉아 있다 보니 다리까지 부어올랐다.

"미자야, 너 야학에 안 다닐래?"

공장을 나서며 복실이가 나직하게 말했다.

"야학⋯⋯?"

미자는 그게 무슨 소리냐는 반응이었다.

"여기서 얼마 안 먼 데에 중학교 공부를 공짜로 가르쳐주는 야학이 있어. 선생님은 대학생들이고."

"야학이면 밤에 가는 건데, 밤일은 어쩌고? 밤일 안 하면 벌이도 팍 줄어들지만, 회사에서 가만있을 것 같애? 수제반에 필요 없다고 딴 반으로 내쫓아버릴 건데."

"그럴까?"

"당연하지, 얘. 날마다 밤 10시까지 일하는데도 감독이나 공장장은 매냥 물건 딸린다고 잔소리하고 닥쳐대잖아. 그리고 지금 급한 건 돈이지 공부가 아니잖아. 고향에선 돈 오기만 기다리고 있는데."

"그야 그렇긴 한데……. 넌 중학교 공부 배우고 싶지 않아?"

"왜, 배우고야 싶지. 그치만 어차피 때가 지난 거니까 급한 불부터 꺼야지."

"그렇긴 한데……, 난 제일 챙피한 게 배운 것 없어서 무식한 거야."

복실이가 한숨을 쉬었다.

"원 챙피할 것도 많다. 국민학교밖에 못 나온 애들이 수두룩한 판에."

미자가 핀잔을 주었다.

그들이 자취방에 돌아오니 처음 보는 아가씨가 하나 있었다.

"얘가 오늘 새로 온 애야. 한 사람 떠났으니 빈자리 채워야지. 다들 자기 신참 때 생각해서 잘해줘라."

제일 고참이 네 사람에게 말했다.

"그래, 너도 이제부터 고생길로 들어섰구나. 다같이 배고프고 슬픈 인생인데 잘해보자. 신참 잠자리는 바로 문 앞이니까 그리 알아둬. 여기 있는 사람들은 다 거기를 거쳤으니까."

두 번째 고참의 말이었다.

다른 사람들은 아가씨를 한 번씩 쳐다보았을 뿐 아무 말이 없었다. 복실이는 다시 한방에 여섯이 기거하게 된 것이 괴로웠다. 여섯이 눕게 되면 돌아눕기가 어렵게 방은 비좁아졌다. 사람이 많다 보니 잠자는 것만이 아니라 불편한 것이 한두 가지가 아니었다. 어서 돈을 모아 미자하고 단둘이 쓸 수 있는 자취방을 얻어 나가는 것이 꿈이었다. 그러나 방 하나 전세가 10만 원이 넘으니 어느 세월에 그 꿈을 이룰 수 있을지 감감하기만 했다. 독방을 얻어 사는 것은 모든 여공들의 꿈이기도 했다.

며칠이 지나 점심 무렵에 감독이 천말분네 작업실로 들어섰다.

"지금부터 부르는 사람은 점심시간이 시작되자마자 공장장님 앞으로 모여. 301번, 307번, 310번, 314번, 319번."

"아이고, 뽑힌 사람들은 좋으시겠어. 기술이 워낙 좋으시니까."

감독이 나가자마자 누군가가 가시 박힌 소리를 했다.

"누가 아니래나. 부러워 죽겠다니까. 공장장한테 빽 쓰는 방법이 뭐지?"

누군가가 더 옹골차게 맞장구를 쳤다.

천말분은 못 들은 척 일손을 더 빨리 놀렸다. 가끔 그렇게 부르는 것은 특별한 일감을 다급하게 처리해야 할 때였다. 그런 일은 철야를 하기 예사였지만 그 대신 도급액이 한결 더 많았다.

천말분은 307번이 불리지 않았더라면 자기 심사도 편치 않았을 거라고 생각하고 있었다. 공장에서는 여공들의 이름을 사용하지 않았다. 번호가 바로 이름이었다. 307에서 3은 작업실을 나타냈고, 7이 작업실 내의 좌석번호였다.

"이번 일은 특별 주문인데, 완전 수제로 꼬박 이틀밤 철야해서 모레 이 시간까지는 완료해야 돼. 철야 자신 없는 사람은 손 들어."

공장장이 여공들을 휘둘러보았다. 그러나 200여 명의 여공들 중에서 손을 든 사람은 하나도 없었다.

"좋아. 점심부터 단단히 먹어두라구."

키 작은 공장장이 힘주어 말했다.

천말분은 점심을 먹고 나서 가게에 가 사탕 한 봉지를 샀다. 철야를 하기 위한 피로회복제인 동시에 잠 쫓는 약이었다.

식사시간도 20분으로 줄어들어 특별작업반은 한숨도 자지 않고 하룻밤을 새웠다. 그러나 그들은 단 한 사람도 탈락하지 않고 줄기차게 일을 해댔다. 둘째날 철야에는 공장장과 감독이 더 부지런하게 여공들 사이를 오갔다. 그러나 졸다가 지적당하는 사람은 하나도 없었다. 꼬박 이틀 밤을 철야해서 48시간 만에 모든 일을 끝냈다.

"어머, 어머, 남숙아, 왜 이래."

"애, 정신차려, 애."

여공들이 한쪽으로 몰리고 있었다. 천말분은 약간 어지러운 것을 느끼며 그쪽으로 달려갔다. 작업실 바닥에 쓰러져 있는 것은 함께 밤샘을 한 314번 김남숙이었다. 눈이 반쯤 열린 김남숙의 눈에는 흰창뿐이었고 얼굴은 핏기 없이 하얗게 굳어져 있었다.

"공장장님한테 빨리 연락해. 병원에 데려가야 되잖아."

누군가가 소리쳤다.

천말분은 작업실을 뛰쳐나가고 있었다.

31

어찌 차마……

"눈물도 한숨도 나 홀로 씹어 삼키며, 밤거리의 뒷골목을 누비고 다녀도……."

색이 바래도록 낡고 땟국 흐르는 야전잠바를 걸친 사내가 넝마를 분류하며 낮은 소리로 노래를 부르고 있었다. 그런데 그 가락에는 가수가 부른 것보다 훨씬 더한 슬픔과 청승스러움이 젖어 흐르고 있었다. 제 감정에 취해 있는 듯한 사내의 더부룩한 머리는 귀를 반나마 덮을 만큼 장발이었다.

"……거리에 자식이라 욕하지 마라아아."

사내의 몰골에, 하고 있는 일에, 청승맞은 노래에, 모두가 제격으로 어울리는 것 같았다. 반주라도 하듯 실가지에 앉은 까치 한 마리가 차가운 겨울하늘을 향해 까악까악 우짖었다.

사내는 같은 노래를 이번에는 휘파람으로 불기 시작했다. 찬바람 속에 흩어지는 휘파람 소리에도 슬픈 기색이 짙게 배어 있기는 여전했다.

"야, 또 그놈에 노래냐."

지친 듯한 소리를 하며 재건대로 들어서고 있는 것은 이상재였다.

"무식하기는. 이 노래가 얼마나 좋은데 그러냐?"

시커먼 목장갑으로 코밑을 훔치며 돌아선 사내는 유일표였다.

"좋긴 뭐가 좋아. 괜히 사람 초라하게 하고 우울하게 만들지."

이상재의 꺼칠한 얼굴에는 짜증이 잔뜩 담겨 있었다.

"모르는 소리. 이 노래가 왜 그리 유행인지 알아? 이 세상에는 그만큼 맨발의 청춘이 많기 때문이야. 너와 나처럼."

그 노래는 영화 〈맨발의 청춘〉의 주제가였는데, 영화가 '대히트'를 치면서 노래도 유행바람을 일으키고 있었다.

"글쎄, 그럴지도 모르겠군."

이상재는 삐딱하게 찌그러진 의자에 털썩 주저앉았다.

"오늘도 못 찾았어?"

"……."

"왜, 찾았어?"

유일표는 갑자기 긴장하는 기색으로 이상재에게 다가섰다.

이상재는 아무것도 보이지 않는 것 같은 텅 빈 눈으로 멍하니 앉아 있었다.

"왜, 무슨 일 있어?"

유일표는 다그쳐 물으면서 자신의 어리석음을 깨닫고 있었다.

"내가……, 내가 바보였지. 진작 단념했어야 하는 건데."

이상재의 힘없는 중얼거림이었다.

"무슨 일인진 모르지만 그런 후회는 할 것 없어. 어차피 끝까지 확인 안 하고는 안 될 일이었으니까."

유일표는 장갑을 벗은 손으로 이상재의 어깨를 잡았다.

"찾지 마시게. 그저 꿈이었거니 생각하고 다 잊어. 인연이 아니니까."

허진의 할머니가 이렇게 말했을 때 이상재는 마음을 닫았어야 했다. 그런데 그는 열 일 제쳐놓고 허미경을 찾아나섰다. 만류하고 싶었지만 그는 무엇에 들린 것처럼 눈빛마저 이상하게 변해 있었다. 집에서는 어서 고등고시 공부를 하라고 성화였지만 그런 것은 안중에도 없었다.

제대하고 처음 만나자마자 이상재는 허진의 집을 찾아내자고 서둘렀다. 그때 그는 이미 허진의 집을 찾아갔다가 이사를 가서 헛걸음을 했고, 회사로 허미경을 찾아갔지만 몇 달 전에 회사를 그만두었다는 것을 확인한 다음이었다.

이사 간 허진의 집을 찾는 것은 어렵지 않았다. 이른바 김신조 사건으로 1968년 10월까지 전국적으로 주민등록을 완료하고, 그에 따라 주민등록증을 발급하는 동시에, 이사를 갈 때는 반드시 전출과 전입 신고를 하도록 새 법이 시행되고 있었다. 동회에 찾아가서 그 덕을 보게 되었다.

허진의 할머니는 뜻밖에도 새로 지은 시민 아파트로 이사해 있었다. 시민 아파트는 무허가 판자촌을 청소해 내고 산비탈 여기저기에 흉물스럽게 세워지고 있는 서울의 새로운 명물이었다. 그건 '부르도자'라는 별명을 가진 군 출신 시장의 성공적인 업적 중의 하나로 꼽히고 있었다. 허진이 군대에 가고 없는 형편에서 어떻게 그런 아파트로 이사할 수 있었는지 그들은 어리둥절하고 의아스러웠다.

이상재는 안쓰러울 지경으로 허미경에 대해서 애타게 캐물었지만 허진의 할머니는 잊으라는 말만 되풀이하며 눈시울을 적셨다.

"결국 서울 시내에 살 테니까!"

이상재가 허진의 집을 나와 결연하게 한 말이었다.

너 미쳤냐. 그동안 서울이 얼마나 넓어졌다고. 인구가 500만으로 불었어.

이 말이 곧 터지려고 했지만 이상재의 태도에 눌려 되넘기고 말았다. 월남으로 도망갈 정도로 이상한 지하당에 가입한 것과 함께 그건 이상재에 대한 또다른 발견이었다. 이상재는 날마다 허미경을 찾아 헤매면서 허진에게도 편지를 보냈다. 이상재의 간곡한 편지는 길었지만 허진한테서는 아무런 소식도 오지 않았다.

이상재는 6개월이 넘도록 어디를 어떻게 헤매 다녔는지 결국 허미경을 찾아낸 것이다. 그러나 유일표는 이상재의 넋 나간 듯한 모습을 보며 허미경에 대한 이야기를 들을 것이 겁이 났다.

"가자, 술이나 한잔하게."

유일표는 옷을 갈아입으려고 야전잠바를 벗으며 합숙소로 돌아섰다.

"애들 공부는 어쩌고?"

담배를 피우고 있던 이상재가 합숙소에서 나오는 유일표에게 메마른 소리로 물었다.

"나 없어도 돼. 난 교무주임 격이니까. 이런 애들을 위해 봉사하는 대학생들이 있는 걸 보면 아직 이 세상은 괜찮아."

유일표는 꽁초가 되어가고 있는 이상재의 담배를 빼앗아 빨았다.

그들은 필동의 긴 골목을 거쳐 퇴계로로 나오는 동안 서로 아무 말도 나누지 않았다. 유일표가 앞서 길을 건너자 이상재가 뚱하게 말했다.

"딴 데로 가자. 명동은 술맛 떨어져."

"그래, 갈 만한 데 있으면 앞장서라. 겉멋 든 애들이나 좋아하는 데지 괜히 술값만 비싸서 나도 맘에 안 들어."

이상재는 먼저 시내버스에 올랐다.

퇴근시간이 가까워지고 있어서 그런지 버스 안은 벌써 콩나물시루였다.

"아, 밀지 말고 손잡이 꽉 잡아요, 손잡이. 전차는 왜 괜히 없애서 시도 때도 없이 뻐스가 미어터지게 만드나 그래."

"누가 아니래나. 전차 없앴으면 뻐스요금을 내리든지. 전차 없어지고 비싼 뻐스요금 꼬박꼬박 내야 하니 우리 같은 사람들만 이중 삼중으로 고랑탕 먹는다구."

빽빽한 사람들 속에서 두 남자의 컬컬한 목소리가 장단을 맞추고 있었다.

"없이 사는 사람들 생각지도 않고 전차는 왜 없애고 그래. 잘만 굴러다니는 전차가 무슨 죄가 있어."

"말 말어. 우리 같은 것들이 뭐 사람인가. 택시 타고 자가용 타는 분네들 편하고 빨리빨리 다니시게 해드려야지. 세금을 내도 그분들이 많이 내잖는가. 그러게 억울하면 어서 부자 되라구."

"에이 드런 놈에 세상!"

유일표는 사람들 틈에 끼어 서서 씁쓰레한 웃음을 입가에 물고 있었다. 전차가 없어진 것이 68년 11월인가 그랬으니 꼬박 1년이 지났는데도 그들은 마치 엊그제 일어난 일처럼 말하고 있었다. 그만큼 살기 고단한 서민들에게는 버스요금도 부담이었던 것이다. 자신도 문득문득 전차가 그리울 때가 있었다. 고정된 레일을 가진 전차가 팽창하는 도시의 교통에 얼마나 방해가 되는지 모르지만 시민들 의견은 아예 들어보지도 않고 하루아침에 없애버린 것이 서울의 전차였다. 그건 군 출신 시장이 보여준 대표적인 군대식 행정이었다. 그런데 그런 저돌성이 '과감한 추진력'으로 미화되면서 군대식의 효과가 사회 전반을 물들이고 휘어잡아 가고 있었다.

유일표는 그런 현상을 보면서 언뜻언뜻 몸서리치고는 했다. '군대는 무에서 유를 창조한다.' 이 억지는 그래도 유식한 말로 포장이나 되어 있었다. '좆으로 밤송이 까라면 깠지…….' 3년 동안 넌덜머리 나게 들었던 이 상스럽기 짝이 없는 말이 바로 한국 군대의 동력이었다. 그런 어거지와 우격다짐의 군대식이 언제부턴가 사회를 지배하는 힘이 되어 있는 것을 느끼며 두렵고도 암담할 때가 한두 번이 아니었다.

그들은 광화문에서 버스를 내렸다.

"술은 역시 청진동이야."

이상재가 가는 방향을 알리듯 말했다.

"야, 저건 뭐냐? 무슨 군인들 사진인 모양인데?"

유일표가 의사빌딩 앞의 넓은 터에 죽 세워놓은 전시대를 턱짓했다. 이상재가 힐끗 쳐다보더니 거칠게 내뱉었다.

"씨발놈들! 저것 다 쑈야. 관심 쓰지 말어."

"너 저게 뭔지 알어? 내 눈엔 뭐가 뭔지 잘 보이지 않는데."

유일표는 어리둥절했다.

"뭐긴 뭐야. 우리 용감한 국군용사들이 월남에서 백전백승하고 있다 하는 선전이지. 넌 도대체 남산 밑에서 뭘 하고 사냐. 저것 덕수궁 앞에도, 서울역 앞에도 벌려놨다."

허미경 탓인지 어쩐지 이상재의 말은 여전히 울뚝불뚝한 감을 띠고 있었다.

"저게 쑈라니, 무슨 소리야?"

"저 사진들 다 가짜라니까."

"뭐라고?"

"이새끼 이거 서울 근방에서 제대장병들 등이나 치며 군대생활 하더니 고문관 다 됐네. 너 저 전투 장면들이 다 진짜 같으냐?"

이상재는 차가운 눈초리로 헛웃음을 쳤다.

"그럼 연출이란 말야?"

"괜히 유식한 말 쓸 거 없고, 저건 완전하게 꾸며진 쑈야, 쑈. 요새 유행하는 말로 진짜 가짜란 말야."

"아니, 넌 PX에서 빈둥거리다가 온 놈이 그런 걸 어떻게 알아."

"짜아식, PX에서 그런 쑈단 따까리 노릇 했으니깐 훤하지."

"도대체 그게 무슨 소리야?"

"너 오뉴월 하루볕 다르다는 말 알지? 그거 바로 월남 다녀오신 이 형님과, 월남전의 폭음을 한 번도 들어본 적이 없는 너와의 차이다. 잘 들어봐. 전쟁터에서 치열한 전투 장면을 사진사가 찍을 수 있겠냐, 없겠냐? 군대에서 사진사를 최전선에 들여보내지도 않고, 만약 들여보낸다고 해도 죽을 각오를 해야 하는데, 그런 사진사가 있겠어? 그런데 월남전은 보통 전쟁하고는 다르게 일정한 전선이라는 게 없는 정글 게릴라전이야. 그런 데서 전투 장면을 찍는다는 건 아예 말이 안 되는 일이야. 그러다 보니 안전지대에서 쑈판을 벌일 수밖에. 전투병들이 제일 싫어하는 게 뭔지 아냐? 유명해지지도 않고 출연료도 못 받는 배우 노릇 하는 거야. 그래도 저런 사진은 또 괜찮아. 대한뉴스나 텔레비전 팀에 걸려봐. 뛰고 엎어지고 늪지대에 빠지고 헛총질로 싸우는 시늉해야 하는데, 그게 한 번으로 끝나는 게 아니야. 감독이 만족할 만큼 실감이 날 때까지 찍고 찍고 또 찍어대는 거야. 그게 얼마나 핏대 나겠어. 우리 PX에서는 시원한 맥주나 콜라 같은 것 싣고 다니면서 촬영팀 더위를 식혀줘야 하고. 이제 무슨 말인지 알아듣겠어? 이 촌놈아."

유일표는, 이상재가 월남 이야기를 하면서 기분이 전환되고 있는 것을 느끼고 있었다. 그동안 가졌던 의문을 풀 겸 해서 월남 이야기를 더 끌어야 한다는 생각이 들었다.

"그거 아주 고등 사긴데. 국민들은 그런 엉터리를 보면서 감쪽같이 속고 있잖아."

"글쎄, 나도 그걸 생각해 봤는데, 역사에서 그런 속임수가 어디 한두 가지냐. 그런 건 어쩌면 국익을 위해서 필요한 사기인지도 몰라. 파병해 놓고 용맹스럽게 싸워 승리하고 있다고 해야지 고전하고 있다고 할 수는 없잖아. 국민들의 사기도 있는데. 그리고 희생자는 나고 있지만 한국군들이 잘 싸우고 있는 것도 사실이고. 사람들이 대한뉴스 보면서 사실로 감쪽같이 속아넘어 가고 있다면 피차에 잘된 일이지 뭐. 나라에선 선전효과 만점이라 좋고, 사람들은 우리 편이 이기는 승리감에 취하면서 영화 한 편 더 덤으로 보는 셈이라 좋고. 안 그래?"

"새끼, 군대밥 먹더니 철든 소리 혼자 다 하고 앉았네. 그건 그렇다 치고, 한국군이 용감하다 어떻다 하는데, 그와 반대로 안 좋은 소문들이 떠돌기도 하는데, 그건 어찌 된 거야?"

"무슨 소문? 싹쓸이 같은 것 말야?"

"그래, 바로 그거. 그게 사실이냐?"

"그건 내가 직접 볼 처지가 못 됐고 말만 들었는데, 초기에 그런 일들이 저질러진 건 사실이었던 모양이야."

이상재는 얼굴이 일그러지며 고개를 내둘렀다.

"그건 말이 안 되잖아. 아무리 전쟁통이라고 하지만 죄 없는 양민들을 마구 죽이다니!"

유일표의 목소리가 격해졌다.

"물론 말이 안 되지. 양민 학살은 엄연한 전쟁범죄니까. 근데 말야, 월남전이란 게 참 복잡하고 묘해서 그것도 작전의 하나라고 생각하게 하는 데 문제가 있어. 예를 들어, 아군 소대가 밀림 속의 한 마을을 수색하고 지나갔어. 그런데 그 마을에서 총탄이 날아와 아군 서너 명이 죽은 거야. 그럼 아군 입장에선 어떻게 되겠어? 그 마을 사람 전체가 위장한 베트콩으로 보이는 거야. 그 다음 순간 어떤 일이 벌어지겠어? 전선 없는 게릴라전 속에서 흔히 저질러지는 일인 모양인데, 참 뭐라고 말하기 어렵지. 그런데 그런 경우와 달리 아군 쪽에 아예 덤빌 엄두를 못 내게 하려고 싹쓸이를 작전의 하나로 써먹거나 무조건 과잉방어로 초토화를 감행하는 경우가 더러 있는 모양인데, 그거야말로 비인간적인 잔악행위지. 난 구경꾼 노릇만 한 셈인데, 희생되고 있는 우리나라 젊은이들도 안됐고, 미국을 상대로 싸우는 베트남사람들도 안됐고 그래."

이상재는 담뱃갑을 꺼내며 한숨을 푹 쉬었다.

"글쎄 말이다, 나도 월남 가 개죽음 안 당하려고 뒤로 빠졌으니 뭐라고 말할 자격은 없다만, 그 피 묻은 돈들이 국내에 들어와 경제발전이라는 것에 제대로 잘 쓰이고 있는 건지 어쩐지 모르겠다."

유일표도 한숨을 쉬며 이상재가 내미는 담배를 뽑았다.

청진동 술집 골목은 벌써 밤을 손짓해 부르고 있었다. 지짐질하는 고소한 기름 냄새와 가지가지 부침개들이 풍기는 맛난 냄새가 어우러져 골목에 자욱하게 퍼지고 있었다. 마침 출출할 때 침 꿀떡 삼키게 하는 그 자극적인 냄새는 술 한잔을 하지 않고는 못 배기게 만들었다. 주머니 얄팍한 사람들이 코를 벌름거리고 큼큼거리면서 어느덧 골목으로 모여들고 있었다.

유일표는 싸구려 막걸리와 빈대떡을 시켰다. 아직도 소주를 마실 형편은 못 되었다. 쌀이 모자라 나라에서 혼분식을 강압하다시피 하고 있는 상황에서 쌀 막걸리가 없어진 것은 이미 오래된 일이었다. 밀가루 막걸리일망정 색깔이며 맛이 예전의 막걸리와 별다를 것이 없었고, 마시면 취하는 것도 마찬가지였다.

"너 고등고시는 어쩔 거냐? 포기한 거야?"

유일표는 이상재의 잔에 술을 따르며 좀 엉뚱하다 싶은 말을 꺼냈다. 그는 여전히 이상재가 허미경의 생각에 빠지는 것을 막으려 하고 있었다.

"포기가 아니라……, 그까짓 것 그만두기로 했어."

이상재는 술을 벌컥벌컥 들이켰다.

"집에서 기대하고 있는 건 어쩌고?"

"그야 부모들의 속된 생각이지. 우리 아버지는 돈만 좀 있는 상인이라 권세 갖기를 그리 바라는 건데, 우리 사회에서 판검사 그거 권력의 시녀밖에 더 돼?"

이상재는 넓적하게 크게 썬 깍두기를 입으로 몰아넣으며 픽 하고 웃었다. 그 경멸적인 웃음과 권력의 시녀라는 말이 그렇게 잘 어울릴 수가 없었다. 판검사 = 권력의 시녀라는 말은 이미 한 묶음으로 쓰인 지 오래였다. 그런데 이상재가 그 말을 하자 아주 새롭고 무게 있게 들리는 것을 유일표는 느꼈다. 남몰래 지하당에 관계한 이상재가 판검사 출세를 가소롭게 여기는 것은 그 나름의 확고한 의지의 표현인 셈이었다.

학사주점 사장이 통혁당 사건의 핵심 중 한 사람으로 밝혀졌을 때 유일표는 정신이 하나도 없었다. 이상재도 월남에서 잡혀올 줄 알았다. 그러나 뒤늦게 정신을 차리고 보니 수사 발표란 제트기가 지나간 다음에 일어나는 제트기의 폭음이었다.

이상재가 무사한 것을 확인하면서 유일표는 그들의 조직이 상당하다는 것을 느꼈다. 그들은 상부만 희생되고 하부를 보호했던 것이다. 그들에게 묘한 매력을 느꼈고, 관심이 끌렸다. 그러나 여태껏 그 사건에 대해서는 한마디 말도 꺼내지 않고 있었다. 자신이 먼저 이상재의 입장을 난처하게 만들고 싶지 않았고, 그가 이야기를 꺼낼 때까지 기다리기로 하고 있었다.

이상재는 목마른 사람 물 들이켜듯 급하게 술을 마셔댔다. 유일표도 잔을 주고받으며 장단을 맞출 수밖에 없었다.

"그럼 허송세월할 수는 없는 일이고, 무슨 딴 계획이 있는 거냐?"

"글쎄……, 그동안 생각해 보긴 했는데, 아직 그저 그래." 이상재는 담배에 불을 붙이고는, "나도 그렇지만 넌 어떻게 할 거야? 언제까지 그렇게 재건대에 있을 순 없잖아?" 그는 술기운 번진 눈으로 유일표를 지그시 쳐다보았다.

"글쎄, 나 같은 놈이 무슨 뾰족한 수가 있어야 말이지. 형이 앞 장서서 당할 만큼 다 당하며 시범을 보였으니까 나야 괜히 헛기운 뺄 것 없잖아. 경제, 경제 하는 세상에서 철학과 졸업장이라는 것 도 무용지물이고."

깍두기를 으석으석 씹는 유일표의 입 언저리에 쓴웃음이 배나고 있었다.

"그렇다고 사나이의 일생을 넝마더미 속에다 파묻을 수는 없는 일 아니냐."

이상재가 씨팔 어쩌고 하며 술잔을 단숨에 비웠다. 그의 입에는 아직도 군대 말버릇이 그대로 남아 있었다.

"사나이의 일생? 글쎄, 내가 체질에 별로 맞지도 않은 철학과를 다니며 한 일이 뭔지 아냐? 사나이의 꿈을 하나씩 꺾고 죽이는 거 였다. 그런 의미에서는 철학과를 잘 선택하기도 한 셈이지. 우리 형 제 같은 처지에 있는 사람들이 이 사회의 주류에 끼어들려고 발버 둥 치는 건 백운대 인수봉을 맨손으로 오르려고 하는 거나 마찬 가지로 어리석은 짓이야. 사방이 다 절벽이고, 빙벽이야. 그럴 때는 빨리 단념하고 체념하는 것이 현명한 일 아니겠어? 내가 비싼 대 학 등록금 없애가며 얻은 게 있다면 바로 그거야. 나는 우리 같은 사람들을 거부하고 박차는 이 사회에 어떻게든 빌붙어보려고 비 굴해지고 초라해지는 꼴 안 되려고 나를 정리했어. 난 내 방식대로 살아가기로 했는데, 그런 면에서 재건대는 안성맞춤인지도 몰라. 일하면 수입도 생기고, 불행한 아이들 도와 사회진출도 시키고, 그

의미가 적지 않아."

유일표는 한두 해가 아닌 세월을 통해 정리된 생각을 담담하게
털어놓았다.

"자식, 꼭 달통한 성자처럼 말하고 앉았네. 네 처지에서 우선 그
렇게라도 길을 찾아나가는 건 좋은데, 여러모로 능력이 있는 놈이
평생을 그렇게 살 수는 없는 일 아니냔 말야."

이상재는 혀를 차며, 술을 가져오라고 빈 주전자를 높이 들어 흔
들었다.

"내 걱정 말고 너나 어서 갈 길을 정해. 나야 그리 살다 보면 다
른 길이 생길 수도 있을 테니까. 내가 인생을 아주 포기하고 사는
게 아니니까 너무 마음 쓰지 마."

"하여튼 참 망할 놈에 나라다. 아무 죄도 없는 멀쩡한 젊은 사람
들 인생을 그렇게 망쳐대고 있으니 이게 도대체 무슨 꼴이냐. 너를
보면 괜히 내가 죄지은 것 같아 면목이 없기도 하고, 그런데도 괴
로운 속마음 다 감추고 꿋꿋하게 견디는 네 모습을 보면 장하기도
하고 존경스럽기도 해. 빌어먹을, 이따위 놈의 나라가 세상에 어디
또 있겠냐."

"흥, 또 하나 있지. 북쪽이라고 별수 있겠냐. 거기선 우리 같은 사
람들하고 반대 입장에 처한 사람들이 또 당하고 있겠지. 이념이고
체제라는 것이 뭐 말라빠진 건지, 참 가관이야."

유일표는 술잔을 기울였다. 그의 입가에 어린 쓰디쓴 비웃음이
술과 함께 넘어가고 있었다.

"허미경이 임신했더라."

이상재가 불쑥 터뜨린 말이었다.

"뭐야?"

술을 마시다 말고 유일표는 소스라쳤다.

"애비는 그 회사 사장이고, 허미경은 첩이 된, 3류 드라마가 연출된 셈이지."

이상재는 아무런 감정 변화도 드러내지 않고 정말 3류 드라마를 이야기하듯 했다. 넋 나간 것 같았던 아까의 모습과는 영 딴판이었다. 그게 감정을 자제해서라기보다는 술 취한 감정이 그런 엉뚱한 모습으로 나타나고 있음을 유일표는 느끼고 있었다.

돈 많은 사장들이 여비서를 건드리는 것은 흔해빠진 일이었다. 그러나 박자영의 아버지가……, 허진의 여동생을……, 너무나 어처구니없고 기막힌 일이었다. 박자영은 알고 있을까……, 강자숙은 알고 있을까……, 자신이 소개해 취직을 시켰는데 이런 꼴이 된 것이다. 유일표는 무슨 말을 해야 좋을지 알 수가 없었다.

"이게 도대체 무슨 일이냐……."

유일표는 신음하듯이 겨우 이 말을 입에 물었다.

"괜찮아, 다 잊어야지. 제가 원해서 그리 된 일이라니까."

"그건 또 무슨 소리냐?"

"허미경이가 뭐랬는지 아냐? 집안 식구들을 위해서는 그 길밖에 없었다는 거야. 술집 아가씨들부터 창녀들한테까지 공통적으로 통하는 그 눈물겨운 사연 말야, 식구들을 위해 희생하는 처녀들

있잖냐. 그게 전쟁 후에 벌어진 우리의 엄연한 현실이고, 허미경이
도 갈수록 집안이 어려워져 어쩔 수 없었다는 거지. 그 말 앞에서
내가 뭐라고 하겠어. 잊어달라니까 잊어야지……, 잊어야지……."

이상재의 왼쪽 볼이 파르르 경련을 일으켰다.

"나가자. 어디 가서 한잔 더 하자."

유일표는, 너 그 말을 믿어? 하는 말이 솟구치는 것을 억누르며
자리에서 일어났다.

"얌마, 가만있어. 나도 이젠 돈벌이해."

유일표는 술값을 내려고 덤비는 이상재를 강하게 밀쳐냈다.

"새끼, 넝마 냄새 나는 돈 쥐꼬리만큼 벌면서. 네놈이 나한테 위
로술을 사겠다 그거냐?"

이상재가 비틀거리며 쓸쓸하고 슬픈 웃음을 지었다. 유일표는
이상재를 측은하게 바라보며 돈을 꺼냈다.

"야 일표야, 나 뭘 했으면 좋겠냐. 사나이 나이 스물여덟인데 이
꼴이 뭐냐 이게. 우리 아버지 장사나 이어받으면 속 편할 텐데 그런
말 꺼냈다간 맞아 죽기 딱 알맞고, 교수질로 나서보자니 그놈의 것
따분해서 싫고, 요새 어중이떠중이 차려대는 회사를 하나 벌여 사
장 노릇을 해보자니 상대 출신이 아니고, 뭐 해볼 게 있어야 말이
지. 야, 야, 가만있어 봐, 저기, 저기 들어가면 어떨까?"

이상재가 비틀거리며 길 건너를 손가락질했다.

"저거? 신문사 아니냐. 왜, 기자 될 맘이 있어?"

유일표도 비척거리며 이상재를 쳐다보았다.

"어떠냐? 그중 낫지 않겠어?"

이상재가 입을 훔치고 똑바로 서며 물었다.

"신문사! 들어갈 수만 있다면 괜찮은 데지. 펜은 칼보다 무섭다. 아주 매력적이고 그럴듯해. 찬성이야, 찬성."

유일표는 이상재의 등을 두들겼다.

"그래, 네가 찬성이면 됐어. 어디 한번 도전을 해보도록 하자. 신문기자면 우리 아버지도 과히 서운해하시지는 않을 테니까."

이상재는 유일표에게 불쑥 손을 내밀었다.

"맘 단단히 먹고 잘해봐."

유일표는 이상재의 손을 잡고 힘껏 흔들었다. 이렇듯 선택이 자유로운 그를 부러워하면서.

그들은 두 번째 술집을 거치고, 세 번째 술집에서 나올 때는 서로 부축은 했지만 몸을 가눌 수 없을 정도로 취해 있었다.

"미경아, 미경아, 너 이럴 수 있니? 잊으라고? 그게 말이 되니?"

이상재가 소리치며 길가에 주저앉았다.

"미경아, 어찌 차마……, 어찌 차마……."

이상재가 꺼이꺼이 울기 시작했다. 그 옆에 유일표도 주저앉았다. 밤 깊은 거리에는 사람의 모습이 거의 보이지 않았다. 통행금지 사이렌이 울리기 시작했다.

32

이삭줍기

마장동의 신축 한옥들은 새 한복으로 치장한 여자들의 모습처럼 매끈매끈하고 호사스러웠다. 규모가 큼직한 한옥 40여 채가 서로 옆구리와 등을 맞대며 집단촌을 이루듯 하고 있어서 더욱 사람들의 눈길을 끌기 좋게 돋보였다. 광택 번들거리는 높고 큰 대문들이 마주보고 있는 골목도 넓은 데다가 보도블록이 말끔히 깔려 있어서 집들을 한층 고급스럽게 받치고 있었다. 그 부티 나는 집들은 주변의 낡고 허술한 집들을 더 누추하고 볼품없이 만들고 있었다.

어느 곳은 2층 양옥이기도 한 그런 새 부자촌들은 3~4년 전부터 헌집들을 헐어내며 이곳저곳에 부쩍 늘어나고 있었다. 그건 시내 중심가에 고층 건물들이 경쟁하듯 솟아오르고 있는 것과 같은 현상이었다. 그것들은 마치 정부가 줄기차게 외치고 있는 경제발전의 '중단 없는 전진'을 효과적으로 선전하는 전시품 같기도 했다.

"……매앵호오부대, 맹호부대 용사들아아……."

한옥촌 어귀의 양지바른 곳에서 계집애들 네댓이 저희들이 부르는 노래에 맞추어 깡충깡충 팔딱팔딱 뛰며 고무줄놀이를 하고 있었다. 그들이 뛸 때마다 묶은 머리채며 가지런한 단발머리가 발랄하게 함께 뛰고 춤을 추었다. 맹호부대 용사들은 사내애들만이 아니라 계집애들까지 사로잡고 있었다.

"신병 훈련 6개월에 작대기 두우 개, 그으래도 그게 어디냐고 신나는 김 일병……."

노래가 바뀌면서 계집애들의 동작은 한층 빨라지며 신바람이 일고 있었다. 그 노래는 라디오에서 새로 틀어대기 시작한 유행가였다. 가사도 곡도 별로 신통할 게 없는 그 노래는 길목길목에 있는 전파상의 확성기를 통해 서울 시내에 넘쳐나고 있었다. 감각 예민한 아이들이 그 노래를 그냥 놓칠 리 없었다. 월남바람을 타고 군인 찬미가 암암리에 아이들의 영혼에까지 아로새겨지고 있었다.

"으음, 착하구나. 노래 아주 잘하네."

추운 날씨는 아랑곳하지도 않고 무릎이 다 나온 '미니스커트'를 입은 멋쟁이 여자가 지나가며 아이들을 칭찬했다. 아이들은 한순간 멈칫하는 것 같더니 환하게 웃음꽃을 피우며 더 쩽쩽한 소리로 노래를 부르고 탄력 좋게 뛰었다.

그렇지 그럼, 군인이 최고지. 감히 뭐가 군인을 당해. 군인 아니면 이 나라는 어림없지. 군인은 역시 이 나라의 주인이고, 가장 큰 애국자야.

평소의 생각을 되뇌며 한옥촌 골목으로 들어서고 있는 멋쟁이 여자는 한정임이었다. 유난스럽게 큰 핸드백을 든 그녀는 화장도 짙었고 귀고리며 목걸이 치장도 요란했다. 처녀 적의 청순함이나 조촐함은 어디로 사라졌는지 흔적을 찾을 수가 없었다.

한정임은 골목의 중간쯤에서 어느 집의 대문 틈새로 손을 넣어 초인종을 눌렀다. 다른 집들과는 달리 그 집에는 문패가 붙어 있지 않았다.

"누구신교?"

"아줌마, 나 종암동 한이에요."

"어서 오이소, 퍼뜩 올라가이소."

대문을 열며 식모가 한정임을 반갑게 맞이했다.

ㄷ자 집에 비해 별로 넓지 않은 마당은 온통 시멘트로 덮여 있었다. 칙칙한 회색빛의 시멘트 바닥은 한옥과 조화가 안 되는 것은 말할 것도 없고, 한옥의 중후한 품위마저 손상시키고 있었다. 그러나 그 살벌하고 저속한 시멘트 마당은 최신식에다 값비싼 고급품이라서 아무나 치장할 수 있는 것이 아니었다. 경제개발 5개년 계획이 거듭되면서 갈수록 각광받기 시작한 시멘트는 마술을 부리는 건축재료의 왕으로 떠받들어졌다. 시멘트 마당은 비가 오나 눈이 오나 집 안이 더럽혀지지 않고, 언제나 깨끗하고 청소하기 쉽다고 하여 단연 인기를 누리고 있었다.

"어서 와요. 한정임 씨."

한정임이 댓돌을 오르는 첫 번째 돌계단을 막 밟는데 주인이 대청마루에 모습을 드러냈다.

"어머 사모님, 안녕하세요?"

한정임이 놀라 우뚝 멈춰서더니 공손하기 이를 데 없이 허리를 깊이 숙였다. 그 인사에는 예절을 넘어서는 굴종과 아부의 무게가 들어 있었다.

"어서 올라와요."

폭이 좁고 길이가 길면서 꽃무늬 요란한 옷을 입은 주인여자가 고개를 까딱하며 말했다. 그 묘하게 생긴 옷의 효과로 여자는 키가 크고, 날씬해 보였다. 그건 바로 '월남치마'였다. 월남 여자들의 고유 의상인 아오자이를 본떠 조금 더 간편하게 만든 것이었다. 입기 편한 데다 몸매까지 날씬해 보이게 하니 여자들이 좋아하지 않을 리 없었다.

"사모님은 몸매가 미스코리아 뺨친다니까요. 어쩜 늘 변함이 없으신지 부러워 죽겠어요."

한정임은 옆걸음질로 대청마루에 올라서며 말에 한껏 조청을 발라댔다. 그러나 그들이 나누는 호칭과는 달리 두 사람은 누가 더 나이 많다고 할 수 없을 정도로 같은 또래의 얼굴이었다.

"저어, 어디 앉으면 좋을까……."

주인여자는 낮게 중얼거리며 대청의 소파와 안방 쪽을 살폈다.

"사모님, 좀 조용히……."

한정임은 빠르게 반응했고,

"아줌마, 커피 빨랑 가져와요."

주인은 부엌 쪽에다 대고 목청 크게 이르고는 안방으로 발길을 옮겼다.

한정임은 안방으로 들어서며 첫눈에 장롱이 바뀐 것을 알아보며 깜짝 놀랐다. 호마이카 장롱도 예삿것이 아닌 고급품이었는데, 그새 장롱 중에 최고로 치는 자개로 바뀌어 있었다. 그러나 한정임은 그런 내색을 전혀 하지 않은 채 웃음 머금은 얼굴로 공손한 태도를 취했다.

"자, 앉아요. 어디 것인지 그 미니스커트 아주 잘 어울리네요."

주인이 방석을 권하며 한정임의 옷에 눈길을 모았다. 한정임은 그 말이며 눈길이 그저 인사치레가 아님을 순간적으로 간파했다.

"네 사모님, 결혼기념일이 얼마 전이었거든요. 남편이 선물한다길래 기왕에 얻어 입을 것 최고로 얻어 입자 하고 명동 송옥양장점에서 맞췄어요."

한정임은 기민하게 남편을 끌어다 이야기를 꾸며댔다. 남편에게 호감을 갖게 하고, 상대방에게 미끼를 던지는 두 가지 목적을 동시에 달성할 수 있는 기회였다.

"어머, 양 대령이 그런 멋진 낭만파로군요, 우리 차 장군은 결혼식 날도 생일날도 한번도 기억 못하는 매력 빵점짜린데."

주인이 방석에 앉으며 얼굴이 새침해졌다.

"아니에요. 양 대령도 마찬가지예요. 근데 제가 한 달 전부터 퀴즈를 내서 알아맞히게 하고, 못 잊어먹게 단속하고 하는 거지요."

그때 식모가 커피를 가지고 들어왔다. 그들의 대화는 잠시 끊어졌다.

한정임은 자신도 모르게 맞은편 벽에 걸린 사진으로 눈길을 옮겼다. 큼직한 사진틀 속에서 이 집 가장은 별 하나를 달고 있었다. 그는 이미 예편했는데도 그의 마누라 최혜경이 꼭 '장군, 장군' 하는 것이 한정임으로서는 너무 아니꼽고 비위 상했다. 5·16이 났을 때 그와 자신의 남편은 똑같은 대위였다. 그런데 지금의 위치는 비교할 수조차 없이 달랐다. 5·16 때 어디 있었느냐의 차이가 가져온 결과였다. 밤중에 한강을 건넌 최혜경의 남편은 그후로 실세의 대열에서 승승장구해 번개진급을 해대며 장군이 되었다. 그리고 예편해 노른자위 요직에서 권세를 부리고 있었다.

그러나 한정임은 무작정 최혜경의 남편 출세를 아니꼬워하거나 질시하지는 않았다. 그때 한강을 건너고, 안 건너고의 차이는 죽을 각오를 한 것과 안 한 것의 차이니까 그 출세를 당연한 거라고 인정했다. 그리고 남편이 그런 사람과 선후배로서 가깝게 연결될 수 있었다는 것을 천행으로 생각했다. 다만 같은 여자로서 최혜경에게 어떤 순간순간 감정이 꼬일 뿐이었다.

"난 엎드려 절 받긴 싫고……."

최혜경이 커피잔을 들며 거만스러웠다.

"이 옷 맘에 드시면 함께 나가시지요. 색깔 다른 미제 옷감들이 많던데요."

한정임은 마침내 노리고 있던 바를 털어놓았다. 결혼기념일 선물이라는 것은 지어낸 말이었고, 최혜경의 마음이 동하게 하려고 일

부러 맞춰 입고 온 것이었다.

"글쎄, 우리 나이에도 미니스커트가 어울리네……."

보석과 옷 앞에서 여자 마음은 갈대더라고 최혜경은 금세 흔들림을 보였다.

"어머 그런 말씀 마세요. 사모님은 어디서나 미스 소리 들으시잖아요. 별일 없으시면 지금 당장 가시죠."

한정임은 노출된 허점을 곧바로 공략하고 들었다.

"그건 급할 것 없고, 무슨……?"

최혜경은 눈을 살짝 내리감았다 뜨는 차가운 눈짓 한 번으로 한정임의 의도를 물리치며 용건이 무엇인지 물었다.

"네, 저어……, 지난번에 말씀드렸던 거……."

긴장한 한정임은 목소리가 가늘게 떨리며 큼직한 핸드백을 최혜경 앞으로 약간 밀어놓는 조심스러운 손짓을 했다.

"대령 진급도 남들보다 빨랐으면서 너무 욕심이 많은 거 아닌가? 누구지? 양 대령인가, 한정임 씬가?"

최혜경의 반말투는 느긋했다.

"사모님께서도 잘 아시잖아요. 부부는 일심동첸 거. 육사에 경상도면 장군님과 똑같이 더 볼 것 없는 진골이잖아요. 그만큼 믿을 수 있는 사람이 어디 있겠어요. 그이의 충성심은 물불을 가리지 않아요."

한정임은 미리 연습하고 연습한 말에 힘을 주었다.

"그야 말 안 해도 다 아는데, 한정임 씨 오빠가 옥에 티야. 양 대령이나 한정임 씨가 오빠를 끌어오지 못하면 그리 야단스럽지나 않게 막든지, 오빠가 정 야당생활을 하겠다면 누이동생하고 매제를 생각해 좀 조용하게 하든지, 이건 뭐 남들 두 몫, 세 몫 떠들며 나서니 어찌 되는 거야? 우리 장군님도 아주 기분 나빠하시고, 나도 무슨 말씀드리기가 얼마나 난처한지 원."

최혜경의 눈빛이 싸늘하게 한정임을 훑었다.

"네 사모님, 전 오빠 얘기만 나오면 꼭 죽고 싶은 심정이에요. 저하고 제 남편은 하다하다 안 돼서 포기하고 형제간의 의를 끊은 지 오래됐어요. 제가 아버지의 힘까지 동원했지만 오빠의 미련한 통고집은 아버지도 어쩔 수 없었어요. 오죽하면 저희 부부가 오빠하고 상종 안 하는 걸 아버지께서 이해하시겠어요. 제가 정말 사모님 뵐 면목이 없습니다. 넓게 용서해 주시고, 저희 부부가 사죄의 뜻까지 합쳐 더더욱 충성을 다하겠습니다."

한정임은 정말 죄인처럼 기죽어 연달아 머리를 조아렸다.

"참 딱한 일이우. 야당을 해도 눈치껏 요령껏 하면 좀 좋아. 형제간에 도움은 못 주더라도 피해는 주지 말아야지. 하여튼 양 대령도 진골 족보 제대로 빛 보기는 그리 쉬울 것 같진 않아."

"어머 사모님, 그런 말씀 마시고 도와주시고 이끌어주세요. 같은 고향사람에 같은 대학, 그것도 껄렁한 일반 대학이 아니라 육군사관학교 선후배, 이런 기막힌 인연이 어디 또 있겠어요. 사모님, 저희 부부의 충성을 믿어주세요."

한정임의 목소리는 절박하다 못해 갈라지는 듯 떨렸고 눈에는 눈물마저 번지고 있었다.

"충성……, 충성이라……, 누구나 그런 말 잘하지. 근데 그게 보이는 것도 잡히는 것도 아니니……."

최혜경은 들릴락 말락 중얼거리며 커피잔을 들었다. 그 입가에 냉기 서린 야릇한 웃음이 스치고 지나갔다.

"아닙니다, 정말 믿어주세요. 저희들도 저희들 마음을 보여드릴 수 있었으면 좋겠어요. 장군님 내외분을 위해서라면 무슨 일이든지 할 수 있고, 저희들 마음을 혈서로 맹세할 수도 있습니다."

안타까운 표정의 한정임은 가슴을 쥐어뜯듯 하는 손짓만큼 강한 어조로 말했다.

"우릴 위해 무슨 일이든지……? 그게 사실일까……?"

최혜경은 의심과 의문이 엇갈리는 듯한 눈으로 한정임을 빤히 쳐다보았다.

"그럼요, 무슨 일이든지 할 수 있어요. 시켜만 주세요."

한정임은 최혜경의 눈을 마주 응시하며 그야말로 혈서로 맹세하듯 비장감 넘치는 소리로 말했다.

"됐어, 어서 커피나 다 마셔."

최혜경은 너를 믿는다는 듯 갑자기 환하게 웃었고,

"저어, 이거……."

한정임은 기회는 이때라는 듯 큰 핸드백의 지퍼를 열어 손가락을 재빨리 놀려 가방 안이 살짝 들여다보이게 했다. 가방 아가리 사이로 금방 내비친 건 돈다발이었다.

"한정임 씨, 그럼 한 가지 해내야 할 일이 있어."

최혜경은 가방을 거들떠보지도 않고 어감이 바뀐 소리로 나직하게 말했다. 한정임은 문득 긴장하며 핸드백에서 손을 떼고 똑바로 앉았다. 그 순간, 괜한 소리 잘못 지껄인 것 아닌가, 무슨 고약한 일을 시키려는 것인가, 하는 생각들이 엇갈리며 그녀는 낭패감과 당황스러움에 휘말리고 있었다.

"뭐, 하나도 어려울 것 없고 힘드는 일도 아닌데, 한 가지 중요한 점은 비밀을 꼭 지켜야 하는 점이야. 그래서 그동안 사람을 물색 중이었는데, 내 주변에 사람은 많지만 딱 믿고 무슨 일을 시킬 사람은 흔치 않아. 내 말 무슨 뜻인지 알아듣겠어?"

고개가 뒤로 잦바듬해진 최혜경은 한정임을 눈 아래로 깔아보았다.

"네에, 사모님……"

"난 한정임 씨가 남편 출세를 바라는 야심이 크고, 적극적이고, 똑똑한 것을 좋아해. 그런 게 나와 비슷하기도 하고, 그래야 사람은 발전해. 그런데 거기에 한 가지 더 필요한 게 의리야. 그것까지 갖추면 한정임 씨는 내 상대로 만점이야. 그땐 물론 원하는 걸 뭐든지 다 들어주지. 어때, 일해 보겠어요?"

"네에, 사모님……"

"좋아, 그럼 좀더 가까이 와서 정신 똑바로 차리고 들어. 내가 얼마 전에 입수한 정본데 말야, 한강 바로 건너 남쪽으로 서울을 키우는 도시계획이 비밀리에 추진되고 있어. 이게 무슨 소린고 하면 말야, 또 하나의 서울을 강 건너에 만든다는 어마어마한 계획이다 그거야. 이건 청량리 쪽 길이 넓어지고, 신촌 쪽에서 어디로 길이 새로 뚫리고 해서 재미를 보았네 어쩌네 하는 것하고는 비교도 안 되게 엄청난 일이야. 근데 그간의 도시계획을 놓고도 정보가 미리 새나가 부동산 투기를 조장했느니, 특권층이 개입되었으니 말들이 많았잖아. 그래서 이번엔 특히 기밀유지를 철저히 하고, 또 요새 기강 확립바람이 불고 있어서 그 누구도 함부로 집적거리지 못하는 형편이야. 한정임 씨, 내가 지금 무슨 말을 하고 있는지 알아듣겠어?"

최혜경은 갑자기 한정임의 의식을 잡아채듯 말머리를 돌려 물었다.

"네, 사모님……."

한정임은 얼떨결에 대답하며 자신이 어떤 골목으로 몰이를 당하고 있는지 어렵지 않게 깨달았다.

"무슨 말에나 대답이 '네, 사모님'이면 그 뜻이 너무 막연한 것 아닌가……?"

최혜경의 날카로운 눈초리가 순간적으로 한정임의 눈을 찔렀다.

"네, 방법을 가르쳐주시기만 하면 그 기밀을 꼭 알아내겠어요."

어차피 피할 수 없는 올가미고 화살이었다. 그래, 나만 죽는 게 아니니까 어디 해보자! 한정임은 이런 심정으로 한 치의 물러섬이 없이 최혜경을 맞쏘아 보았다.

"역시 한정임 씨는 똑똑하고 눈치 빨라서 맘에 들었다." 최혜경은 손가락을 울려 딱 소리를 내고는, "이봐 한정임 씨, 먼저 이거 하나는 분명히 알아둘 게 있어. 이런 일을 놓고 특권층의 비리니

뭐니 쩔고 까불고 말들이 많은데 말야, 그따위 소리엔 털끝만큼도 신경 쓸 거 없어. 무슨 말인고 하면, 밤낮으로 나라 위해 몸바쳐 일하는데 그 정도 재미를 보는 것이야 당연한 뽀나쓰고, 이삭 좀 주워 먹는 것뿐이야. 더구나 누구 피해 입히는 것도 아니구, 어차피 돈 많은 업자들 좋은 일 시킬 판이니까, 다 알지?" 그녀는 눈을 찡긋했다.

"네 사모님, 옳으신 말씀이세요. 저도 그렇게 생각해요."

한정임은 최혜경의 말이 평소의 자기 생각과 딱 맞아떨어지는 것을 느끼며 반색을 했다.

"그럼 잘됐어. 일 처리만 남은 거니까 내 말 똑똑히 들어. 대통령 빽보다 센 게 삼십육계 줄행랑 치는 거고, 빽 중에서 제일 센 빽이 실무자 빽이란 말 잘 알지? 이 일 소리소문 없이 해낼려면 실무자들 라인의 어느 대목을 눌러야 제일 효과가 나겠어?"

"으음……, 과장급은 너무 낮고……, 전체를 알 수 있는 자리라면 국장급 정도 돼야 하지 않겠어요?"

"바로 그거야, 국장! 실무부서 국장 마누라를 타고 들어가 쥐도 새도 모르게 이 일을 해결하는 거야. 뭐 복잡할 거 없고, 딱 한 가지만 알아내면 돼. 강 건너 새로 생길, 서울에서 세종로 광화문통처럼 제일 넓고 큰 길이 어디서 어디로 뻗어가는가, 그것만 알아내. 내가 마지막으로 하는 말인데, 이 일 귀신도 모르게 해야 해. 그런데 시간 끌 여유가 없어. 그 계획이 머잖아 발표될 것 같으니까. 자아, 수완을 잘 발휘해서 해결한 다음에 만나기로 하자구."

최혜경은 한정임의 핸드백 지퍼를 손수 닫았다. 그리고 핸드백 끈을 한정임의 손에 쥐여주며 자리에서 일어났다. 괜히 말을 과장되게 해서 뜻밖의 덤터기를 쓴 난감함에 빠져 한정임은 몸을 일으킬 수밖에 없었다.

"자, 이거 참고해. 모든 거 절대 비밀인 거 명심하구."

최혜경은 대청마루에서 내려서는 한정임에게 쪽지를 내밀었다.

'송은강. ③-2749. ㅇ여대 졸.'

택시에 오르자마자 한정임이 펼친 쪽지에는 이 세 가지가 적혀 있었다.

흥, 자기는 뒤로 쏙 빠지고 나를 맘껏 이용해 먹겠다 그거지. 만약에 무슨 사고라도 생기면 나만 불구덩이에 처넣을 작정이고. 그래, 서로간에 나올 말 다 나와버렸고, 이젠 이판사판 앞으로 나갈 수밖에 없어. 그래 좋아, 나도 이 기회에 최혜경이 뒷다리 물고 늘어져 양수겹장 치는 거야. 흥, 내가 이용만 당할 것 같으냐. 어디 두고 보자…….

한정임은 송은강을 공략할 작전을 궁리하기 시작했다. ㅇ여대 졸……, 최혜경은 역시 약고 빈틈없는 여자였다. 그 짧은 메모에서 상대방의 급소를 밝혀놓은 것이다. 같은 학교를 나왔다는 것……, 그 무조건적인 친밀감이며 신뢰감……, 학연의 줄기를 찾은 것은 보물섬의 지도를 찾은 것이나 다를 바 없었다.

택시에서 내린 한정임은 연신 시계를 보며 걸음을 서둘렀다. 그녀가 접어든 골목도 고급 한옥촌이었다. 아직 어설픈 솜씨의 양옥보다는 익숙한 솜씨로 짓는 한옥이 더 인기를 끌고 있었다.

"엄마, 엄마!"

식모에게 업힌 아이가 대문을 들어서는 한정임을 보고 화들짝 반가워하며 소리쳤다.

"그래, 그래, 알았어."

한정임은 아이와 눈 한번 맞추지 않고 건성으로 손짓하며 대청마루로 내달았다.

"아 여보세요, 송은강 씨 댁이죠? 여기 ㅇ대학 동창횝니다. 급한 일인데 송은강 씨 좀 빨리 바꿔주세요."

한정임은 사무적인 어조로 한달음에 밀어붙였다.

"ㅇ대학 동창회요? 기다리세요."

어딘가 뜨악해하는 느낌이 섞여 있는 목소리를 들으며 한정임은 전화기에 대고 혀를 낼름했다.

"여보세요, 전화 바꿨습니다."

"아, 안녕하세요? 송은강 동문이시군요? 저는 가정과 졸업생으로 간사를 맡고 있는 한정임이라고 합니다. 다름이 아니라 동창회 활성화를 위해 몇몇 동문을 뽑아 의견을 듣고 있으니 잠깐 시간을 내주시기 바랍니다. 미리 말씀드리지만 경제적 부담을 드리는 일은 절대 없습니다."

"글쎄요, 제 입장이 좀……, 그게 저어……."

"왜, 부군께서 공직에 계셔서 난처하기라도 한가요? 제 남편은 ××수사대 양용석 대령이에요. 이런 기회에 자연스럽게 만나면 서로 나쁠 것 없잖아요?"

"네에? ××수사대요?"

목소리만으로도 저쪽이 얼마나 질겁을 하는지 환히 알면서 한
정임은 여유만만하게 대꾸했다.

"뭐, 정 마음이 내키지 않으면 어쩔 수 없구요. 다른 동문들도 많
으니까……."

"아니에요, 아니에요. 시간과 장소를 정해주시면 언제든지 나가
겠어요. 네, 이런 기회에 자연스럽게 만나뵈면 좋구말구요."

"뭐, 무리하실 건 없는데……, 시간은 촉박하구 만나야 될 사람
은 많은데 이걸 어쩌면 좋은가……."

"저는 아무 때나 좋으니까 말씀만 하세요. 네에, 얼마나 힘드시
겠어요."

"그럼 말 나온 김에 오늘 오후 2시쯤이 어떻겠어요?"

"네, 좋습니다. 장소 말씀해 주세요."

전화를 끊고 나서 한정임은 전화통을 힐끗 보며 코웃음을 쳤다.
제일 어려운 첫 고비가 작전대로 쉽게 풀려 그녀는 환호성을 지르
고 싶었다. 그러나 한편으로는, 이까짓 걸 가지고 뭘! 하는 자만이
고개를 들고 있었다.

한정임은 명동의 단골 미장원에서 머리 손질을 하고 곧바로 양
장점으로 갔다. 아직 한 시간 남짓 시간 여유가 있어서 최혜경의
옷감을 보아두려는 거였다. 어차피 말을 낸 것, 그냥 덮고 넘어갈
수 없는 일이었다. 아니, 그냥 넘어가다니. 그까짓 옷, 많이 해줄수

록 좋다. 그건 가면 답이 오게 마련이고, 크게 먹으면 그만큼 답도 확실했다. 그 투자만큼 명확하게 남는 사업도 없었다. 직위 올라가 권세가 커지는 만큼 실속도 커지게 마련이니까 투자를 염려할 것이 없었다.

"사장님, 이 세 가지는 어디다 깊이 좀 넣어주세요. 내가 2~3일 있다가 한 분 모시고 꼭 올 테니까요. 그분 눈이 높아 같은 색깔 옷 나도는 것 딱 질색이니까요."

한정임은 사장에게 이르고 소파에서 일어났다. 아래층 계단을 향해 걸어가던 한정임은 마주 걸어오는 자신을 거울 속에서 만나고 있었다. 커다란 거울 속에는 한정임의 전신이 담겨 있었다.

그래, 폼이 이 정도는 돼야 미니스커트지, 짜리몽땅해 가지고 제 까짓 게 무슨 미니스커트야, 미니스커트가. 하여튼 좋아, 많이 입으라구. 많이 입을수록 나 같은 사람만 폼 나게 해주는 거니까.

한정임은 거울에 비친 자신의 미니스커트 차림에 한껏 만족하며 엉덩이를 사리살짝 흔들었다. 보라색 옷에 빨간 핸드백이 얼핏 촌스러운 것 같기도 했고, 너무 야하게 멋을 부린 것 같기도 했다. 그건 상대방이 빨리 알아보게 하려고 약속한 표시였다.

한정임은 약속시간에 딱 맞추어 조선호텔 커피숍으로 들어섰다. 왼쪽 구석자리에서 몸을 일으키며 약간 손을 들어 보이는 여자와 한정임의 눈길이 마주쳤다.

"한정임입니다. 일찍 나오셨네요."

"아니, 방금 왔습니다. 송은강입니다."

한정임을 따라 송은강도 커피를 시켰다. 수수한 옷차림의 송은강은 한정임보다 대여섯 살은 더 먹어 보였다.

"부군께서도 군 출신이신가요?"

한정임이 다정한 웃음을 지으며 지나가는 말처럼 물었다.

"아닙니다. 그냥 공무원입니다."

송은강은 긴장이 풀리지 않은 얼굴에 어색한 웃음을 담으며 대답했다.

"그럼 군인이나 군 출신들을 별로 안 좋아할지도 모르겠군요. 직업공무원들은 대개 그렇다던데."

"아, 아니에요. 그럴 리가 있나요."

송은강은 당황스럽게 손까지 내저었다.

"핵심세력의 부인들과는 친교가 많이 이루어지고 있나요?"

"거의 아는 분이 없습니다. 저희가 워낙 낮아서……."

점점 더 긴장해 가고 있는 송은강은 마치 무슨 취조라도 받고 있는 것 같았다.

한정임은 다시 무슨 말을 하려다가 입을 다물었다. 마침 커피가 나왔던 것이다.

"자아, 커피 듭시다. 서울 시내에 담배가게만큼 많은 게 다방이라지만 커피 맛은 여기 당할 데가 없어요."

한정임은 커피에 설탕을 떠넣으며 여유롭게 말했다. 그러나 재빠른 눈초리는 상대방을 이리저리 훑고 있었다. 한정임은 상대방을 제압하는 데 일단 성공했다고 판단하며 다음 단계로 넘어갔다.

"글쎄요, 국장이 낮은 직책은 아니지요. 그렇다고 높은 직책도 아니고. 어정쩡하고 어중간한 자리라고 할 수 있겠네요. 국장까지 승진하는 건 일단 일을 열심히 하면 되는 거지만, 그 다음부터는 그렇게 되는 게 아니잖아요. 나이는 먹고, 인생은 그때부터 전성기가 되는데."

한정임은 느긋하게 커피잔을 기울였다.

"어쩜 그리 잘 아세요. 위로 올라갈수록 자리는 줄어들고……."

말조심을 하는 송은강의 얼굴에 고민스러운 빛이 스치고 지나갔다.

"잘 알긴요. 나도 당하고 있는 일인걸. 소위부터 대위까지는 그저 누구나 햇수만 채우면 되는 거고, 소령부터 대령까지는 순서가 따로 없이 요령껏 능력껏 진급하는 것이고, 장군부터는 그야말로 '하늘의 별 따기'로 업무의 능력이나 실력으로 되는 게 아니에요. 대령까지 될 정도면 능력이나 실력은 다 비슷비슷하고, 그러니까 뭐랄까……, 좀 고상하고 유식한 말로 하자면 정치력이 다 좌우하게 돼 있어요. 대충 아시겠지만, 그 정치력이란 게 참 이상하고도 묘하잖아요."

한정임은 송은강을 건너다보며 잔잔한 웃음을 피워냈다. 그런데 그 웃음이야말로 무슨 말을 대신하는 듯, 감추고 있는 듯 이상하고도 묘했다.

"글쎄요. 저희는 그쪽으로는 아무래도 힘이 부쳐서……, 감히 뭐……, 그저 그렇게……, 뭐 그냥……, 그렇지요."

송은강은 말조심을 하느라고 어물어물하고 우물쭈물해 가면서 웃음으로 때워넘기고 있었다. 그런데 그 웃음에 쓸쓸한 기색이 내비쳤다.

"군 출신이 아니라서 그리 말하는 모양인데, 그렇게 막히게 생각할 것 없어요. 군 출신들이 그동안 여기저기 많이 들어가 자리잡긴 했지만 여러 요직에 민간인 출신들이 좀 많아요? 실세들하고 줄 닿고 인연 맺기가 어려워서 그렇지 어떻게 한번 맺어져 의리 지키면서 믿거라 하는 사이가 되면 그때부턴 신바람이 나게 되는 거죠. 잘 아시죠? 군 출신들 화끈한 거."

"네에, 그렇지만 그런 기회가 어디 그리 쉽나요. 제 입장에서는 한 동문 같은 분이 부러울 뿐이에요. 부군께서 그런 요직에 계시니 앞길 훤히 열려 있어서 아무 근심걱정이 없으시잖아요."

한정임을 바라보는 송은강의 눈에는 정말 부러움이 차 있었다. 송은강은 개미귀신이 파놓은 구덩이에 미끄러져 들어가고 있는 개미였다.

"아니 그까짓 자리가 부럽긴, 뭘. 얼마 안 있으면 그 자리 그만두게 될 거예요."

"어머, 그럼 그보다 더 좋은 자리가……."

송은강은 중얼거리듯 말하며 어리둥절한 얼굴이 되었다.

"뭐 이렇게 만났으니까 차차 알게 되겠지만, 저기 저 위로 옮겨가게 될 거예요."

말하는 것을 따라 한정임의 고개는 뒤로 발딱 젖혀져 얼굴이 천장을 마주보았다.

"어머나!"

송은강은 금방 질리며 손으로 입을 가렸다.

한정임은 그런 송은강의 반응은 모르는 척하며 손끝으로 종업원을 불렀다. 그리고 무척이나 세련된 듯한 태도로 커피를 추가시켰다.

"어쩌면 그리 빽이, 아니 정치력이 좋으세요⋯⋯. 참, 그게 어디⋯⋯."

송은강은 완전히 기가 꺾여 안색만 변한 것이 아니라 목소리마저 떨리며 말이 제대로 나오지 않았다.

"그게 다 좋은 인간 관계를 맺은 덕이죠. 물론 비밀 잘 지킬 걸 믿고 하는 말인데, 실세 중에 한 분인 차동욱 장군 아시죠? 그분께서 우리 남편과 같은 고향에, 육사 선후배 사이예요. 난 그 사모님하고 언니 동생 하는 사이고요."

한정임은 사르르 웃으며 마지막 결정타를 가하고 있었다. 차동욱이란 5·16 직후에 남재구를 한인곤한테서 등돌리게 한 사람이었다.

33

쇠기둥과의 씨름

교실 두 배쯤 되는 탈의실은 사람들로 북적거리고 소란스러웠다. 피부 색깔과 얼굴 생김이 다른 사람들이 뒤섞여 사복을 벗고 채탄복을 갈아입고 있었다. 독일사람과 한국사람은 피부 색깔이나 얼굴 생김이 확연하게 구분되었고, 터키나 모로코 사람들은 그 중간쯤으로 보였다. 그들의 피부 색깔은 한국사람에 가까운데 얼굴 생김생김은 독일사람에 가까웠다. 서양과 동양의 중간지대에서 태어난 사람들다웠다. 스페인사람들도 더러 섞여 있기도 했지만 한국사람의 눈에는 그들이 독일사람들과 똑같이 보였다. 흑인만 끼여있었더라면 광산의 탈의실은 완전한 인종 전시장이 될 수 있었다.

"정 씨, 이거 왜 이렇지요? 조금 다치기만 하면 이렇게 푸릇푸릇 멍이 든 것처럼 돼버리니. 이게 무슨 병일까요?"

한 남자가 이발사 노릇도 하는 정수남 옆으로 다가서며 걱정스러운 목소리로 물었다. 그는 조심스럽게 팔뚝을 내밀고 있었다. 그의 팔뚝 여기저기에는 마치 점 찍기 문신을 한 것처럼 크고 작은 푸른 점들이 대여섯 개 찍혀 있었다.

"병은 무슨 병. 그거 하나도 신경 쓸 거 없어요. 탄광밥 먹은 관록이니까."

정수남은 시큰둥하게 대꾸해 버렸다.

"이게 상처에 탄가루가 묻은 채로 상처가 아물어서 이리 되는 모양인데, 다음에 무슨 병이 되는 건 아닐까요?"

그 남자는 계속 시무룩한 채 걱정스러운 얼굴이었다.

"이봐요 김 씨, 폐가 시커멓게 되도록 날마다 탄가루 마셔대는 신세에 그까짓 걸 가지고 뭘 걱정하고 그래요. 초짜 때는 누구나 다 그리 겁먹고 그러는데, 별거 아니니 신경 쓰지 마슈. 탄가루로 폐가 썩어 죽을 수는 있으나 그것으로 죽는 일은 없을 테니까. 자아, 이거 보슈."

정수남이 상의를 벗더니 두 팔을 김 씨 앞으로 쑥 내밀었다. 소매 없는 러닝셔츠를 입은 그의 두 팔에는 푸릇푸릇한 크고 작은 점들이 수없이 찍혀 있었다.

"아이고, 이렇게나 많이. 관록은 관록이네요. 그런데 덧나거나 곪거나 한 일 없으세요?"

김 씨는 두 팔에 찍힌 많은 점들과 정수남을 번갈아 보며 눈을 꿈벅거렸다.

"그래도 석탄이라는 게 땅속 깊이 들어 있는 물건이라 깨끗한 모양이오. 아무 탈이 안 나는 걸 보면. 빌어먹을, 타국에서 광부 노릇 해먹는 것도 서러운데 이거 꼭 문신을 한 것처럼 표가 나서 지워지지 않으니 원. 아이고 모르겠다, 이 처량한 신세."

정수남이 한숨을 쉬며 바지를 벗었다.

그 푸릇푸릇한 점들은 광부라면 누구나 피할 수 없는 흉터였다. 광부들은 지하 1천 미터에 이르는 갱내에 들어가면 평균 35도를 웃도는 지열 때문에 팬티바람으로 작업을 했다. 그런데 갱의 천장은 파낸 지 얼마 안 되는 데다 석탄을 캐내는 기계의 진동으로 잔돌들이 떨어져내렸다. 머리가 띵하고 귀가 먹먹할 정도로 심한 지압 때문에 잔돌들은 광부들의 몸에 부딪치며 꼭 상처를 냈다. 그러나 지압의 마술로 광부들은 아무런 아픔을 느끼지 않았다. 1미터 앞이 침침할 정도로 석탄가루가 가득 찬 속에서 팬티바람으로 땀을 줄줄 흘리고 있는 광부들의 몸뚱이는 먹물을 뒤집어쓴 것이나 마찬가지였다. 그러니 잔돌들이 낸 상처에도 석탄가루가 들어가지 않을 수 없었다. 광부들이 갱에서 나올 즈음에는 상처에 피막이 생기게 되고, 밖으로 나와 바로 샤워를 하지만 피막 속에 들어 있는 석탄가루는 씻겨지지 않았다. 상처가 그대로 아물어 낫게 되면 어김없이 푸릇푸릇한 흉터가 되고 말았다. 그건 광부들만 지니게 되는 '석탄 문신'이었다.

채탄복을 갈아입은 정수남은 물병과 밥을 옆구리에 차기 전에 코담배를 챙겼다. 갱내에서는 술과 담배는 절대금지였다. 광부들은 여덟 시간씩 담배를 참아낼 수 없어서 코담배나 입담배를 구입

했다. 정수남은 입에 넣고 씹는 입담배가 너무 독해 콧속에 가루를 조금씩 찍어 바르는 코담배를 쓰고 있었다.

교대시간에 맞추어 노란 모자를 쓴 광부들은 흰 모자를 쓴 감독을 따라 샤프트(승강기)장으로 이동했다.

"오늘 마늘 준비 누가 했소?"

샤프트를 기다리며 정수남이 낮은 소리로 물었다.

"예, 여기 준비했습니다."

누군가의 조용한 대답이었다.

마늘을 다져 병에 담아오는 것은 '후진'들의 몫이었다. 기한을 연장한 정수남은 '선진' 중의 선진이라 자연스럽게 선배 노릇을 하고 있었다. 그들은 고참이니 신참이니 하는 군대용어를 피해 선진과 후진이라는 말을 쓰고 있었다. 마늘 다진 것은 누가 먹으려는 것이 아니었다. 교대시간이 되면 광부들은 한시라도 빨리 갱에서 벗어나려고 서로 기를 쓰고 갱차로 몰려갔다. 지열과 지압만이 아니라 미세한 석탄가루들이 가득 떠도는 속에서 80킬로그램짜리 쇠기둥인 스탬펠을 평균 80개씩 세워 갱의 천장을 떠받치느라고 여덟 시간을 시달린 그들은 오로지 밖으로 빨리 나가야 된다는 생각에만 사로잡혀 있었다. 그러나 한발 늦어 한정되어 있는 갱차를 놓치면 꼼짝없이 다시 돌아올 때까지 기다려야 했다. 어떻게 하면 자리를 쉽게 차지할 수 있을까 하고 궁리해 낸 것이 마늘 바르기였다. 교대시간을 얼마 남겨놓지 않고 다진 마늘을 갱차 한 칸에 발라두었다. 그 마늘 냄새는 서양사람들을 딴 칸으로 쫓는 구실을 톡톡히 해냈다.

"굴릭 아우프! (무사히 올라오게!)"

"굴릭 아우프!"

샤프트에서 나오며 출광하는 광부마다 대기하고 있는 광부들을 향해 외치듯이 인사를 보냈다. 피부 색깔을 알아볼 수 없도록 석탄가루를 시커멓게 뒤집어쓴 얼굴에 비해 그들의 목소리는 생기에 넘치고 있었다. 그 생기는, 탄광 고유의 인사인 굴릭 아우프를 상대방에게 보내기보다는 '아, 살았구나!' 하며 자기자신의 안전을 확인하는 환희 같았다.

샤프트가 덜컹 작동하기 시작하자 정수남은 자신도 모르게 눈을 감았다. 어김없이 '죽었구나' 하는 생각이 스치고 있었다. 그 느낌은 샤프트를 타던 첫날 머리를 스쳐갔다. 그리고 그 다음날부터 샤프트를 탈 때마다 틀림없이 떠오르고는 했다. 그 생각이 불길하기도 해서 떼쳐내려고 애를 쓰기도 했지만 아무 소용이 없었다. 기한을 연장한 지금까지도 조금도 나아지지 않고 샤프트만 타면 첫날 그대로의 느낌으로 '죽었구나' 하는 생각이 순간적으로 스쳐갔다. 그건 자신만 그러는 것이 아니었다. 술을 마시며 속마음을 털어놓다 보면 한국 광부들은 너나없이 똑같은 마음고생을 매일 반복하고 있었다. 그런데 출광 때는 입광 때와는 반대로 '살았구나' 하는 안도감을 느끼고는 했다.

갱내에서 일할 준비를 하고 있는데 감독이 정수남을 찾았다. 감독은 무작정 따라오라는 손짓을 하며 급하게 걸어갔다. 세월의 덕으로 간단간단한 독일말을 할 수 있게 된 정수남은 이상하다고 생각하며 따라갈 도리밖에 없었다. 갱내에 들어오면 감독이 왕이 었다.

감독이 발을 멈춘 곳을 본 정수남은 어리둥절해졌다. 자신의 건넌방에서 자취를 하고 있는 송 씨가 전화기를 들고 안절부절못하고 있었다.

"아 여보세요, 당신이 원하는 대로 독일말을 할 줄 아는 헤어 정을 데려왔으니 얘기하세요. 잠깐 기다리세요, 헤어 정을 바꿀 테니까." 감독이 송 씨한테 전화기를 뺏어 말하고는, "당신의 집주인 할머니요" 하며 전화기를 정수남에게 불쑥 내밀었다.

"아니, 무슨 일이요? 여기까지."

정수남은 깜짝 놀랐다.

"직접 들어보시오. 내가 말을 전하겠다고 해도 소용없으니까. 그할머니 굉장히 화가 났소."

감독이 양쪽 검지손가락을 세워 머리 위를 두어 번 찌르는 손짓을 하며 돌아섰다.

"여보세요, 헤어 정입니다. 무슨 일이세요?"

"헤어 정, 똑똑히 들어요. 헤어 송이 출근하면서 전깃불을 안 끄고 갔어요."

전화기에서 여자 노인네의 화난 목소리가 쨍하게 울렸다.

"그래요? 그거 잘못된 일입니다. 미안합니다."

정수남은 독일사람들의 무뚝뚝하고 강직한 기질을 생각하며 재빨리 대응했다.

"내가 안 봤더라면 하루 종일 불이 켜져 있었을 것 아니에요? 그런 사람은 우리 집에 더 둘 수 없으니깐 당장 내보내겠어요. 헤어 정은 왜 그런 사람을 소개했어요. 헤어 정도 책임져요."

"예, 예, 잘못했습니다. 정말 미안합니다. 다시는 그런 잘못 안 하도록 제가 책임지겠습니다."

"헤어 정이 책임지고 내보내요. 더 전화 길게 하면 일에 지장이 있으니까 그만 끊어요."

더 대꾸를 할 새도 없이 전화가 끊어졌다.

정수남은 쓴 입맛을 다시며 송수화기를 전화통에 걸었다.

"무슨 일이지요? 뭐라고 막 소릴 질러대는데 무슨 말인지 알아들을 수가 있어야지요."

송 씨가 불안한 얼굴로 다가섰다.

"아침에 나오면서 방 전깃불 안 껐지요? 그것 땜에 잔뜩 화가 나 있어요."

정수남은 퉁명스럽게 말했다. 방에 세들 때 미리 다 주의를 시켰는데 그런 실수를 한 것이 마땅찮아서였다.

"글쎄요, 끈다고 껐는데……, 잘 모르겠는데요."

송 씨는 어물어물했다.

"자기가 보지 않았으면 하루 종일 전기가 켜져 있었을 것 아니냐는 것 때문에 할머니는 잔뜩 화가 난 거요. 송 씨를 당장 내보내겠다고 할 정도로."

"예에? 내보내요? 그럼 어쩌지요?"

그까짓 것 뭐……, 하는 기색이었던 송 씨는 그제서야 당황했다.

"우선 내가 사과하고, 다시는 그런 일 없게 하겠다고 했으니까 이따가 나가서 송 씨가 직접 또 사과해요."

"예, 예, 알겠어요." 송 씨는 고개를 꾸벅꾸벅하고는, "근데 말입니다, 그런 일로 이 땅속까지 전화를 하다니, 참 지독한데요" 하며 그는 고개를 내저었다.

"글쎄 말이오. 나도 처음 당하는 일이라 어리벙벙해요."

정수남은 안전모를 고쳐 쓰며 돌아섰다.

"전화를 한 할머니도 그렇지만, 이 깊은 막장까지 전화를 바꿔 주는 회사도 또 이상하네요."

"그게 독일사람들이오. 그렇게 철저한 게."

정수남은 이렇게 대꾸하면서도 지하 1천 미터 가까운 막장까지 그런 전화가 걸려온 것이 그저 놀랍고 신기할 뿐이었다. 그리고 낭비라고는 절대로 하지 않는 독일사람들의 몸에 밴 절약과 검소에 다시금 어떤 숙연함을 느끼고 있었다.

갱내 작업이 시작되었다. 특별한 경우가 아니면 석탄은 거의 기계로 캐내기 때문에 광부들이 주력하는 일은 스탬펠 세우기였다. 그건 막중한 지압으로 갱이 붕괴되거나 함몰되는 것을 방지하는 동시에 광부들의 생명을 안전하게 보호하기 위한 가장 근본적이고 절대적인 작업이었다. 석탄을 캐내고 운반하는 것은 기계화되어 있었지만 스탬펠을 세우는 일은 기계로 할 수 없어 일일이 사람의 손으로 해야 했다. 한국에서 통나무를 들여다가 갱의 높낮이에 맞춰 잘라 쓰는 것에 비해 쇠로 제작되어 높낮이를 조정할 수 있는 스탬펠이 기계화되었다고 할 수 있었다. 그런데 서양인들에 비해 몸집이 작은 한국 광부들에게 스탬펠이라는 쇠기둥의 무게는 애초에 너무 무리였다.

한국을 떠날 때 광부들의 몸무게는 평균 60킬로그램 정도였다. 그 몸들이 독일에 와서 육식을 많이 하고 매끼 배부르게 먹어 불었다 해도 날마다 팥죽땀을 흘리며 중노동에 시달리다 보니 거의가 65킬로그램 미만이었다. 그런 몸으로 자기 몸무게보다 훨씬 무거운 80킬로그램짜리 쇠기둥을 일정 지점까지 운반해야 하고 그리고 지형에 맞추어가며 세워야 했다.

역도에서 기본동작은 선 자리에서 바벨을 들어올리는 용상이었다. 그리고 역도선수가 될 수 있는 1차 자격은 자기 몸무게의 바벨을 아무 하자 없이 용상으로 들어올리는 것부터였다. 그러나 보통 사람들은 자기 몸무게의 절반도 쉽게 들어올리기 어렵고, 몇 개월 숙달을 시킨다고 해도 자기 몸무게를 들어올리려면 다리가 흔들려 중심을 잃고 팔이 떨려 균형을 잃어 성공하기가 쉽지 않았다. 그런데 한국 광부들은 지상도 아닌 갱내에서 지압과 지열에 시달리고 석탄가루로 숨을 헉헉거리며 날마다 80킬로그램짜리 쇠기둥과 씨름을 하고 있었다.

감독이 어제 세운 스탬펠들을 점검하며 휘어진 것부터 교체하라는 지시를 내리기 시작했다. 쇠기둥은 지압을 견디지 못해 밤사이에 휘어진 것들이 더러 있었다. 그런 곳에서는 낙반사고가 일어날 위험이 컸다. 광산에서의 낙반사고는 바로 광부들의 죽음이었다.

정수남은 코담배 외에도 피로회복제로 준비한 사탕 하나를 입에 물고 스탬펠 작업을 시작했다. 한국 광부들이 점심으로 대개 김밥을 싸듯이 사탕도 상비품이었다.

탄맥을 따라 석탄을 캐내는 만큼 갱도는 새롭게 생겼고, 그 길을 안전하게 보존하기 위한 스탬펠 작업도 끊임없이 이어지고 있었다. 정수남은 스탬펠을 어깨에 올리며 자신도 모르게 끄응 힘을 썼다. 언제나 가벼워질 줄 모르는 쇳덩어리의 무게가 전신을 눌렀다.

이것을 120개씩이나 치다니!

정수남은 이 생각을 또 했다. 게딩게(도급제)에 따라 하루에 한 사람이 세워야 하는 스탬펠은 80개였다. 그 작업량을 채우지 못하면 보수가 깎이고, 더 많아지면 보수가 불어나는 것은 더 말할 것도 없었다. 그런데 80개를 대여섯 개 초과한 것도 아니고 날마다 40개씩이나 초과해 120개씩을 세운 한국 광부가 있었다. 그가 남들보다 돈을 많이 벌어 기한을 연장하지 않고 귀국했음은 물론이었다. 그의 이야기는 '스탬펠 왕자', '스탬펠 영웅'이라는 칭호와 함께 루르 지역과 아켄 지역에 연달아 있는 노벨·발슘·함본·벨셈피어르켄·에쎔·캄프린트보틀·노이키어르켄 같은 한국 광부들이 있는 탄광마다 전설처럼 퍼져나갔다. 광부들은 충격 속에서 그 말을 믿기 어려워했고, 김 씨 성을 가진 그 사람이 씨름꾼 같은 장사가 아니라 보통 체구일 뿐이라는 사실에 더욱 충격을 받았다.

광부들 사이에서는 그럼 우리도 할 수 있다는 바람이 일어났다. 정수남도 그 얼굴 모를 사람처럼 왕자나 영웅은 될 수 없더라도 100개씩은 채우리라고 결심했다. 그리고 그야말로 사력을 다해 덤벼들었다. 그러나 열 개를 더 세우다, 못 세우다 하며 1주일을 보내고 열이 펄펄 끓고 전신 구석구석이 조근조근 결리고 쑤시는 몸살로 앓아 눕고 말았다. 과로 진단을 내린 의사는 5일 동안 입원 결정을 내렸다. 의사의 진단이 있으니까 일을 안 해도 임금의 80퍼센트는 받을 수 있지만, 아픈 것에다가 임금이 20퍼센트 없어진 것은 이중 손해가 아닐 수 없었다. 끙끙 앓으면서 대충 계산을 해보아도 초과한 양으로 받을 돈이 깎인 20퍼센트를 벌충할 수가 없었다. 그리고 그는 뒤늦게 깨닫고 있었다. 스탬펠을 하루에 80개씩 치는 기준은 서양사람들의 체구에 맞춰진 것이었다. 그 기준을 그대로 한국 광부들에게 적용하고 있는 것이니 그 양만 일을 해내도 체구 작은 한국 광부들로서는 무리인 셈이었다.

그 다음부터 정수남은 스탬펠을 더 세울 욕심을 내지 않았다. 그런데도 하루 일을 시작하며 첫 번째 스탬펠을 어깨에 올리기만 하면 곧장 그 생각이 떠오르고는 했다. 사람의 마음이란 참 알다가도 모를 일이었다. 그 생각을 마음에서 깨끗하게 싹 지워버리고 싶은데도 왜 그렇게 끈질기게 따라다니는지 알 수가 없었다. 사람의 마음이란 하나가 아니라 여럿인 것도 같고, 자기 마음이면서도 자기 마음대로 안 되는 것이 마음인 것도 같고, 알쏭달쏭하기만 했다.

일단 작업이 시작되면 그 누구의 일손에나 불이 붙었다. 자기 작

업량을 다 채우려면 한눈팔거나 게으름을 피울 틈이 없었다. 감독
은 스탬펠의 수량만 세는 것이 아니라 작업불량의 스탬펠까지 가
려내기 때문이었다. 땀은 쉴새없이 흘러내리고, 연신 물을 마시고,
고무장화에 차오르는 땀을 쏟아내며 광부들은 쇠기둥으로 갱의
천장을 받쳐나갔다.

점심시간이 되자 자연히 국적별로 모여앉았다. 점심 먹는 자리
는 채탄지점에서 꽤 떨어져 있었지만 미세한 석탄가루가 날아다니
는 것은 피할 수 없었다. 정도의 차이만 있을 뿐 미로처럼 뚫려 있
는 기나긴 갱도에는 석탄가루가 가득 차 있는 셈이었다. 그들은 점
심을 펼쳐놓았다. 거의가 다 김밥인데 가끔 샌드위치인 사람도 있
었다. 그들은 후진으로 회사 기숙사에 있으면서 식당에서 주는 점
심을 받아온 거였다. 한국음식 중에서 한 그릇 단위로 치자면 영
양이 가장 고루고루 갖추어진 것이 비빔밥이고, 비빔밥을 휴대용
으로 간편하게 변형시킨 것이 김밥이었다. 한국식 샌드위치인 김
밥은 광부들에게 가장 잘 어울리는 점심이었다. 그런데 따지고 보
면 김밥은 제조원가가 꽤나 비싼 편이었다. 한국 배추나 무는 이미
씨를 가져다 심어서 현지 생산이 되고 있었지만, 김을 만들어낼 도
리는 없었다. 김은 저 머나먼 한국에서부터 꼭 비행기를 타고 오는
귀한 몸이었다.

그들은 석탄가루가 날아다니는 속에서 점심을 먹기 시작했다.
석탄가루는 코를 통해 폐로만 들어가는 것이 아니라 밥에 묻어 위
로도 들어갈 수밖에 없었다.

"아무리 생각해도 한 씨라는 사람이 다시 돌아온 건 남의 일 같지가 않아."

한 사람이 밥을 씹으며 한숨을 쉬었다.

"그러게 말야. 국내 물가가 왜 그렇게 정신없이 오르는 거야? 집값이 배로 뛰었다니, 우리가 이렇게 뼛골 빠지게 고생해 봤자 말짱 헛것이고 도루묵이잖아."

"니기미, 정말 맥빠져서 못살겠어. 한강의 기적을 일으킨다고 떠들어대면서 박정희는 도대체 정치를 어떻게 하고 있는 거야."

"알게 뭐야. 우리가 이렇게 죽어라고 고생해서 벌어 보내는 딸라로 즈이들이나 배 터지게 잘먹고 잘사는 것 아니겠어."

"글쎄 말이야. 정치를 제대로 잘하면 물가가 그렇게 뛸 리가 있겠어. 박정희 아랫것들이 얼마나 부정을 해먹으면 그 소문이 여기까지 퍼지겠어."

"박정희는 귀가 먹었나? 우리도 듣는 소문을 못 듣고 있는 거야, 뭐야. 그런 놈들은 제때제때 잡아서 다 총살을 시켜버려야지."

"괜히 열내지 마셔. 다 알면서도 모르는 척하는 거라구."

"그건 또 무슨 소리야?"

"그 쉬운 걸 몰라? 그런 걸 모르는 척 눈감아 줘야 목숨 바쳐 충성을 다할 것 아니겠어?"

"그게 그리 되나? 허 참, 자알들 논다. 엠병헐, 우리 같은 놈들만 바보 쪼다지 뭐야. 쳐죽일 놈들."

"그나저나 한 씨라는 사람도 이상해. 일단 귀국을 했으면 어떡하든 거기서 비벼볼 일이지 이 굴속은 왜 또 찾아오나 그래. 치가 떨리지도 않아?"

"오죽했으면 또 왔겠어. 그래도 거기 벌이보다는 몇 배 더 나으니까 또 왔겠지."

"아이고, 일단 돌아갔다면 나 같으면 다시는 안 오겠어. 모르고 한 번 당하는 일이지 거지 노릇을 해도 두 번 당하고 싶진 않아."

"다들 잘 생각해야지. 갔다가 다시 오는 것보다는 여기서 바로 연기하는 게 기분상으로나, 비행기값 안 없애는 것으로나 훨씬 나으니까."

"아이고, 모르겠어, 이 드런 놈에 팔자들."

정수남은 그런 이야기에 끼어들지 않고 그저 밥만 먹고 있었다. 그런 이야기들은 자신이 생각하고 있는 것과는 너무나 거리가 멀었다.

오후 일이 시작되고 두 시간쯤 지났을 무렵이었다.

"사고야 사고! 큰일났어!"

어디선가 갑자기 한국말 외침이 터졌다. 갱내에서는 소리치는 것이 금지되어 있고 수신호를 해야 했다. 그러나 형편이 워낙 급해 소리를 지른 모양이었다.

스탬펠을 세우려던 정수남은 외침이 울린 쪽으로 재빨리 몸을 돌렸다.

"정 씨, 빨리 와봐요. 방 씨가 스탬펠에 치였어요."

저쪽에서는 연달아 소리치고 있었다. 감독과 말이 통하는 자신을 찾고 있다는 것을 안 정수남은 그쪽으로 내달았다. 다른 사람들도 일손을 놓고 그쪽으로 몰리고 있었다.

"물러서! 다들 물러서!"

감독이 광부들을 제지했다.

"나 헤어 정이오. 내가 어떻게 된 건지 물어볼께요?"

정수남은 앞으로 나서며 감독에게 말했다.

"아 헤어 정, 지금 찾고 있던 참이오. 빨리 사태를 알아보시오."

감독이 정수남에게 길을 열어주었다.

"어떻게 된 거요?"

"예, 나도 잘 모르겠어요. 눈 깜짝할 새에 일어난 일이라. 방 씨가 이렇게 허리를 굽히고 있는데 저 스탬펠이 갑자기 넘어지면서 허리를 여지없이 쳐버렸어요."

바닥에는 한 사람이 죽은 듯이 엎어져 있었고, 그 옆에는 스탬펠이 나뒹굴어져 있었다.

정수남은 그 상황을 잘 이해할 수 없는 채로 다급하게 바닥에 무릎을 꿇었다.

"방 씨, 방 씨, 정신차려요. 방 씨, 정신차려요."

그러나 엎어진 사람은 아무 반응이 없었다.

"스탬펠이 넘어지며 저 사람 허리를 쳤대요. 정신을 잃었어요."

정수남이 일어나며 감독에게 말했다.

"정신을 잃어? 이거 중상인지도 모르겠소. 빨리 병원으로 옮겨야 해요. 헤어 정까지 네 사람을 뽑으시오."

감독이 다급하게 말하며 손바닥을 맞비볐다.

들것에 실려 밖으로 나올 때까지 방 씨는 정신을 차리지 못했다. 감독의 연락을 받고 사무실에서는 앰뷸런스를 대기시켜 놓고 있었다.

앰뷸런스가 방 씨를 싣고 떠나자 사무직원이 그들에게 말했다.

"수고들 했소. 오늘 일은 더 안 해도 괜찮아요."

탈의실로 들어선 정수남은 담배부터 꺼내 불을 붙였다.

"허리를 많이 다친 모양이지요? 그렇게 정신을 차리지 못하는 걸 보면."

누군가가 걱정스럽게 말했다.

"그게 하필 허리를 쳤으니 원. 별일 없어야 할 텐데……, 두고 봅시다."

정수남은 담배연기를 깊이 빨아들였다.

이틀이 지나 방 씨 소식이 전해졌다. 허리가 부러져 하반신 마비가 되었다고 했다. 그리고 1주일 뒤에 한국으로 보낸다고 했다.

"보상은 얼마나 받나?"

"평생 병신 됐으니까 3천 마르크 받겠지 뭐."

사망자에 대한 보상이 3천 마르크였다.

"그까짓 것 받으면 뭘 해. 평생 병신인데 3만 마르크도 말이 안되지."

한국 광부들은 우울하게 이런 말을 나누며 또 일을 나서고 있었다.

"배 박사님, 배 박사님."

부시시 눈을 뜨던 배상집은 '배 박사님'이라는 소리를 퍼뜩 되짚으며 정신을 차렸다. 겨우 석사 과정을 하고 있을 뿐인 자신을 박사님이라고 부르는 것은 그들뿐이었다.

"누구세요?"

바지를 꿰입으며 급히 문 쪽으로 가면서 배상집은 오늘이 일요일이라는 것을 떠올렸다.

"예에, 작년에 왔던 각설입니다."

"어서 오세요, 어서 오세요."

배상집은 어서 오세요를 두 번씩 할 정도로 반가움이 넘쳐 정수남과 박갑동을 맞이했다.

"해가 넘어가게 생겼는데 웬 늦잠이세요?"

박갑동이 보자기를 배상집의 눈앞에 디밀듯 하며 물었다.

"예, 빨리 읽어야 될 책이 좀 있어서요. 이건 뭐예요 또?"

"주방장이 폼잡을 게 뭐 있나요. 김치 담가온 거지요."

정수남이 낚아채듯 재빨리 말했다.

"힘드신데 오실 때마다 그러시면 어떡해요. 자아, 어서들 앉으세요."

배상집은 입에 신침이 도는 것을 느꼈다.

"힘들긴요. 요새는 우리나라 배추에 고추 마늘까지 다 있으니까 초기에 비하면 거저먹기죠. 김치맛도 제대로 나고. 근데, 공부는 잘되세요?"

보자기를 흔들며 박갑동이 제 집인 것처럼 부엌으로 들어갔다.

"예, 몸 편하고 딴 걱정 없으니까요. 우선 커피나 한잔씩 하실까요?"

앞서 부엌으로 들어선 배상집은 주전자를 집어들었다. 그들의 몸놀림에는 홀아비 아닌 홀아비로 혼자서 살아온 생활의 익숙함이 배어 있었다.

"예, 커피 좋지요. 이거 무식한 놈 막 나가는 소리지만, 좌우간 저는 공부로 한평생 살려고 하는 분들을 보면 신기하기도 하고 답답해 보이기도 하고, 그 맘을 이해할 수가 없어요."

정수남도 부엌으로 따라 들어오며 여기저기를 살폈다.

"그야 더 말하면 잔소리지. 자네나 나 같은 인간들이야 백 번 죽었다 깨나도 흉내 못 낼 일 아닌가. 어찌 인연이 묘하게 되느라고 우리 같은 놈들이 배 박사님하고 친구처럼 가깝게 지내게 된 거지 이제 진짜 박사 따져봐. 떡하니 대학 교수님 되시면 그때야 우리 같은 것들은 감히 만날 수도 없게 된다구. 지금이 좋은 땐 줄 알어."

김치 잘 담그는 박갑동이 보자기를 풀어 큼직한 김치병을 옮기며 말했고,

"그야 당연하지. 배 박사님 체면 생각해서라도 그땐 우리가 알아서 미리미리 피해야지. 그나저나 머리는 이따가 손질해 드리면 되구, 뭐 설거지할 것 없나요?"

이발 솜씨 좋은 정수남이 설거지거리를 찾느라고 연신 두리번거렸다.

"아이구, 무슨 말씀들을 그리 하세요. 나갑시다, 나갑시다. 할 일

아무것도 없으니 나가서 커피나 탑시다."

배상집은 팔을 벌려 두 사람을 몰아내듯 했다. 자신의 위치가 어떻게 달라진다 해도 그들을 대하는 마음이 절대 변하지 않을 진심으로 그는 말하고 있었다. 2주일에 한 번씩 놀러오는 그들은 너무나 고마운 친구였다. 박갑동은 꼭 김치를 담가왔고, 정수남은 잊지 않고 이발 기구들을 챙겨가지고 왔다.

"저어, 박 씨가 한 가지 의논할 일이 생겼는데요. 딴사람들처럼 미국으로 뜨고 싶어하는데, 어떻게 생각하세요?"

정수남이 담배를 빼들며 박갑동 대신 말을 꺼냈다.

"미국이오? 왜 그런 생각이 들었지요? 누가 함께 가자던가요?"

배상집은 박갑동을 유심히 쳐다보았다.

"아니 뭐, 누가 꼭 가자는 것은 아니고 미국이 사람 사는 천국이라고 하고, 여기서 미국으로 빠지면 한국에서 이민수속을 하는 것보다 훨씬 쉽고, 이리 잘사는 나라에서 몇 년 살다 보니 우리나라에 들어가 온갖 것에 다 찌들려가며 살기도 겁나고 그래서……."

박갑동은 배상집의 눈치를 보기는 했지만 그 나름으로 많이 생각했는지 말이 꽤나 조리정연했다.

"예에, 일리가 있는 말씀이기는 한데……, 그런데 미국엔 어떻게 가서 살 수 있는 거지요? 단속이 심할 텐데."

배상집은 잠시 생각할 여유를 가지려고 말머리를 딴 데로 돌렸다.

"그건 하나도 걱정할 게 없나 봐요. 우리가 가진 독일 체류 여권으로 카나다는 쉽게 갈 수 있고, 카나다에서 몇 달 살면서 줄을 대면 미국에 체류할 수 있는 서류를 만들 수 있대요. 비용은 1만 달러 정도라니까 그리 비싼 것도 아니죠 뭐."

"아니, 미국도 그래요?"

"차암, 미국은 뭐 사람 사는 데 아닌가요? 다 그렇고 그렇지요."

박갑동이 코웃음을 쳤고,

"아, 돈이면 귀신도 부리고, 개도 멍첨지가 된다잖아요. 원리원칙 잘 지킨다고 뽐내는 이 독일사람들한테도 와이로 써보면 다 통하잖아요. 그런데 양키들이라고 별수 있겠어요?"

정수남은 인생사에 통달한 것처럼 대꾸했다.

"그럼 두 분이 함께 가시게요?"

"아닙니다. 이 정 씨는 어떻게 간호원하고 결혼해서 독일에 그냥 눌러앉을 궁리를 하고 있습니다."

이번엔 박갑동이 대신 대답했다.

배상집은 느리게 커피잔을 기울였다. 그들의 그런 계획이 뜻밖일 것은 없었다. 이미 꽤나 많은 사람들이 그 길로 가고 있었다. 다만 자신만이 그런저런 삶의 선택에 별 관심 없이 그저 박사학위를 빨리 따서 귀국하는 것에 사로잡혀 있었던 것이다.

"예, 지금도 해외개발공사 간부들이 광부나 간호원들을 떠나보내면서, 여러분들은 외국에 나가서 국내의 쌀을 축내지 않는 것만으로도 애국자다. 그런데 귀하고 귀한 딸라까지 벌어들이니 애국자 중에 애국자다 하고 말한다면서요. 그렇지요, 나라는 작고, 인구는 많고, 자원도 없고, 식량도 모자라는 판이니 외국으로 나가

사는 건 권할 만한 일이지요. 그게 다 국력을 키울 수 있는 일이기도 하니까 두 분이 그렇게 하는 건 환영입니다."

배상집은 급하게나마 이렇게 생각을 정리했다. 그들이 선택한 삶의 진로에 국가적 차원의 의미까지 부여해 격려해 주고 싶었던 것이다. 그러나 마음 한편으로는 이국생활의 고달픔에 시달리게 될 그들이 딱해 울적하고 스산한 바람이 일고 있었다.

"예, 고맙습니다. 그리 말씀해 주시니 힘이 납니다."

박갑동이 고개를 꾸벅했다.

"고맙긴요. 근데 언제 떠나시게 됩니까? 계약기간 연장한 게 많이 남았는데."

"예, 몇 사람 팀이 모아지면 곧 떠나야지요. 계약기간은 신경 쓸 거 없습니다. 사람 다시 뽑으면 되고, 올 사람들은 얼마든지 있으니까요. 근데 저어, 미국에 가서 공부하시는 게 좋지 않겠어요? 자유진영에서는 미국이 제일 쎈데 앞으로 미국 박사가 더 끗발 날리고, 알아주는 것 아니겠어요?"

"글쎄요, 어쩌면 그럴지도 모르죠. 아니 지금도 미국 박사가 더 행세한다고 봐야죠. 그렇지만 미국에 가면 독일에 비해 학비가 엄청나게 비싸서 공부할 도리가 없어요. 미국은 한 학기에 수천 불씩 하는데 독일은 한 과목에 2마르크씩밖에 안 해요. 그저 돈 받는 시늉만 하는 건데 그냥 공짜지요 뭐. 독일의 모든 사회복지 제도는 참 부러워요."

"그야 천국이 따로 있나요, 어디."

독일에 살고 싶어하는 정수남이 얼른 말을 받았다.

뜨거운 커피를 마셔서 그런지 목이 간질거리며 기침이 나오려 했다. 배상집은 기침을 하면서 솟구는 가래를 뱉어냈다. 가래에는 아직까지도 검은 석탄가루가 조금씩 섞여 나왔다. 갱에는 처음 1년을 들어갔을 뿐이고, 그후 2년은 통역으로 밖에서, 그리고 1년은 탄광에서 완전히 벗어나 학교에서 보냈는데도 석탄가루는 여태껏 몸속 깊숙이 남아 있었다.

"사귈 여자는 물색해 봤어요?"

배상집은 정수남에게 물었다.

"찍긴 찍었는데 어찌 될지 모르겠어요."

정수남은 쑥스럽게 웃으며 얼굴이 붉어졌다.

"정 씨, 피아노 기술적으로 잘 쳐서 배 박사님한테도 참한 여자 하나 소개해 드려."

박갑동의 말이었고,

"정말 소개해 드릴까요? 박사님 같으면 최고 인기지요 뭐."

정수남이 정색을 하고 들었다.

"아니오, 아니오. 난 그럴 시간이 없어요. 탄광생활하느라고 난 딴사람들에 비해 3년이 늦었잖아요. 그 시간을 벌충할 방법이 없으니까 1분, 1초를 낭비할 시간이 없어요."

배상집은 손까지 내저었다.

"근데 말이죠, 미국으로 뜰 생각을 하니까 한 가지 서운하고도 억울한 게 있어요. 여기 독일까지 와서 그 좋다는 파리하고 로마를 한번 구경하지 못하고 떠나다니 말예요."

박갑동이 말했고,

"참 꿈도 야무지네. 가까운 독일 도시들도 구경 한번 못하구선."

정수남이 퉁을 놓았다.

"참 그렇군요, 다들 어찌나 정신없이 살았는지……. 이리 고생들
하고 살다 보면 언젠가 구경할 날이 오겠지요."

배상집은 쓸쓸하게 웃으며 커피잔을 들었다.

34

나는 누구냐

"이 사람이 빽이 없나요, 돈이 없나요, 실력이 없나요. 남들 눈이 있고 해서 울며 겨자 먹기로 잠시 잠깐 내려가 있었던 거지요. 낼모레 곧 대검으로 올라오게 돼 있습니다."

이규백의 장인 안석중 사장은 허풍스러운 웃음을 말끝에다 껄껄 매달았다. 이규백은 사교적인 웃음을 세련되게 피워내고 있었지만 속은 편치가 않았다. 자신의 역할이 거북스러운 데다가, 장인의 즉흥적인 과장도 마음에 들지 않았다. 서너 달이나 남은 지방 근무가 장인의 입에서는 낼모레로 둔갑하고 있었고, 근무처도 장인 마음대로 대검이 되고 있었다.

"아 네에, 그러시겠지요. 안 사장님 능력에다 사위의 실력이 합해졌으니 그야 그 누구도 당할 수 없는 금상첨화 아니겠습니까. 참 부럽습니다."

은행장이 형식적인 덕담을 하며 정종잔을 들었다.

"부럽긴요. 은행장님께서도 검사 사위를 하나 보시면 되는 거지요. 대학 다니는 따님이 있는 걸로 아는데요? 졸업이 다 되지 않았나요?"

이규백은 그만 가슴이 조마조마해졌다. 장인이 듣기 좋게 화답하려다가 괜히 헛짚어 될 일도 안 되게 망칠지 모른다 싶었던 것이다.

"아니 안 사장님, 그런 걸 어찌 다 기억하십니까? 금년 졸업반입니다. 허허 참, 대단하십니다."

은행장은 아까와는 다른 느낌으로 환하게 웃으며 반색을 했다.

이규백은 안심을 하기보다 자신의 어리석음을 깨달았다. 장인의 철저한 사업가 기질을 자신이 순간적으로 혼동한 거였다. 장인은 사업에 관한 한 거의 초인적이다시피 계획도 추진력도 기억력도 철저하고 지독하고 정확했다. 그 모든 것은 당연히 돈을 모으기 위해 필요한 수단이었다. 장인에게 돈은 태양이고 신이었다. 장인은 많이 배우지 못한 열등감을 돈으로 만회하려고 하는지도 모를 일이었다. 그래서 마음 한구석에 도사리게 된 경멸감이 가끔 장인을 염려하는 쪽으로 착각을 일으키게 했다.

"원 별말씀 다 하십니다. 좌우간 그 따님이 졸업하면서 검사 사위를 보시면 딱 좋겠구먼요, 예 좋지요."

은행장의 반응이 좋아서 그런지 안석중 사장은 자기 말에 스스로 맞장구를 치며 신명이 나고 있었다.

"글쎄요, 그게 어디 바란다고 뜻대로 되는 일인가요. 은행장 자리라는 게 권력으로도 약해지고 금력으로도 약해지고……. 아시다시피 우습게 되고 있지 않습니까?"

은행장은 부드럽게 웃고 있었지만 그 말에는 가시가 여러 개 돋쳐 있었다. 정부가 대기업들을 중심으로 외국 차관에 대해 지급 보증을 해주고, 또 특혜금융권까지 행사하게 되면서 은행장들은 허수아비가 되다시피 한 지 이미 오래였다. 거기다가 5·16이 일어나고 나서 은행원들의 처우는 계속 하향조정되어 나빠져 왔던 것이다. 은행은 월급 많고, 보너스 많고, 부수입 많아 특등 직업으로 최고 인기를 끌었다. 그런데 군사정권은 그 특권에 수술의 칼을 들이댔던 것이다. 꽤나 타당성 있는 그 조처에 대해 상당히 악의적이면서도 헛웃음거리밖에 안 되는 소문이 떠돌았다.

그 소문인즉, 박정희가 군인이었을 때 어떤 은행지점장 집에서 셋방살이를 했는데, 군인에 비해서 은행원들이 너무 잘먹고 잘사는 것을 보고 감정이 상할 대로 상했다는 거였다. 그리하여…….

"아니, 그게 무슨 말씀이십니까. 예전에 비해서 약간 좀 서운하게 변한 점이 없지는 않습니다만, 아직도 한 은행의 은행장이시면 사업하는 사람들에게는 왕이고 호랑이시고, 사회에서도 높게 보지요. 그럼요, 대단한 자리고말고요. 정말 원하시기만 하면 검사 사위 열도 얻을 수 있습니다. 아무 염려 마시고 제게 맡겨두십시오." 안석중 사장은 정종잔을 홀짝 비우고는, "여보게, 자네 후배들 중에서 인물 잘생기고 똑똑한 사람을 책임지고 하나 골라. 알겠지?" 그는 느닷없이 손가락까지 뻗치며 사위에게 지시했다.

"예에, 알겠습니다."

이규백은 얼떨결에 대답하지 않을 수 없었다.

"하아, 안 사장님 덕에 일이 그리만 풀린다면 더 바랄 게 뭐가 있겠습니까. 일이 그렇게 성사되기만 하면 제가 두고두고 그 은혜를 갚도록 하겠습니다."

은행장은 자식 문제 앞에서 욕심이 동해 지금까지 지켜오고 있던 공적 입장을 와르르 무너뜨리며 야할 정도로 사적 감정을 드러내고 있었다. '두고두고 그 은혜를 갚겠다'는 것은 이번의 특혜융자만이 아니라 앞으로도 계속 봐주겠다는 확언이었다. 이규백은 아버지로서의 은행장의 입장을 이해하면서도 그 태도가 좀 지나치지 않나 싶었다. 그러나 장인의 태도도 조금도 나을 게 없었다. 자신의 목적 달성을 위해 느닷없이 검사 사위를 얻어주겠다고 장담하는 장인이나, 그 말을 믿고 은행 특혜를 계속 베풀어주겠다고하는 은행장이나 참 눈치들 빠르고 편리한 사람들이었다.

그런데 이규백은, 그럼 나는 뭔가! 하는 물음에 부딪혔다. 과장도 축소도 할 것 없이 있는 그대로 말하자면 검사라는 직위를 내세워 장인의 일이 쉽게 풀리도록 슬슬 압력을 가하는 게 자신의 역할이었다. 그런 압력용이나 시위용으로 동원될 때마다 입장이 곤혹스럽고 자신을 경멸하고는 했다. 그러나 그건 거역할 수도, 거부할 수도 없는 길이었다. 가정 형편이 최악의 조건이었는데도 장인이 자신을 사위로 삼았던 목적은 분명했고, 몇 년에 걸쳐서 처가 덕을 보아온 자신은 이미 노예상태에 빠져 있었다.

"그럼 저는 기름 걱정 같은 건 할 것 없이 새 차를 몰아대겠습니다."

안석중 사장은 제법 재치를 부리며 은행장을 향해 술잔을 들었고,

"그런 아들이 하나 있는 것도 아니실 테고, 어찌 그리 땅 짚고 헤엄치듯 말씀하시는지 모르겠는데요. 물론 안 사장님 말씀을 천금처럼 믿습니다만. 허허허허……."

은행장도 안 사장 못지않게 너스레를 떨며 서로 술잔을 부딪치고, 흔쾌한 듯 웃음이 얼크러졌다.

"하여튼 안 사장님 욕심도 대단하십니다. 섬유사업이 24시간 공장을 돌려대도 옷감이 없어서 못 팔 정도로 재미가 기막히다고 소문이 파다한데 뭐가 모자라서 또 딴 사업을 시작하려고 그러십니까? 괜히 사업체만 많으면 말썽 많아지고 골치 아픈 것 아닙니까? 더구나 전자사업이란 자본금도 엄청나게 들고, 전문기술도 필요한 특수분야라서 말입니다."

"예, 그리 생각할 수도 있지요. 허나 세상은 급변하고 있고, 새 사업도 자꾸 필요하게 됩니다. 그런데 나라에서는 믿을 만한 큰 기업체들이 새사업을 시작하면 적극 지원해 주고 있잖습니까. 사업가한테 이보다 더 좋은 기회가 어디 있겠습니까. 전문기술이라는 것도 돈만 들이대면 다 해결됩니다. 너무나 잘 알고 계시지만 돈 힘, 그것 얼마나 무섭고도 신통합니까. 솔직히 말해서 어디 야바위판만 돈 놓고 돈 먹깁니까. 이 세상 판이 다 그게 그거지요. 외국돈 빌려오는 데 나라가 보증 서주고, 수출해서 돈벌이하는 데 애국자라고 우대해 주고, 이런 좋은 기회에 사업체 맘껏 늘리지 못하면

그거야말로 바보멍텅구리지요. 돈이 많을수록 좋듯이 사업체도 많을수록 좋습니다. 말썽 조금씩 일어나는 거야 까짓것 돈 벌리는 것에 비하면 아무것도 아니지요. 좌우지간 잘 좀 해보십시다. 건수마다 월척 낚게 해드릴 테니까요."

안석중 사장은 끝말을 은행장의 귀에 대고 속삭였다.

"아니 뭘……, 그야……."

은행장은 담배를 빼드는 척 우물쭈물하며 안 사장과 눈길을 맞추고 있었다.

이규백은 장인과 은행장의 뜻이 하나가 되는 것을 보면서 딴전을 피우고 있었다. 크든 작든 은행에서 융자를 하면서 '커미션'이라고 하는 뒷돈 거래는 교통경찰의 돈거래만큼 공공연한 사실이었다. 장인은 어마어마한 돈을 융자받을 것이고, 은행장은 엄청난 뒷돈을 챙길 것이다. 거기다가 검사 사위까지 얻어줘야 하다니……, 이규백은 세상살이의 얄궂음에 쓴 입맛을 다셨다.

"잠간 실례 좀 하겠습니다."

은행장이 샅을 훔치며 일어섰다. 그는 무심코 한 행위인지 모르지만 그 무교양함에 이규백은 역겨움을 느끼며 고개를 돌렸다.

"저분이 돌아오시면 자넨 적당히 자리를 뜨게."

안석중 사장이 사위에게 일렀다.

"예, 알겠습니다."

"헌데, 요샌 어떻게 좀 괜찮아졌나?"

"예에……, 뭐……."

이규백은 어색스럽게 일그러지는 얼굴로 어물거렸다.

"그것 참……, 여잔 다 남자가 하기 나름이야. 좋은 머리 뒀다 어디다 쓰나? 자네가 남자답게 맘 넉넉하게 먹고 머리를 좀더 잘 써 봐. 애들은 자꾸 커나가는데 부부간이 그리 냉랭해서야 쓰나. 알겠어?"

"예에……"

이규백은 다른 때와 마찬가지로 아무런 느낌 없이 그저 대답했다. 아내와의 관계, 그건 장인과의 관계처럼 언제나 서먹한 간격과 어정쩡한 거리감을 느끼게 했다. 부부는 한마음 한몸이라는 것을 일깨우며 밀착되고 한 덩어리가 되려고 애썼지만 그게 노력으로 되는 것이 아니었다.

"부장검사들과 약속이 좀 있어서 저는 먼저 실례를……"

은행장이 돌아오자 이규백은 이렇게 말하며 곧 몸을 일으켰다. 그러나 아무렇지도 않게 그런 말을 꾸며대고 있는 자신에게 그는 실소하고 있었다. 마지막 순간까지 자기과시에 충실하는 자신이 가소로웠고, 그런 식의 거짓말을 꾸며내고 둘러대는 데 이제 이골이 난 자신이 어이없었다.

"아 예에, 잘 부탁합니다. 그거 농담 아니니까 실천을 못하시면 벌이 돌아간다는 걸 명심하세요. 어허허허……"

은행장은 이마보다 턱 부분이 더 넓고 두껍게 보이도록 살이 찐 얼굴로 웃어댔다. 그 기름진 얼굴에 잘 어울리고 있는 진득진득한 탐욕을 외면하며 이규백은 방을 나섰다. 은행장과 호흡을 맞춰 너

털웃음을 터뜨리고 있는 장인의 얼굴도 탐욕이 넘쳐 흐르기는 마찬가지였다.

그러나 그들과 하나도 다를 것 없는 자신을 바라보며 이규백은 고개를 떨구었다. 자신도 그들 못지않은 탐욕의 덩어리였다. 아니, 어쩌면 그들보다도 훨씬 더 추한 탐욕적 인간이고 파렴치한인지도 몰랐다. 사업가란 두말할 것 없이 인생의 목적이 돈벌이인 사람들이었고, 은행장도 말이 좋아 은행가지 돈장사해서 돈벌이하기로는 매일반이었다. 그들이 자기네 목적을 위해 서로 얼크러지고 설크러지는 것이야 지극히 자연스러운 일인지도 몰랐다. 그러나 자신의 직업은 법을 다룬다는 검사였다. 검사가 그런 야합과 협잡을 부추기려고 동원되고 있으니…….

이규백은 어스름이 내리고 있는 하늘을 향해 담배연기를 길게 내뿜었다.

"형, 나 결혼해. 서울 여자고 의사야. 아버지는 제약회사 사장이고."

이만하면 어떠냐는 듯 김선오가 한 말이었다. 김선오가 굳이 자신을 찾아와 그렇게 말한 것은 일종의 과시고 시위였다. 그건 경쟁심과 과시욕 강한 김선오의 성격 때문만이 아니었다. 그의 그런 행위는 자기 부탁을 성의 있게 들어주지 않은 상대에 대한 보복감도 합해져 있었다.

"난 많이 생각했는데 결국 안 되겠더라구. 그런 부잣집과 가난한 우리 집, 그리고 우리 형제들……, 도무지 어울리는 게 아무것도 없잖아. 난 아무리 생각해도 감당할 자신이 없어서 나도 편코 우리 형제들도 편한 여자를 골랐어."

동료 검사 홍이섭이 술 취한 기분에 털어놓은 이야기였다. 그는 사범학교를 나와 고향 홍성에서 국민학교 선생을 하고 있는 여자와 결혼했다.

"어떤 때는 불쑥 손해 본 것 같은 생각이 들기도 해. 허지만 마누라나 처족들에게 짓눌려 사는 친구들을 보면 정신이 번쩍 들기도 하구."

홍이섭의 말은 진실하고 솔직했다. 그는 가끔 손해 본 것 같은 생각을 가질지도 모르지만 결국은 잘한 셈이었다.

"아내는 성실한 교육자답게 동생들을 아주 따뜻하게 감싸고 다독거리면서 잘 거느려. 동생들도 별 탈 없이 아내를 잘 따르고 해서 마음이 편해."

마음 편하게 사는 홍이섭이 그렇게 부러울 수가 없었다. 집안의 불화 속에서 살아갈수록 마음 편하게 산다는 것이 얼마나 소중한 것인지 이규백은 날이 갈수록 절실하게 느끼고 있었다.

고등고시 합격자들은 부잣집이나 권력자 집안으로 혼처가 생기는 것을 무슨 보너스라도 받는 것처럼 당연하게 생각했다. 그런 기득권 의식은 일류대학 법대생이 되면서부터 벌써 자리잡기 시작하는 것인지도 몰랐다. 고등고시 합격을 최고 출세로 여기는 사회풍조, 권세와 부를 동시에 누리고 있는 선배들의 손쉬운 출세 행로, 그런 출세를 능력 있는 것으로 은근히 부러워하는 학교 전체의 분위기, 그런 것들에다가 머리 좋고 공부깨나 한다는 자만이 뒤섞이면서 특별대우를 받아야 한다는 의식은 자연스럽게 굳어져갔다.

그건 일순간에 가난에서 벗어날 수 있는 지름길이었다. 가난에 찌들면 찌들수록 그 방법은 옳게 여겨지고, 그 길은 목말랐다. 그런데 그런 풍조는 사회적으로 인기가 있는 법대나 의대생들에게 국한된 것이 아니었다. 대학생들은 부잣집 딸들을 하나씩 물거나 낚아야 한다는 말을 예사로 했고, 취중진언이더라고 농담 비슷하게 하는 그 말들은 결코 농담이 아니었다. 가난한 시골 학생들이 부자 많은 서울로 유학 와서 그런 유혹적인 세태에 자신도 모르게 물들어가고 있었다.

그러나 그건 욕심에 눈이 어두워 일으키는 착각인 경우가 많았다. 자신도 그 덫에 걸린 한심스러운 인간이었다. 아내가 시집 식구들이 서울로 이사 오는 것을 거부하고 생활비를 보내기로 했으면 그것이나마 제대로 했어야 하는데, 매달 말썽을 일으키기 일쑤였다.

그 말썽은 아내와 장인이 함께 만들고 있었다. 아내는 매달 보내야 할 돈의 액수와 날짜를 뻔히 알고 있었다. 그런데도 미리 알아서 부치는 적이 한 번도 없었다. 꼭 자신이 말을 해야 사르르 냉기를 내비치며 생각난 척하고는 했다. 아내의 그런 태도도 굴욕스러웠고, 그 돈을 매달 아내가 타가게 하고 있는 장인의 처사도 못내 자존심을 상하게 했다. 어쩌면 장인은 그렇게 해서 자기가 도와주고 있다는 것을 확인시키려는 의도인지 모를 일이었다. 지금도 혼자 점심을 먹을 때는 자장면으로 때우는 것을 자랑하는 장인으로

서는 매달 나가는 그 돈이 거금이 아닐 수 없었다.

그리고 아내가 시집 식구들을 노골적으로 싫어하는 게 두 번째 말썽이었다. 아내는 형제들이 어쩌다 발길 하는 것도 전혀 반기지 않았다.

"서로 신경 쓰고 힘들게 살 것 뭐 있어요. 모두가 편하고 자유스러운 게 좋은 거 아니에요? 괜히 한집에 살다간 돈보다 더 많은 손해를 보게 돼요."

그래서 빈방이 있는데도 동생 규상이는 하숙생활을 하지 않을 수 없었다. 이런 형편이니 친척들이 서울에 올라왔다가 집에서 자고 간다는 것은 엄두도 낼 수 없는 일이었다.

그런 생활 속에서 아내와는 한마음, 한몸일 수가 없었다. 마음과 마음 사이에는 찬바람이 일고, 그건 살얼음이 되고, 살얼음은 점점 두꺼운 얼음벽이 되어가고 있었다. 마음의 냉기는 그대로 몸의 간격이 되었다. 함께 소파에 앉아서 텔레비전을 보면서도 불현듯 타인처럼 느껴지는 생경함, 한 이불 속에 누워서도 까마득하게 느껴지는 거리감. 그런 감정들이 심해지고 반복되면서 부부로서의 몸의 간격도 자꾸 벌어져갔다.

"금방 올라올 거 아니에요. 귀찮게 이사하고 어쩌고 할 거 없잖아요."

아내는 거침없이 말했고,

"그럼, 그럼, 서울서만 살아왔는데 시골생활을 어쩌하누. 애들도 괜히 촌애들 만들 필요 없잖아. 자네가 주말에 오르내리도록 하게."

언제나처럼 장모가 명령조로 말하며 결정을 내렸다.

아내가 말하는 '금방'은 아무리 짧아야 1년이었다. 남편이 하숙집 밥을 먹으며 보내야 하는 1년을 '금방'이라고 생각하는 것이 아내의 마음이었다. 그 마음 앞에서 아무 말도 하고 싶지 않았고, 할 필요도 없었다. 장모는 결혼생활이 시작되면서부터 자신의 집안을 지배해 온 제왕이었고 무법자였다. 아내는 그 보호막 속에서 남편을 맘껏 희롱도 하고 짓밟기도 하면서 살아가는 쾌락을 즐기고 있었다.

"아 참 부럽습니다. 하숙생활로 땜질해 낼 자신이 있다니."

"역시 소문대로 막강한 모양이군요. 그리 골라잡기도 쉽잖은데 잘해보시오."

질시와 야유가 섞인 동료들의 이런 말을 들으며 바라보아야 하는 자신의 모습이 어떤 것인지 종잡을 수가 없었다.

그러나 특정 부류의 그런 결혼행태는 이미 사회적인 지탄거리가 되어 있었다. 여러 문필가들의 글 속에서 조건과 타협해서 결혼한 판검사나 의사들은 '속물들'로 조롱당하고 있었다. 이규백은 가끔 그런 글을 대하며 기분이 언짢았다. 그러나 그들이 지적하는 속물 근성이 자신의 내부에 도사리고 있음을 부인할 수가 없었다.

"예, 저 앞에 내려주세요."

이규백은 집과 반대방향으로 달리던 택시에서 내렸다. 눈에 익은 술집 간판을 올려다보며 그는 2층 계단을 밟았다.

"어머, 검……." 화사한 차림의 여자가 얼른 입을 가리더니, "어서 오세요. 언제 올라오셨어요?" 그녀는 검사라는 말이 나올 뻔했던 실수를 화들짝 반가워하는 몸짓으로 감추었다.

"빈방 있어?"

이규백은 붉은 조명으로 흐리게 가라앉은 실내를 빠르게 둘러보았다. 우수에 찬 흐느낌처럼 배호의 노래가 비안개 퍼지듯 저음으로 깔리고 있었다. 이규백은 그 저음의 노래가 가슴으로 젖어드는 것을 느꼈다.

"네, 좋아하시는 저쪽 별실로 가세요."

육감적으로 생긴 여자가 이규백을 감싸듯 하며 걸음을 옮겨놓았다.

"장사가 더 잘되는 모양인데?"

양쪽의 칸막이 방들에서 흘러나오는 왁자한 소리들을 들으며 이규백이 여자에게 눈길을 돌렸다.

"월남 경기가 역시 뜨끈해요. 월남 미망인들한테는 안됐지만 우리한텐 월남이 와따예요."

여자가 눈을 찡긋하여 엄지손가락을 세워 보였다. 월남전이 오래 끌수록 국내 경기는 좋아지고 있었고, 경기가 좋아지는 만큼 월남에서 죽어가는 사람들도 많아지고 있었다. '월남 미망인'은 그래서 생긴 말이었다.

"조니워카 한 병 따."

이규백이 구석진 방 소파에 앉으며 말했다.

"드시던 거 남았어요."

"3분의 1도 안 되는 거. 그냥 애들 마시라고 해."

"어머, 멋지셔. 오늘 기분 좋은 일 있으셨어요?"

여자가 색정이 지르르 흐르는 눈웃음을 치며 벽에 붙은 초인종을 눌렀다.

"글쎄, 별로……."

"참 검사님, 한 가지 여쭤볼 게 있어요. 저기 저 남서울인가 강남인가 하는 데 땅 좀 사면 어떨까요? 누구나 술자리에서 그 얘기들뿐인데요."

여자가 이규백의 손을 감싸잡으며 속삭였다.

"그거, 남서울계획 발표한 게 서너 달 되지 않았나?" 이규백은 담배에 불을 붙이며 고개를 갸웃갸웃하고는, "글쎄, 난 땅에 대해선 백지니까 나한테 묻지 마." 그는 팔각의 성냥통에서 성냥개비를 꺼내 무심코 반으로 부러뜨렸다.

"한발 늦었다 그런 말씀이시죠? 아마 그럴 거예요. 지금 서울의 돈이란 돈은 다 그쪽으로 몰렸다는데, 그게 다 뒷북치는 거라는 소문도 있거든요. 저는 그냥 얌전히 술장사나 할래요."

여자가 눈치 빠르게 말했다.

"뭐 꼭 그런 뜻은 아니고……, 그런 데서 사기사건들이 많이 생기니까 미리 조심하는 건 좋지."

그때 손기척이 울리고 나비넥타이를 맨 젊은이가 들어왔다.

"여기 있잖아, 조니워카 새것으로 따고, 전에 드시다 남은 건 너희들한테 주신댄다. 과일하고 마른안주, 그리고 미스 전 빨리 데려와."

아가씨가 술보다 먼저 모습을 드러냈다.

"안녕하셨어요······."

주인여자하고는 다르게 풀잎 같은 인상인 아가씨가 두 손을 모으며 나붓이 절을 했다.

"그래, 안 불러낼 테니까 귀한 손님 잘 모셔라 응?"

주인여자가 아가씨의 등을 토닥거리고 나갔다. 아가씨가 얌전하고 조심스러운 몸짓으로 걸음을 옮겨놓고 있는데 술과 안주가 들어왔다.

이규백은 술을 따르는 아가씨를 물끄러미 바라보고 있었다.

"아이, 그렇게 쳐다보심 어떡해요, 떨리게······."

아가씨가 술병을 세우며 부끄러운 웃음을 지었다. 아주 온순해 보이는 얼굴은 화장을 한 듯 만 듯 화장기가 거의 느껴지지 않았다.

"미스 전은 언제 봐도 얌전하고 깨끗해서 좋아."

이규백은 아가씨의 손을 잡고 싶은 충동을 누르며 술잔을 들었다. 이쪽의 신분을 알고 있는데 술기운을 빌리지 않고 그런 감정을 드러낼 수는 없었다.

"깨끗하긴요, 술집 계집앤데······."

황송하다는 듯 입을 가린 미스 전의 얼굴이 붉게 물들었다.

"괜한 소리······."

이규백은 가늘고 긴 술잔을 단숨에 비웠다. 괜한 소리를 하는 건 자신인지도 몰랐다. 미스 전은 하룻밤에도 몇 차례씩 이 방, 저 방 드나들며 손님을 접대하는 술집 여자였다. 그리고 또······.

그런데 그런 불결한 생각이라고는 전혀 없이 일어나는 충동, 그 까닭을 알 수가 없었다.

"매담 언니가 백 형사 얘기하시던가요?"

미스 전이 술을 따르며 조심스럽게 말을 꺼냈다.

"백 형사? 왜, 인상 바꾸고 나오나?"

"네, 검사님 떠나시면서 조금씩 변하기 시작했는데, 요샌 매담 언니 봐주는 것 별로 없이 깡패들 설치는 것도 내버려두고 있어요. 언니가 애먹어요."

"그 친구 그래도 오래 참았군." 이규백은 피식 웃더니 또 술잔을 단숨에 비우고는, "언니보고 백 형사에게 말하라고 해. 길어야 두 달 있으면 내가 다시 서울로 올라온다더라고." 그는 미스 전에게 잔을 불쑥 내밀었다.

"어머머, 그거 정말이세요?"

미스 전은 잔을 받을 기미는 없이 두 손을 맞잡고 기쁨이 넘쳤다.

"그래, 미스 전 자주 보고 싶어서도 빨리 와야지."

이규백은 술잔을 쥔 미스 전의 손을 감싸잡고 다정하게 술을 따랐다.

미스 전은 고개를 약간 돌려 술을 한 모금 넘기더니 진저리를 쳤다. 이규백은 그 모습을 지그시 바라보며 웃고 있었다.

"저어, 한 가지 여쭤봐도 돼요?"

"뭘? 그래, 말해 봐."

"한 가지 이상한 게 있는데요, 검사님은 이 세상에서 안 되는 일이 없고, 부러운 것도 아무것도 없으시잖아요. 근데 왜 그렇게 외로워 보이세요? 오늘은 아주 심해 보여요."

"……!"

이규백의 눈이 순간적으로 빛나며 미스 전을 응시했다. 그리고 그는 겁먹은 듯한 그녀를 와락 끌어안았다.

네가 그걸 어떻게 알았냐!

이규백은 순간적으로 일어난 이런 감격에 휩쓸리며 자신의 속마음을 짚어낸 그녀가 더없이 기특하기도 했고, 사랑스럽기도 했다. 그러나 한편으로는 그런 심사를 들켜버린 것이 쑥스럽기도 했고, 외로움을 어찌하지 못하고 이 술집에 드나들게 된 자신을 의식하자 그는 자신의 꼴이 초라해지고 외로움이 더 깊어지는 것 같은 기분을 느끼고 있었다.

이규백은 그런 칙칙한 생각을 떼치며 그녀의 입술을 더듬었다. 자신의 깊은 속을 볼 줄 아는 그녀를 향해 일어나는 남자의 감정에 더 불을 붙이고 싶은 욕구가 뜨거웠다.

"무슨 술을 그렇게 마시고 다녀요, 그래!"

통행금지 시간이 다 되어 식모에게 부축을 받으며 현관으로 비틀비틀 들어서는 이규백을 향해 그의 아내가 내쏘았다.

"아, 누구시라구. 우리 집의 황제 안서정 여사! 죽을죄를 졌으니 목을 치사이다. 예에, 당장 치사이다."

이규백은 몸을 가누지 못해 곧 허물어질 것 같았고, 곧 술이 흘러내릴 것처럼 술기운이 흥건한 눈은 풀릴 대로 다 풀려서 정신이 하나도 없는 것 같았다.

"아유, 술 냄새! 신경질 나! 안방에 들어올 생각 하지도 말아요."

안서정은 거실의 마룻바닥이 울리도록 발을 굴러대며 안방으로 가버렸다.

"좋아, 좋아, 그게 나도 편해."

이규백은 식모의 손을 뿌리치며 입 속에서 구르는 소리로 꿍얼거리고 있었다.

목이 조이고 타드는 갈증 속에서 이규백은 눈을 떴다. 사발에 물을 따를 여유도 없이 주전자 꼭지를 입에 틀어넣었다. 물을 실컷 마시고 나서야 그는 와이셔츠와 바지를 입은 채로 잔 것을 알았다. 어떻게 되어 안방 아닌 건넌방에서 자게 되었는지도 전혀 기억이 없었다.

이규백은 시계를 보고서야 오전 10시가 넘은 것을 알았다. 그는 아내의 냉대로 안방에 들어가지 못했으리라고 짐작했다. 그런 일이 한두 번이 아니었다. 어쩌면 그리 되기를 자신이 더 바라 곤죽이 되도록 술을 마시는지도 몰랐다.

"진현아, 진현아—."

이규백은 담배를 끌어당기며 아들을 목청껏 불렀다. 다섯 살짜리 아들은 이런 상황에서 아내와의 사이를 이어주는 아주 좋은 교통수단이었다.

"아빠, 왜 또 진현이만 불러!"

먼저 방으로 뛰어들며 빠락 소리를 지른 것은 주란이었다. 국민학교 1학년인 딸년은 제 동생에게 사랑이 가는 것을 유난스럽게 질투하고 들었다.

"아빠, 아빠, 나 여깄어."

아들 진현이가 장난감 총을 겨누며 뛰어들었다.

"비켜, 너 비켜!"

주란이가 동생을 떠밀며 아빠의 책상다리를 차지하고 앉았다.

"어허, 동생을 그렇게 밀어대면 쓰나. 그러다가 넘어지면 또 코피 나잖아."

이규백은 중심을 잃고 비틀거리는 아들을 얼른 붙들었다.

"코피 나면 어때. 난 더 콧셈이야."

주란이가 야무지게 대꾸했다.

"어허, 그렇게 말하면 못쓴다니까. 동생을 예뻐하고 사랑해야 누나지."

이규백은 딸을 한쪽 다리로 옮겨 앉히며, 어찌 이리 성깔이 지 에미를 빼박았나, 하고 생각했다.

"아빠, 누나는 맨날맨날 나 때려."

아빠의 빈 다리에 앉으며 진현이가 일러바쳤다.

"너, 고자질하지 말어. 말 안 듣고 까부니까 내가 버릇 잡는 거야."

주란이가 눈을 부라리며 주먹을 쥐어 동생을 겨누었다.

"안 돼, 안 돼. 넌 동생을 때리면 안 되고 말로 해야 하고, 진현이 넌 누나 말 잘 듣고 그래야 해. 알겠어?"

이규백은 아침 공기를 마시는 것 같은 상쾌한 기분으로 두 다리를 힘껏 흔들어 아이들을 얼렀다.

"근데 왜 아빠 진현이만 이뻐해?"

주란이가 또랑또랑하게 말하며 아빠를 빤히 올려다보았다.

"아니야, 그렇지 않아. 아빤 너희들을 둘 다 똑같이 이뻐하고 사랑해. 주란이 너 그런 말 자꾸 하면 못써."

이규백은 이렇게 대꾸하면서도 가슴이 뜨끔해지고 있었다. 말 그대로 둘 다 똑같이 사랑하는 건 분명했지만 아들이라는 것과 딸이라는 것에 대한 느낌이 다른 것 또한 분명했다.

"피이, 거짓말. 진현이는 아들이라 많이 이쁘고 난 딸이라 덜 이쁘잖아."

딸아이의 입술이 삐죽 돌아가며 눈을 희게 흘겼다.

"아니야, 아니야. 절대 그렇지 않아. 누가 그따위 못된 소리 하든?"

이규백은 당황스럽게 고개까지 저으며 딸을 끌어안았다.

"어른들은 그렇게 말하지만 우리 여자애들은 다 알아."

"뭐라구? 너희들끼리 그런 말을 해?"

주란이는 고개를 끄덕였다. 그런데 그 눈에 언뜻 눈물이 비치고 있었다.

"아니야, 아빠는 절대 그렇지 않아. 자 약속 걸어, 약속!"

이규백은 더 당황스럽게 말하며 딸의 새끼손가락에다 자신의 새끼손가락을 걸며 딸을 더 꼭 끌어안았다. 국민학교 1학년짜리들이 남녀차별을 느끼고 있다는 것은 상상도 못한 일이었다. 자신도 무슨 일이 있을 때마다 아들의 이름을 불러왔다는 것을 뒤늦게 깨닫고 있었다.

"여기 꿀물 가져왔는데요. 사모님은 가회동에 가셨어요."

식모아주머니가 쟁반을 조심스럽게 놓으며 말했다.

이규백은 그저 고개를 끄덕였다. 가회동이란 아내의 친정이었다.

"얘들아, 나가자. 아빠 꿀물 드시게."

식모아주머니의 손짓을 따라 두 아이가 눈치 빠르게 몸을 일으켰다.

이규백은 방을 나가는 두 아이를 바라보며 아내는 친정에 가지 않았는지도 모른다고 생각했다. 아내는 사흘거리로 친정 걸음을 할 때마다 아이들을 떼어놓고 다닌 적이 별로 없었다. 그러다 보니 아이들은 장인 장모의 친손자·손녀처럼 되어버렸다. 어떤 때는 문득 자식을 빼앗겨버린 것 같은 생각이 들기도 했다.

어떻게 보면 자신의 허약한 경제능력에 비례해서 아내에게 가정 경영권을 처음부터 빼앗겨버렸는지도 몰랐다. 딸의 이름부터가 아내의 전권으로 결정된 작품이었다. 아내의 안서정이란 이름은 철 들어 바꾼 것이었고, 호적에 올라 있는 본명은 미자였다. 중학교 때부터 그 촌스럽고 유치한 이름에 치 떨었다는 아내는 딸아이의 이름을 이 세상에서 가장 예쁘고 세련된 것으로 고르고 골라 주란이라고 했던 것이다. '자' 자 돌림의 이름을 가진 어머니들의 한풀이인 듯 예쁜 이름 짓는 것이 새 풍조를 이루고 있기도 했다.

그리고 '아들딸 구별 말고 둘만 낳아 잘 기르자'고 외쳐대는 가족계획협회의 선봉대처럼 자식을 둘 이상 더 낳지 않겠다고 일방적으로 선언해 버린 것도 아내였다. 자신도 동생들과 조카들에 시달리느라고 자식 욕심은 전혀 없었지만 그런 일방적 결정은 서운하고도 기분 나빴다. 가장으로서 자신의 존재는 찾을 수가 없었던 것이다. 그러나 어쩔 수 없었다. 경제력이란 희한하고도 묘한 것이어서 그런 괴력까지 발휘했다.

"응, 여기 왔다가 오늘 곗날이라구 돈 챙겨가지고 나갔네. 그냥 떠나게나."

이규백은 전화통에서 울리는 장모의 말을 듣고 기차를 탈 수밖에 없었다.

"그려, 꼍보리 서 말만 있어도 처가살이 안 헌다고 혔니라. 남자는 여자허고 달버서 기가 살아야 허는 것인디……, 참말로 니 존 재주가 아깝다."

어머니의 탄식이 변함없이 가슴의 계곡 계곡을 울리고 있었다.

'남자는 여자허고 달버서 기가 살아야 허는 것인디……' 이 예사로운 것 같은 한마디의 의미가 살아갈수록 속 깊이 감겨오고 있었다. 그건 단순히 가장으로서의 위신이나 체면을 두고 하는 말이 아니었다. 남자가 기가 죽으면 밤에 그것마저 제대로 말을 듣지 않게 되었다.

35

복수하게 만드는 사회

앞을 분간할 수 없는 어둠 속에서 비가 쏟아지고 있었다. 장마철의 폭우라서 그 기세가 거칠고 억셌다. 좍좍 쏟아지는 빗소리만 캄캄한 천지간에 가득할 뿐 다른 소리는 들리지 않았다. 억센 비 때문에 방범순찰의 발길도 끊어지고 없었다. 그런데 그 어둠 속 빗줄기 속에서 움직이는 두 개의 그림자가 있었다. 그림자들은 대문 옆의 담 안으로 무엇인가를 던졌다. 요란한 빗소리 속에서 개의 끙끙거리는 소리가 가늘게 들리는가 싶더니 이내 조용해졌다. 그림자하나가 대문 옆 쓰레기통 위로 올라가고, 아래에 선 그림자가 올려주는 것을 받아 담을 향해 던졌다. 돌돌 말렸던 것이 쫙 펼쳐지며 담에 걸쳐졌다. 높은 담 위에는 유리병 깨진 것들이 촘촘히 박혀있었고, 그 위로는 가시철망이 원형을 이루며 두 겹으로 쳐져 있었다. 그림자가 던진 것은 그 가시철망 위에 걸쳐졌다. 그림자 하나가 그것을 타고 담을 넘었다. 또 하나의 그림자도 거침없이 담을 넘어 갔다. 집이 자리잡은 지대가 높아서 밖의 담높이에 비해 안의 담높 이는 절반도 되지 않았다.

두 그림자는 집 뒤로 돌아갔다. 어느 창문에 쳐진 철망을 무슨 기계로 자르기 시작했다. 철망은 가는 철사가 펜치에 끊기는 것처 럼 쉽게 잘려나갔다. 가끔씩 쇳소리가 나기는 했지만 줄기차게 쏟 아지는 빗소리에 그 소리는 전혀 표도 나지 않고 묻히고 말았다. 얼마 오래가지 않아 철망은 뜯겨졌다. 그림자 하나가 창문을 질벅 이다가 옆으로 밀었다. 창문이 스르르 밀렸다. 그림자는 차례로 안 으로 들어갔다. 그곳은 변소였다.

두 그림자는 변소 문을 열고 소리 없이 거실로 나섰다. 그리고 거 실을 가로질러 안방 쪽으로 이동했다. 그림자 하나가 방문 손잡이 를 돌렸다. 방문은 소리 없이 열리고 있었다. 두 그림자가 안방으로 들어가 방문을 닫았다. 남자와 여자가 짧은 여름용 잠옷바람으로 잠들어 있었다. 두 그림자가 서로 마주보는가 싶더니 제각기 칼을 빼들었다. 그리고 남녀의 목에 칼을 들이대는 것과 동시에 한 발씩 으로 가슴을 짓밟았다. 남녀가 억 소리를 내는 순간 그림자들은 그 들의 입에다 무엇을 틀어넣었다. 남녀는 더 이상 아무 소리도 내지 못했다. 두 그림자는 남녀를 엎어 팔다리를 연결시켜 묶기 시작했 다. 재빨리 그 일을 끝낸 그림자들은 요의 홑청을 찢어 남녀의 입을 친친 동여맸다. 남녀는 방바닥에 엎어진 채 꼼짝을 하지 못했다.

두 그림자는 손전등을 켰다. 빛의 발산을 막느라고 불투명 유리를 끼운 손전등 불빛은 겨우 발밑을 밝힐 정도에 지나지 않았다. 그러나 그 불빛에 흐리게 드러난 그림자들의 얼굴에는 복면이 되어 있었다. 그들은 손전등을 비추며 방을 뒤지기 시작했다. 경대며 문갑의 서랍이 다 열리고, 장롱의 짐들이 다 흩어져 나왔다. 문갑의 안쪽에서 나온 조그만 상자에서 금붙이며 보석들이 쏟아졌다. 장롱의 이불 속에서 돈다발들이 쏟아졌다. 그것을 다 챙겨넣은 두 그림자는 남자의 손목을 풀었다. 그리고 남자를 무릎꿇어 앉히고는 두 손으로 방바닥을 짚게 했다.

두 그림자는 남자의 손등을 하나씩 밟았다. 그리고 남자의 쫙 펴진 손가락 하나에 칼을 들이댔다. 남자가 몸부림을 쳤다. 방바닥에 엎어진 채 여자도 몸부림을 쳤다. 몸부림에 비해 그들의 입에서는 아무 소리도 나오지 않았다.

그림자들이 칼질을 했다. 남자의 양쪽 새끼손가락이 잘렸다. 남자가 격렬하게 요동쳤다.

그림자들이 다시 칼질을 했다. 남자의 양쪽 네 번째 손가락이 잘렸다. 방바닥에 피가 번지기 시작했다.

그림자들이 또다시 칼질을 했다. 남자의 양쪽 가운뎃손가락이 잘렸다. 여섯 개의 손가락이 흥건한 피 가운데 뒹굴고 있었다.

그림자들이 다시금 칼질을 했다. 남자의 양쪽 검지손가락이 잘렸다. 방바닥에 머리를 찧어대던 여자가 혼절을 해버렸다.

그림자들이 마지막 남은 엄지손가락을 자르려는 순간이었다. 갑자기 개가 요란스럽게 짖어대기 시작했다. 그리고 창밖에 불빛이 환해지면서 외침이 들려왔다.

"우리는 경찰이다. 너희들은 포위됐다. 빨리 손 들고 나와라. 반항하면 쏜다."

두 그림자는 방을 뛰쳐나갔다. 그런데 거실에는 총을 겨눈 경찰들이 서 있었다.

"안 돼! 안 돼! 안 돼!"

나복남은 마구 소리치며 상체를 벌떡 일으켰다. 또 꿈이었다. 그는 숨을 헐떡거리며 가슴을 쓸었다. 가슴은 걷잡을 수 없이 뛰고 있었다. 그는 긴 숨을 토해내며 이마에 내밴 식은땀을 훔쳤다. 밖에서는 주룩주룩 장맛비가 내리고 있었다.

나복남은 담배를 더듬어 찾아가지고 방을 나섰다. 비가 내리고 있는 깊은 밤은 꿈속에서처럼 켜켜이 짙은 어둠이었다. 그는 어둠을 바라보며 쪽마루에 주저앉았다. 꿈이 너무나 생생하고 가슴의 벌떡거림은 가라앉지 않았다. 그는 담배를 빼들었다. 그러나 담배는 손에 잡히지 않고 헛손질이 되고 말았다. 엄지손가락 하나만 남고 나머지 네 개는 겨우 한 매듭씩밖에 없는 오른손은 담배 한 개비도 뽑을 수가 없었다. 오른손이 그 지경으로 아무 쓸모가 없게 되었다는 것을 행동을 하고 나서야 깨닫고는 했다. 오른손은 생각보다 먼저 움직였고, 병신이 되었다는 생각은 그 다음 순간에 떠오르고는 했다. 오랜 습관이 된 오른손의 동작은 지금도 오른손이 성한 것 같은 착각을 일으키게 했다. 언제나 그 착각이 없어지게 될지 알 수가 없었다.

나복남은 왼손으로 어설프게 담배를 뽑아 입에 물었다. 그리고 오른손으로 성냥통을 누르고 왼손으로 성냥에 불을 붙였다.

"또 무신 험헌 꿈 꿨드라냐?"

그때 안방 문이 열리며 그의 어머니가 쪽마루로 나섰다.

"……."

나복남은 어둠에 눈길을 보낸 채 담배만 빨고 있었다.

"워쩐 꿈이 그리 니럴 못살게 볶으고 그런지 몰르겄다 이. 굿을 헐 수도 없는 일이고. 다 맘묵기에 달린 것인디, 복남아, 이 에미럴 불쌍허니 생각혀서라도 싸게 맘 잠 잡어라."

갈포댁은 쪽마루에 쪼그리고 앉으며 어둠보다 더 검은 한숨을 길게 토해냈다.

"맘 다 잡았으니까 들어가 주무세요."

나복남은 퉁명스럽게 내질렀다. 매냥 똑같은 어머니의 말에 짜증이 솟았다. 어머니 말대로 혼자 된 어머니가 온갖 고생을 다하는 불쌍함을 모르는 것이 아니었다. 그 누구보다도 잘 알면서도 마음속에서 들끓고 있는 복수심 때문에 어머니가 바라는 대로 할 수가 없었다.

"니가 이리 애럴 낄이는디 나가 무신 잠이 오겄냐. 니 젊은 맘 다 안다. 얼매나 분허고 원통절통허겄냐. 그 맘 풀라고 펄펄 뛰기로 허자면 땅이 다 꺼져 내래앉고 하늘이 다 뺑뺑 구녕 날 판이제. 근디 그것이 워디 사람 맘대로 다 되다냐? 이 시상은 무정허고 무정허고 또 무정헌 것이여. 이 시상에 그리 분허게 당헌 사람이 니 혼자가 아닝께……. 지발 적선헌다고 맘 돌려묵고 살자. 다 참음서 사는 것잉께."

빗소리에 섞이는 갈포댁의 호소는 간절했다.

"다 알고 있으니까 빨리 들어가 주무세요. 어머니가 이러면 나더 화난다구요."

나복남은 부드럽게 말하려고 애썼지만 잘되지 않았다. 그는 속으로는, '난 안 참아요. 난 그놈한테 틀림없이 복수하고 말 거예요. 있는 놈들 편만 드는 요런 드런 놈에 세상에 반드시 원수 갚고 말 거라구요' 하는 말을 외치고 있었다.

"그려, 그려, 니 맘 다 알어. 그려도 워쩔 것이냐. 배운 것 없고 가난헌께 당허는 설움인디. 사람 사는 것이 이래도 한시상, 저래도 한시상잉께 참음서 살자. 에린 동상덜 생각혀서 참음서 살자."

갈포댁은 한숨과 울음처럼 느껴지는 이 말을 남기고 방으로 들어갔다.

나복남은 비에 젖고 있는 어둠을 응시한 채 담배를 깊이깊이 빨았다. 험한 꿈을 자주 꾸는 것은 마음 탓이라는 어머니의 말은 족집게 점쟁이였다. 아까 꾼 꿈은 자신의 마음 그대로였다. 아니, 사장의 손가락을 네 개까지 자른 것이 자신의 마음이었고, 갑자기 개가 짖고 경찰들이 나타난 것은 자신의 마음과는 정반대였다. 어떻게 된 것이 꿈은 꼭 막바지에서 자신의 마음과는 달리 뒤집어지고는 했다. 개는 청산가리 묻은 고깃덩어리를 먹고 죽었어야 했고, 경찰이란 사장이 전화할 틈이 없었으니까 그렇게 나타날 리가 없었다. 개가 영리해서 잘 구워진 고기를 안 먹고 경찰서로 달려가 경찰들을 불러올 수 있는 일도 아니었다. 개는 배가 고픈 새벽 1~2시 그 시간에 벌써 이쪽에서 던져주는 고깃덩어리를 네댓 차례나 받아먹고 길들여져 있었다. 처음에는 컹컹거렸지만 두 번째는 잠잠했고, 세 번째부터는 제가 먼저 이쪽의 인기척을 알아채고는 고기를 달라고 끙끙거렸다. 그런 놈이 청산가리 묻은 고기라고 안 먹을 리 없었다. 개를 이쪽 편으로 만들려고 길들였듯이 사장네 집의 구조도 샅샅이 파악해 두었다. 그리고 집 안으로 쉽게 침투할 수 있는 모든 준비를 다 갖추었다. 그런데 왜 꿈은 꼭 막판에서 뜻대로 되지 않는 것인지 모를 일이었다.

꿈은 그것만이 아니었다. 자신이 궁리하고 있는 것들이 다 꿈으로 나타났다. 중학생인 사장의 막내딸을 유괴하는 것, 외출이 잦은 사장 마누라가 집을 비우고 식모 혼자 있을 때 우체부나 동회 직원으로 가장하고 집 안을 덮치는 것, 밤중에 집 안에 휘발유를 부어넣고 불을 질러버리는 것, 밤에 술이 취해 돌아오는 사장을 기다리고 있다가 해코지하는 것. 그런 것들은 꿈에서 착착 잘되어나가다가 꼭 막판에서 뒤집어져 험한 꿈으로 돌변하고는 했다.

내가 겁먹고 있어서 그런가……?

나복남은 새 담배에 연달아 불을 붙이며 자신의 마음을 되짚어보았다. 솔직하게 말하자면 겁이 전혀 안 나는 것은 아니었다. 그런 것들 중에 어느 것 하나를 철저하게 준비한다 하더라도 틀림없이 성공한다는 보장은 없었다. 만약 실수해서 잡힌다면 여지없이 콩밥신세가 될 것은 뻔했다. 그러나 그게 무서워 보복을 그만둘 수는 없었다. 가슴에서 들끓고 있는 사장에 대한 분노는 너무나 뜨거웠다. 사장은 자신의 인생을 다 망가뜨려버렸다. 손가락이 네 개나 잘려나가 버린 손으로는 돈벌이를 할 수 있는 일이 아무것도 없었다. 그런데 사장은 아무 보상도 하지 않고 외면을 해버렸다. 일이 잘못될 것을 무서워해 그런 놈에게 보복을 가하지 않는다면 그보다 못난 인간이 어디 또 있는가. 자기자신이 그렇게 못난 것을 용서할 수가 없었다. 자기자신은 그런 못난 인간이 아니었다. 자기 나름으로 성깔도 있고, 오기도 있고, 배짱도 있었다. 자신이 당한 만큼 원수를 갚아야 했다. 콩밥을 먹을 때 먹더라도 반드시 원수를 갚아야 했다.

퇴원하고 사장을 만나려고 했을 때 많은 돈을 요구할 생각은 없었다. 많이 달란다고 줄 리가 없어서, 5년치는 너무 많은 것 같고 그 절반쯤인 2년치의 월급을 쳐달라고 할 작정이었다. 그 돈을 밑천 삼아 무슨 장사라도 하면서 살아갈 길을 찾아볼 생각이었다. 그런데 사장은 생각보다 훨씬 더 냉혹했다.

사장이 마음놓고 그럴 수 있는 것은 전에부터 쭉 그래 왔기 때문이었다. 그리고 치료비를 물어주는 것으로 더는 법에 걸리지 않기 때문이었다. 자신이 일하는 동안에만 똑같은 사고를 당해 회사에서 내몰린 사람이 대여섯이었다. 그럼 그전에 당한 사람들까지 다 합하면 피해자는 얼마나 많은지 알 수가 없었다. 그리고 앞으로 계속 피해자들이 생겨날 것이다. 그러나 사장은 자신에게 한 것처럼 인정사정없이 무질러가며 점점 더 부자가 되어갈 것이다. 사장이 그렇게 마음대로 악질 노릇을 해댈 수 있는 것은 법에 안 걸리고, 경찰이 있는 사람들 편을 들기 때문만은 아니었다. 피해자들이 당하고도 덤비지 않고 병신처럼 굴기 때문이었다. 앞서 당한 사람들 중에서 한 사람이라도 야무지게 보복을 했더라면 사장은 그렇게 몰인정하고 악질적으로 굴지는 못했을 것이다. 거의가 따지고 들지도 못했을 것이고, 자신처럼 나섰더라도 경찰에 끌려가는 것으로 겁먹고 기죽어 그만 물러서고 말았을 것이다.

자신은 절대 그럴 수 없었다. 자신이 당한 만큼 사장의 못된 행투를 고쳐야 했다. 자신마저 병신짓을 해서 주저 물러앉으면 사장은 더욱 가관이 되고 피해자는 갈수록 많아질 수밖에 없었다.

그런데 그 일에 뜻을 합칠 사람을 구하기 어려운 게 문제였다. 하필 오른손이 병신이 되고 보니 어떤 식으로 보복을 하든 혼자 하기는 어려운 일이었다. 그래서 생각해 낸 방법이 그동안 당했던 사람들을 모아 힘을 합치는 것이었다. 똑같은 원한을 가진 사람들끼리 뭉치면 그만큼 마음도 잘 통하고 힘도 세질 것이 분명했다.

그러나 그게 그렇지가 않았다. 꿈에서 사장 집에 함께 숨어들었던 양성팔은 꿈에서처럼 그렇게 용감하지 않았다. 어떤 공원이 어림짐작으로 가르쳐준 동네를 뒤져 그를 어렵사리 찾아냈다. 국민학교 담 아래서 연탄불에 구워낸 설탕물로 여러 가지 동물들을 찍어내 어린애들을 상대로 '또뽑기' 장사라는 것을 하고 있는 그는 남자다운 기라고는 전혀 없이 풀죽어 있었고, 세상살이에 지칠 대로 지쳐 있었다.

"이게 밑천이 제일 적게 드는 거라서 시작한 건데, 이 손가락 잘린 게 이런 장사에도 지장이 많아. 애들이 무서워하고 싫어하니까. 이런 병신은 어른들도 눈살 찌푸리고 싫어하는데 애들이 안 그럴리가 없지. 그래서 그럴듯한 거짓말을 꾸며댔지. 이 아저씨가 월남전에서 빨갱이 베트콩들과 용감무쌍하게 싸우다가 부상을 당한거라구. 그리고 애들 구미에 맞춰 용감하게 싸운 얘기를 멋대로 자꾸 꾸며대고 있어. 그러니까 애들이 좋아하게 되고, 단골도 생기고 그러더라구. 참 한심한 신세 됐지."

양성팔은 넷째, 다섯째 손가락 두 개와 그 아래 손등 일부가 잘려나간 상태였다. 자신에 비하면 그는 손가락 세 개로 어지간한 일은 그런대로 해내고 있는 처지였다. 그런데도 그는 아무데도 취직할 수가 없어서 코흘리개들을 상대로 푼돈벌이를 하는 신세가 되어 있었다.

아직 그에게 속마음을 털어놓지는 못했다. 만난 지 얼마 안 된데다가 그가 너무 의기소침해져 있어서 속마음에 보복감을 가지고 있는지 어쩐지 가늠하기가 쉽지 않았다. 좀더 친숙해지기를 기다릴 수밖에 없었다.

나복남은 머리를 판자벽에 기대며 눈을 감았다. 좀 약해진 듯 싶은 빗소리가 무슨 슬픔처럼 가슴을 적셔왔다. 자신의 앞날을 생각하면 한정없이 내리는 장맛비처럼 온 가슴에 눈물이 줄줄 흘러내렸다.

"니 이리 허송세월혀서는 안 된다. 이리 날마동 술 취해 댕기다가 요 판잣집할라 날래묵을 판인 것이여? 각다분허고 캄캄헌 니 맘 다 아는디, 그려도 싸게 맘 공그리고 나서서 살길 찾어얄 것 아니겄어? 사람이 한평상 살다 보면 오만 험헌 일 다 당허게 되야 있는 법이여. 두 다리 없는 사람도 타이야 쪼가리 배에 붙이고 기어 댕김서 동냥허고 사는 것 못 보냐? 그에 비허면 니넌 몸이 성헌 사람이여. 사내자석이 맘이 철통 같애야 이 험헌 시상 살아가는 것잉께 쓰잘 디 읎는 생각 다 털어뿔고 싸게 날 따라나스란 말이다. 니 넌 이 집 가장이여, 가장!"

그동안 천두만 아저씨가 몇 차례나 찾아와 한 말이었다.

그 아저씨가 고맙고, 그 아저씨의 말대로 모든 것을 잊어버리고 돈벌이를 따라나서려고 애를 써보았다. 그러나 가슴속에서 들끓고 있는 분함과 억울함과 복수심을 가라앉히고 삭일 수가 없었다. 사장 같은 놈을 그대로 잘살게 내버려둔다는 것은 도저히 견딜 수 없는 일이었다. 제놈이 저지른 잘못이 얼마나 큰지 알게 하려면 사장놈은 손가락이 스무 개라도 모자랄 것이다. 그러나 다른 사람들에게 저지른 잘못은 접어두더라도 자신이 당한 것만큼 사장놈의 손가락 네 개를 자르지 않고는 그 일을 잊을 수가 없을 것 같았다.

그러나 집안 사정도 예삿일은 아니었다. 벌써 몇 달째 여동생 혼자서 벌어오는 것으로 꾸려가고 있으니 궁기가 심해진 것은 오래였다. 어머니는 행상 노릇도 힘겨운데 밤에는 봉투 붙이는 일까지 다시 시작한 형편이었다. 당장 급한 집안 사정을 생각하면 무슨 벌이든 가릴 것 없이 나서야 하고, 사장놈의 피도 눈물도 없는 행투를 생각하면 끝끝내 원한을 갚아야 하고, 날마다 괴로움을 견딜 수가 없었다.

나복남은 잠을 설치다가 다음날도 늦잠에서 깨어났다. 윗목에는 밥상이 차려져 있고, 집 안은 비어 있었다. 그는 갈 곳 없는 하루가 또 시작된 서글픔과 암담함을 느끼며 밖으로 나섰다. 비만 그친 것이 아니라 어디론가 몰려가는 구름떼 사이로 푸른 하늘이 언뜻언뜻 내비치고 있었다. 장마가 끝나가는 기미가 느껴졌다.

나복남은 변소로 가며 그만 장마가 끝나기를 바랐다. 비가 오지 않아야 양성팔을 만날 수 있었다. 비 오는 날이면 날품팔이나 막노동꾼들만 공치는 날이 아니었다. 길거리에 나앉아야 하는 양성팔도 꼼짝없이 공칠 수밖에 없는 신세였다.

나복남은 항아리에 가득 담긴 빗물을 떠서 세수를 했다. 처마 밑에 놓인 찌그러진 양철통이며 큰 그릇들에는 빗물이 가득가득 차 있었다. 물 귀한 산동네에서 장마철이면 보는 덕이었다.

나복남은 밥상 앞에 앉다가 멈칫했다. 밥그릇 밑에는 접힌 돈이 또 반쯤 물려 있었다. 어머니가 나가면서 두고 간 것이었다.

"제발 오빠한테 아무 말도 하지 마세요. 이 세상에서 오빠 심정은 오빠밖에 몰라요. 얼마나 기가 막히고 미칠 것 같겠어요. 옆에서 자꾸 뭐라고 한다고 될 일이 아니에요. 말을 자꾸 할수록 오빠를 괴롭히고 속상하게 만드는 거라구요. 오빠는 누가 말을 안 해도 앞으로 어떻게 해야 할지 다 아는 사람이에요. 오빠가 분한 것 삭이고 마음 돌릴 때까지 엄니는 그냥 기다리세요. 오빠 모르게 용돈 내놓으면서 기다리는 게 제일 좋은 방법이에요."

그날 아침에도 술기운으로 목이 타 자리끼를 마시려고 눈을 떴는데 밖에서 여동생이 어머니에게 하는 말이었다.

그 다음부터 어머니는 며칠 간격으로 밥그릇 아래 용돈을 놓기 시작했다. 그리고 여동생 윤자는 자신에게 아무 말도 하지 않았다. 어쩌다 눈이 마주치면 물끄러미 쳐다보다가는 눈길을 돌리고는 했다. 그 눈에는 슬픔과 함께 어머니의 말보다 더 절실한 애원이 담겨 있었다.

나복남은 그 돈을 밥그릇 아래서 빼내 방바닥으로 옮겨놓았다. 자신도 모르게 괴로운 신음이 흘러나왔다. 어머니와 여동생에 대한 죄책감이 다시금 가슴을 쓰리게 했다. 무위도식하며 그 어렵게 번 돈을 축내고 있다니……. 그 생각만 하면 당장 천두만 아저씨를 따라나서고 싶었다. 그러나 손가락 네 개가 뭉텅 잘려나가 자신이 보기에도 섬찟하게 흉한 손을 보는 순간 그 생각은 곧 뒤집어지고 말았다. 그동안 그 갈등은 수없이 반복되어 왔다.

아침을 대충 먹은 나복남은 막내 여동생이 학교에서 돌아오기를 기다리며 집을 보았다. 저녁 끓일 쌀은 없어도 도둑이 훔쳐갈 물건은 있더라고 못사는 산동네에는 좀도둑이 심해 집을 비울 수가 없었다. 집을 비우면 된장, 간장까지 퍼가는 것이 산동네였다. 그는 쪽마루에서 꽁초를 까서 말아 피우며 또 그 생각에 빠져들고 있었다.

1차로 양성팔을 끌어들여야 하고……, 서로 손이 성치 않으니까 일을 빈틈없이 해내려면 한둘을 더 찾아내 힘을 합쳐야 하고……, 모두가 그 집 구조며 가족들에 대해서 샅샅이 알아야 하고……, 드라이버 하나로 창문이나 방문 따는 기술을 완전히 익혀야 하고……, 필요한 장비들을 구하면서 장기전에 대비하려면 서로가 최소한의 돈벌이를 해가며 자금을 모아야 하고……, 기왕 나선 김에 딴 스텐공장 사장들도 골라내 쓴맛을 보여야 하고…….

나복남은 그 계획을 되풀이해 가면서 언제부터인지 모르게 자기 사장에서 끝나지 않고 보복 대상을 확대시켜 나가고 있었다.

좀 개는 것 같았던 하늘에는 다시 먹구름이 차며 빗방울이 후둑거렸다. 나복남은 자신의 가슴처럼 어두컴컴하고 칙칙해지는 하늘을 바라보며 한숨을 쉬었다. 자기보다 나이 어린 김두봉의 성공을 생각하면 자신의 신세가 더욱 한심하고 비참해졌다. 김두봉에게 군대에 가서 수송병과를 따내는 요령들을 가르쳐줄 때만 해도 그가 운전기술로 그렇게 성공하리라고는 상상하지 못했다.

김두봉이 자신을 찾아온 것은 어엿하게 택시 한 대를 지닌 차주로서였다. 자기 택시 한 대를 가지고 직접 운전을 하는 것은 단순히 차주가 아니라 스페어 운전수까지 하나 부리며 실속 있게 돈벌이를 하는 당당한 사장님이었다. 자기 집 갖기만큼 어려운 자기 차를 갖게 되었으니 김두봉은 가장 어려운 고비를 넘긴 셈이었고, 앞으로 두 대, 세 대, 네 대로 불려나가기는 한층 쉬운 일이었다. 그는 운수회사 사장님이 될 길로 들어서 있었다.

김두봉은 수송병과를 따내 그 누구보다도 운전을 열심히 배웠고, 운전이 날로 늘어가는 것이 신바람 나서 군대생활이 고달픈 줄을 몰랐다. 언제 손가락을 잘리게 될지 모를 스텐공장에서 벗어나게 해준 군대가 너무 고마워 열성을 다 바쳐 일했다. 그러다 보니 운전기술을 인정받게 되고, 사단장의 표창까지 받으며 제대하게 되었다. 트럭운전도 하고 택시운전도 하며 돈벌이를 하다가 만나게 된 기회가 월남 군수물자 수송이었다. 사단장의 표창장을 이력서 뒤에 붙인 덕이었는지 많은 경쟁자들을 물리치고 월남에 가게 되었다. 거기서 돈을 착실하게 모아가지고 와 바라고 바라던 택시 한 대를 사들였다. 날마다 혼자서 운전을 다 할 수가 없으니까 교대할 운전수가 필요했다. 차를 안심하고 맡길 수 있는 믿을 만한 사람이 있어야 했다. 자신의 길을 열어주었고, 스텐공장을 벗어나고 싶어 했던 나복남과 함께 일하면 고마움도 갚고 믿을 수도 있었다.

김두봉은 이런 이야기 끝에 말했다.

"내가 한발 늦어버렸군요. 내가 좀더 빨리 왔거나 형이 좀더 늦게 다쳤어야 하는 건데."

사람의 팔자가 그렇게도 수월하게 필 수도 있다는 것이 믿어지지 않았다. 그런 김두봉을 보고 나니 자신의 신세가 더욱 참담해지고, 사장에 대한 원한은 더 한층 커졌다.

막내 여동생이 학교에서 돌아오자 나복남은 집을 나섰다. 그는 무슨 바쁜 일이라도 있는 것처럼 버스를 탔다. 한참을 달려 시가지에서 벗어난 버스에서 내려 그가 찾아간 곳은 사장네 집이었다. 그는 밖에 나올 때마다 한 번도 거르지 않고 사장네 집을 찾아갔다.

나복남은 대문 가까이에 이르러 언제나처럼 〈노란 샤쓰 입은 사나이〉를 휘파람으로 불기 시작했다. 그러자 담 너머에서 어김없이 개가 짖는 것이 아니라 끙끙거리는 소리가 들려왔다. 그것은 이쪽의 기척을 알아채고 어서 먹을 것을 달라고 친근감을 표시하는 소리였다. 그는 주머니에서 건빵 서너 개를 꺼내 침을 뱉었다. 그리고 그것을 담 너머로 던졌다. 곧 개의 끙끙거리는 소리가 들리지 않았다.

그래, 그래, 넌 이제 꼼짝없이 내 포로가 된 거야. 조금만 더 기다려. 잘 구운 고깃덩이를 먹여줄 날이 올 테니까.

나복남은 만족스럽게 웃었다. 건빵에 침을 뱉는 것은 개가 자신의 냄새에 익숙해지게 하기 위해서였다. 그는 눈에 익을 대로 익은 사장네 집을 멀찌가니 떨어져 살피며 천천히 한 바퀴를 돌았다. 그 집은 어젯밤 꿈에 나타났던 그대로였다.

저 겹철조망을 끊어 없애야 할까, 꿈에서처럼 무엇으로 덮고 타넘는 게 나을까…….

철조망을 제거해도 그 밑에는 또 깨진 유리들이 촘촘하게 박혀 있지? 유리를 피하려면 어차피 덮을 것이 필요한데……, 저 철조망 위에다 덮을 것을 걸치면 담 높이가 그만큼 높아지는 것 아닌가……?

먹구름이 꿈틀거리는 하늘에서 빗방울이 듣기 시작했다. 나복남은 양성팔을 찾아가려고 발길을 서둘렀다.

양성팔은 나와 있지 않았다. 혹시나 해서 자세히 살펴보았지만 좌판을 벌렸던 흔적도 없었다. 언제 비가 쏟아질지 몰라 안 나온 것 같았다. 긴 장마철이 그나마 양성팔의 장사를 망치고 있었다. 코 묻은 돈을 버는 그가 끼니나 제대로 때우고 있는 것인지 걱정스러웠다.

"장사치고 안 남는 게 없더라고, 이게 보기는 한심해 보여도 이익은 쏠쏠해. 10원어치로 치면 원가는 2원도 안 들거든. 코흘리개들 상대라 액수가 크지 않아서 그렇지 하루 벌어 하루 먹기는 심심찮아."

양성팔이 햇볕에 그을은 꺼칠한 얼굴로 기운 없이 웃으며 한 말이었다.

나복남은 장마가 완전히 걷혀야 양성팔을 만날 수 있을 거라고 생각하며 무겁게 발길을 돌렸다.

"다 운수 소관이지 뭐. 내가 배운 것 없고 가난하니 어쩌겠어."

"세상 인심이 다 그리 야박한데 어쩔 수 없잖아. 그럭저럭 한평생 살다 죽는 수밖에."

"나는 뭐 사람 아닌가? 억울하고 분한 생각이야 말로 다 할 수가 없지. 그렇지만 어떻게 하겠어. 그저 참고 살 수밖에 없지."

"나도 꿈이 있었어. 돈을 열심히 벌어 내 자식들은 꼭 대학까지 가르치고 싶었던 꿈이. 근데 이젠 고등학교까지도 가르치지 못하게 생겼으니 다 틀려버린 인생이지."

"뭐? 사장네 집을 찾아갔어? 어쨌든 깡 좋으네. 난 그런 생각 하지도 못했는데. 그래도 속은 좀 시원했겠네."

"거 봐. 경찰도 다 있는 놈들 편이지. 이 세상에 우리 같은 놈들 편들어 줄 사람들이 어딨어. 우리같이 못난 것들은 등을 비빌래야 비빌 데가 있어야 어찌해 보지. 당하고만 사는 이놈의 신세 참 비참해. 새끼들이나 없어야 죽고 말지."

그동안 차츰차츰 변해온 양성팔의 말이었다. 자신은 양성팔의 마음에서 분이 끓어오르고 복수심이 일어나도록 살살 부채질을 해왔다. 사장이 얼마나 잘사는지 거듭 들으며 양성팔의 태도는 처음과는 많이 달라지고 있었다.

"씨팔, 그런 새끼들한테 왜 벼락은 안 치지. 알고 보면 불쌍한 사람들 깔아뭉개면서 탱자탱자 잘사는 그런 놈들이 진짜 날강도들인데 말야."

얼마 전에는 이런 말까지 하게 되었다. 조금만 더 있으면 '그런 놈들을 어떻게 해버릴 수 없을까?' 하는 식의 말이 나올 수 있었다. 그때가 기회였다. 그때 자신의 속마음을 털어놓고 한 덩어리로 뭉치게 할 작정이었다.

끈질긴 독감처럼 장마는 며칠을 더 비를 질금거리다가 물러갔다. 아침부터 날이 활짝 갠 것을 보며 나복남은 안달이 났다. 막내 여동생이 돌아오자 어서 양성팔을 만날 욕심으로 그는 사장네 집 거치는 것을 빼먹었다. 개라는 것이 영리해서 며칠 건너뛰어도 휘파람 소리를 용케 알아차렸다.

나복남은 사잇길로 접어들면서 길 건너편 저쪽에 볼품없는 좌

판을 벌여놓고 또뽑기 설탕과자를 만들고 있는 양성팔을 금세 알
아보았다. 그는 너무 반가워 길을 가로질러 뛰기 시작하면서 바지
주머니에 찔러넣고 있던 오른손을 빼 두 팔을 흔들었다가 깜짝 놀
라 멈추어섰다. 그리고 오른손을 얼른 바지 주머니에 넣었다. 발이
뛰는 것에 맞추어 자신도 모르게 오른손을 빼게 된 것이다. 밖에
나오면 언제나 오른손은 바지 주머니에 넣고 다녔다. 달리 쓸모가
없어서가 아니었다. 사람들의 눈길이 쏠리는 것이 싫어서였다. 시내
버스나 사람 많은 데서 오른손을 내놓고 있으면 사람들은 으레 힐
끔힐끔 곁눈질을 했고, 대부분의 여자들은 불량스러운 사람을 피
하듯 슬금슬금 멀어지고는 했다. 그런 것을 느낀 다음부터 밖에
나올 때는 오른손을 꼭 바지 주머니에 넣었다.

"장마 끝나는 건 제때 알았네?"

나복남은 인도로 올라서며 인사를 건넸다.

"응, 왔어? 굶어죽지 않으려고 하늘만 보고 살았으니까."

고개를 치켜든 양성팔이 나복남을 올려다보며 서글픈 느낌의
웃음을 지었다.

"빌어먹을 장마 땜에 공치는 날이 너무 길었는데 괜찮아?"

나복남은 양성팔의 옆에 쪼그리고 앉으며 담뱃갑을 꺼냈다.

"굶어죽으면 안 되니까 구슬 꿰기를 했지 뭐."

양성팔은 나복남이 내민 담배를 뽑았다.

"구슬 꿰기?"

"응, 그런 게 있어. 여자들이나 들어앉아서 하는 골 빠지는 돈벌

인데, 비에 갇혀 날마다 그냥 빈둥거릴 수는 없잖아. 난 그래도 손가락이 세 개는 남았으니까 구슬 꿰기는 해먹을 수 있는 거지. 여자들 핸드백에도 달고, 옷에도 달고 하는 자디잔 구슬을 꿰는 건데, 일도 고되지만 벌이도 드럽게 적어. 나 형은 어떻게 지냈어?"

"나야 뭐 없는 돈에 쐬주나 까면서 날마다 사장한테 통쾌하게 보복하는 꿈만 꿨지 뭐."

나복남은 양성팔을 힐끔 쳐다보며 담배연기를 내뿜었다.

"통쾌하게 보복하는 꿈?"

양성팔은 담배를 빨며 나복남을 빤히 쳐다보았다.

"응, 양 형도 만날 수 없고, 집에서 노닥거리기 답답하고 해서 동시상영관에서 영화 두 편을 봤거든. 근데 한 편이 너무 억울한 일을 당한 사람이 상대방에게 복수전을 펼치는 영화였어. 그 사람은 철저하게 준비를 해서 쥐도 새도 모르게 상대방을 해치우고 돈까지 엄청나게 차지해서 어디로 사라지는 내용인데, 처음서부터 끝까지 손에 땀을 쥐게 해. 특히 그 영화가 근사하고 멋들어진 건 말야, 대개 그런 영화들은 신나게 잘 나가다가 끝에 가서는 꼭 범인이 경찰에 잡히고 말잖아. 근데 그 영화는 정반대로 주인공이 복수에 완전히 성공하고 자기가 원하는 곳으로 유유하게 사라져버리는 거야. 그게 얼마나 통쾌해, 글쎄. 그래서 우리도 그런 식으로 복수하면 되겠구나 하고 날마다 그 생각만 하고 지낸 거야."

나복남은 미리 준비한 말을 그럴듯하게 엮어냈다.

"그게 영화니까 그렇겠지 뭐."

양성팔의 반응은 심드렁했다. 나복남은 그만 맥이 빠지고 몸이 달았다.

"아니, 꼭 그렇지는 않아. 이런 말 못 들었어? 경찰이 범인을 잡아 해결하는 사건보다 해결하지 못하는 사건이 훨씬 더 많다고 말야. 준비가 엉성해서 그렇지 준비만 철저하면 절대로 실패하는 일은 없어."

나복남은 양성팔의 입에서 복수를 하고 싶어하는 말이 나올 때까지 기다리자고 했던 것을 잊어버리고 속마음을 다 드러내고 있었다.

"그런 말 이따가 딴 데 가서 하자고."

양성팔이 주위를 빨리 둘러보고는 나복남을 응시했다. 평소와 다른 그의 눈빛을 보며 나복남은 재빨리 대꾸했다.

"응, 알았어. 내가 쐬주 한잔 살게."

학교를 파한 아이들이 저쪽 교문에서 몰려나오고 있었다.

"저기 손님들 몰려오니까 나 길 건너에 가 있을게."

"그래, 기다리던 대목을 봐야지."

양성팔이 자리를 고쳐앉았다.

나복남은 길을 건너가며 어금니를 맞물고 두 손을 불끈 쥐었다. 그런데 오른손은 잡히는 것 없이 허전하게 텅 비어 있었다.

36
군대식 날림

"어머나, 할머니! 난 몰라, 난 몰라, 할머니!"

허미경은 소리치며 헐레벌떡 거실로 뛰쳐나왔다.

"아니 왜 그러세요?"

마루를 닦고 있던 식모아주머니가 놀라 몸을 벌떡 일으켰다.

"안 돼, 안 돼, 할머니……, 할머니……."

허둥지둥 현관으로 내닫던 허미경은 안방으로 되돌아 들어갔다.

"무슨 일인데 그러세요?"

지갑을 들고 나오는 허미경에게 아주머니가 다시 물었다.

"아줌마, 라디오……, 라디오 들어봐요. 큰 탈 났어요."

"라디오요? 어디 가세요?"

식모아주머니가 걸레를 던지며 황급히 뒤따라 나갔다. 그러나 허미경은 벌써 대문을 나서고 있는 중이었다.

"왜 저리 정신이 하나도 없는고……, 홀몸도 아닌데 조심해야지. 사장님이 아시면 펄쩍 뛰실 텐데."

혼자 흔들리는 철대문을 바라보며 식모아주머니는 중얼거리고 있었다.

"아저씨, 마포 와우아파트 빨리 가주세요, 빨리."

허미경은 택시에 올라타며 숨이 넘어가고 있었다. 4월 초순인데도 그녀의 얼굴은 눈물과 땀으로 범벅이 되어 있었다. 골목에서 큰 길까지 마구 뛰어나온 탓이었다.

"예에 좋시다, 빨랑 가봅시다. 비싼 택시 타는 거야 급하니까 타는 건데, 그래도 타는 사람마다 빨리 가자, 어서 가자 야단이니 이거 참 몸이 열둘이라도 모자라요."

젊은 운전수가 차를 거칠게 몰아대며 타령조로 흥얼거리고 있었다.

허미경은 앞자리의 등받이를 꼭 붙들고 앉아 발을 동동거리고 있었다. 할머니와 동생들이……, 그녀는 애가 바작바작 타고 있었다.

"긴급뉴스를 말씀드리겠습니다. 긴급뉴스를 말씀드리겠습니다. 방금 들어온 소식에 의하면 서울 마포구 창전동 와우산 중턱에 자리잡고 있던 와우아파트가 갑자기 붕괴되었습니다. 산비탈에 서 있던 아파트가 갑자기 무너진 것은 부실공사가 그 원인으로 추정되는바, 현재로서는 자세한 피해상황이 파악되지 않고 있습니다. 피해실태가 드러나는 족족 신속하게 소식을 전해드리도록 하겠습니다."

허미경은 라디오에서 흘러나왔던 소리를 다시 듣고 있었다.

안 돼! 안 돼! 안 돼……!

허미경은 속으로 부르짖으며 온몸이 비비꼬이고 있었다. 할머니와 동생들이 일을 당했으면…….

택시는 와우산 초입에서 통제되었다. 경찰들이 깔려 아파트로 가는 차들을 철저하게 막고 있었다.

"아파트가 다 무너졌어요?"

택시에서 내리기 바쁘게 허미경이 물었다.

"아니오."

경찰이 차를 향해 손짓하며 호루라기를 문 채 대답했다.

"몇 채나 무너졌어요?"

"나도 잘 모르니까 그건 저쪽으로 가서 물어봐요."

경찰이 아파트 쪽으로 가리켰다.

허미경은 월남치마를 거머잡으며 뛰기 시작했다. 아파트로 오르는 비탈길은 사람들로 어지러웠다. 수많은 사람들이 우왕좌왕하며 와자하게 떠들어대고 있었다. 앰뷸런스와 소방차들이 사이렌을 울려대며 소란을 더 부풀리고 있었다.

허미경은 아파트까지의 중간 지점에서 발길이 막히고 말았다. 일반인은 더 이상 올라가지 못하게 경찰이 막고 있었다.

"아파트가 몇 채나 무너졌어요?"

눈물로 핏발이 성성해진 눈으로 허미경이 물었다.

"한 채요."

"몇 동인데요?"

"거 참 라디오 좀 들을 일이지. 15동이오, 15동."

"아, 하느님!"

허미경의 입에서 터져나온 소리였다.

"다행히 15동이 아닌가 보군요?"

경찰의 얼굴이 밝아졌다.

"네에, 할머니는 13동이세요."

가슴께에 두 손을 맞잡고 있는 허미경의 얼굴에는 마침내 감격의 웃음이 피어나고 있었다. 눈에서는 새 눈물이 주르르 흘러내리고 있었다.

한편, 경찰과 소방대로 꾸려진 구조대 말고도 붕괴 현장까지 자유롭게 드나드는 사람들이 있었다. 그들은 각 신문사의 기자였다.

"이건 정말 해도 너무한데. 얼마나 엉망진창 날림으로 지었으면 시멘트 콘크리트 건물이 저런 식으로 폭삭 무너져버릴 수가 있나 그래."

"글쎄 말야, 명색이 콘크리트 건물인데 건물 형체를 알아볼 수 없을 지경이군. 저건 돼지가 장화 신고 지나간 군대의 국처럼 시멘트가 장화 신고 지나간 모래건물이었어."

"응, 바로 그거야. 우리가 여기서 그냥 보아도 푸석푸석해 보이는 게 시멘트 배합기준이 전혀 안 지켜진 게 표가 나잖아."

"언젠가는 이런 대형사고 터질 줄 알았어. 원칙과 기준을 무시하고 무작정 군대식으로 적당적당, 빨리빨리로 몰아댔으니 결과가 뻔하잖아. 기세 좋던 '부르도자' 시장님께서 결국 자기 부르도자에 치이셨어."

두 기자가 이야기를 나누는 옆에 서서 원병균은 묵묵히 아파트 붕괴 현장을 바라보고 있었다. 두 기자의 말마따나 콘크리트 강도가 얼마나 약했던지 무너진 5층 아파트는 그 형체를 알아볼 수 없도록 심하게 파괴되어 있었다.

원병균은 연달아 담배에 불을 붙이며 구조작업에서 눈을 떼지 않고 있었다. 아파트가 심하게 파괴되면 파괴될수록 그 안에 있었던 주민들의 피해가 커질 수밖에 없는 일이었다. 아파트는 하필이면 아침 6시 30분께 무너졌다. 그 시각은 주민들 거의가 막 잠에서 깨어나거나 아침 식사를 하고 있을 때였다. 두어 시간만 늦게 무너졌더라도 어른들이 일 나가고 아이들이 학교를 갔을 테니 인명 피해는 훨씬 줄었을 것이다. 그런데 14가구 사람들은 한순간에 날벼락을 맞아 참혹하게 부서진 콘크리트더미 속에 묻히고 말았다.

원병균은 여러 가지 정황을 세밀하게 살피면서 말을 잃고 있었다. 산비탈은 45도가 족히 될 만큼 경사가 심했다. 그런 급경사에 단층짜리 주택도 아니고 5층이나 되는 아파트를 세운 것이다. 최신 장비나 최신 기술이 있더라도 신경 쓰고 조심해야 할 난공사가 아닐 수 없었다. 그런데 모든 자재들을 등짐으로 져올리고, 콘크리트 반죽도 삽으로 적당적당 해치우는 형편에 그런 난공사를 한 것이다. 땅값 비싼 서울에서 가난한 사람들의 주택난을 해결하기 위해서 어쩔 수 없었다고 치자. 그렇다면 평지보다 몇 배 더 강하고 튼튼하게 공사를 하도록 규정을 정하고, 감시했어야 한다. 그러나 산동네마다 솟아오르는 시민 아파트들이 너무 졸속이고 날림이라는 비판은 이미 오래전부터 나돌고 있었다. 그렇지만 '부르도자' 시장은 그런 우려와 비판을 그야말로 불도저처럼 깔아뭉개며 일을 몰아붙여 왔던 것이다.

"원 기자, 어떡할 거야? 난 사진 다 찍었으니까 빨리 들어가야겠는데."

사진기자가 바쁜 걸음으로 다가왔다.

"응, 송 기자 먼저 들어가서 사진작업 해가지고 넘겨. 난 1차 취재해서 전화로 기사 불러대고, 구조작업이 어떻게 되는지 지키고 있다가 또 기사를 보충해야지."

원병균은 사진기자에게 빨리 가라고 손짓했다.

"알았어. 구조작업도 담아야 하니까 딴사람 또 내보내라고 내가 전화부터 걸고 회사로 들어갈게."

"그거 좋겠어. 어서 가."

구조작업에 동원된 장비라는 것이 삽과 곡괭이, 들것 정도가 전부였다. 그 볼품없는 도구들은 콘크리트더미 속에 묻힌 사람들의 운명을 결정짓고 있었다.

"저래 가지고는 구조가 빨리 되기 어렵겠는데. 지금까지 취재한 걸 가지고 먼저 기사 긁는 게 어때?"

기자 하나가 원병균을 쳐다보았다.

"석간에 기사 띄우자면 그럴 수밖에 없지 뭐. 근데 시청 쪽에서는 뭐 더 캐낼 게 없을까?"

원병균은 그쪽을 한번 더듬어보는 것이 어떻겠느냐는 눈치를 보였다.

"그야 밑져봐야 본전이니까 한 번 더 만나서 나쁠 것 없겠지."

다른 기자가 수첩을 꺼내며 대꾸했다.

그들은 사고대책본부로 갔다. 그곳의 사람들은 하나같이 기죽고 풀죽어 있었다. 거만하고 불친절하기로 중앙부서 공무원들 뺨칠 정도라고 소문난 시청 직원들은 비로소 공무원 같은 모습을 보이고 있었다.

"공사를 재하청받은 토목업자 연락처는 알아냈습니까?"

안경 낀 기자가 추궁하듯 물었다.

"아니 아직……."

"공무원들 전매특허가 '안 된다', '모른다'인데, 이것도 알려주지 않으려고 일부러 오리발 내밀고 있는 것 아닙니까?"

키 껑충한 기자가 더욱 노골적으로 불신감을 드러냈다.

"아니, 그럴 리가 있겠습니까. 그자가 빨리 잡혀야 우리 입장이 이렇게 난처해지지 않는걸요."

"도대체 담당 공무원들은 뭘 하고 있는 겁니까? 하청업자가 재하청을 해먹은 것도 모른다, 하청업자가 부도를 내고 도망간 것도 모르고 있었다, 이게 말이나 되는 소립니까? 담당 공무원들의 임무가 공사가 잘되고 있는지 어떤지 감독 감시하는 건데, 이것도 모른다, 저것도 모른다. 그럼 도대체 아는 게 뭐가 있습니까? 국민 세금으로 월급 꼬박꼬박 받으면서 이런 직무유기가 어디 있습니까. 모두 이 모양이니 아파트가 무너지는 거야 당연한 결과 아닌가요."

안경 낀 기자가 속사포로 말을 내갈겼다.

"거 말씀이 좀 지나치지 않습니까?"

한 공무원의 어조가 삐딱하게 돌아가고 있었다.

"지나쳐요? 사실 그대로 말한 거지 뭐가 지나치다는 겁니까? 내가 과장을 했습니까, 없는 말을 꾸며대기라도 했습니까? 자아, 말이 나온 김에 딱 깨놓고 어디 한번 따져봅시다. 아까 내 신분은 밝혔으니 어디 댁 신분부터 알고 봅시다. 자아, 대세요. 어느 부서 누굽니까?"

안경 낀 기자가 취재수첩을 펼치고 만년필을 빼들었다.

"아 이거 왜 이러십니까. 우리도 속이 상하고 마음이 급하다 보니까 말이 불쑥 잘못 나간 거 아니겠습니까. 기자 양반들께서 좀 이해해 주십시오. 아파트 공사는 여기저기서 정신없이 벌어지고, 저희들 인원은 모자라고, 여기 공사가 끝난 지는 오래되고 해서 그런 것까지 다 파악하지 못하고 있었습니다. 죄송합니다. 다 저희들 불찰이었습니다."

재빨리 다른 공무원이 나서서 사태를 수습하려고 들었다.

"참, 애들 말대로 아더메치네, 이거. 공무원이 뭐 즈네들 밥인 줄 알아."

아까 그 공무원이 동료들에게 등을 떠밀려 자리를 피해가며 중얼거리고 있었다.

"김 형, 관둬, 관둬. 그 고질병들 따진다고 고쳐지겠어? 어차피 특효약 없는 형편이니까 오늘은 그냥 넘어가자구."

원병균은 안경 낀 기자에게 눈짓했다.

"나도 공무원들 행투에 대해선 포기한 지 오랜데, 잘못했으면 입 닫고 가만히나 있을 것이지 왜 나서, 나서긴. 염치도 양심도 없이 그리 뻔뻔스러운 것을 보면 그만 피가 곤두서."

안경 낀 기자가 취재수첩을 주머니에 넣으며 고개를 저었다.

"시장님은 어찌 된 겁니까? 지금까지도 여기 나타나지 않다니, 이거 일부러 피하는 것 아닙니까?"

느닷없는 원병균의 공격이었다.

"아닙니다. 그럴 리가 있겠습니까. 아마 이 사건으로 긴급회의를 하고 계신 게 아닌가 싶습니다. 어쨌든 곧 나오실 테니 좀 이해해 주시기 바랍니다."

한 공무원이 재빨리 발라맞추었다.

"뭐 꼭 만날 필요가 있는 건 아니오. 어차피 그 수명 다했으니까."

원병균이 돌아서며 던진 말이었다.

"원 형, 그거 무슨 소리야? 미안하지만 그리는 안 될걸?"

키 큰 기자가 김칫국 먼저 마시지 말라는 투로 말했다.

"이 형이야말로 무슨 소리야?"

원병균이 마땅찮아하는 눈길로 뒤를 돌아보았다.

"몰라서 그래? 그 사람에 대해 저 푸른집의 신임과 총애가 대단하다는 거야 세상이 다 아는 소문이잖아."

"그야 그렇더라도 이번 사건을 그냥 우물쭈물 덮고 넘어가지는 못할 걸. 사망자가 적어도 몇십 명 나올 판인데, 자칫 잘못했다간 민심 다 잃게 된다구."

안경 낀 기자가 끼어들었다.

"그렇긴 해. 3선개헌 날치기로 가뜩이나 불신당하고 있는 판에 이런 대형사고까지 터졌으니 박 정권도 정신 바짝 차려야 해."

"당연하지. 이번 일 잘못 처리했다가 내년 대통령 선거에서 박이 당할 수도 있어."

"그렇게 된다면 그건 오히려 잘된 일이잖아."

"허나 누구 좋으라고 그런 일이 일어나겠어. 그쪽에도 머리 잘 굴리는 인물들이 수두룩하니까 정치적으로 손해가 날 장애물은 제때 제거를 하겠지. 부르도자 시장께서는 바로 그 장애물의 운명에 처하게 된 거야."

"근데, 그 사람 물러간다고 군대식의 적당적당, 빨리빨리가 고쳐질까?"

"거 무슨 태평스러운 잠꼬대야? 다시 군 출신이 시장에 앉으면 그게 그 타령이고, 민간인 출신이 앉는다 해도 그 군대식은 벌써 10년 동안이나 우리 사회 전체를 지배해 왔고, 우리 모두는 알게 모르게 그 적당적당과 빨리빨리에 길들여지고 몸에 배고 해서 습관화되어 있어."

"아, 이 사람들 정권이 벌써 10년이 됐나? 세월 참 허망하게 빠르네. 그래, 붕괴된 이 아파트는 군부정권 10년의 상징 아니겠어? 군인 제일주의를 내세우며 군 출신들이 국가와 사회의 거의 모든 조직들을 장악하고 무엇이든 서둘러대고 우격다짐이고, 벼락치기 검열받는 식으로 겉만 번지르르하게 전시효과를 노리다 보니 이런 결과가 오는 건 너무 당연한 것 아니야?"

"응, 아주 핵심을 찌르는 건데, 그런 점들을 지적해 가며 기사를 작성하면 어떨까?"

"이거 왜 이래? 기사를 쓰려는 거야, 논평을 쓰려는 거야? 괜히 죽도 밥도 아니게 만들지 말고 사회부 기자라는 직책을 명심하라구."

"그래, 그래서는 사건기사가 안 되지. ……그럼, 이런 시도는 어떨까? 이번 사건을 말야, 군사정권 아래서 파급된 그런 문제점들을 논리적으로 지적하고, 시정하도록 하는 계기로 삼으면 말야. 대학교수들을 중심으로 해서 외부 필자들을 동원하면 권위도 있고 설득력도 있어서 효과가 크잖겠어?"

"지금 달나라에 살고 있어?"

"무슨 소리야?"

"그런 일 중정에서 표창하겠지?"

"빌어먹을, 난 또 무슨 소리라구."

"그건 군부정권을 정면에서 비판하고 헐뜯는 일인데 중정의 비위가 얼마나 상하겠어. 교수들이고 신문사 간부고 다 눈치 하나는 기막히게 빨라 중정 비위 거스르는 일에는 단 한 명도 나서지 않을 테니까 어서 꿈 깨시지."

"그래, 난 아직 철이 덜 들었어. 가끔 엉뚱한 생각이 불쑥불쑥 떠오르니 말야."

"아니, 아직 순수하다는 증거겠지. 실행은 못하더라도 그런 생각조차 떠오르지 않는다면 그건 젊은 사람도 아니고 기자도 아니지."

"글쎄……, 하여튼 그 군대식이라는 게 원칙과 상식을 무시한 악습인 게 분명한데, 이렇게 말을 못한 채 언제까지 가게 될까?"

"그걸 누가 알아. 어쨌든 이런 토론은 다음에 더 하기로 하고 우선 기사부터 작성하자구. 잘못하면 시간 놓치게 생겼어."

"맞어, 시간 없어!"

그들 셋은 제각기 취재수첩을 꺼내며 등 돌려 앉았다. 저 건너편에서는 구조대들이 분주하게 일에 열중하고 있었다.

원병균은 자장면이고 국밥이고 닥치는 대로 사먹으며 현장을 지켜야 했다. 신문사의 지시가 아니라 해도 시체와 부상자들이 줄줄이 잇대어 나오는 현장을 떠날 도리가 없는 일이었다. 그는 세월 따라 신문기자가 되어가고 있는 자신을 느끼고 있었다.

허술한 장비 때문에 구조작업은 짐작대로 밤을 새워 진행하지 않을 수 없게 되었다. 원병균은 동료 기자들과 함께 소주 몇 잔에 설렁탕을 먹고 나서 파출소를 찾아갔다. 설렁탕집에는 웃돈이 너무 비싸 재산 목록으로 취급되는 전화기가 없었다. 라디오와 텔레비전에서 밤낮으로 열창해 대는 '잘살아 보세'에 맞추어 경기가 출렁거리며 회사들도 수없이 생겨났다. 그러나 전화 설비는 그 수요를 따라가지 못하고 있었다. 전화는 개인끼리 사고팔지 못하게 되어 있었지만 서로의 이익을 놓고 뜻이 맞은 사람들 앞에서 법이란 허수아비만도 못한 것이었다.

"여보, 나 여기서 밤새야 해."

"어머머, 또요? 나 곧 갈게요."

전화 속에서 박영자의 목소리가 급했다.

"뭐 하러 와, 복잡하게."

"알았어요. 전화 끊어요."

원병균은 아내를 보듯 송수화기를 보며 피식 웃었다. 아내는 아직도 신혼인 것처럼 당장 밤추위를 막을 옷을 가지고 나오려는 것이었다. 이게 전화가 있어서 생기는 병통이었다. 기자 월급 타가지고는 전화란 엄두도 낼 수 없는 일이었고, 아내가 장인을 졸라 얻어낸 선물이니 부자 처가 덕을 톡톡히 본 셈이다.

장인 생각이 나자 또 그 소문이 떠올라 원병균은 얼굴을 찌푸렸다. 장부호색이고, 열 계집 싫어하는 남자 없다고 합리화해 가며 여자놀이 하는 거야 어쩔 수 없지만, 하필이면 나이 어린 여비서를 건드려 임신시킨 데다 들어앉히기까지 했으니 창피스럽지 않을 수 없었다. 그 소문은 경제부 기자들을 통해 신문사 안에 퍼졌고, 어떤 기자들은 술 취한 척하며 확인하려 들기도 했다. 아내의 체면과 자존심을 생각해 입도 뻥긋하지 않고 처남 박준서에게 물었었다.

"그냥 모른 척해 둬. 그건 아무도 못 말리는 아버지 주특기니까. 아버지가 뭐라시는지 알아? 앞으로도 아들이 스물은 더 있어야 된대. 이런 식으로 회사가 자꾸 불어나게 되면 그거 하나씩 떼어맡길 아들놈들이 필요하잖아. 너도 그 쥐꼬리만한 월급받으며 기자라고 헛바람 일으키고 다니지 말고 일찌감치 폼 바꿔서 실속 차리는 게 어때?"

"야, 농담이라도 그런 소리 마."

원병균은 가차없이 무지르고 말았다. 그러나 그런 내용의 말은 이미 장인이 했었다. 아내만이 일절 모른 척하며 입에 담지 않고 있었다.

구조작업은 밤을 꼬박 새우며 진행되었지만 다 끝내지 못했다. 다음날 하루 종일을 바쳐 해질녘이 되어서 겨우 마무리를 할 수 있었다.

"사망 33, 중경상 40, 총 73."

원병균이 현장을 벗어나며 취재수첩에 적은 것이었다. 그때 이미 '부르도자' 시장은 사표를 낸 다음이었다.

"2년 전 여의도 개발로 건설의 영웅, 새서울의 신화가 되셨던 그 위대한 부르도자 시장님께서 마침내 추락하셨군. 이제 심심하고 좀이 쑤셔서 어떻게 살지?"

키 큰 기자가 담배꽁초를 손가락으로 튕기며 말했다.

"어떻게 살긴? 수필 쓰며 살지."

안경 낀 기자가 말을 받았다.

"수피일……?"

"왜, 수필 몰라, 수필? 꼭 영어를 써야 되겠어? 에세이 말야, 에세이."

"아니 그게 무슨 소리야?"

"무슨 소리긴. 그분이 수필가이시니까 수필 쓰시며 살면 된다 그거지."

"이 사람 이거 무슨 헛소리야, 이게."

"이봐, 사회부 기자라고 무식한 소리 작작 좀 하구 문화부 쪽 소식도 들어가며 교양을 좀 넓히라구. 그분으로 말할 것 같으면 한국문인협회 수필분과 정식회원이시고, 대한민국 문인이시다 그거야."

"뭐야?"

"그래, 몇 년 전에 수필집을 낸 일이 있었던 것 같군."

원병균이 고개를 끄덕였다.

"수필이야 아무나 쓰면 되는 글이지만, 문인협회 회원은 어떻게된 거야. 거긴 엄연한 자격이 있어야 가입이 되잖아."

키 큰 기자가 따지듯 말했다.

"자격? 문인협회 이사장님하고 뒷거래했다더군."

안경 낀 기자가 코웃음을 쳤다.

"뒷거래? 무슨 뒷거래?"

"지금 한참 개발 중인 강남 어디에 집터를 줬다지, 아마."

"아이구 참, 잘들 놀아난다."

키 큰 기자가 침을 내뱉었다.

조사단의 긴급진단에 따르면 서울 시내 서민 아파트의 3분의 1 정도가 날림공사로 붕괴 위험이 있다는 거였다. 공사가 그처럼 날림이 된 원인은 다 짐작했던 대로 업적 과시를 위한 성급한 사업 추진에다가 공무원들의 부정부패가 겹쳐져 있었다. 시멘트 배합 상태가 정상의 2분의 1밖에 안 되는 것도 심각한 문제인데, 예정된 기일 안에 아파트를 준공시키려고 얼음이 얼어붙는 강추위 속에서도 시멘트 작업을 몰아붙였던 것이다. 공무원들이 잇따라 쇠고 랑을 차는 모습이 신문마다 실리면서 그 사건은 마무리 단계로 접어들고 있었다. 그런데 이상한 것은 구청장이나 그 밑의 과장 정도만 쇠고랑을 찰 뿐 정작 시정의 총책임자인 시장은 자리를 물러나는 것으로 그만이었다.

원병균은 몇 번을 망설이고 생각을 되짚고 하다가 결국 박준서를 만나기로 마음을 정했다. 믿을 수 없는 소문을 자꾸 들으며 기분 나쁘고 속상하는 것보다는 본인을 직접 만나 확인하는 것이 상책이었다.

"너 칠공자라는 것 알지?"

원병균은 술집에 자리잡자마자 박준서에게 물었다. 누구나 그렇듯 그도 말버릇을 쉽게 고치지 못하고 손위 처남에게 옛날 친구 시절의 말투를 그대로 쓰고 있었다. 장인 앞에서는 어떻게 어물어물 말을 높이는 시늉을 하기도 하는데 단둘이 있게 되니 옛 말투는 거침없이 나왔다.

"왜, 나한테 취재하려고?"

박준서는 양주잔을 들며 방긋 웃었다.

"그따위 게 뭐 장한 거라고 취재를 해. 한 가지 확인하려는 거야. 너 그 크럽에 들었어, 안 들었어?"

원병균은 박준서를 똑바로 쳐다보았다. 그 얼굴이 심각하고 차가웠다.

"그게 무슨 소리야?"

박준서는 원병균을 의아스럽게 쳐다보았다.

"무슨 소리긴. 말한 그대로지."

"허 참, 미친놈. 내가 그 정도로밖에 안 보이냐?"

박준서는 어처구니없다는 듯 풀썩 어깨웃음을 흘렸다.

"아니면 다행이야. 신문사 안에서 그 소문이 퍼지기 시작했는데, 그 속에 네 이름이 오르기도 하고 빠지기도 해서 확인하는 거야."

원병균은 안도하는 것처럼 술잔을 단숨에 비웠다.

"짜아식, 별게 다 걱정이로구나. 우리 4·19세대가 엉망으로 변절하고 타락하고 있다고 말들이 많은데, 내가 그런 식으로 개판이 될 수는 없잖니? 명색이 4·19부상자라는 자존심이 있지."

"너 말하는 거 보니까 그 칠공자라는 것들 노는 꼴 다 아는 모양이구나? 떠도는 소문이 사실 그대로냐?"

"소문이 어떤데?"

"영 믿어지지 않을 정도야. 돈 잘 버는 재벌들 아들 일곱이서 값비싼 외제 승용차 몰고 다니면서 날마다 최고급 유흥업소에서 흥청망청 돈을 뿌려대고, 예쁜 여배우들 골라 사냥을 일삼고, 카지노며 경마며 판돈 큰 노름은 안 하는 게 없고, 두세 명씩 딸린 비서들은 도련님들이 매일 싫증 느끼지 않고 신나게 놀고 즐길 수 있는 스케줄을 짜내느라고 골머리를 앓고 있다면서?"

"허, 꼭 중정이 나서서 조사라도 한 것 같구나. 나하고는 나이 차이가 나서 상대하지 않으니까 자세하게는 모르겠는데, 대충 뭐 그런 식으로 거들먹거리며 설쳐대는 건 사실인 모양이야."

"이런 제기럴. 그 사람들이야 젊으니까 그렇다 치더라도 그 부모들은 도대체 뭘 하는 사람들이야? 돈으로 아주 자식들 망치기로 작정들 한 모양이지?"

담배에 불을 붙이는 원병균의 얼굴이 구겨지고 있었다.

"기자 나으리, 괜히 열내지 마셔. 벼락부자들한테는 그렇게 써 없애는 돈이 별것도 아닐 거고, 그게 사업가 기질 키우는 공부라고 할지도 모르니까."

"하아, 내가 실례했구먼. 그런 고차원의 유희인 것을 모르고. 하여튼 가관이야. 차관이다 융자다 특혜받고 생겨난 졸부들이 노는 꼴이라니. 이 나라 장래가 하느님이 보우하사 만만세로구나. 앞날이 훤어언하다!"

37

나를 죽이고 가마

전태일은 모든 것을 정리하고 삼각산 기슭의 임마누엘 수도원에 좀 가 있기로 마음을 정했다. 뭐 한가하게 기도나 하며 지내자는 것이 아니었다. 그 기도원 옆의 교회 신축장에서 인부로 일하며 밥을 먹으려는 것이었다. 그건 또한 돈벌이를 위해서가 아니었다. 그는 노동 속에서 자기 혼자만의 시간을 갖고 싶었다.

"아이고 이것 좀 봐요. 이 석유풍로, 헛소린 줄 알았더니 창길이가 약속을 지켰구랴. 이 비싸고 귀한 걸 글쎄."

철거반에 헐렸다가 다시 짓고 하는 무허가 판잣집들이라 서로 울타리도 없이 사는 옆집 아주머니의 신바람 난 목소리였다.

"아이고 참 잘됐네요. 이젠 그 후끈후끈한 연탄 화덕 안 끼고 여름 나게 생겼으니. 효자가 따로 없네요."

그렇지 않아도 신경이 쏠려 있는데 어머니의 이런 대꾸로 전태일의 마음은 그만 덜컥 내려앉았다.

"아이, 효자는요. 효자로 치자면 태일이가 효자지요. 어머니 생각하는 마음이 얼마나 끔찍한데요."

서로 인사치레로 나누는 덕담에 불과했지만 밖에서 오가는 이런 말을 들으며 전태일은 어머니에게 진정으로 면목없고 죄스러웠다. 자신은 인쇄공인 김창길에 비해 돈벌이를 너무 못하고 있었다.

석유풍로는 여름철에는 참 긴요한 물건이었다. 삼복더위 속에서도 화끈화끈 열을 내뿜는 연탄 화덕을 지니고 사는 건 아침저녁으로 밥을 해먹기 위해서였다. 연탄에 불을 붙이기 어려우니 공기 구멍을 틀어막은 채 연탄을 계속 피워둘 수밖에 없었다.

그런 연탄에 비해 필요할 때만 심지에 불을 붙여 쓰는 석유풍로는 간편하기 이를 데 없었다. 경제가 좀 나아지면서 그 석유풍로와 석유난로는 3~4년 전부터 일본에서 건너오기 시작해 국산품이 생산되면서 단박에 주부들의 마음을 사로잡은 물건이었다.

석유난로는 겨울 한 철 필요한 것이었지만 석유풍로는 계절을 가릴 것 없이 어느 집에서나 필요한 물건이었다. 그러나 저축이라고는 없이 가난하게 사는 사람들에게 비싼 석유풍로는 텔레비전이나 냉장고처럼 함부로 탐낼 수 없는 물건이었다. 그런데 동네 아주머니들은 한창 유행하고 있는 '스텐' 그릇 일습을 갖추어 '호마이카상'에 받쳐 밥상을 차리고 싶어서 '스텐 그릇계'며 '호마이카계'를 짜듯 '석유풍로계'도 조직하는 지혜를 발휘했다.

"석유값이 비싼데 이런 호사가 나한테 어울릴라는지 모르겠네."

김창길의 어머니는 이런 말까지 해가며 맘껏 행복을 즐기고 있었다.

전태일은 귀를 막았다. 김창길의 어머니가 행복을 느끼는 만큼 자신의 어머니는 불행을 느낄지도 몰랐다. 그는 이런 순간이 가장 고통스럽고 괴로웠다. 자신도 그저 평범한 재단사로 살았더라면 지금쯤 2만 5천 원의 월급을 받을 것이고, 석유풍로를 진작 어머니에게 사다드렸을 것이다. 그런데 노동운동에 나서다 보니 어머니는 그 흔한 계 하나도 들 수 없는 궁핍에 시달리고 있었다.

"이봐, 계란으로 바위 치기란 말 있잖아. 그게 그저 될 일이 아니라구. 눈치껏 요령껏 월급 챙기면서 한 10년 판 익히고 발 넓혀서 자기 사업 시작할 꿈이나 꾸라구. 괜히 아무 실속도 없이 그런 일에 앞장서고 나섰다가는 업주한테 찍혀 밥줄 끊기고, 더 소문나면 그 업계에서 완전히 따돌림당해 발붙일 데가 없게 된다구. 배운 것도 없고, 돈도 빽도 없는 사람은 그저 모나지 않게 적당적당 사는 게 최고야."

전태일은 자신보다 네댓 살이 많은 김창길의 말을 생각하며 눈을 감았다. 인쇄소 식자공인 김창길의 꿈은 보세가공물로 더욱 들뜨고 있었다. 일본 쪽의 보세가공은 봉제품만이 아니라 인쇄물까지 밀려들어서 인쇄소들은 때아닌 호황을 누리고 있었다. 그 덕으로 야근비도 보너스도 제때제때 받게 되니 김창길이 그렇게 생각하는 것은 당연한지도 몰랐다.

물론 그런 식으로 말하는 건 김창길만이 아니었다. 평화시장의 재단사들도 거의가 빵틀에서 국화빵 구워내듯 계란으로 바위치기라고 입을 모았고, 세상은 다 그렇고 그런 것이니 적당적당 살자고 했다.

그런 말들은 하나도 틀린 말이 아니었다. 이런저런 일들을 당하면서 오늘에 이르고 보니 자신은 바위에 부딪쳐 볼썽사납게 깨진 계란이었다. 자신이 근로기준법에 맞는 공장을 만들려고 여기저기 찾아다닌 것이 알려지면서 사장은 그날로 밥줄을 끊어버렸다.

"이봐, 혼자 잘난 척, 똑똑한 척 설치지 마. 사람은 얼마든지 있으니까. 더 까불면 이 바닥에서 영영 발 못 붙이게 될 수도 있다는 걸 알아두라구."

사장의 말은 괜한 엄포가 아니었다.

"저 불평분자, 골치 아픈 놈."

"회사 엎어먹을 빨갱이 같은 놈."

이런 말이 사장들 사이에 퍼져나가면서 그 흔하던 일자리가 없어지고 말았다. 전태일은 너무나 당황했다. 돈벌이를 할 수 없게 되어 당황한 것이 아니었다. 사장들의 그 신속하고 냉정한 단결이 너무 놀라워 당황했던 것이다. 사장들은 자기네들의 이익을 위해 재빠르게 한통속이 되어 사정없이 적을 몰아내는 위력을 발휘했다. 사장들의 그런 단결이 바윗덩어리라면 단결을 하지 못하고 있는 수많은 공원들은 산산이 흩어져 있는 모래알에 지나지 않았다.

돈은 이 세상에서 해결하지 못할 것이 없는 가장 강력한 무기였다. 사장들은 그 무기로 무장하고 있는 강자들이었다. 가난하기 짝이 없는 공원들은 그 위력 앞에서 꼼짝달싹을 하지 못하고 위축되어 있었다. 하루라도 일하지 않으면 굶게 되는 그들은 감히 사장을 상대로 근로환경 개선 투쟁이나 임금인상 투쟁 같은 것을 벌일 엄두를 내지 못했다. 그런데다 조금만 이상한 기미를 보이는 사람이 있으면 똘똘 뭉쳐 있는 사장들이 가차없이 몰아내버리는 판이니 공원들은 더욱 주눅들고 기죽을 수밖에 없었다.

강자와 싸우려면 약자들은 무조건 철통같이 뭉쳐야 한다. 평화시장의 공원들은 사장들의 서른 배가 넘는다. 그들이 일치단결하여 들고 일어나면 모든 걸 일시에 고칠 수 있다.

전태일은 또 속으로 부르짖으며 주먹을 불끈 쥐었다. 하루에도 몇 번씩 마음을 흔드는 생각이었다. 그러나 자신이 평화시장에서 더 이상 발을 붙일 수 없게 되고, 어렵사리 결성했던 재단사들의 모임인 '바보회'마저 허물어지게 되면서 그 생각은 부질없는 것이 되고 말았다.

그는 몇 년에 걸쳐서 자신이 해온 일들을 돌이켜보았다. 여러 가지 일들을 시도했지만 이루어진 것은 하나도 없었다. 그렇다고 허송세월을 하거나 헛일을 한 것은 아니었다. 세상이 어떤 것인지를 알았고, 사회가 어떻게 얽혀 돌아가는지를 알게 된 것이 큰 수확이었다. 그 경험과 깨달음이 새로운 길을 여는 길잡이 구실을 했다.

"쯧쯧쯧……, 자네가 온갖 고생 다 하고 살아서 밑바닥 인생살이에는 환해도 저 위의 세상이 어떻게 돌아가는지는 캄캄했구먼그려. 나라가 만든 법이니 공무원들이 잘 지키게 할 거라고 믿었다구? 허허허……, 다 자네 맘 같은 줄만 알았던 게지. 공무원? 그거 당최 못 믿을 인종들인걸. 정치하는 사람들보고 거짓말 밥 먹듯이 하고, 속이 시커멓다고 욕들 하는데, 더럽기로는 공무원들도 그에 못지않을 걸. 남의 돈 안 먹고는 못사는 공무원들이 부자들하고 한통속인 거야 당연지사 아니겠나. 그거야 자유당 때부터 지금까지 쭉 그래 온 거니까 서운해할 것도 없고 분해할 것도 없는 일이네. 세상은 그리 요지경 속이니 자네도 괜히 헛김 빼지 말고 그냥 저냥 살어. 자네 생각이 장하긴 한데, 혼자 힘으로 될 일이 아니야. 괜히 손해만 보고 말이야. 남 먼저 실속은 차리지 못하고 살더라도 손해를 보고 살진 말아야지. 내 말 알겠냐?"

아버지처럼 가깝게 지내고 있는 지퍼상점 아저씨의 말이었다.

"모르겠어요. 공무원들이 부정을 저지르고 부패해 있다는 말은 많이 들었지만 그런 일까지 그렇게 잘못 처리할 줄은 몰랐어요. 참 어이없고 기가 막혀요. 정말 너무나 실망했어요."

"글쎄 기막힐 것도, 실망할 것도 없어. 악독한 포주들 돈 먹고 불쌍한 창녀들 몰라라 하는 게 경찰이고 공무원이라니까."

"알았어요, 아저씨. 교통순경들이 운전수들한테 돈 뜯어먹고, 세무서 공무원들이 아저씨 같은 사람을 등쳐먹는 거야 다 알지요. 헌데 우리 노동자들 일까지 그렇게 짝짜꿍이 돼서 돌아가는 줄은 몰랐지요."

전태일은 한숨을 푹 쉬었다.

"그러게 괜히 계란으로 바위 치기라는 말이 나왔겠냐? 돈 있고 힘 있는 것들이 그리 한통속으로 짜고 돌아가니 자네 같은 사람들이 하려는 일이 될 게 뭐야. 그러니 자네도 이젠 맘 그만 돌려먹어. 자식이나 다름없는 자네가 헛기운 빼면서 고생하는 것 딱해서 더는 못 보겠구먼."

"……."

"아, 왜 대답이 없어?"

아저씨는 의심스러운 눈길로 전태일을 찬찬히 지켜보았다.

"……어찌해야 좋을지 모르겠어요. 아무리 돈이 좋아도 사람을 그런 식으로 부려먹는 건 말이 안 되잖아요. 우린 기계가 아니에요."

전태일은 속마음을 한풀 감춘 채 이렇게 말했다. 그러나 속으로는 몇몇 친구에게 하곤 했던 '한두 목숨 없어져야 근로조건 개선이 이루어진다'는 말을 되씹고 있었다.

"그래, 자네 말이야 백 번 천 번 옳다니까. 허나 눈앞의 사정은 그렇지 않다는 걸 직접 당해봤으니 잘 알잖아. 어쩌겠나, 칼자루 쥔 사람들은 따로 있으니. 우선 당장 목구멍에 풀칠해야 하니까 아니꼽고 더럽더라도 참고 기다리게. 그리 살다 보면 차차 좋아질 날이 있지 않겠나."

"네, 알겠어요. 안녕히 계세요. 잘 쉬었다 갑니다."

전태일은 꾸벅 인사를 하고 지퍼상점을 나섰다. 그 아저씨하고 이야기를 더 해보았자 같은 말의 되풀이일 뿐이었다. 그는 아저씨가 진심으로 자신을 위해 이야기한다는 것을 잘 알고 있었다. 그러나 아저씨와 자신의 생각은 달랐다. 기다리면 언제까지 기다릴 것인가……. 기다린다고 과연 일이 해결될 것인가……. 그건 어림도 없는 일이다. 일을 해결해 달라고 나서는 사람을 서로 작당해서 발을 못 붙이게 몰아대는 그들이 군소리 없이 일만 하는 공원들을 위해 근로조건을 개선할 리가 없었다.

언제나 번잡하고 소란한 중부시장 골목골목에는 네댓 평이 될까 말까 한 상점들이 수도 없이 많았다.

저런 상점이나 하나 차리고 살았으면…….

전태일은 이런 생각이 불현듯 스치는 것을 느꼈다. 그는 쓸쓸한 심정으로 피식 웃었다.

그건 이루어질 수 없는 허황된 꿈이었다. 그 볼품없어 보이는 그만그만한 상점들은 모두가 도·소매상이었다. 그들은 도매를 할 정도로 물건도 많고 상점도 값나갔다. 그런 상점을 차리려면 얌전하게 재단사로 몇 년을 살아야 할 것인지 알 수가 없었다.

"난 길거리에서 고무줄장사에서부터 맨주먹으로 시작했어. 춥고 배고프고……. 그 고생 글로 다 적으면 책으로 열 권도 넘을 거야. 그래도 이만한 상점 차리고는 자식을 다 가르치고 있으니 더 바랄 게 뭐 있나."

지퍼상점 아저씨의 느긋한 말이었다. 어느 순간 그런 아저씨가 더없이 부럽기도 했다.

나도 재단사 노릇 몇 년 열심히 하면 재봉틀 한두 대는 장만할 수 있지 않을까…….

전태일은 다른 재단사들처럼 문득 이런 생각에 사로잡히기도 했다.

재봉틀을 한두 대 장만할 때까지가 어렵지 그 다음부터 직접 일 거리를 맡게 되면 열 대로 늘리는 것은 하나도 힘들지 않다고 했다. 재봉틀 열 대를 갖추면 그때부터는 규모로나 생산량으로나 아무 거리낌없이 명함을 내밀 수 있는 당당한 사장이었다. 많은 재단사들은 그 꿈을 간직하고 있었다.

전태일은 고생고생하는 어머니를 생각하고, 제대로 배우지 못한 동생을 생각하면 하루라도 빨리 그런 꿈을 이루고 싶기도 했다. 약한 몸으로 행상을 하는 어머니를 편히 모시고 싶었고, 동생도 대학까지 보내주고 싶었다. 중학교도 제대로 다니지 못한 자신처럼 만들고 싶지 않았다.

그러나 그런 마음은 오래가지 않았다. 그동안 자신이 겪어왔던 사람들의 얼굴이 떠오르면서 그런 마음은 뒤집어지고 말았다. 자신은 그 사장들을 사람으로 취급하지 않았다. 그런데 자신은 그들을 부러워하고, 그들처럼 되기를 바라고 있었다. 그것은 있을 수 없는 일이었다. 그는 순간적으로 유혹에 빠진 자신을 다잡았다.

그는 어떤 때 자신이 그 사장들과 똑같이 공원들을 부려먹을 수 있을까 솔직하게 생각해 보았다. 그러나 그렇게 할 자신이 없었고, 그런 짓을 해서 잘살고 싶지 않았다.

그런 못된 짓을 해서 혼자만 잘살고 싶지 않은 마음. 그 마음은 언제나 다른 마음을 이겨내고 무찔렀다. 서울시청 근로감독관을 만나고 와서도 아무런 효과가 없었지만 다시 노동청을 찾아갔던 것은 그 마음이 시킨 일이었다.

사람은 기계가 아니다. 모두가 사람답게 일하고, 다같이 사람다운 대우를 받아야 한다. 사람은 누구나 평등하다…….

이 변함없는 생각이 노동청으로 발길을 이끌어갔다. 그러나 노동청의 불친절과 냉대도 시청과 다를 것이 없었다. 아니, 조금은 나았다고 할 수 있었다. 노동청에서는 '실태조사'라는 것을 한 번 나오기는 나왔기 때문이다.

그런데 그 실태조사라는 것이 정반대의 결과로 나타났다. 근로조건을 개선하라는 노동청의 지시는 한마디도 없는 채 평화시장 일대에 '위험분자 전태일'이라는 소문이 삽시간에 퍼졌다. 그 소문은 바로 집단따돌림으로 연결되어 더는 일자리를 구할 수 없게 되고 말았다.

이 일을 겪고 나서 전태일은 근로감독관들이 기업주들과 결탁하여 서로서로 돕고 봐주면서 잇속을 챙기는 기묘한 관계라는 것을 알게 되었다. 그건 사회 상층부에서 저질러지고 있는 부정부패와 비리의 실태를 구체적으로 목격한 계기였다. 일자리를 구하려고 영등포나 구로동 같은 데로 발길을 돌리며 그들이 쌓아올린 결탁의 벽이 얼마나 두껍고 높은 것인지를 실감하지 않을 수 없었다.

나라에서 만든 근로기준법을 어기는 기업주들을 감시·감독해야 할 근로감독관들이 오히려 기업주들과 결탁하여 근로자들을 배신하는 행위는 경찰이 도둑놈의 돈을 먹고 도둑놈을 놓아주는 것이

나 다름없는 짓이었다.

그 배신행위도 말문이 막히는 것이었지만 전태일이 더 낙망한 것은 바보회의 해체였다. 그들의 벽이 두껍고 높을수록 바보회는 더 강해지고 커져야 했다. 그러나 그동안 별다른 동질감이나 결속력을 보이지 못한 채 힘이 붙지 않았던 바보회는 그 사건을 계기로 해체의 위기를 맞고 말았다. 그동안 미온적이던 재단사들은 '위험분자 전태일'한테서 멀어져가고 말았다.

그러나 전태일은 낙망의 구렁텅이에서 곧 자신을 일으켜 세웠다. 바보회 회원들이 그렇게 흩어진 건 어쩌면 당연한 것인지도 몰랐다. 그들은 애초에 노동운동에 대해서 생각이 남다르거나 굳지 않았다. 대개 공장장을 겸하고 있는 재단사들은 회사에서 사장 다음가는 직위였고, 공장 안에서는 공원들을 마음대로 부리는 특수공원이었다. 그들은 다른 공원들과 같은 근로조건 속에서 일하고 있었지만 시다에 비해 월급이 엄청나게 많았고, 제각기 마음속에 자기네 사장처럼 되고 싶은 꿈을 가지고 있어서 일반공원들의 애로에는 별 관심이 없는 편이었다. 그런 그들을 애써서 이해시키고 설득시켜 어렵게 얽어짠 것이 바보회였다.

그동안 바보회를 운영해 오느라고 모임이 있을 때마다 혼자 커피값이며 회식비를 감당하고, 설문조사며 자료조사 같은 활동비를 대느라고 빚이 어느덧 10만 원 가까이 불어나 있었다. 결국 바보회 회원들은 뿔뿔이 흩어지고 남은 것은 비싼 이자의 빚뿐이었다.

정말 나는 바보였는가……?

전태일은 먼 하늘을 바라보며 몇 번씩 자문해 보았다. 그러나 그는 후회하지 않았다. 그동안 자신은 헛짓 해온 것이 아니었다. 자신이 그들과 머리를 맞대고 진정으로 바친 마음이 그들의 마음속에서 자라고 있다는 것을 믿었다.

"여러분, 우리는 두 가지 면에서 바보입니다. 첫째 우리는 근로기준법에 의해서 당당하게 인간으로 대접받으며 일할 권리가 있는데도 불구하고 여태껏 기계 취급을 당해 인간 이하의 학대를 받으면서도 바보처럼 찍소리 한마디 못하고 살아왔습니다. 그러니 우리들의 모임은 바보들의 모임입니다. 이 사실을 우리가 철저하게 깨달아야만 언젠가는 바보 신세를 면하게 될 것입니다. 그리고 둘째는, 저는 이 모임을 준비하면서 나이 든 선배 재단사들을 찾아다니며 협조를 청했습니다. 그런데 그 사람들은 한결같이, '그건 가당찮은 일이다. 노동운동 한다고 설치고 나서는 놈은 바보'라고 했습니다. 예, 좋습니다. 우리가 다 흩어져 있을 때는 아무 힘도 없는 바보가 틀림없습니다. 그러나 열이 뭉치면 열 개의 힘이 되고, 백이 뭉치면 백 개의 힘이 됩니다. 그 힘으로 밀고 나가면 안 될 것이 없습니다. 여러분, 우리 바보들이 철통같이 뭉칩시다. 그래서 바보들의 힘이 얼마나 큰지 이 세상에 당당하게 보여줍시다."

자신의 말에 그들은 뜨겁게 박수를 쳤다.

그리고 '바보회'가 탄생되었다. 회원들의 만장일치 뜻에 따라 회장직을 맡은 자신은 모임을 발전시키기 위해 최선을 다했다. 그러나 회원들의 의식은 쉽게 뜨거워지지 않았고, 상황이 나빠지면서 결국 해체될 수밖에 없었다.

전태일은 바보회를 통해서 마음이 깊이 통하는 친구 서넛을 얻게 된 것을 소중하게 생각했다. 그리고 다른 회원들도 어디에 살든지 바보회에서 결의했던 것들을 마음에 담고 있으면 그게 다 힘이 될 수 있다고 믿었다.

그러나 쓸쓸함과 고립감이 전혀 없는 것은 아니었다. 그의 마음 한쪽에는 의지로 지울 수 없는 그늘이 드리워져 있었다. 그 상층부의 결탁을 부수는 일, 그들이 쌓아올린 벽을 무너뜨릴 수 있는 일을 골똘히 생각했다.

이런저런 생각들 중에서 그는 대통령께 편지 쓰는 일을 골랐다. 대통령은 나라의 법을 솔선해서 지키는 사람이니까 자신들이 부당하게 당하고 있는 것을 알게 되면 바로 시정명령을 내릴 것이고, 그들의 결탁을 일거에 부술 수 있는 것은 대통령의 명령뿐이라는 생각이 들었던 것이다.

대통령 각하…….

저는 서울특별시 성북구 쌍문동 208번지 2통 5반에 거주하는 스물두 살의 청년입니다. 직업은 의류계통의 재단사로서 5년의 경력을 가지고 있습니다. 저의 직장은 시내 동대문구 평화시장으로서 종업원은 3만여 명이 됩니다. 큰 맘모스 건물 4동에 분류되어 작업합니다. 한 공장에 평균 서른 명은 됩니다. 근로기준법에 해당이 되는 기업체임을 잘 압니다. 그러나 저희들은 근로기준법의 혜택을 조금도 못 받으며 더구나 3만여 명을 넘는 종업원의 90퍼센트 이상이 평균 연령 18세의 여성입니다. 기준법이 없다고 하더라도 인간으로서 어떻게 여자에게 하루 14시간의 작업을 강요합니까……?

전태일은 정성을 다해 긴 편지를 썼다.

그러나 결국 부치지 않았다.

되짚어 곰곰이 생각해 보니 자신이 잘못 생각한 대목이 있었다. 장관이나 사회의 저명인사라는 사람들이 텔레비전이나 라디오, 신문 같은 데서 경제발전을 위해서는 노동자들의 복지후생 문제는 뒤로 미루어져야 한다고 목청 높여 주장하고는 했다. 노동자들의 고통을 전혀 아랑곳하지 않는 그런 주장을 대통령은 못 듣는 것일까? 못 들을 리가 없었다. 그렇다면 '경제발전을 위해' 대통령도 똑같은 생각을 하고 있는 것이 아닌가? 이 확인과 함께 그는 편지 부치기를 단념했다.

이루어진 것 없이 한 해가 저물어가고 있었다. 전태일은 한 해가 스러져가는 마지막 날 한 자, 한 자 또박또박 일기를 적었다.

'올해와 같은 내년을 남기지 않기 위하여 나는 결단코 투쟁하련다. 역사는 증명한다.'

그리고 새해를 맞이해서 전태일은 새로운 일을 구상하기 시작했다. 그것은 근로기준법을 철저히 준수하는 모범적인 피복업체를 만드는 것이었다.

그는 대학노트 30페이지에 걸쳐서 구체적인 사업계획을 세워나갔다.

"정당한 세금을 물고, 근로기준법을 준수하고도 제품계통에서 성공할 수 있다는 것을 여러 경제인에게 입증시키고, 사회의 여러 악조건 속에 무성의하게 방치된 어린 동심들을 하루 한시라도 빨리 구출하자는 데 그 취지가 있다."

전태일이 사업계획서 중간쯤에서 다시금 밝혀놓은 사업의 목적이었다.

새 사업체는 미싱 50대, 종업원 157명, 자본금 3천만 원으로 계획되어 있었다. 그리고 세부적으로는, 종업원들 월급 대폭 인상, 1일 여덟 시간 근무, 한 달 작업 일수 25일, 주간 작업반과 야간 작업반 편성의 근무규정을 마련했다. 그뿐만 아니라 교사 다섯 명을 채용하여 직공들을 가르치는 '직장학교'를 개설하고, 매달 직공들에게 위생비와 교육비를 따로 지급하며, 쾌적하고 활기찬 노동환경을 조성하기 위해 스팀장치·조립식 탁구대·도서실 등을 갖추게 했다.

그건 그가 2년 전부터 꿈꾸어 왔던 모범업체였고, 그렇게 운영해도 회사는 얼마든지 흑자를 낼 수 있었다.

그러나 문제는 3천만 원에 이르는 돈이었다. 전태일은, 세상이 아무리 살벌하고 몰인정하다고 해도 자신의 순수한 뜻을 이해하고 믿어주는 돈 많은 독지가가 몇 명은 있으리라 생각했다. 그러나 3천만 원이란 쌀 6천 가마를 헤아리는 거금이었다.

"꿈 깨게. 이 세상에는 그런 돈 댈 사람은 하나도 없어. 공원들한테 더 맵고 짜게 해서 이익을 많이 남긴대도 돈을 댈까말까 한데 그런 식으로 손해를 보이겠다는데 누가 돈을 대? 돈 많은 사람들이 왜 돈이 많은 줄 아나? 모두가 돌깍쟁이라서 그런 거야. 세상 살아가면서 이거 잊어버리지 말라구."

지퍼상점 아저씨의 말이었다.

전태일은 처음부터 그 일이 쉽게 이루어지리라고 생각하진 않았다. 밤에 혼자 눈감고 생각하면 곧 될 것 같았다. 그러나 날이 밝아 세상을 바라보면 말붙일 사람은 하나도 없곤 했다.

자금을 구하기 위하여

① 나는 학력이 없으므로 대학 동창이 없다. 또한 집안 친척들 중에도 나에게 필요한 만큼의 자금을 댈 만한 사람이 없다. 그러므로 나의 가진 것 중에서 사회에 내어놓을 것이라고는 사회가 필요로 하는 것, 즉 한쪽 눈을 사회에 봉사하는 것이다. 눈을 사회에 봉사하고 나는 사회로부터 자금주를 소개받을 것이다. 내 목숨이 붙어 있는 한, 이 사업을 꼭 이루고야 말 결심 아래 행하는 두 번째 방법이다.

② 자금주에게 이득이 되는 조건 제시 : 나는 이 사업을 3~5년간 내가 전 권한을 책임지고 맡는 대신에, 이 사업이 완전한 제도 위에서 행해질 수 있다는 것을 자타가 공인할 시기에는 아무런 조건 없이 전부를 자금주에게 반환할 것이다. 자금주는 나의 온 정열과 한 눈을 바친 알찬 결실을 얻을 것이다. 그러므로 조건이 좋기 때문에 투자할 것이다. 나는 이 사업이 끝나면 경제계에서 떠나서

주(主) 사업에 일생을 바칠 것이다.

1970년 3월 17일 10시 전태일

모범업체 계획서 첫머리에 기록한 것이었다. 자신의 한쪽 눈을 바쳐 모범업체를 세우고, 그것을 성공적으로 경영하여 이 세상의 기업인들이 종업원들을 얼마나 가혹하고 악랄하게 착취하는지를 입증하고, 그런 다음 주 예수를 찬양하며 살고자 한 것이 한 점 거짓 없는 결심이었다.

그러나 전태일은 이 꿈도 접지 않을 수 없었다. 차가운 현실은 그의 진정한 꿈을 망상으로 만들어버렸다.

삼각산으로 들어서며 전태일은 거대한 바위로 된 두 개의 봉우리를 응시하고 있었다. 저 봉우리의 단단함으로……, 저 봉우리의 굳건함으로……, 저 봉우리의 불변함으로……, 그는 이 다짐을 스스로의 가슴팍에 새겨넣고 있었다. 그러면서 그는 전신이 떨리는 이상한 예감에 사로잡히며 절실하게 기도하고 있었다.

나를 버리고, 나를 죽이고 가게 하여주십시오. 약한 저를 도우소서.

38

저 길고 긴 길

"얘, 축하한다. 임신이야."

진찰실에서 나오는 강숙자를 향해 진료카드에 무언가를 쓰면서 안경자가 말했다.

"축하하기는. 징혀 죽겄다."

강숙자는 안경자에게 눈을 흘기며 고향말에 맞추려는 듯 어깨를 과장되게 떨어댔다.

"징하기는, 겨우 두 번째 가지고."

안경자는 앉으라고 눈짓하며 간소한 사무용 소파로 자리를 옮겼다.

"아니, 얘 좀 봐. 늙은이들처럼 겨우 두 번째가 뭐야, 겨우. 난 첫애가 아들이었더라면 그것으로 깨끗하게 끝냈을 거야. 여자가 애 낳는 기계도 아니고, 자꾸 낳는 것, 그거 얼마나 끔찍해."

강숙자가 소파에 앉으며 또 어깨를 떨어댔다.

"여권신장론자가 앞뒤 안 맞게 그게 무슨 소리야? 딸이면 어떠
냐 하고 거기서 끝냈어야지."

하얀 가운을 입은 안경자는 의사라는 직업이 썩 잘 어울려 보였
다. 학생 시절에 끼지 않았던 가느다란 금테안경이 의사다움을 더
해주고 있었다.

"애가 개업하고 앉아 사람들 많이 대하더니 말솜씨만 늘었다니
까. 그래, 아직은 어쩌겠니. 어쨌든 남의 집 며느리니까 아들이기를
바라면서 하나는 더 낳아봐야지. 근데 얘, 너 이제 그만 자영이하
고 만나면서 사는 게 어떻겠니?"

"글쎄……, 서로 거북하게 그럴 필요 있을까? 안 만나고 산다고
그리울 것도 불편할 것도 없는데."

"기집애, 말도 참 쌀쌀맞게는 한다. 김선오가 양다리 걸치면서
어물쩍한 거지 자영이가 잘못한 것은 없잖아."

"됐어. 어쨌거나 난 그 일이 생각나는 게 싫어."

안경자의 얼굴은 웃음을 담고 있었지만 말의 기미는 단호했다.

"넌 애가 왜 그리 융통성이 없니. 자영이네 아빠 사업이 번창일
로에 있고, 그런 식으로 가면 재계를 주름잡을 날도 머지않았는데,
그런 뜨르르한 집안 딸 친구로 둬서 손해날 것 없잖아? 남들은 친
하려고 해도 어려운 판에."

"난 그것도 거북해. 내 돈 벌어 내가 속 편하게 살면 됐지 괜히
돈 많다는 사람들 턱없이 거드름피우는 거 봐주면서 비위 상할 것

없잖아. 그 말 더 하지 말어."

안경자는 단호하게 잘랐다. 언제나 총기 서려 있는 그녀의 눈빛이 더욱 예리하게 강숙자에게 쏟아지고 있었다.

"아이고 알았다, 이 고집통아. 근데, 느네 남편은 언제나 와?"

강숙자는 눈을 흘기면서 말머리를 돌렸다.

"응, 좀더 있어야지."

"박사학위 따기가 어려운 모양이구나?"

"고생은 고생이지. 그렇지만 대학병원 쪽으로 가려면 미국에서 학위를 꼭 따야 하니까."

"남편이야 고생은 무슨 고생이니? 보내주는 돈 가지고 공부만 하면 되는걸. 고생이야 돈 벌어 보내느라고 너 혼자 다 뒤집어쓰고 있는 거지."

"내가 무슨 고생……."

"원장님, 수술 준비 다 됐습니다."

간호원이 조심스럽게 다가와 말했다.

"알았어요."

안경자는 강숙자에게 그만 가라고 눈짓하며 몸을 일으켰다.

"요새도 수술 환자는 많니?"

강숙자는 손가방을 들며 속삭였다.

"응." 안경자는 콧등의 안경을 밀어 올리며 고개를 끄덕이고는, "두 번째니까 다 알지? 적당한 운동에 고른 영양섭취, 그리고 명랑한 정서생활. 잘 지키도록 해." 그녀는 의사로 변했다.

"네, 잘 알겠습니다. 원장님!"

강숙자가 깍듯하게 인사하는 시늉을 했고, 안경자는 빈 주먹질을 했다.

강숙자는 병원을 나서며 소파수술 환자들이 계속 많은 것이 다행이라고 생각했다. 뭐 의사 초년생이라고 걱정할 것도 없는 일이었다. 낙태수술 환자들이 많아 병원 중에서 제일 재미보는 것이 산부인과라고 소문나 있었다. 산아제한바람을 타고 임신중절수술을 하는 기혼여성들이 자꾸 불어나는 데다 피임술의 미숙으로 임신한 미혼여성들도 소파수술을 예사로 여기는 풍조였다.

강숙자는 택시를 잡아타면서, 안경자의 팔자는 천상 가난한 남편 만나게 되어 있는 팔자인 모양이라고 생각했다. 김선오가 지지리 가난하더니 의대 선배 신지훈이란 사람도 겨우 먹고사는 소상인 집안의 아들이었다. 그런데 안경자는 공부밖에 모르던 뚝심을 또 발휘했다. 결혼을 하자마자 개업을 하더니 몇 개월이 지나지 않아 남편을 미국으로 떠나보냈다. 자기가 벌어서 뒷수발을 할 테니 박사학위를 따오라는 것이었다. 돈벌이만 하는 평범한 의사 부부가 아니라 남편을 권위 있는 의대 교수를 만들고 싶어하는 안경자의 욕심이었다.

"기집애, 그놈으 우등생 티는 못 버리고……."

강숙자는 혼잣말을 하며 피식 웃었다. 자신으로서는 안경자의 고생이며 외로움이 좋아 보이지도 않았고, 이해되지도 않았다. 안경자는 임신한 몸으로 남편을 떠나보냈고, 벌써 몇 년째 남편의 학비와 생활비를 벌어 보내며 외로워하고 있었다. 의사면 됐지 무언가 남보다 잘나고 싶어하고, 색다르고 싶어하는 그 우등생 기질이 강숙자는 은근히 아니꼽고 비위 상하려고 했다.

강숙자는 가난하기로 치면 김선오나 이규백에 못지않은 자신의 남편 홍석주를 생각하며, 그나마 시집을 제대로 간 것이 박영자다 싶었다. 박영자의 남편은 어디 내놓아도 괜찮은 신문기자인 데다, 시아버지는 경기도 어느 지방의 고등학교 교장이었다. 교장선생님이란 직업 중에서 더없이 고상할 뿐만 아니라 경제적으로도 퍽 안정된 직업이었다. 강숙자는 돈 때문에 시집에 신경 쓰는 일 없이 사는 박영자가 그렇게 부러울 수가 없었다. 가난한 시집을 도와야 하는 입장에서는 남편이 옹색해하고 부담스러워하는 것처럼 이쪽에서도 눈치 보고 조심스러워해야 할 일이 한두 가지가 아니었다.

강숙자는 안경자와 박영자를 다시 연결시키는 일을 그만 포기해야 되겠다고 생각했다. 안경자의 태도가 그리 완강해 가지고는 달리 어찌해 볼 도리가 없었다. 사람을 대하는 안경자의 마음에 그런 독한 데도 있는가 싶어 새삼스럽기도 했고, 순진한 우등생의 첫사랑에 상처가 그리도 깊었던 것인가 싶기도 해서였다.

안경자에 비해 김선오는 아무런 상처도 없는 것 같았다. 상처는 커녕 사랑의 기억이나마 남아 있는지 의심스러울 지경이었다. 마치 안경자에게 보복이라도 하듯이 서울 출신 여의사와 결혼을 했고, 가끔 친정에서 마주치면 김선오는 그 허풍기 심하고 세련된 듯한 제스처를 써가며 안경자는 잘사느냐고 먼저 너스레를 떨고 들었다. 그 언행에서는 진심이라고는 느낄 수 없이 가식만 매끈하게 반들거리고 있었다.

"얘, 얘, 그거 좀 알아봤니? 그거."

강숙자는 손부채를 부쳐대고 소파에 앉으며 수선을 피웠다.

"그거라니? 걷기에 덥지? 벌써 여름이다, 얘."

박영자가 몸놀림 빠르게 선풍기를 틀었다. 한여름도 아닌데 선풍기를 마음대로 돌려대는 건 신문사 기자 생활로는 좀 과한 것이었다. 원병균의 집안에도 처가 덕이 알게 모르게 배들어 있음을 감지하기는 어렵지 않았다.

"그래, 더워. 우선 저 콜라 한 병씩 해치우고 보자. 대여섯 개는 바로 얼음에서 꺼냈으니까 아주 시원해."

강숙자는 자신이 오면서 식품점에서 배달시킨 콜라병을 집어들었다.

"넌 이 비싼 걸 한 박스씩이나 사오면 어떡하니? 기집애, 예나 지금이나 손은 커가지고."

박영자는 강숙자에게 눈을 흘겼다. 길거리에서 파는 냉차에 비해 콜라는 엄청나게 비싸 아무나 마실 수 있는 음료가 아니었다.

"컵 씻기 귀찮은데 병따개만 가져와. 병 모양을 이렇게 묘하게 디자인한 건 원래 병째 마시라고 그런 거라며. 남자들은 여자의 날씬한 허리를 잡은 기분이고, 여자는……, 아유, 징그러."

강숙자는 짓궂게 웃으며 두 팔을 과장되게 떨어댔다.

"아이구, 그런 건 모르는 게 없어."

박영자도 짓궂게 웃으며 일어났다.

그들은 콜라병의 잘록한 허리를 붙들고 콜라를 거침없이 마시기 시작했다.

"아유, 시원해. 이제 살 것 같네. 이 싸아하면서도 톡 쏘는 맛이 최고라니까. 난 아주 이것에 맛들렸어."

장기간 많이 마시면 이도 삭고 뼈까지도 삭는다는 것을 모른 채 임신부 강숙자는 차지게 입맛을 다셨다.

"그래, 미제는 어쩜 음료까지도 이렇게 맛있니. 왜 미국에 이민 가려고들 그 야단인지 알 것도 같애."

박영자가 맞장구를 쳤다. 그런 그녀는 4·19데모에 나서던 때와는 꽤나 달라진 것 같은 느낌을 풍겼다.

"얘, 얘, 그거 누구니? 박이니, 정이니?"

강숙자는 박영자 옆으로 다가앉으며 눈을 빛냈다.

"그건 모른대."

박영자는 고개를 저었다.

"얘, 사회부 기자가 모르면 누가 알아? 그 말을 누가 믿니?"

"그걸 아는 건 중정밖에 없을 거래."

"그럼 캐봐야지. 신문기자가 뭘 해?"

"철없긴. 괜히 까불고 설치다간 싹인 거 몰라?"

손바닥을 빳빳하게 편 박영자는 '싹'에 맞추어 목 치는 시늉을 해보였다.

"음마 무셔라!"

강숙자는 고향말을 토해내며 몸을 움츠렸다.

"아니 땐 굴뚝에 연기 안 난다고 했잖아. 떠도는 소문이 절반씩 맞는다고 생각하고 더 알려고 하지 마. 알아봤자 실망만 하잖아."

"하긴 그렇지. 근데 박이든 정이든 그게 도대체 무슨 짓들이니? 서너 달이 지난 지금까지도 민심이 얼마나 나쁘다구. 참 정신나간 사람들이야."

"그러게 말야. 그렇잖아도 군바리라고 욕해 대는 판인데 참 이상해."

두 사람의 한숨이 겹쳐졌다.

그들이 나누는 이야기는 한강변에서 일어난 정인숙 여인의 피살 사건에 대해서였다. 미모의 여인이 자가용 속에서 죽은 사건이 터지자마자 보통 사람들로서는 상상할 수도 없는 소문이 삽시간에 서울 시내를 뒤덮었다. 그 여자가 대통령의 여자다. 아니다, 국무 총리의 여자다. 이 충격적인 소문이 태풍보다 빠르고 거세게 전국을 뒤덮었음은 더 말할 것이 없었다. 그 누구도 감히 내놓고 말 한 마디 못했지만 서너 달이 지났는데도 그 소문은 가라앉지 않고 한 달 뒤에 일어난 와우아파트 붕괴사건과 함께 군부정권을 불신하고 위협하는 회오리바람으로 변하고 있었다.

"얘, 네가 말한 거 있지? 고속도로 휴게소 건 말야. 침 흘리지 마, 이미 종 쳤어."

박영자가 콜라를 찔끔 마시고 나서 말했다.

"어머, 느네 아버지가 벌써 다 처분하셨어?"

놀란 강숙자의 얼굴이 금세 울 것처럼 일그러졌다.

"그게 아니고 우리 아빠도 힘을 쓸 수 없는 권한 밖이래."

"권한 밖? 그럼 저 위에서 어쩐다는 거니?"

"그래, 눈치 한번 빨라서 좋다. 그 이권 따내려고 박이 터지는 판인데, 아마도 예비역 장성들 차지가 될래나 봐."

"예비역 장성들? 흥, 불평들 못하게 달래야 되시겠지. 어떻게 된 놈에 세상이 군바리 아니고선 되는 일이 없어."

"열내지 마, 얘. 그게 뭐 하루이틀 된 일이니. 근데 넌 돈 벌 욕심이 왜 그리 많니? 재력에 권력에, 튼튼한 친정 두고서. 느네 남편이 원해?"

"얘, 말조심해. 4·19의 투사 홍석주를 뭘로 보고 하는 소리야. 그 남자 결점이 정의롭고 정직한 거라서 굶어죽을까 봐 내가 나선 거다 왜. 판사 노릇도 떳떳하고 당당하게 하라고. 넌 외동딸이라 어떤지 모르겠는데, 난 친정 믿을 수 없어. 우리 아빠 딸 우습게 알아."

"호호호……, 정의롭고 정직한 게 결점이라고? 좀 과하지 않니? 그런 분이 여당 국회의원 따님을 골라 장가를 드시다니. 아유, 낯간지러워."

"그런 소리 말어. 그 남잘 내가 찍은 거라니까. 그러고 말야, 그 남자가 조건을 보고 나와 결혼했다고 해도 요새 세상에 그 정도 약은 게 흠일 건 없잖아."

강숙자는 정색을 하며 박영자를 쳐다보았다.

"그건 그래. 느네 남편 머리에 있는 흉터가 머리카락 사이로 보일 때마다 난 섬뜩해져. 내가 너무 타락하고 있지 않나 싶어서. 사실 느네 남편처럼 정직하면 4·19세대 욕할 게 없겠지. 내 남편 원병균도 나를 선택하는 데 약은 마음이 전혀 없었다고 장담할 수는 없지. 왜, 그 유식한 말 있잖아. 금상첨화라구. 사람이 좋은데 여건까지 좋으니까 사람이 더 좋아지는 거야 자연스럽고 당연한 사람 맘 아니겠어. 하여튼 우리 아빠도 딸자식은 알기를 우습게 아니까 나도 앞날 장담 못해."

"아이구, 어쩌다 여자로 태어났니 그래. 살아갈수록 억울하고 분해 죽겠어. 국회의원에 나서서 법을 고칠 수도 없고, 속상하는데 우리 사교춤이나 배울까?"

"얼씨구, 판사 마누라에 기자 마누라가 댄스홀 출입하다가 잡히면 그 꼴 참 볼만하겠다. 당장 가자, 얘."

그들은 마주보며 깔깔거렸다.

한편, 박영자의 아버지 박부길 사장은 직접 고속도로 공사 현장을 누비고 있었다. 완공 단계의 막바지 고비에 이르러 벌써 두어 달째 철야공사를 강행해 오고 있었다. 공기를 하루라도 단축시켜 공사비를 절감하려는 것이 아니었다. 고속도로 개통을 하루라도 빨리하는 것, 그것은 사운을 걸다시피 한 중대한 목표였다. 공사비 절감 효과는 부대수입일 뿐이었다.

"에에 또, 현장감독인 여러분들은 군대로 말할 것 같으면 소대장이야. 헌데 그냥 소대장이 아니라 돌격대 소대장이야. 돌격대 소대장! 돌격대 소대장은 어떻게 해야 되겠어? 소대원들을 앞장서서 제일 먼저 적진으로 뛰어들어야 되는 거야. 그래야 부하들이 용기를 내서 와아 뒤따를 것 아니냔 말야. 이 철야공사도 마찬가지야. 현장감독인 여러분들이 두 눈 똑바로 부릅뜨고 설쳐대면 아래 인부들이야 다 따라오게 돼 있어. 여러분, 잠이 오면 제 살을 물어뜯어 가며 참고 인부들을 닦달하고 몰아가야 해. 이번에 여러분이 예정된 날까지 공사를 끝내기만 한다면 뽀나쓰 주는 건 물론이고 전원 승진시킬 거야. 이번 공사에 우리 회사 운명이 걸린 것 다 알지? 왜냐! 이 고속도로 공사는 대통령 각하께서 국가 최고 최대의 사업으로 치시며 하루라도 빨리 개통을 보시고자 하신다 그거야. 이런 기막힌 기회에 우리 회사가 딴 회사들한테 져서야 되겠어? 안 돼, 그건 절대로 안 돼! 우리 회사는 반드시 1등을 해야 돼. 각오는 단단히 됐겠지!"

박부길 사장은 현장의 가건물이 떠나가도록 소리를 질렀다.

"예엣!"

열서너 명의 현장감독들이 다같이 목소리를 맞추어 힘차게 대답했다.

"좋았어! 빨리들 자기 구역으로 돌아가."

박부길 사장은 마치 전투를 지휘하는 야전사령관처럼 막대기 든 손을 뻗쳐 올렸다.

현장감독들이 앞다투어 가건물을 빠져나갔다. 그 모습을 보며 박부길 사장은 담배를 빼물었다. 박준서는 UN이라고 쓴 팔각성냥통을 들어 얼른 성냥을 켰다. 극장의 대한뉴스에서 청와대는 빠질 때가 없었고, 그때마다 대통령 앞의 탁자에 꼭 놓여 있어서 유명해진 UN성냥은 그 선전효과 때문인지 성냥시장을 거의 석권하고 있었다.

"어때, 너 공기를 맞출 자신이 있냐?"

박부길 사장은 담배연기를 길게 내뿜으며 물었다.

"열심히 해봐야지요."

박준서는 얼굴을 훔치고 나서 작업모를 고쳐썼다. 그는 얼마나 오래 현장에 나와 있었는지 얼굴이 까맣게 그을고 꺼칠해 보였다.

"매일 철야를 하면서 어떻게 견디냐?"

박부길 사장의 곁눈질이 빠르게 아들을 훑었다.

"예, 시간 나는 대로 잠깐잠깐 졸면서 때워요. 밥 먹다가도 졸고, 변소에서도 졸고, 걷다가도 졸고, 그러니까 하루에 한두 시간 정도는 자는 셈이죠."

"핫핫핫핫……, 그 요령 한번 기막히다. 역시 내 아들이로다! 자아, 나가보자."

만족스럽기 그지없는 너털웃음을 토해낸 박부길 사장은 넓적하게 큰 손으로 아들의 어깻죽지를 치며 가건물을 나섰다.

"어떠냐, 저 길고 긴 길을 떡 바라보는 기분이!"

박부길 사장은 왼팔을 허리에 걸치고 버티어 서며 오른팔을 앞으로 뻗쳤다.

그의 앞에는 짙푸른 벌판을 가로지르며 넓고 긴 길이 하얀 선을 곧게 그어놓은 것처럼 멀리멀리 뻗어나가다가 그 끝이 어슴푸레하

게 야산 사이로 사라지고 있었다. 아직 아스팔트를 하지 않은 길
은 눈부신 햇살을 받으며 멀어질수록 희게 보였다. 벼들이 바다를
무색하게 할 만큼 싱싱한 푸르름으로 출렁거리고 있는 들판 가운
데로 그 끝이 어디인지 모르게 뻗어나가고 있는 하얀 길. 감탄스럽
게 느껴지는 그 길을 사람의 힘으로 닦아낸 것임을 입증이라도 하
듯이 길 위에서는 수많은 사람들이 부지런히 일들을 하고 있었다.
넓고 큰 길이 멀어지고 가늘어질수록 사람들도 점점 작아져 점으
로 변해가고 있었다.

"……잘 모르겠어요. 가슴이 뿌듯하고 벅차기도 하고……, 어떨
때는 우리가 만든 것 같지 않을 때도 있고……, 하여튼 기분 좋고
보람 있고 그래요."

박준서는 복잡한 감정을 이렇게 얼버무리며 가슴 가득 심호흡
을 했다. 그는 벌써 두 달이 넘게 현장에서 숙식을 하면서 길을 바
라볼 때마다 그 감정이 자꾸 달라져가는 것을 느끼고 있었다. 기
존 국도의 두 배 이상, 이 땅에서 최고로 넓고 최대로 긴 도로가
차츰차츰 완성되어 가고, 거기에 자신의 힘이 작용하고 있다는 사
실에 박준서는 신기하고 황홀한 기분뿐만 아니라 자신의 존재가
커지고 당당해진 것을 느끼고 있었다. 그리고 그 길에 강한 애착이
생기면서, 초기에 원병균과 함께 가졌던 회의론은 깨끗이 가시고
없었다.

"그래, 그래, 이 애비 맘도 똑같다. 내가 이날 이때까지 토목공사
를 숱하게 해왔다만 이렇게 규모가 엄청난 건 처음이야. 그저 그냥

공사비 받고 일정 구간 공사만 한 우리 기분이 이렇게 묘하고 좋은데, 이 길이 딱 완성돼서 각하께서 첫 번째로 달리시게 되면 그때 기분이 어떠시겠냐. 그때 각하 기분은 말로 다 할 수 없도록 좋으실 게다. 각하께서는 경제개발 사업 중에서 이 사업을 제일 크고 중하게 생각하셨는데 결국 이루어내셨으니 그 기분이 얼마나 기막히시겠냐. 역시 각하께서는 위대한 영도자시다. 일본군의 도스게끼(돌진) 정신이 아직도 펄펄 살아 있는 위대한 영도자셔. 조선사람은 역시 작은 고추라는 말은 과연 명언이라니까."

박준서는 그만 기분이 사르르 상하려고 했다. 고속도로 건설에 대한 처음의 생각이 바뀐 것처럼 박정희 대통령에 대한 생각도 처음보다 많이 바뀌어 있었지만 아버지의 시도 때도 없는 박정희 예찬은 그리 듣기 좋은 것이 아니었다. 아무리 듣기 좋은 노래라도 너무 들으면 싫증나더라고 아버지는 그저 기회만 있으면 각하 칭송으로 입에 침이 말랐다. 그런데 아버지의 그 열성적인 예찬과 칭송이 아버지가 흔히 말하는 '사업상'의 이유 때문에 그러는 것인지, 아니면 가끔 알현을 하다 보니까 그만 너무 감읍하여 누구누구처럼 '박정희교'의 신도가 되어버렸는지 구분할 수가 없었다. '박정희교'란 대통령이 내세우고 있는 경제개발 제일주의를 복창해 대며 충성 다툼으로 그 주위를 에워싸는 사람들이 많아지면서 생겨난 말이었다.

그리고 박준서의 신경을 건드리는 것은 '작은 고추'라는 말이었다. 작은 고추는 언제부터인지 모르게 세상사람들이 박정희 대통령을 부르는 별명이 아니라 애칭이었다.

"누구 덕에 이만큼 잘살게 됐는데."

"그럼. 그저 조선사람은 작은 고추야. 그만한 인물 없어."

사람들의 이런 맞장구를 흔히 들을 수 있었다. 엄연히 피땀 흘리는 사람들은 따로 있는데 모든 공이 박 대통령 차지가 되고 있는 게 그는 별로 유쾌하지 않았다. 그건 3선개헌을 해놓고 불안 상태에 있는 공화당이 의도적으로 퍼뜨리는 말을 사람들이 어리숙하게 되뇌고 있는 게 아닌가 싶기도 해서였다.

"너, 형들한테 이길 자신 있냐?"

박부길 사장이 땅 다지기가 한창인 길 위로 올라서며 아들에게 물었다.

"글쎄요, 형들을 어떻게……."

"야 이놈아, 그게 무슨 사내답지 못한 소리야. 사업을 해나가는 데는 형 동생이 없는 법인 게야. 내가 왜 진작 말했잖아. 사업이란 부자지간에도 능력 대 능력이라고. 잊어먹었냐?"

박부길 사장은 목소리를 한껏 높여 소리쳤다. 땅 다지는 기계 소리, 자갈 쏟아붓는 소리, 많은 인부들이 내는 소리들 때문만이 아니었다.

"아니오……."

박준서는 저 먼 길 끝으로 눈길을 보냈다. 그쪽에 형들이 맡고 있는 구간이 있었다. 그의 귀에는 아버지가 형들에게 가서 할말이 들려왔다.

"동생한테 지면 되겠냐."

아버지는 지금 자식들을 놓고 세 가지 일을 동시에 하고 있었다. 자식들에게 사업을 가르치는 한편 능력을 평가하고 있었고, 서로를 경쟁시켜 작업능률을 최대한 올리고 있었다. 아버지야말로 자식들한테까지 사업가 기질을 최대한 발휘하고 있었다.

박준서는 형들을 의식하자 또 묘한 경쟁심이 곤두서는 것을 느꼈다. 회사에 몸을 담기 전에는 전혀 느낄 수 없었던 감정이었다. 그런데 회사에서 직책을 갖게 되고, 아버지의 사업이 날로 불붙듯 번창하며 사업체들이 불어나게 되자 이상한 욕심이 생기면서 형들을 의식한 경쟁심이 고개를 들기 시작했다. 그리고 사업의 맛이 무엇인지도 조금씩 느낄 수 있게 되었다. 사업능력이라는 것이 어린 시절에 형들과 했던 팔씨름이 아닌 한 형들에게 질 이유가 없다는 생각이 분명했다. 철야작업이 강행되는 속에서 이를 갈아붙이며 잠과 싸우고, 술과 여자의 유혹을 뿌리치며 버텨내는 것은 이번 시기가 형들과 비교 평가되는 결정적 기회이기 때문이었다.

"이봐, 이봐, 거기 빨리빨리 일들 안 하고 뭘 노닥거리고 있는 거야!"

기운차게 걸음을 옮기고 있던 박부길 사장이 느닷없이 고함을 질렀다. 그가 막대기로 겨누고 있는 곳에는 예닐곱 명이 일손을 놓고 한가하게 서 있었다.

"아, 예 사장님, 나오셨습니까? 예, 이쪽 노견이 허물어져 여기다 채울 자갈을 기다리고 있습니다."

한 남자가 나서며 대답했다.

"뭐야! 직책이 뭐지?"

눈을 부릅뜨는 박부길 사장의 외침은 불길이었다. 박준서는 아차 싶었다.

"예, 십장입니다."

"이새끼, 어디서 굴러먹던 십장이야. 야 이 덜떨어진 놈아, 노가다 모래밥 어디로 처먹었길래 이따위로 데데하게 굴어. 언제 올지 모를 자갈 기다리며 노닥거리는 동안에 빨리 흙 파다가 땜빵하고 통과해얄 것 아냐!"

박부길 사장이 소리치며 막대기로 허공을 내리쳤다. 그 기운이 얼마나 센지 공기 갈라지는 소리가 휙 일어났다.

"그렇게 하면 아스팔트 하고 나서 또 무너집니다."

"말이 많아! 너 군대 안 갔다 왔어? 적당적당 요령껏 하는 것 몰라, 요령껏! 7월 7일 개통은 하늘이 무너져도 지켜야 돼. 그 날짜는 각하께서 확정하신 거야. 그래, 7월 7일, 칠땡, 좀 좋으냐. 무너지면 그때 가서 또 땜방하면 될 일이고, 지금 중요한 건 요령껏 해서 날짜를 맞추는 거야. 날짜! 얼띠게 굴지 말고 빨리빨리 흙 파와, 흙!"

박 사장은 입 험하게 노가다 기질을 유감없이 발휘해 가며 십장을 곧 후려칠 듯이 막대기를 휘둘러댔다. 그 무서운 기세에 쫓겨 십장이 무슨 소리와 함께 비탈을 뛰어 내려갔고, 인부들도 우르르 그 뒤를 따라 뛰고 있었다.

"아니, 개통식을 미리 정하는 법이 어디 있어요."

박준서는 어이없어하며 핏발 돋은 눈을 문질렀다.

"그래, 명심하고 빨리빨리 해서 우린 이틀 전까지 모든 걸 완료해야 한다. 너, 각하가 납시는 마포대교 개통식 날짜에 맞추기 위해 겨울에 쎄멘트를 빨리 말리려고 연탄 화덕 수백 개를 밤새도록 피워낸 얘기 못 들었어? 죽기 아니면 까무러치기다."

박부길 사장은 다음 구역을 향해 지프에 올랐다. 박준서는 멀어지는 아버지를 바라보며 '까라면 까야지' 하고 생각했다.

〈6권에 계속〉

한강 5

제1판 1쇄 / 2001년 12월 11일
제1판 52쇄 / 2006년 10월 10일
제2판 1쇄 / 2007년 1월 30일
제2판 35쇄 / 2019년 8월 15일
제3판 1쇄 / 2020년 11월 30일
제3판 4쇄 / 2024년 11월 30일

저자 / 조정래
발행인 / 송영석

발행처 / (株)해냄출판사
등록번호 / 제10-229호
등록일자 / 1988년 5월 11일(설립일자 | 1983년 6월 24일)

04042 서울시 마포구 잔다리로 30 해냄빌딩 5·6층
대표전화 / 326-1600 팩스 / 326-1624
홈페이지 / www.hainaim.com

ISBN 978-89-6574-395-8
ISBN 978-89-6574-466-5(세트)

파본은 본사나 구입하신 서점에서 교환하여 드립니다.